MANDEL
BAUM

Handlung und Charaktere basieren teils auf wahren Begebenheiten und realen Personen, sie wurden jedoch für diesen Roman fiktionalisiert.

MIX
Papier aus verantwortungsvollen Quellen
FSC® C014889
FSC
www.fsc.org

Die Deutsche Bibliothek verzeichnet diese Publikation in der Deutschen Nationalbibliografie; detaillierte bibliografische Daten sind im Internet über http: //dnb. ddb. de abrufbar.


Neumarkter Straße 23; 81673 München
Tel. 089 / 420 79 69 80; Fax: 089 / 420 79 69 86

Coverbild: Fotografie von Marian Offman, aufgenommen mit einer Leica

Druck: Pustet, Regensburg
Bei der Produktion dieses Titels wurde auf umwelt-, wasser- und gesundheitsgefährdende Chemikalien bei den Druckplatten, auf mineralölhaltige bzw. schadstoffreiche Druckfarben sowie auf umwelt-, wasser- und gesundheitsgefährdende Chemikalien bei den Klebe- und Bindestoffen verzichtet.



ISBN 978-3-86222-421-0

www. volkverlag. de

Marian Offman

# MANDEL BAUM

Roman

Volk Verlag München

Für meine Eltern
Hilda und Avram

**Aber ich bin nicht gefangen (...)
Weil ich die Zaubermacht besitze, die allen Schriftstellern eigen ist. Ich kann mühelos durch Wände gehen.**

Ahmet Altan

## Mandelbaum wird verhaftet

Es ist kalt und laut am Odeonsplatz. Ich stehe vor der Absperrung an der Feldherrenhalle und bin Teil der Demonstration gegen den Aufmarsch von Pegida. Wir sind wütend über das rechte Gegröle, die rassistischen Parolen und die Hetze auf den Plakaten. In der Mitte der Meute steht grinsend ihr Münchner Vorsitzender Heinz Müller. Plötzlich steigt der Lärmpegel noch einmal an und es wird bedrohlich eng auf dem Platz. Ich dränge mich weiter nach vorn und sehe eine Gruppe von Neonazis, die, eskortiert von der Polizei, zur Absperrung vor der Feldherrnhalle laufen. Sie kommen von der U-Bahn und tragen ein etwa zehn Meter langes Stoffband vor sich her: „Wir sind das Volk“ ist in großen Buchstaben aufgepinselt. An der Spitze geht der bekannte Neonazi Adolf Hintermoser. Ich fotografiere diese gut gespielte Inszenierung.

Hintermoser ist der Kopf der Nazibande, der einen Anschlag auf die Grundsteinlegung des jüdischen Zentrums in München plante und deshalb länger einsaß. Kurz treffen sich unsere Blicke und ich zittere vor Kälte und Wut. Feixend und im Schutz der Polizei gelangen die Neonazis auf den Odeonsplatz und werden von den Pegida-Aktivisten umarmt. Hinter der Absperrung sind wir fassungslos über dieses Schauspiel. Unsere Wut steigert sich und die dumpfen Parolen über eine drohende Islamisierung und eine angeblich von Rothschild inszenierte Asylindustrie gehen im Lärm unserer Gegendemo unter.

Ich dränge mich zum Absperrgitter und will den Neonazis gegenüber als jüdischer Stadtrat Gesicht zeigen, sie auch fotografieren. Die Leica baumelt vor meiner Brust und stößt gegen das Metallgitter.

Müller von der Pegida und Hintermoser stehen zusammen, nur wenige Meter entfernt, und grinsen verächtlich. Wie soll ich reagieren? Ich werde keinesfalls mit ihnen sprechen.

Sie kommen näher zur Absperrung. Nun hebe ich die Kamera ans Auge, sehe die beiden im Sucher auf mich zukommen. Während des Fokussierens ist das Bild plötzlich dunkel. Ich sehe über den Rand der Kamera: Hintermoser steht direkt vor mir. Er schiebt meinen Arm mit der Leica zur Seite und streift meine Hände. Ich rufe: „Keine Berührung! Widerlich, du Nazi!"

Demonstranten drängen und schieben gegen das Gitter, die Polizei hält dagegen, es wird unerträglich laut. Der Neonazi kann mich im Schutz der Polizei demütigen.

Ich ziehe den Lederriemen der Kamera über meinen Kopf und hebe sie nach oben, um aus der Höhe zu fotografieren. Unversehens werde ich von hinten gestoßen, ein mächtiger Ruck, die schwere Leica entgleitet, fliegt im hohen Bogen und trifft den glattrasierten Schädel von Hintermoser seitlich, am Ohr. Sein wütender, von Schmerz erfüllter Blick streift mich. Er blutet am Kopf und sackt langsam zu Boden.

Nach einer Schrecksekunde gehe ich in die Knie und greife vergebens durch die Absperrung nach meiner Kamera. Ihr Verlust macht mich wütend.

Hintermoser liegt am Boden, umringt von Gesinnungsgenossen, die hysterisch nach einem Arzt rufen. Sirenengeheul übertönt die Sprechchöre der Gegendemonstranten um mich herum. Aus ihren Gesichtern strahlt Schadenfreude. Die Wut und die Aggression auf beiden Seiten schwellen an. Aus der Residenzstraße kommt eine Hundertschaft der Polizei, um die Absperrgitter zu schützen. Im Chaos des Gedränges ergreife ich die Flucht nach hinten zum Odeonsplatz. Ein Fortkommen ist schwer. Nach wenigen Metern bin ich wieder in einer Gruppe von Gegendemonstranten gefangen.

Was ist geschehen? Es ist absurd. Der Verlust meiner Leica berührt mich mehr als der Anblick des blutenden Kopfes von Hintermoser. Was habe ich getan?

Ich spüre ein Klopfen an der Schulter. Eine junge Polizistin mit blondem Pferdeschwanz spricht mich an, während ich von mehreren Polizeibeamten umringt werde. Sie blicken streng. Meine Knie zittern, dabei bin ich eher irritiert als verängstigt. Eine Polizistin sagt mit heller Frauenstimme: „Herr Mandelbaum, gegen Sie wurde Anzeige erstattet wegen gefährlicher Körperverletzung oder wegen versuchten Totschlags. Wir müssen Ihre Personalien aufnehmen und Sie zur Sache befragen."

Ein anderer Polizist ergänzt: „Sie haben doch eine Kamera nach Hintermoser geworfen? Er erlitt Kopfverletzungen, hat sein Bewusstsein verloren, der Notarzt ist angefordert, er wird ins Krankenhaus Rechts der Isar verbracht. Sie müssen mit uns zur Aufnahme Ihrer Personalien und zu einer weiteren Befragung zum Bus kommen."

Das ist unerträglich! Was erlauben die sich? Das Klingeln in meinen Ohren hört nicht auf. „Das ist doch lächerlich. Jemand hat mich von hinten geschubst und die Kamera flog über die Absperrung. Sie wollen mir doch nicht einen Mordanschlag auf Hintermoser unterstellen! Sie wissen, ich selbst stehe auf den Todeslisten der Nazis. Sie sollten sich schämen. Ich will jetzt sofort gehen."

Die Polizei drängt mich stattdessen in die Residenzstraße. Dort stehen mehrere Polizeibusse mit laufenden Motoren. Einer der Polizisten deutet auf das erste Fahrzeug: „Begeben Sie sich bitte in den Bus, damit Sie nicht die Abgase einatmen müssen."

Sprachlos klettere ich hinein, setze mich an einen kleinen Tisch, an dem zwei Beamtinnen auf mich warten. Der Lärm vom Odeonsplatz dringt bis hierher. Sie verlangen meine Ausweisdokumente und befragen mich ausführlich zu meiner Person.

Nach etwa 20 Minuten eskaliert die Situation. „Herr Mandelbaum, wir haben über Funk erfahren, dass Herr Hintermoser nach wie vor bewusstlos ist und nunmehr auf die Intensivstation verlegt wurde. Der Verdacht einer schweren Körperverletzung erhärtet sich. Vielleicht auch versuchter Totschlag. Oder alles klärt sich auf und Sie können gehen. Auf jeden Fall müssen Sie mit in die Ettstraße zur weiteren Befragung."

Wie oft in schwierigen Situationen werde ich hellwach und ruhig. Die wollen mich einsperren?

Die Bustür wird von außen zugezogen und von innen verriegelt. Wir fahren langsam in Richtung Rathaus, sind in wenigen Minuten in der Löwengrube an der rückwärtigen Einfahrt zum

Polizeipräsidium und gelangen schnell in den Hof des weitläufigen Gebäudes.

Die Erinnerung an meinen Vater wird wach. Vor Jahrzehnten musste ich ihn in der Ettstraße abholen, weil er in einen Streit im Hotel Bayerischer Hof verwickelt gewesen war. Genaues habe ich nie erfahren, jedenfalls war sein weißer Hemdkragen mit Blut befleckt. Ihn dort in dieser Verfassung zu treffen, machte mir damals Angst und ich empfand die Situation als traurig, zumal er leicht angetrunken war. Gleichzeitig bemitleidete ich ihn. Er war knapp dem Tod in den Konzentrationslagern entronnen und nun wurde sein Sohn gerufen, um ihn an einem Ort abzuholen, in dem vor nicht allzu langer Zeit die Gestapo gewütet hatte. Es muss für ihn sehr erniedrigend gewesen sein.

Die Bustür öffnet sich automatisch. Beim Aussteigen drückt eine der Polizistinnen meinen Kopf leicht nach unten, damit ich mich nicht stoße. „Wie im Tatort", sage ich, „wenn ein Verhafteter in den Polizeiwagen geschoben wird." Es ist der Versuch, die Kontrolle über die Situation zurückzuerlangen.

Wir treten durch den Hintereingang in den Vorraum des Treppenhauses des Präsidiums. Es riecht nach Bohnerwachs und Desinfektionsmitteln.

Die behandeln mich wie einen Verbrecher, weil die Nazis mich angezeigt haben. Weil ich als jüdischer Stadtrat gegen sie Gesicht gezeigt habe. Meine Gegner sind mächtiger als ich? Wie viele Juden wurden von Polizei und Gestapo schuldlos in die Ettstraße gezerrt, verhört, gefoltert, getötet?

Doch darf ich meine Situation hier mit 1933 vergleichen? Wäre das nicht relativierend und anmaßend zugleich, überlege ich. Zudem gab es unlängst in der Ettstraße eine Ausstellung über die unrühmliche Rolle der Münchner Polizei in der Nazizeit mit schonungsloser Offenheit.

Die Polizisten gehen wortlos zurück zu ihrem Bus.

Ein Beamter in Zivil nimmt mich in Empfang. Er trägt Jeans und ein lindgrünes Hemd. Wohl aus Zeiten der alten Polizeiuniformen übriggeblieben, denke ich und überlege, wie überflüssig dieser Gedanke angesichts meiner aktuellen Probleme ist. „Ich bin Hauptkommissar Stadler“, stellt sich der Mann vor, „und werde Sie zur Sache befragen. Kommen Sie bitte mit in das Vernehmungszimmer. Es ist im dritten Stock.“

„Zur Sache werde ich mich nicht äußern, Herr Stadler, außerdem möchte ich einen Anwalt sprechen.“

Der Beamte geht auf meinen Einwand nicht ein und wir fahren mit dem Paternoster in den dritten Stock. Stadler öffnet die Türe zum Vernehmungszimmer. Der Raum hat ein vergittertes Fenster mit Milchglasscheiben und einen längeren Tisch mit vier Stühlen. Ein Polizeibeamter in Uniform kommt noch dazu, schließt die Türe von innen und bleibt davor stehen. Stadler weist mir einen Platz ihm gegenüber zu. Er setzt sich, legt sein Handy in die Mitte des Tisches und drückt auf den Aufnahmebutton. „Ich konnte leider zur späten Stunde keinen Staatsanwalt mehr erreichen. Wollen Sie nun Ihren Anwalt anrufen?“

Das ist ein Albtraum.

**21:10** *Das Handy steckt in meiner Tasche. Ich ziehe es heraus und suche nach der Nummer eines Stadtratskollegen, der ein bekannter Strafverteidiger ist. Die Anrufe an seine Privatnummer und an die Kanzlei sind vergebens. „Der Anwalt ist leider nicht zu erreichen. Ich habe nur auf seinen Anrufbeantworter gesprochen. Sie können mich jetzt nicht befragen. Deshalb möchte ich gehen. Morgen ist auch ein Tag, wir können dann im Beisein meines Anwalts reden. Es ist schon nach 21 Uhr und ich möchte endlich nach Hause.“*

*Stadler lächelt, steht auf und rückt seinen Stuhl unter den Tisch. Er stoppt die Aufnahme unseres Gesprächs, nimmt sein Handy und liest darauf Nachrichten. Er ist groß, blickt auf mich hinab. Ich erhebe mich schnell.*

*„Das Opfer – Herr Hintermoser – ist nach wie vor bewusstlos und wurde in ein künstliches Koma versetzt. Es besteht der Anfangsverdacht auf mindestens schwere Körperverletzung. Wir müssen Sie vorläufig festnehmen und morgen dem Haftrichter vorführen. Sie können dann selbstverständlich Ihren Anwalt hinzuziehen. Aber nach Hause – nein,*

Herr Mandelbaum, nach Hause können Sie nicht. Ihre Kamera haben wir sichergestellt. Wir haben Blutspuren gefunden, wahrscheinlich von Herrn Hintermoser. Sie ist nun in der Forensik, morgen wissen wir mehr."

Ich bin verhaftet, meiner Freiheit beraubt!

Das ist Willkür und Kumpanei mit den Nazis. Am besten schweigen, denke ich, jedes Wort kann falsch sein. Es fällt mir schwer, nicht nach Beweisen zu fragen und nicht die bekannte Nähe von Beamten zu den Rechten auszusprechen. Das ist nicht mehr mein Land, das ist Täterland. Eine große Kälte kommt in meine Gedanken.

Wir verlassen den Vernehmungsraum und Stadler begleitet mich zum Gefängnistrakt. Zunächst ist da der Raum für die erkennungsdienstliche Behandlung. Eine Beamtin erwartet mich. Wir sitzen über Eck an einem Tisch. Unsere Oberschenkel berühren sich kurz. Sie nimmt über einen Scanner meine Fingerabdrücke ab und fotografiert mich. Gürtel, Schnürsenkel, Handy und Geldbeutel muss ich abgeben. Sie unterzeichnet die Empfangsquittung für meine Sachen, ohne sie mir auszuhändigen.

Stadler verabschiedet sich und die Polizistin begleitet mich zur Zelle. Sie öffnet die Türe. Ziemlich benommen betrete ich den Raum. Er ist fast quadratisch mit einem vergitterten Fenster, einem Waschbecken, einer Metalltoilette und einer Liege. Das Waschbecken hat eine breite Umrandung. Darauf liegen Zahnbürste und Zahnpasta. Fahles, kaltes Licht kommt von der Deckenleuchte. Die Polizistin lächelt und verschließt dann schnell die schwere Metalltüre von außen. Warum ist sie so freundlich, wenn sie mich dann doch einsperrt?

Ich setze mich auf die Liege und starre an die Decke. Bilder von Häftlingen, die am Morgen tot in ihrer Zelle aufgefunden werden, füllen meinen Kopf, werden immer plastischer. Um sie zu vertreiben, stehe ich auf, trinke Wasser aus dem Hahn am Waschbecken und verrichte meine Notdurft. Das Wasser gurgelt in der Toilettenschüssel, dann wieder Totenstille.

Die Lampe wird während der ganzen Nacht leuchten. Es gibt keinen Schalter.

Ist alles ein dummer Zufall? Oder tatsächlich der Versuch, mich mundtot zu machen, mich aus der Politik und der medialen Aufmerk-

*samkeit zu tilgen? Stecken meine politischen Gegner von der rechten Seite mit Hintermoser und seinen Schergen unter einer Decke? Habe ich die Beherrschung verloren?*

*Der Nazi liegt im Koma. Er ist noch nicht tot, könnte aber sterben. Dann würde ich zum Mörder.*

*Mein Vater war in deutschen Konzentrationslagern eingesperrt, wurde dort gefoltert und geschlagen – von SS-Schergen, aber auch von Polizisten. Dass einer von ihnen meinen Vater an einem denkwürdigen Tag rettete, geschah nicht aus Humanität, sondern allein als Gegenleistung dafür, dass er – der Kürschner – für die polnische Freundin des Polizisten einen Persianermantel genäht hatte. Diese Geschichte spielte vielleicht im Warschauer Getto, vielleicht an einem anderen Ort. Mein Vater konnte mir die Rettung nie plausibel erklären, wie vieles andere aus dieser schrecklichen Zeit auch.*

*Nun, etwa 80 Jahre später, bin ich selbst in einem deutschen Gefängnis eingesperrt. Weil ich mich mit den Neonazis angelegt habe, einen von ihnen angegriffen haben soll.*

*Mein Kopf schmerzt und ich fühle meinen Puls rasen. Mir wird schwindelig. Also lege ich mich auf das behelfsmäßige Bett und hülle mich in die graue grobe Decke, die am Fußende ausgebreitet ist. Sie riecht nach Seife und altem Schweiß.*

*An Schlaf ist nicht zu denken. Ich spüre meinen schnellen Herzschlag auf die Matratze klopfen. Erst durch bewusstes tiefes und langes Ein- und Ausatmen werde ich ruhiger.*

*Ich lasse in Gedanken helle und leuchtende Farben an mir vorüberziehen und suche nach Erinnerungen aus meiner Kindheit. Sie halten mich wach und geben mir die Kraft, diese Nacht durchzustehen.*

## Ozeanüberquerungen

Als Kind überquerte ich den Atlantik bis zu meinem fünften Lebensjahr sechs Mal. Der Familie des Bruders meines Großvaters war es gelungen, vor der Schoa von Polen nach Kanada auszuwandern. Nach dem Krieg ermöglichten sie meinen Eltern und mir den Aufenthalt in ihrem Land und boten Unterstützung. Den Lebensstil meines Vaters missbilligten sie.

Die Eltern waren im Streit mit sich und der Familie in Kanada, entwurzelt zwischen den Kontinenten, unfähig, an einem Ort zu verweilen. Wir lebten in München, in Halifax und Toronto. Ein Bild aus meiner frühen Kindheit, das immer wiederkehrt, zeigt mich in einer Wohnung in Toronto, die in einem Mehrfamilienhaus aus Klinkersteinen lag: ein kleiner und trauriger Junge mit dunklen Augen.

Mutter griff in dieser Wohnung zum Telefon und wählte die Vorwahl von München. Nicht, um über den Ozean hinweg zu telefonieren – das wäre viel zu teuer gewesen –, sondern um die leise Melodie des „Alten Peter“ und die aus großer Entfernung kaum vernehmbare Ansage „Hier ist München, hier ist München ...“ zu hören. Das wiederholte sich fast jeden Abend.

Wir hatten München, meine Geburtsstadt, verlassen müssen, weil für Vater der Boden dort zu heiß geworden war. Schwarzmarktgeschäfte. Die örtliche Polizei hatte bereits mehrere Juden verhaftet. Zudem war ich als Säugling mit nur sechs Monaten an Tuberkulose erkrankt. Mein Onkel Bernstein hatte mich angesteckt, der mit dieser schweren Erkrankung aus dem Lager gekommen war. In Kanada gab es damals ausreichend Penicillin und so wurde ich, kaum mehr als ein halbes Jahr alt, dorthin verschifft und geheilt.

Ich sollte ein krankes und schwaches Kind bleiben.

**21:33** *Mein Herz schlägt langsamer, ich liege wohl seit etwa einer halben Stunde auf diesem Bett. Ich sehe mich im Hof des Hauses aus Klinkersteinen, im tiefen Schnee mit meinem Schlitten aus Metallrohren in knallroter Farbe. Das muss während unseres dritten und letzten Aufenthalts in Kanada gewesen sein.*

*Ich suche nach weiteren Bildern aus meiner kanadischen Kindheit: Wir sind am Hafen von Halifax. Meine Mutter, meine jüngere Schwester und ich verabschieden uns vom Vater, weil wir zurück nach Europa fahren und er allein zurückbleibt. Ich sehe durch die Gitterstäbe der Reling nach unten. Der Blick tief hinunter auf den Quai ängstigt mich. Nahe der Landungsbrücke erkenne ich meinen Vater. Weit entfernt er-*

*ahne ich nur, wie er zittert und weint. Auch mir kommen die Tränen und kindliche Schuldgefühle.*

*Später erfuhr ich, dass wir nicht die erste Familie meines Vaters waren. Er war in Polen bereits verheiratet gewesen, hatte eine kleine Tochter. SS-Schergen oder deutsche Polizisten waren in sein Haus gekommen, hatten seine Frau erschossen und das Kind gegen die Wand geworfen, bis es tot war.*

*Diese Geschichte erzählte mir mein Onkel Bernstein. Die ermordete Frau meines Vaters war seine Schwester gewesen. Mein Vater verlor nie ein Wort darüber. Gemeinsam hatten die beiden Männer das Inferno der Konzentrationslager durchlitten und überlebt. Wie sie das geschafft hatten, erfuhr ich nie.*

## Mein trauriger Onkel Bernstein

Als ich älter war und unsere Familie Kanada längst endgültig für München verlassen hatte, traf ich meinen Onkel Bernstein gelegentlich in seinem kleinen Pelzladen in der Sonnenstraße. Wir saßen dann im dunklen Lagerraum voller Pelzmäntel im Souterrain und jedes Gespräch begann er mit einem schrecklichen Satz: „Eigentlich bin ich längst tot." Seit der Ermordung seiner Frau, Schwester und Eltern vegetiere er nur noch. In diesem Mörderland dürften wir nicht mehr bleiben.

Dann sprachen wir oft über die Schulden, die mein Vater bei ihm hatte, auch über seine Zukunftspläne für mich und meine Schwester. Er war von beiden Männern stets der Vernünftige, nicht so schillernd wie mein Vater. Dafür war er immer flüssig.

Vater hatte bald nach unserer Rückkehr nach München eine kleine Pelzwerkstatt eröffnet. Er hätte es wie die anderen Pelzhändler zu großem Wohlstand bringen können. Doch ihm zerrann das Geld zwischen den Fingern. Vielleicht suchte er so, das Geschehene zu vergessen. Er war ein Lebemann, war großzügig, trug teure Maßanzüge und finanzierte seinen aufwendigen Lebensstil mit den Einnahmen aus der Firma. Die Einkünfte wurden sofort für Rohware, seine Familie oder den Kauf von wertvollem Schmuck ausgegeben – ein funkelnder, leicht beweglicher Notgroschen für Flucht und Vertreibung. Oft musste er Geld leihen, um am Freitag die Löhne bezahlen zu können. Onkel Bernstein sah dies mit Argwohn, zumal er der erste war, den Vater anpumpte.

In Onkels Gegenwart wurde ich stets sehr traurig. Seine Todessehnsucht erdrückte mich.

**21:45** *Ich habe keine Uhr. Wie lange ich hier schon liege? Allein der Schmerz in meinem Rücken zeigt das Vergehen der Zeit, an Schlaf ist nicht zu denken. Ich fühle meinen Puls am Handgelenk. Er läuft sehr schnell. Das einzig vernehmbare Geräusch ist das gelegentliche Schlagen von Türen. Es hallt in den Fluren des Gefängnistraktes.*

*Vorher habe ich Schritte vor meiner Türe vernommen und ein leises, metallisches Kratzen. Vielleicht die Abdeckung vor dem Guckloch meiner Zelle? Kontrollieren sie mich?*

*Wie überstehe ich diese fürchterliche Nacht.*

*Gedenken und Erinnern ist jüdische Tradition. An Pessach erinnern wir uns an den Auszug aus Ägypten und an die Befreiung aus der Sklaverei. Jedes Jahr trinken wir mit erhobenen Häuptern dazu mehrere Gläser roten Weines und danken Gott für die Befreiung. Das Lichterfest Chanukka feiert das spirituelle Überleben der Juden und Jüdinnen.*

*Und so erinnere ich mich an meine frühe Jugend mit schönen farbigen Bildern. Ich suche nach Sicherheit, zumindest in meinen Gedanken. Welcher Junge hat schon sechs Mal den Atlantik überquert? Auf einem schwedischen Dampfer zurück nach Deutschland wären wir beinahe untergegangen. Ich sehe noch die vielen Seile, die auf Deck und im Inneren des Schiffes gespannt waren, um sich bei hohem Seegang daran festhalten und fortbewegen zu können. Der ständige Geruch des Erbrochenen im Inneren des Schiffes blieb in meiner Nase.*

*Nach einer Ozeanüberquerung in die andere Richtung landeten wir in Halifax und wohnten in der Pepperell-Street in einem Armenviertel nahe am Hafen. Es war ein kleines, blau angestrichenes Holzhaus mit Veranda. Ich sehe mich als kleinen Jungen auf dieser Straße laufen.*

*Die Zellentüre wird geöffnet. Sofort hellwach, stehe ich auf. Vielleicht hat sich alles aufgeklärt und ich kann gehen. Ein Beamter betritt den Raum, blickt mich an und ich blinzele. Er sieht, ich lebe, und er will möglichst schnell die Zelle wieder verlassen. Ich trete einen Schritt auf ihn zu: „Ich habe keine Schuld. Nur weil Neonazis mich angezeigt haben, wollen Sie mich hier weiter eingesperrt halten? Das hat Tradition in diesem Land!“*

*Das geht dem Vollzugsbeamten zu weit. Sein Gesicht ist – soweit ich das im fahlen Licht erkennen kann –leicht gerötet. „Sie hoffen wohl, Sie bekämen als jüdischer Stadtrat eine Sonderbehandlung! Immerhin besteht Verdacht auf gefährliche Körperverletzung oder sogar versuchten Totschlag.“ Schnell bewegt er sich zur Türe, verlässt die Zelle und dreht den Schlüssel im Schloss. Alle Hoffnung schwindet. Ich öffne den Hahn über dem metallenen Waschbecken und trinke das lauwarme Wasser. Es riecht leicht nach Chlor.*

*Das Wort „Sonderbehandlung“ war für die Nazis eine Tarnbezeichnung für die Ermordung von Juden. Kann ich davon ausgehen, dass der Beamte die grausame Bedeutung des Wortes nicht kennt? Es ist ein Unwort – wie „Endlösung“. Wie oft muss ich diese Vokabeln noch hören und das Leid spüren, das sie auslösen.*

*Meine Knie zittern. Ich lege mich wieder hin und suche nach den schönen Bildern in Kanada.*

## Pepperell-Street

Welch ein aufregender Ort meiner frühen Kindheit! Schon damals verteilte ich Flugblätter, kleine Zettel, an Passanten. Darauf prangten von mir gemalte buchstabenähnliche Zeichen. Die Vorübereilenden freuten sich, einige tätschelten mich am Kopf. Ich genoss die Sympathie der Passanten. Ein kleiner Junge in Stoff-Latzhosen mit einem Kopf voll blonder Locken und dunklen Augen. Wer konnte ihm widerstehen?

Ich stand oft vor einer rötlich-braun angestrichenen Holzhütte unweit unseres Hauses, weil es spannend war, die vielen Matrosen mit ihren weißen runden Mützen zu beobachten. Ich fragte, warum dort so viele Männer ein- und ausgingen. Meine Mutter erwiderte kurz: „Sie feiern nur Geburtstag.“ Künftig durfte ich nicht mehr in die Nähe der Hütte gehen. Zettel verteilen allerdings schon.

**21:51** *Irgendwann erfuhr ich aus einer historischen Abhandlung über Halifax, dass dieses Haus nahe am Hafen – die rot-braune Holzhütte – einst das bekannteste Bordell der Stadt war.*

*Die Miete für unser kleines Haus im Hafenviertel finanzierte mein Vater auf ungewöhnliche Weise, wie mir meine Mutter später erzählte. Er hatte auf dem Münchner Schwarzmarkt in der Möhlstraße drei Leica Kameras eingetauscht. Es waren Vorkriegsmodelle, damals wie heute wertvoll, und meine Eltern konnten mit dem Erlös die Miete für ein halbes Jahr zahlen. Jetzt sitze ich im Gefängnis, weil ich mit meiner Leica einen Nazi ins Koma geschlagen haben soll.*

## DC-3

Einmal wählten wir das Flugzeug für unsere Atlantiküberquerung, eine DC-3. Wir landeten für einen Tankstopp in Neufundland und als die Maschine wackelnd aufsetzte und nach dem Rollen zum Stehen kam, öffnete sich die Kabinentüre. Das laute, dumpfe Brummen der Motoren verstummte. Ich hörte den pfeifenden Wind auf dem Flugfeld und Männer mit Schnee auf ihren Schultern und Pelzmützen kamen ins Cockpit. Dunkle, angsterregende Figuren.

Sie waren harmlos, sammelten Müll ein, brachten Essen und bewegten sich dabei geschickt im steil nach oben verlaufenden Kabinengang.

Nach langem Flug landeten wir in London und das Hotel, in dem wir die Nacht verbrachten, erlebte ich als alt und dunkel im Gegensatz zum hellen Kanada. Ein penetranter Geruch nach Mottenkugeln durchzog das ganze Gebäude. Mit dem Zug fuhren wir weiter nach München. Die Nachtbeleuchtung tauchte unser Abteil in blaues Licht und ich sah die am Fenster vorüberziehenden Ortschaften mit ihren fernen Häusern als rötliche, flackernde Lichtpunkte. Sie erweckten in mir die Sehnsucht nach einem geborgenen Zuhause.

In München holte uns ein Bekannter am Hauptbahnhof ab. „What an old car", bemerkte ich beim Anblick seiner schwarzen Mercedes Limousine. Ich war aus Kanada die amerikanischen

Straßenkreuzer gewöhnt. Er nahm es humorvoll und lächelte, dann fuhren wir über die mit dickem Ruß bedeckte Hackerbrücke zu ihm nach Hause.

**22:11** *Der Rücken schmerzt weiter auf der harten Pritsche. Fast unerträglich. Mein Blick richtet sich zur Türe, weil ich auf dem Gang Schritte höre. Vermutlich steht ein Vollzugsbeamter vor dem Türspion und sieht nach mir.*

*Da ist ein Bild aus Halifax, das mein Gedächtnis über 50 Jahre nicht freigegeben hat. Ich sitze allein auf der Veranda eines Holzhauses in dieser kleinen Hafenstadt und warte auf den Milchmann. Er kommt jeden Morgen, der Anblick des von einem dürren Gaul langsam gezogenen Wagens ist vertraut. Er bringt die gefüllten Flaschen zum Haus und grüßt freundlich.*

*An diese weißen Milchflaschen musste ich später denken, als ich in München die Milch vom Laden in einer klapprigen, verbeulten Blechkanne holte. Die Bilder sind belanglos und dennoch treiben sie mir Tränen in die Augen.*

Unsere Habseligkeiten wurden über den Ozean stets per Schiff verfrachtet und brauchten teils Monate bis zur Ankunft in Halifax oder Toronto. Ich wartete sehnsüchtig auf mein Spielzeug, bis endlich der Lastwagen vor unserem Haus anhielt. Es war ein sonniger Tag. In einer Transportkiste aus rohem Holz kamen die schon fast verloren geglaubten Schätze aus München an. Für die Eltern Porzellan und Decken und für mich mein Teddybär, verpackt in Holzwolle.

**22:12** *Ein angenehmes Gefühl von Freude und Ruhe erfasste mich damals und berührt mich auch jetzt, nach so vielen Jahren, eingesperrt in der Ettstraße. Ein Gefangener nahe meiner Zelle poltert gegen die Türe. Ein unverständliches Schimpfen mündet in einen lauten Weinkrampf. Er schlägt gegen das schwere Eisen.*

*Wieder Schritte auf dem Gang. Die Beamten versuchen, ihn zu beruhigen. Doch er schreit, weint. Es wird lauter. Dieser Mann – vielleicht ein Dieb oder ein Dealer oder ein Unschuldiger – wurde wie ich seiner Freiheit beraubt.*

*Ich muss an den blutenden Kopf von Hintermoser denken. Die Nazis werden sich rächen wollen. Als die Kamera über die Absperrung flog, war es schon dunkel. War es tatsächlich Hintermoser, der mit blutendem Kopf zu Boden stürzte? Ich wurde so schnell verhaftet, mit mir wurde so rüde umgegangen. Wollte die eine freundliche Polizistin mich mit ihrem Lächeln in Sicherheit wiegen? Nicht auszuschließen, dass man mir einen geplanten Anschlag auf Hintermoser anhängen will.*

*Mit diesen wilden, paranoiden Fantasien steigt meine Angst. In dieser Zelle bin ich nicht sicher.*

*In wissenschaftlichen Abhandlungen habe ich gelesen, dass im Phänomen des Lebensfilms mehr als nur ein wahrer Kern stecken soll: Menschen sehen kurz vor dem Tod ihr Leben wie in einem Film an sich vorüberziehen. Ähnlich empfinde ich jetzt die Bilder aus meiner Kindheit. Bilder, die seit Jahrzehnten verborgen waren.*

Als meine Eltern entschieden, ihre Zelte in Kanada endgültig abzubrechen und nach München zu fahren, um dort zu bleiben, weinte ich tagelang. Unsere vorherigen Deutschlandbesuche waren mir in schlechter Erinnerung geblieben. München sah ich nur in Grau und Schwarz und verstand die Menschen dort nicht. Ich hatte bis dahin fast nur in Kanada gelebt, sprach nur Englisch.

Mein Onkel Saul in Halifax, ein Möbelhändler, erwog meine Adoption. Der kleine Junge mit dem blonden Lockenkopf sollte nicht dem Täterland zurückgegeben werden. Die Eltern verließen Halifax jedoch überraschend und schnell mit meiner Schwester und mir, ohne die Verwandten zu unterrichten. Natürlich kam eine Adoption nicht in Frage.

Die folgenden Jahre sollten vom Drama der Scheidung meiner Eltern überschattet sein. Und wie so häufig litten wir als Kinder unter den Folgen ganz besonders.

**22:35** *Ich höre den Atem einer Person vor meiner Zelle. Will sie reinkommen oder nur durch den Spion nach mir sehen? Wenn sie mit bösen*

*Absichten käme, ich könnte mich nicht wehren. Weder mit bloßen Händen noch mit einer schweren Kamera.*

*Für einige Sekunden steht mein Herz still. Dann höre ich in der Stille kleine, leise Schritte, die sich langsam entfernen. Die Gefahr scheint gebannt und ich versuche, mich mit der unglaublichen Geschichte der ersten Begegnung meiner Eltern abzulenken. Erfahren habe ich sie von meinem traurigen Onkel Bernstein in seinem Pelzladen in der Sonnenstraße, als ich älter war und die Zeit in Kanada schon sehr fern schien. Meine Eltern selbst haben nie ein Wort darüber verloren.*

## Eine unmögliche Ehe

Sie trafen sich in München, genau ein Jahr vor meiner Geburt, im schönen Garten einer im Krieg unzerstört gebliebenen Villa in Laim am Fröbelplatz. Bekannte meiner Mutter waren gemeinsam mit meinem Vater geschäftlich unterwegs, sie wollten im Keller des Anwesens Mehl aus Beständen der US-Army lagern. Also traf mein Vater meine Mutter in diesem schönen Garten, er sah sie an, sein Gesicht wurde kreidebleich, er sackte zusammen. Sie glich seiner ersten von den Nazis ermordeten Frau bis aufs Haar. Diesen Anblick konnte er nicht ertragen.

Die unglaubliche Ähnlichkeit bestätigte mein Onkel Bernstein. „Sie ist ein Abbild meiner gottseligen Schwester und so schön, wie sie es war."

Wenige Monate nach ihrer ersten Begegnung heirateten sie. Dabei hätte das Paar nicht ungleicher sein können: Mutter, die in der Kriegszeit versteckt worden war, sah in Vater einen Prinzen, der ihr zur Flucht aus dem Täterland verhalf. Sie war noch so jung, keine 18 Jahre alt. Vater war gutaussehend, er liebte die Frauen, und sie liebten ihn. Er wollte sich ein von den Nazis genommenes Leben zurückholen - und weit schlimmer: Er sah in seiner jungen Frau eine Verbindung zu seinem Vorleben. Das alles war absurd. Diese Ehe konnte nicht gut gehen.

**23:00** *Einige Gefangene rufen aus ihren Zellen. Sie klingen verzweifelt. Kirchenglocken läuten. Kommt der Klang vom Turm der Frauenkirche* *oder vom Alten Peter? Ich zähle elf Schläge. Oder waren es zwölf? Die Zeit vergeht unendlich langsam, verschwimmt.*

*Von fern höre ich wieder Schritte auf dem Gang. Ich stehe schnell auf, mir schwindelt, und stelle mich in eine Ecke der Zelle neben das Waschbecken. Es ist die größtmögliche Entfernung zur Türe und ein hilfloser Versuch, mich gegen einen möglichen Angriff zu wehren.*

*Zögerlich dreht jemand den Schlüssel im Schloss und öffnet die Metalltüre. Von außen fällt ein schmaler Lichtstreif in meine Zelle. Der Beamte fragt, ob alles in Ordnung sei, und ich nicke mit unbewegter Miene, denke: In der momentanen Situation hilft nur, unterwürfig zu schweigen, bevor sie auf mich losgehen. Der Mann dreht sich wieder zur Türe, verlässt den Raum und schließt sie von außen. Für mehrere Sekunden halte ich den Atem an, bis seine Schritte sich weiter entfernen und verklingen. Warum diese ständigen Kontrollen? Wollen Sie mich in die Raserei oder den Suizid treiben? Es wird ihnen nicht gelingen.*

Nun sollten wir also in München bleiben. Meine Schwester und ich wohnten bei Verwandten in Laim, nicht in der schönen alten Villa am Fröbelplatz, sondern in einer kleinen Zweizimmerwohnung im fünften Stock eines Genossenschaftsbaus. Meine Eltern lebten in Scheidung. Mutter hatte einen neuen Mann kennengelernt und war mit ihrem Künftigen nach Süditalien gezogen, Vater lebte mit seiner Lebensgefährtin und ihrem Sohn in Neuhausen.

Ich litt und fühlte eine tiefe Trauer über die verlorene Mutter, suchte sie auf den Straßen und wartete ständig auf ihre Rückkehr.

**23:04** *Diese Angst vor einem unwiederbringlichen Verlust, ein Gefühl der großen Hilflosigkeit, habe ich bis heute nicht verloren. Es überwältigt mich auch in diesem Augenblick in meiner Gefängniszelle in der Ettstraße.*

Unsere Eltern versuchten, ihr schlechtes Gewissen mit süßen Geschenken zu erleichtern – aus dem fernen Italien oder bei Besuchen in der Neuhauser Wohnung. Die Trauer von mir und meiner Schwester konnten sie damit nicht aufhellen.

Gelegentlich nahm mein Vater mich mit zu Freunden. Er war stolz auf seinen Sohn und wollte diesen Stolz mit anderen teilen.

In der kleinen Wohnung seiner Freunde spielte jemand auf einer Geige und fast alle Männer und Frauen hatten Tränen in den Augen oder weinten offen. Sie redeten mit mir wie mein Vater. Sie sprachen Jiddisch, nannten mich Jingele, umarmten mich und fuhren zärtlich durch mein Haar. Einige sangen zur Melodie der Geige, leise und langsam, und blickten dabei auf den Boden. Plötzlich begann eine junge Frau laut zu schreien. Dann ein bebendes Schluchzen, sie rief fortwährend nach dem gleichen Namen und sank zusammen. Mein Vater führte mich schnell in ein anderes Zimmer. Welches Geheimnis wollten sie vor mir verbergen? Ich musste an meine Mutter denken, die verschwunden war und mir fehlte. Warum war sie nicht hier? An wen dachten diese unglückliche Frau und die Freunde meines Vaters? Eine Dame in einem bunten Kleid kam, brachte mir Schokolade und küsste meine Wangen. Sie nahm mich in den Arm und bat uns, bald wieder zu kommen. Sie war schön und warmherzig und ich sah sie leider nie wieder.

Im Alter von fünf, vielleicht auch schon sechs Jahren kam ich dann in die Volksschule an der Fürstenrieder Straße. Mir erschien die Schule im Vergleich zu den Gebäuden in Kanada wie eine uralte Bruchbude. Die Wände waren dunkel, die Holztreppen knarzten laut und die Schulbänke im großen Klassenzimmer waren mit unzähligen Tintenklecksen beschmiert. Die Kinder und Lehrer waren mir überaus fremd und der schönste Augenblick war der laute Gong zum Unterrichtsende. Meine Gedanken kreisten um den Verlust der Mutter und nicht um das ABC oder das Kleine Einmaleins.

Gelegentlich verließ ich die Wohnung. Nicht, um mit den anderen Jungs zu spielen, sondern um meine Mutter in den umliegenden Straßen und auf dem Fröbelplatz zu suchen.

Sie kam nicht wieder, doch mein Vater nahm uns zu sich. Seine neue Frau – die dritte, die er geheiratet hatte – sollte nun meine neue Mutter sein. Sie war einfühlsam, konnte aber die Sehnsucht nach meiner richtigen Mutter nicht verstehen. Weshalb trauerte ich einer Frau nach, die mich in ihren Augen herzlos verlassen hatte?

Ich kam auf eine neue Volksschule in Neuhausen, sie lag in der Südlichen Auffahrtsallee. Auch dort vermochte ich dem Unterricht kaum zu folgen, zumal die Umschulung kurz vor Ende des Schuljahres erfolgte. Meine seelischen Qualen setzten mir auch körperlich zu. Die Klassenlehrerin empfahl der Stiefmutter in einem Gespräch meine Versetzung in die Sonderschule.

**23:10** *Ich suche nach guten Bildern aus dieser Zeit ... Da war das nagelneue Opelkabrio in Kanariengelb mit schwarzem Verdeck. Für mich war es ein Stück Kanada und mein Vater parkte den Wagen auf der gegenüberliegenden Straßenseite. So konnten wir das Kabrio von der Erdgeschosswohnung aus immer gut sehen und bewundern. Ich freute mich über die neidvollen Blicke der Nachbarn, die mit uns und wir mit ihnen kaum ein Wort wechselten.*

## Onkel Oskar

Mein Lichtblick in diesen Tagen war Onkel Oskar. Er war klein und schmächtig, trug stets einen grauen Anzug und einen dazu passenden grauen, abgewetzten Hut, den er auch in der Wohnung aufbehielt. Sein Geld verdiente er als Kürschner bei meinem Vater. Er war oft pleite, denn seine Leidenschaft war die Pferderennbahn. Zweimal wöchentlich kam er zu uns in die Wohnung und unterrichtete mich in Hebräisch, Schreiben und Lesen. Mit einem Zahnstocher deutete er in seinen Büchern auf die Buchstaben, die ich lesen sollte. Dann nahm er den Zahnstocher wieder in den Mund und kaute mit seinen vergilbten und kaputten Zähnen darauf herum. Er war Kettenraucher und blickte immer nervös nach allen Seiten.

Leider war ich nicht wirklich verwandt mit ihm. Ich hatte in Deutschland keine Verwandten, weil sie ermordet worden waren, wie ich später erfuhr, und wenn jemand kam und mein Onkel sein sollte, so glaubte ich das. Ich wollte es glauben.

Onkel Oskar ging liebevoll mit mir um. Er stärkte mein Selbstbewusstsein, denn während ich in der Schule nur wenig behalten konnte, lernte ich an seiner Seite schnell das Hebräisch der Thora zu lesen und zu schreiben, mit allen Vokalen. Bei ihm fühlte ich mich geborgen, in der Schule war ich fremd. Seine Erzählungen aus der Bibel zogen mich in den Bann. In jüdischen Belangen war er gebildet, denn er kam aus einer polnischen Rabbinerfamilie. Wenn er von dieser Vergangenheit erzählte, blickte er dabei ins Leere. Wie die meisten Überlebenden war er gebrochen. Seine Hoffnung war Israel. Onkel Oskar war Zionist und sein Plan war auch meine Auswanderung ins gelobte Land. Ich teilte schnell seine Begeisterung und wähnte mich schon wieder im Flugzeug oder auf dem Schiff.

Einmal, nach dem Alef-Beth-Lernen, legte er feierlich ein in braunes Packpapier eingeschlagenes größeres Buch auf den Tisch. Es war mit einer groben Schnur umwickelt, die mehrfach zugeknotet war. Ich durchschnitt sie, entfernte das Packpapier und hatte ein Buch mit dickem Kartoneinband in der Hand, das einen seltsamen Geruch nach Druckerschwärze und Mottenkugeln verströmte. Auf dem Buchdeckel war ein Panzer mit aufgemaltem Davidstern abgebildet, der durch die Wüste fuhr. Die schweren Ketten wirbelten den Sand auf. In der offenen Luke stand ein junger Soldat mit nacktem Oberkörper. In seiner rechten Hand hielt er ein Gewehr, die linke spreizte er zum Victory-Zeichen.

Das Buch mit vielen Fotografien und wenig Text war eine hymnische Schilderung des israelischen Unabhängigkeitskrieges von 1948. Onkel Oskar erzählte mir von diesem Krieg, als wäre er dabei gewesen, die Fotos in schwarz-weiß waren der Beweis. Die jüdischen Kämpfer in Israel waren Helden und trotzten dem Feind. Ich lernte dank Onkel Oskar nicht nur Hebräisch, sondern auch eine Vision jüdischen Lebens, die nicht von Trauer und Tod gezeichnet war.

Das Buch wurde zu meinem ständigen Begleiter. Ich durchblätterte es, wann immer es ging. Meine Spielzeugautos wurden in meiner Fantasie zu Panzern, an denen ich kleine Papierfähnchen mit Davidstern befestigte. Zur Schule durfte ich das Buch nicht mitnehmen. Niemand sollte wissen, dass meine Familie jüdisch war.

Nach einem halben Jahr endete der Unterricht mit Onkel Oskar abrupt. Die näheren Umstände seines Todes erfuhr ich nicht. Mein Vater erklärte, er sei nun zu seiner Familie zurückgekehrt, was ich nicht verstehen wollte, weil auch ich Familie für ihn gewesen war. Ich vermisste ihn als Freund und Lehrer, am meisten aber seine Erzählungen über das Land Israel, das er nie hatte betreten dürfen.

**23:15** *Auf dem Gang höre ich schon wieder Stimmen und Schritte. Das Bild meiner kleinen Matchbox-Autos mit Israelflagge weckt die Erinnerung an zwei junge Israelis, die sicherlich schon beim israelischen Militär unter der gleichen Flagge Dienst geleistet hatten und vor gar nicht langer Zeit hier in der Ettstraße eingesperrt wurden, weil sie im Kaufhof auf Diebeszug gewesen waren. Schnell hatten sich in der jüdischen Gemeinde Spender gefunden für die Bezahlung eines Anwaltes und der Kaution. Als Gemeindevertreter ging ich zum Gefängnis, leistete die Vorauszahlung für den Anwalt und übergab den Rest den Israelis. Sie blieben mehrere Tage eingesperrt, waren nicht unschuldig und vielleicht in der gleichen Zelle wie ich.*

*Warum werde ich nicht freigelassen? Bin ich hier sicher vor den Nazis? Wenn Hintermoser nicht mehr aus dem Koma erwacht, werden sie mir nach dem Leben trachten.*

Das Schuljahr sollte bald zu Ende sein. Meine Versetzung in die zweite Klasse der Volksschule war gefährdet. Ich vermisste Onkel Oskar. Zwischen meinem Vater und seiner dritten Frau gab es fast täglich heftigen Streit. Sie war eifersüchtig und er gab ihr zu wenig Haushaltsgeld.

Die Wohnung in Neuhausen war inzwischen zu klein geworden. Wie es meinem klammen Vater gelingen konnte, eine stattliche Doppelhaushälfte in Lochham in der Röntgenstraße anzumieten, haben wir nicht verstanden. Sie war im Landhausstil der

Dreißigerjahre errichtet worden, mit einem weit nach unten gezogenem Satteldach und langen Balkonen aus dunklem Holz. Der grobe Fassadenputz war weiß gestrichen, der Garten mit Steinterrasse weitläufig, aber ungepflegt.

Gelegentlich bekamen wir Besuch. Es waren nur jüdische Familien, zumeist Bekannte aus der Pelzbranche. Wir Kinder spielten im Garten und die Erwachsenen tranken Kaffee und aßen Kuchen und sprachen vom Geschäft. Einer von ihnen war Nathan Gleichman. Seine Frau kam aus Italien und sprach leise einige Worte in Jiddisch und dann wieder Italienisch. Sie hatten einen kleinen Pelzladen in der Dienerstraße. Leidenschaftlich gern erzählten sie von der guten Zeit vor dem Krieg in Polen, von wunderbaren Kantoren in den Synagogen von Warschau, vom Jiddischen Theater, von gemeinsamen Verwandten und Bekannten. Durften wir Kinder erst danebenstehen und zuhören, wurden wir doch bald wieder weggeschickt. Aus der Ferne sah ich dann die verweinten Augen der Erwachsenen und verstand nicht den Grund der immer wiederkehrenden Traurigkeit.

**23:27** *Ich friere stark und ein Zittern befällt mich. Neben dem Waschbecken erkenne ich erst jetzt einen kleinen Heizkörper. Aber während der Nacht schalten sie die Heizung ab. Das ist wohl normal in Zeiten des Klimanotstands.*

## Meran

Anfang Juni fuhren wir nach Südtirol, nach Meran. In der Schule war ich krankgemeldet. Das milde Klima sollte meinen ständigen Husten vertreiben. Da Geld wie so oft knapp war, aßen wir unregelmäßig und wohnten in den billigen Fremdenzimmern einer kleinen Weinkelterei. Vor dem Wohn- und Geschäftshaus war ein weitläufiger, mit rötlichem Sand bedeckter Platz angelegt und neben dem Haus mit unseren Gästezimmern stand ein fensterloser Holzschuppen, in dem leere wie volle Weinfässer aus Holz gelagert wurden. Der kühle Raum schützte vor der Sommerhitze.

Nicht ein einziges Wölkchen zierte den blauen Himmel. Ich genoss die Wärme und spielte gern im flirrenden, hellen Licht auf dem staubigen Hof. Wehte ein kleines Lüftchen, trug es den Geruch von Wein. Im Holzschuppen durften die Erwachsenen diesen Wein kosten und selbst die Kinderlimonade hatte einen fruchtigen Traubengeschmack.

Einige Tage nach unserer Ankunft war italienischer Nationalfeiertag. Einige Gebäude waren mit Fähnchen in grün, weiß und rot geschmückt. Die Wirtin hatte einen großen Waschzuber vor dem Haus aufgestellt und kümmerte sich mit ihren Hilfskräften demonstrativ um die Wäsche. „Das ist heute nicht mein Feiertag", verkündete sie und das sollte jeder sehen. Sie sprach Südtirolerisch und ich verstand sie nur schwer. Als das Geld ausging, fuhr mein Vater nach Bozen, um bei einer Bank den Betrag zu holen, den mein Onkel Bernstein per Express überwiesen hatte.

Monate später saß ich bei Onkel Bernstein in München und er bemerkte, das Schuldenkonto meines Vaters würde wohl ewig weiter ansteigen. „Ich nehme es gelassen, meine Tage sind ohnehin gezählt." Traurig und mit Schuldgefühlen verließ ich ihn an diesem Tag.

Nach unserem Urlaub in Südtirol sah ich meinen Vater nur selten. War er zu Hause, gab es Streit mit seiner Frau. Gelegentlich durfte ich ihn in die Pelzwerkstatt in der Lipowskystraße begleiten. Dort saßen junge Frauen an laut surrenden Maschinen und nähten die kleinen Pelzstücke zusammen. Die Kürschner standen in weißen Arbeitskitteln an langen Tischen und schnitten die Felle schnell und geschickt mit Spezialmessern in kleine, längliche Stücke. Die Werkstatt war spezialisiert auf Nerz- und Persianermäntel. Ich langweilte mich meist, aber die Angestellten behandelten mich liebevoll und mein Vater präsentierte mich mit Stolz seiner Belegschaft.

Wie fast alle Jungs meines Alters trug ich damals eine längst speckig gewordene Lederhose. Seit unserer Ankunft aus Kanada hatte ich Deutsch gelernt und einige bairische Redewendungen. Gelegentlich fiel ich ins Jiddische oder Englische. Die Jungs, mit denen ich spielte, verstanden mich und grinsten bei Worten, die ihnen fremd waren. Ich gehörte dazu - aber nicht ganz. Raufereien ging ich aus dem Weg.

Meist spielte ich mit jüdischen Kindern. Da war der Sohn eines Pelzhändlers, für den mein Vater Mäntel in Lohnarbeit fertigte. Sein Chauffeur holte mich eine Zeit lang jeden Sonntag ab und brachte mich ins Lehel in die Reitmorstraße. Ich hatte eine Tasche voller Spielzeugautos unter dem Arm. Der kleine Ben saß in einem Plüschsessel und hielt eine große Zeitung in seinen Händen. Das war für mich anfangs ein befremdlicher Anblick. Ich schob meine Autos auf dem Perserteppich umher und er las mit fünf oder sechs Jahren die Nachrichten oder tat zumindest so. Nach etwa zwei Stunden war die Spielzeit zu Ende und ich wurde wieder nach Hause chauffiert.

Als ich so an einem warmen Sommertag in Begleitung von Bens Vater und seinem Fahrer das Haus verließ, hörte ich Geschrei von der Straße. Auf dem Gehsteig stand ein Ehepaar, laut streitend. Die Frau weinte hysterisch und ihr Ehemann versuchte sie verzweifelt festzuhalten und zu beruhigen. Als ich näher hinsah, erkannte ich, dass die Frau schön und völlig unbekleidet war. Sie riss sich unversehens los und lief, wie Eva vor dem Sündenfall, schräg über die Straße. Ich konnte meine Blicke von ihr nicht abwenden, bis Bens Vater seine Hand vor meine Augen hielt und auf Jiddisch sagte: „Schau weg, die ist meschugge."

## Jom Kippur

Zu den hohen Feiertagen nahm uns Vater mit zum Gebet. An nur drei Tagen im Jahr, am Neujahrs- und Versöhnungsfest, gingen wir in die Synagoge. Ich mochte die feierliche Stimmung und den Geruch und die Wärme der unzähligen Gedenkkerzen.

Während die Erwachsenen an Jom-Kippur beim Jiskor-Gebet ihrer toten Angehörigen gedachten, verließen wir Kinder den Gebetssaal, spielten währenddessen draußen und standen am Gitter des rauschenden Stadtbaches, der durch den Hof floss. Das Bachbett war mit dichtem, glitschigem Moos bewachsen. Der

Geruch des schnell fließenden grünen Wassers erinnerte mich an das brackige Meerwasser, das in den kanadischen und deutschen Häfen die Ozeandampfer umspült hatte.

Nach dem Jiskor gingen wir zurück in die Synagoge, zum Platz meines Vaters. Neben ihm stand Onkel Bernstein. Wir sahen, dass beide geweint hatten. Sie wischten sich die Tränen aus dem Gesicht und blickten verlegen nach vorn zum Thoraschrein. Ich verstand nicht, dass sie in die Synagoge gingen, um dort zu weinen.

Im späten Herbst war meine Mutter mit ihrem Mann von Italien nach München zurückgekehrt. Sie hatten eine Wohnung mit Büro in der Gotzinger Straße, im ersten Stock eines Eckhauses nahe der Großmarkthalle bezogen. Wir telefonierten nach ihrer Rückkehr nur einmal und das Gespräch war kurz und verlief sehr einsilbig. Sie erzählte, dass ich ein Brüderchen bekommen hatte.

Die Stimmung zu Hause wurde zusehend schlechter, die Streitereien zwischen meinem Vater und seiner Frau unerträglich. Er verließ am frühen Morgen das Haus und kam erst am späten Abend oder überhaupt nicht zurück. Wir aßen selten gemeinsam und wenn ich mit ihm sprechen wollte, musste ich das gleich nach dem Aufstehen tun, während er seine blütenweißen Hemden anzog und ich ihm die Manschettenknöpfe anlegen durfte. Dann schimpfte er über seine Frau, über meine Mutter und über die Deutschen. Häufig spuckte er vor Zorn auf den Boden. „Sie saugen mir das Blut aus den Adern und wollen nur mein Geld." Wenn er dann mein verstörtes Gesicht sah, lächelte er mich an, strich mir durchs Haar und gab mir eine Münze. „Mach dir damit einen schönen Tag." Anschließend verließ er grußlos das Haus und knallte die Türe zu.

**23:40** *Als ich kurz vor dem Abitur stand, erzählte mir mein Vater, wie er im Lager – er wurde bei Kriegsende in Flossenbürg befreit – einen SS-Mann erschlagen hätte. Er redete sich dabei in Rage, beschrieb genau, wie er im Steinbruch mit seiner Spitzhacke auf den SS-Mann eingeschlagen hatte, bis er stark blutend zusammengesackt und tot war. Er sei nicht der Einzige gewesen und es stünden noch viele Rechnungen offen.*

*Das alles kann sich nur in der Fantasie meines Vaters abgespielt haben, denn wäre es während seiner Gefangenschaft geschehen, hätte er das Konzentrationslager niemals überlebt. Er aber glaubte an diese Morde, in ihm waren sie Jahrzehnte später zur Realität geworden. Den Gedanken, den Deutschen völlig hilflos ausgesetzt gewesen zu sein, konnte er nicht ertragen.*

## Wir sind Juden und feiern kein Weihnachten

Das Weihnachtsfest nahte. Die Kinder, mit denen ich um die Häuser zog, hatten nur ein Thema: Den Heiligen Abend und was das Christkind ihnen bringen würde. Sie übertrafen sich in ihren Hoffnungen nach vielen und großen Geschenken. Da ich beharrlich schwieg, fragten sie immer nachdrücklicher nach meinen Wünschen. Sollte ich erzählen, dass wir Weihnachten nicht feierten? Dass in unserem Wohnzimmer kein festlich geschmückter Baum stand und dass ich kein Christ war? Dass wir schon vor einigen Wochen die Kerzen der Chanukkia entzündet hatten und ich nur ein kleines Matchboxauto bekommen hatte?

Mein Desinteresse am Weihnachtsfest konnten und wollten sie nicht verstehen. Sie bohrten weiter, ob ich am Heiligen Abend nach der Bescherung mit in die Kirche kommen wollte?

Ich war in einer misslichen Situation. Natürlich wäre ich zu Weihnachten auch gerne reichlich beschenkt worden. Doch zu Hause war das Thema tabu. Dann dachte ich an unsere Synagogenbesuche. In der Kirche betete man sicherlich wie in der Synagoge. Ob man dort auch weinte?

Und dann platzte es aus mir heraus: „Wir sind Juden und wir feiern nicht Weihnachten, sondern Chanukka."

Die Kinder starrten mich an. „Das kann nicht sein, dass ihr kein Weihnachten feiert. Alle feiern Weihnachten."

„Nein, wir nicht."

Weil sie es nicht verstanden, wurden die Kinder zornig. „Du weißt schon, dass die Juden Jesus Christus ans Kreuz genagelt haben!"

„Nein, haben sie nicht!"

Sie sahen mich immer noch wütend, aber auch mitleidsvoll an und ich wollte nur noch weg, lief wortlos davon, nach Hause, und sperrte mich in meinem Zimmer ein.

Am Weihnachtsabend saßen wir zusammen. Es gab Wiener Würstel mit Kartoffelsalat, keine Geschenke und keinen Christbaum. Mein Vater kam erst gegen elf Uhr abends. Hatte er Weihnachten mit der Kusine seiner Frau gefeiert? Hatte meine Stiefmutter Grund zur Eifersucht? Es gab wieder Streit und Geschrei.

Eine Woche später, an Silvester, kam es zum nächsten unvermeidlichen Drama und wir Kinder waren einbezogen. Ohne Vater erwarteten wir den Jahreswechsel. Es gab Weißwürste und kurz vor Mitternacht Kuchen. Er kam spät, nachdem wir auf der Terrasse das Feuerwerk der anderen bewundert hatten. Er war angetrunken und seine Frau fragte, wo er gewesen sei. Er reagierte nicht und dann flogen und zerbarsten Gläser. Ein gläserner Lüster fiel von der Decke. Es gab körperliche Gewalt. Auf dem Boden war Blut zwischen den vielen Glassplittern.

In dieser chaotischen Situation rief mein Vater meine Mutter an und bat sie verzweifelt, uns Kinder abzuholen. Er hatte dabei Tränen in den Augen wie damals beim Abschied im Hafen von Halifax. Nach einer halben Stunde stand am frühen Morgen des neuen Jahres der Borgward meines Stiefvaters vor unserer Haustüre. Er holte uns zu sich, zu meiner Mutter und ihm in eine neue Wohnung in Sendling. Sie war deutlich beengter als die Doppelhaushälfte in Lochham, es gab keinen ruhigen Garten. Stattdessen ratterten die mit Obst beladenen schweren Lastkraftwägen Tag und Nacht über das Kopfsteinpflaster der Gotzinger Straße zur Großmarkthalle.

Mein Stiefvater Nicky betrieb mit einem Kompagnon einen Export- und Importhandel für Südfrüchte. Gemeinsam saßen sie in einem kleinen Büro an einem großen Schreibtisch mit mehreren Telefonen. Fasziniert war ich vom Fernschreiber. In einem Holzkasten von der Größe eines kleinen Schreibtisches drehte sich im oberen Teil eine Papierrolle, auf die über eine darunter liegende Tastatur wie bei einer Schreibmaschine Texte geschrieben werden konnten. Daneben war eine Wählscheibe installiert. Mit ihr wurden andere Fernschreiber kontaktiert.

Oft telefonierte Stiefvater mit Italien. Er sprach laut - es waren Ferngespräche - und fließend Italienisch mit seinen Geschäftspartnern in Süditalien, die er gut kannte. Er hatte schließlich mit meiner Mutter dort knapp zwei Jahre im Auftrag eines großen Münchner Importeurs verbracht, bevor er sich in die Selbstständigkeit gewagt hatte. Da Nicky und sein Kompagnon mit schnell verderblicher Ware handelten, gab es oft viel Hektik und Aufregung. Sie machten riskante Geschäfte und zockten mit hohen Einsätzen.

## Judenkind

Ich musste erneut die Schule wechseln und besuchte nun die dritte Klasse in einem großen alten Gebäude an der Implerstraße, nahe unserer Wohnung. Mein Schulweg führte durch die Gotzinger Straße, wo es einen kleinen Tabakladen mit Schreibwaren gab. Ich durfte dort für meinen Stiefvater Zigaretten der italienischen Marke Muratti und für mich Stifte und Schulhefte kaufen. Der Ladeninhaber war nett zu mir und schenkte mir bei jedem Besuch ein kleines Papiertütchen mit Brausestangen, die ich liebte, weil sie im Mund so köstlich kitzelten. Wir kannten uns, denn er saß in der Synagoge nur wenige Bänke entfernt. In seinem Laden fühlte ich mich wohl, vor allem gab es keine merkwürdigen Fragen.

Woher kommst du? Wo bist du geboren?

Ich sprach mittlerweile Bairisch, sah aber nicht so aus. Ein Junge, mit dem ich gelegentlich den Schulweg teilte, meinte einmal, ich erinnerte ihn an ein altes Foto von einem Judenkind mit großer Nase.

Mein Stiefvater war nicht jüdisch, er war Atheist und kannte meinen Vater aus Zeiten, in denen sie gemeinsam Schwarzmarktgeschäfte betrieben hatten. Sie konnten sich gut leiden. Selbst als der Scheidungskrieg zwischen meinen Eltern entbrannt war, sprachen sie noch miteinander und vereinbarten, nachdem wir zu Nicky und unserer Mutter nach Sendling gezogen waren, an den

Anwälten vorbei, dass wir Kinder jedes zweite Wochenende bei unserem Vater sein sollten.

Daddy hatte sich von seiner dritten Frau getrennt und wohnte nun bei ihrer Kusine mit deren beiden Söhnen, ungefähr in meinem Alter. Ihre Wohnung lag in der Kolumbusstraße. Sie war zuvor mit einem amerikanischen GI verheiratet gewesen, hatte die amerikanische Staatsangehörigkeit. An den Besuchstagen holte mein Vater mich mit seinem neuen hellblauen Mercedes ab. Ich wollte nicht zu ihm. Zu frisch waren meine Erinnerungen an die schreckliche Silvesternacht und an den ständigen Streit. Er minderte mein Unbehagen, indem er den Traum eines jeden Jungen erfüllte. Ich durfte sein neues Auto mitlenken, saß zwischen seinen Beinen auf dem Fahrersitz, drückte mit meinen Füßen das Gaspedal und spürte, wie sich der Wagen durch mein Zutun beschleunigte.

Ich hatte nun also einen Stiefvater, den ich oft als strengen zweiten Vater wahrnahm, ich hatte eine Mutter, die sich überwiegend um ihren Jüngsten, meinen Stiefbruder, kümmerte, meinen Vater und seine neue Frau, meine neue Stiefmutter. Der Kontakt zur jüdischen Gesellschaft war dagegen abgebrochen. Meine Mutter verband mit ihrem Judentum nur Leid und Verfolgung. Für sie war die atheistische Haltung ihres Mannes ein sehr pragmatischer Weg, den auch sie beschritt.

Gelegentlich durfte ich meinen Vater in ein Café nahe des Königsplatzes begleiten. Es war ein runder, flacher Nachkriegsbau auf einem Eckgrundstück, auf dem einst ein Wohnhaus gestanden hatte. Dort saßen sie über Stunden – Männer und Frauen, die leise Jiddisch und Polnisch redeten, Tee und Wodka tranken.

Eine der Frauen fragte mich freundlich, wie es meiner Mutter ginge, die sie wohl kannte. Dabei lächelte sie gewinnend, während mein Vater seinen Arm um ihre Hüfte schwang. Was sollte ich sagen? Leise antwortete ich der elegant gekleideten Frau, dass meine Eltern in Scheidung lebten. Darauf löste sie sich aus der Umklammerung meines Vaters und schimpfte auf ihn ein: „Du schlechter Mensch, was hast du nur getan?“ Mein Vater war verärgert: „Rachele, wie redest du mit mir?“ Er ließ uns stehen und ging zu seinen Freunden, sie unterhielten sich angeregt. Nach einer halben Stunde holte er die Mäntel und wir gingen. Im Wagen meinte er, man dürfe Rachele nicht böse sein. „Sie hat mir erzählt, du würdest sie an ihren Sohn erinnern. Sie hat ihn im Lager verloren." Ich verstand nicht, wie sie ihren Sohn dort verlieren konnte. Vielleicht war er gestorben? Ich hatte Mitleid mit ihr, auch weil sie hinkte.

Die Welt meines Vaters war oft traurig und sein Handeln widersprüchlich. Er hob mich in den Himmel, wenn wir in jüdischer Gesellschaft waren. In Gegenwart seiner neuen Frau lobte er deren Söhne und meinte, ich solle mir an ihren schulischen Erfolgen ein Bespiel nehmen. Jedes Mal kamen mir dabei die Tränen.

Zu Hause bei Nicky und meiner Mutter gab es keine Trauer. Mein kleiner Bruder und der Obsthandel standen im Vordergrund. Nicky und sein Geschäftspartner hatten inzwischen einen Stand in der Großmarkthalle und ein Büro im Kontorhaus. Es gab keine Geldsorgen, gute Laune bei guten Geschäften und schlechte Laune, wenn in den Waggons verdorbenes Obst oder überhaupt keines ankam, weil der italienische Zoll am Brenner wieder streikte. Gelegentlich besuchte ich Nicky nach der Schule in der Halle an seinem Stand. Er war fast täglich ab fünf Uhr morgens dort, saß im kleinen Büro und addierte die Verkäufe mit einer mechanischen Rechenmaschine. Seine Kollegen waren freundlich, viele sprachen Italienisch und Bairisch mit Münchnerischem Klang. Obst gab es reichlich und an einem der hinteren Stände bis Mittag frische Weißwürste mit großen Brezen. Die Italiener in der Halle sprachen mit mir Italienisch, weil ich südländisch aussah. Wenn ich dann fragend Nicky ansah, meinte er: „Felix ist ein echter Bayer, sprecht Deutsch mit ihm."

In dieser Welt fühlte ich mich wohl und unbeschwert. Es wurde gelacht, es flossen keine Tränen. Schwierig wurde es nur, wenn die Sprache auf meinen Vater kam.

Er schimpfte über meine Mutter und meine Mutter über ihn. Oft kam er am Freitag zu uns, der Tag, an dem er Löhne bezahlen musste und nicht flüssig war. Nicky gab ihm dann ohne großes Aufheben, was er benötigte, und meist zahlte mein Vater seine Schulden bald zurück. Wenn nicht, überließ er Nicky zur Sicherheit einen Nerzmantel, den der dann wiederum verkaufte, wenn er nicht im Kleiderschrank meiner Mutter landen sollte. Nicky gab und Daddy nahm. Er war der Schwächere.

Beide waren meine Väter. Ich wusste nicht, auf wessen Seite ich mich schlagen sollte, und fürchtete stets die Ablehnung und Ausgrenzung von beiden.

**00:00** *Von fern höre ich einen Glockenschlag. Ich muss aufstehen und pinkeln gehen, wie jede Nacht. Der Strahl trifft hörbar auf die metallene Kloschüssel. Mein Rücken schmerzt.*

Die Miniatur einer zweirädrigen hohen sizilianischen Pferdekutsche aus Holz stand auf dem Dach von Nickys Obststand. Sie wurde von einer weiblichen Puppe mit großem Busen und langen farbigen Bändern in den Haaren gelenkt – grün, weiß und rot in den Farben der italienischen Trikolore. Geschäftspartner aus Palermo hatten die Kutsche als Geschenk mit nach München gebracht, das kleine Kunstwerk war schon von Weitem sichtbar.

Zu Hause gab es neben dem Geschäft ein neues Thema: Meine Eltern hatten ein freistehendes Haus mit großem Garten und Pool in Waldtrudering in der Von-Trotha-Straße gekauft. Nun galt es, die in der Vorkriegszeit errichtete Villa mit viel Holz an der Fassade in eine zeitgemäße Form zu bringen. Rundungen an der Fassade und helle Pastellfarben sollten dem dunkel wirkenden Bau einen Anschein von Avantgarde verleihen. Ein junger Architekt aus Nickys Abiturklasse wurde mit der Planung und Bauleitung beauftragt.

Die Fahrt von Sendling nach Waldtrudering war für mich wie eine Weltreise. Wir fuhren mit Straßenbahn und Bussen, mussten mehrfach umsteigen und gelangten nach eineinhalb Stunden zur Endhaltestelle „Waldesruh“. Dort gab es eine einsame Gaststätte und absolute Stille.

In wenigen Monaten sollten wir umziehen und ich würde wieder in eine neue, in meine vierte Schule an der Turnerstraße versetzt werden. Je besser es mir erging, desto mehr dachte ich an meinen Vater. Ich sah ihn fern von unserem neuen Wohlstand und dies erregte mein Mitleid.

Zu Beginn des Sommers fuhren wir mit ihm, meiner Stiefmutter Klara und ihren beiden Söhnen zum Campen nach Österreich. Auf einer Wiese vor einem Bauernhof stellten wir mit Mühe und etwas unbeholfen zwei kleine Zelte auf, ein Kinder- und ein Erwachsenenzelt. Während der ersten Nacht gab es den für das Salzburger Land typischen Schnürlregen. Am Morgen war alles durchnässt, auch unsere Kleider. Sie zu wechseln ging in den kleinen Zelten nicht und so standen wir davor und entledigten uns eines feuchten Kleidungsstücks nach dem anderen. Unversehens zog die Frau meines Vaters ihren Pullover über den Kopf und entblößte ihre schweren, wohlgeformten Brüste. Ich reichte ihr gerade bis zur Schulter und stand keine 20 Zentimeter von ihr entfernt. Bei dem Anblick fühlte ich ein mir unbekanntes Kribbeln in der Magengegend.

**00:06** *Auch wenn ich dieses Bild meiner Stiefmutter nicht vergaß, blieb unser Verhältnis distanziert. Sie sah mich als Konkurrent ihrer Söhne um die Gunst meines Vaters.*

Später hellte es auf, wir gingen zum Frühstück in den Bauernhof und mein Vater unterhielt sich mit der Bäuerin angeregt über Landwirtschaft. In Polen hatte die Familie meines Vaters Pferde für die Armee gezüchtet und er kannte sich in landwirtschaftlichen Dingen aus. Tatsächlich wollte er ihr am Ende der vertrauten Fachsimpelei einen Persianermantel für den Kirchgang verkaufen. Beim Rausgehen bemerkte er grimmig: „Das sind doch alle Antisemiten und Nazis. Der Teufel soll sie holen." Aber die Bäuerin würde sicher noch einen Mantel bei ihm in München kaufen.

In mir regte sich Widerspruch. Warum redete er mit Nazis? Was hatten sie mit uns Juden zu tun? Niemand erklärte mir, was in den Lagern wirklich geschehen war, warum ich keine Großeltern, Onkel und Tanten hatte.

## Die dunkle Turnerschule

In den letzten Tagen der Sommerferien zogen wir in das aufwändig und teuer renovierte Haus in Waldtrudering. Auch innen war es nach den Vorstellungen des Architekten ausgestattet worden. Die Wände im Wohnzimmer waren gespachtelt, im Esszimmer in teils kräftigen Farben. Es roch wunderbar nach frischen Lacken. Es gab eine Garage und einen großen Abstellplatz davor. Nicky fuhr immer noch sein beigefarbenes Borgward-Coupé mit roten Ledersitzen. Jedes von uns drei Kindern bekam ein eigenes Zimmer. Die große Terrasse mit Natursteinboden befand sich unter einer halbrunden Dachkonstruktion. Der Pool war nun gefüllt, der Beton mit tiefblauer Farbe neu gestrichen. Daneben stand eine Hollywoodschaukel, der letzte Schrei.

Selbst dieses paradiesische Umfeld konnte meine zu der Zeit immer wiederkehrende Traurigkeit nicht vertreiben. Die Trennung der Eltern, mein Anderssein im Vergleich zu vielen Freunden und die bewegte Vergangenheit meiner Familie, über die ich nicht sprechen konnte, bestimmten meine Gedanken und ließen wenig Raum für das Glück eines Kindes.

Dann waren die Sommerferien zu Ende und ich wechselte zum ersten Mal nicht während des Schuljahres, sondern zu dessen Beginn in eine neue Klasse. Der Schulweg führte an dicht mit Bäumen bestandenen Grundstücken vorbei zur Turnerschule. Es roch nach Wald und ich sammelte die auf dem Gehweg liegenden Tannenzapfen. Sie waren mit Baumharz benetzt und ich hatte oft verklebte, dafür aber wohlriechende Finger, wenn ich nach Hause kam.

Die Schule war von hohen Nadelbäumen umgeben und erinnerte mich im Stil an das Haus in Lochham. Durch einen breiten, mit großen Steinplatten belegten Gang suchte ich am ersten Tag den Raum für die vierte Klasse. Ich kannte mich nicht aus und irrte durch verschiedene Klassenzimmer, während die Mehrzahl der Jungs zielstrebig zu ihren angestammten Plätzen lief. Sie tauschten sich laut mit ihren Freunden aus. Endlich wagte ich in meiner Not, einen Lehrer anzusprechen. Er war hochgewachsen und lächelte mich an. „Wie heißt du denn?" Ich überlegte, ob ich den Familiennamen von Nicky oder den meines Vaters nennen sollte. „Felix Mandelbaum ist mein Name", sagte ich schließlich leise.

Der Lehrer suchte in seiner Liste und fand „Mandelbaum" nicht. „Sag mir bitte deine Adresse dazu." Erst mit dieser Information kam er in seinen Unterlagen zu der Anmeldung eines konfessionslosen Jungen mit dem Nachnamen Krüger. Das war der Name meines Stiefvaters. Ich wiederholte trotzig: „Mein Name ist Felix Mandelbaum und ich bin mosaischen Glaubens." So war die Glaubenszugehörigkeit im Zeugnis meiner letzten Schule an der Gotzinger Straße bezeichnet worden.

Dem Lehrer verging sein Lächeln. Er blickte leicht irritiert zu mir herab und fragte bestimmt, ob nun Mandelbaum wirklich mein richtiger Name sei. „Natürlich ist er es! Sicherlich hat unsere Haushälterin mich angemeldet", versuchte ich es mit einer Notlüge. „Meine Eltern sind geschieden und sie kennt nur den Namen meiner Mutter." Immer noch irritiert erwiderte der Lehrer, dass niemand zwei Namen hätte. „Auch du nicht, Felix. Und was bedeutet überhaupt mosaisch?"

Um uns standen mehrere Schüler und lauschten sichtlich amüsiert meiner Befragung. „Mosaisch steht als meine Konfession im Zeugnis der Implerschule. Eigentlich bin ich jüdisch."

Das alles war für einen Lehrer im ländlichen Waldtrudering eine äußerst ungewohnte Situation. Mit großer Mühe bewahrte er Haltung. Er wies die umstehenden Jungs an, zu ihren Plätzen zu gehen, und begleitete mich aus dem Klassenzimmer bis zum Ende des Flurs. „Das ist die 4f. In diese Klasse gehen Knaben evangelischen Glaubens, Bekenntnislose und jetzt auch du." Dann sprach er länger mit der Klassenleiterin und wohl auch zu den Kindern, während ich vor der Türe draußen warten musste.

Als ich endlich hinein durfte, stellte die Klassenleiterin mich als Felix Mandelbaum vor. Meine Bank war in der hintersten Reihe und ich saß dort allein. Die Jungs starrten mich an, als wäre ich nicht von dieser Welt. Ich blickte zurück, sah die Gesichter nur verschwommen, weil sich Tränen über meine Augen zogen. In dieser hässlichen, dunklen Schule mit hässlichen Jungs wollte ich nicht bleiben.

Doch ich hatte keine Wahl und das Schuljahr schritt voran. Einmal blieb ich während des katholischen Religionsunterrichts einfach im Klassenzimmer sitzen und staunte nicht schlecht, als der Kaplan den Jungs von tödlichen Geschlechtskrankheiten erzählte. Es gab sogar an die schmutzig-weiße Wand projizierte Diabilder. Ich wurde neugierig, verstand aber nicht, welchen Bezug das Thema zur Religion haben sollte. Als dann der Kaplan in seiner schwarzen Soutane aufsah und mich stirnrunzelnd wahrnahm, meinte er: „So, nun verlassen alle Heiden sofort den Raum!" Blitzschnell drehten die Jungs ihre Köpfe in meine Richtung, breit grinsend, wie um mir zu bedeuten, dass nur ich gemeint sein könnte.

Fassungslos und wütend stand ich auf und verließ schnell mein Klassenzimmer. Ich war ausgeschlossen worden. Ebenso wie vom jüdischen Religionsunterricht. Denn meine Mutter war der festen Überzeugung, dass eine Hinwendung zum Judentum mich in Gefahr brächte. Sie hatte während der Nazizeit versteckt gelebt und in ständiger Todesangst - mit lebenslangen Folgen. Und für Nicky waren alle Religionen Gift. Ich stand im Flur der Schule und dachte, in Erinnerungen fliehend, an den roten Schlitten im kalten Winter von Toronto und an den nach kühlem Meer und Tang riechenden weißen Sandstrand in Halifax.

Während der Pause auf dem mit hohen Fichten umsäumten Schulhof kam einer der Jungs auf mich zu, legte seine Hand auf meine Schulter und offenbarte mir flüsternd, dass er einer der wenigen „Evangelen" auf dieser Schule sei. Ich kannte den Unterschied der beiden christlichen Glaubensrichtungen nicht und sah ihn ratlos an. Das veranlasste ihn zur Frage, ob wir an Jesus Christus glaubten. Das Wort „Juden" sprach er nicht aus. Ich verneinte, während ich den Kopf schüttelte, und fügte trotzig hinzu, was ich so oft von Onkel Oskar gehört hatte: „Aber das ist nicht so tragisch, denn Jesus war ja selbst Jude."

Das Gesicht des Evangelen lief rot an und er rief laut, weit hörbar: „Du lügst! Und Jesus Christus war niemals Jude!“ Dann drehte er ab und lief zurück zu den anderen Jungs. Sie tuschelten, schielten zu mir herüber, blickten verächtlich und schüttelten ihre Köpfe. Ich verstand die Aufregung nicht und wollte nur weg von diesem Ort. Endlich erklang der erlösende Gong zum Pausenende und die Schüler strömten drängelnd in die Klassenzimmer.

Nachmittags trafen wir uns zum Fußballspielen auf einem Bolzplatz unweit der Schule. Ich durfte mitspielen, der Streit auf dem Schulhof war vergessen, und schoss mühelos mein erstes Tor, weil der Torwart pflichtwidrig seinen Platz verlassen hatte.

## Fest einer ungewöhnlichen Familie

Bald danach, im frühen Herbst, gab es ein besonderes Familienfest. Für mich war es die Erfüllung eines Traumes. Vater war mit Frau und Stiefsöhnen in die Villa in Waldtrudering eingeladen worden, es gab ein gemeinsames Abendessen. Er brachte für meine Mutter zwei Nerzmäntel zur Probe mit. Die Attraktion waren gegrillte Hähnchen aus dem neuesten Modell eines Kombibackofens mit Grill. Die ganze Familie war um einen großen Tisch versammelt. Es wurden Witze erzählt und von geschäftlichen Erfolgen war die Rede.

Ich hatte Angst, dass es bald zum Streit kommen könnte.

Nach dem Hauptgang gingen Nicky und Vater mit einer Flasche Cognac und zwei Gläsern in ein Nebenzimmer, tranken und rauchten dort. Soweit ich hören konnte, drehte sich ihr Gespräch um Schulden und Unterhalt. Die Frau meines Vaters bewunderte derweil mit begehrlichen Blicken die neue und teure Einrichtung. Dass sie und meine Mutter wenig sprachen, lag wohl mehr an meiner Mutter. Vom großen Wohnzimmerfenster aus waren der beleuchtete Pool und die Hollywoodschaukel nicht zu übersehen.

Während der Nachspeise - es gab Pfirsich Melba - erzählte ich von meinem Rausschmiss aus dem katholischen Religionsunterricht. Das war die Bestätigung für Nickys negative Einstellung zu den Religionen. Ernsten Blickes meinte er, von diesen perversen Pfaffen sei nichts anderes zu erwarten. Vater stand auf, zog seinen Hosenbund hoch, wie immer, wenn er zornig war, und sagte: „Diese Verbrecher haben sich nicht geändert. Morgen melde ich dich in der Gemeinde für die Talmud-Thora-Schule an."

Dieses eine Mal genoss ich den Schutz meiner Eltern und Stiefeltern gemeinsam und wurde nicht in ihre Auseinandersetzungen hineingezogen. Auf den angekündigten jüdischen Religionsunterricht war ich neugierig und hoffte, dort Freunde von früher zu treffen.

Mein Vater ließ einen Nerzmantel bei uns zurück. So tilgte er seine Schulden.

**00:12** *Kurz eingeschlafen, erwache ich aus einem furchterregenden Traum: Der längst verstorbene Nicky tritt in das Wohnzimmer der neu bezogenen Villa. Er scheint entrückt und blickt in meine Richtung. Dann dreht er seinen Kopf und ich sehe, dass die Haut seines Gesichtes wie das Gummi einer Maske nach unten hängt. Die Drehung seines Kopfes bewegt die losen Hautfalten. Hinter der Haut ist es dunkel und leer. Nicky sieht das Entsetzen in meinem Blick und schaut verlegen ins Nichts.*

*Ich öffne meine Augen weit. Woher dieser Alptraum? Warum dieser seltsame Auftritt? Mein Unterbewusstsein verwehrt mir die schönen Erinnerungen an meine Jugend.*

*Es ist kalt und ich ziehe die schmuddelige Decke bis an mein Kinn.*

Jeden Mittwoch kamen Nickys Eltern und halfen im Haushalt. Nickys Vater Leo war ein mürrischer, hagerer Mann. Er arbeitete meist im Garten und erledigte kleinere Reparaturen. Seine Frau ging leicht gebückt, war dennoch flink, zu uns Kindern zuvorkommend und liebenswürdig. Sie kochte gut.

Leo und seine Frau wohnten in einer kleinen zu einer Eisenbahnersiedlung in Sendling gehörenden Zweizimmerwohnung. Leo mochte mich. Wenn er bei uns war, saßen wir nach dem Mittagessen lange auf der Terrasse und sprachen miteinander. Er wusste, dass er meine Großeltern nicht ersetzen konnte. So versuchte er, die Lücke mit Zuwendung und Verständnis zumindest in Teilen zu füllen. Er war Gewerkschafter, er war politisch und er war Kommunist. Er lobte die Vorzüge des kommunistischen Ostdeutschlands, in dem nicht, wie hier, die Arbeiter ausgebeutet würden. Das Adenauer-Deutschland mit den vielen Nazis in hohen Ämtern verachtete er zutiefst. Besonders der Name „Globke" fiel häufig. Ich verstand nur Teile seiner Ausführungen und dennoch genoss ich seine Zuwendung, seine Geduld und dass er meine schulischen und sportlichen Leistungen nicht kritisierte. Seine Forderung nach sozialer Gerechtigkeit akzeptierte ich in Erinnerung an Zeiten, zu denen wir selbst kaum genug Geld gehabt hatten, um nur das Nötigste zu kaufen.

Also saßen wir in der Villa mit Pool eines in kurzer Zeit wohlhabend gewordenen Obsthändlers und sprachen über Kommunismus und soziale Gerechtigkeit. Was für ein Widerspruch.

Natürlich missbilligte Nicky die Thesen seines Vaters und machte daraus keinen Hehl. Kein Wunder, dass es irgendwann heftigen Streit zwischen Vater und Sohn gab. Die Eltern kamen nicht mehr nach Waldtrudering. Dafür besuchte ich sie gelegentlich in ihrer kleinen Arbeiterwohnung in Sendling.

**00:21** *Die vielen Gespräche mit Leo weckten schon in jungen Jahren mein politisches Interesse. Der Kommunismus war in dieser Zeit für mich nicht des Teufels und das Streben nach sozialer Gerechtigkeit selbstverständlich.*

*Der Schieber vor dem Spion meiner Zellentür wird bewegt und kurz fällt ein Lichtstrahl herein. Meine laute Frage nach der Zeit bleibt unbeantwortet. Ich habe keine Ahnung, wie spät es ist. Ich habe die Zeit verloren. Was für ein lächerliches Wortspiel! Auch meine Erinnerung an Proust, den ich immer gern gelesen habe, an seine Welt der Poesie, wird mir im Gefängnis nicht helfen.*

Im vierten Schuljahr ging es um den Übertritt auf das Gymnasium. Meine Schulerfolge waren nach wie vor mittelmäßig. Nicky hatte im letzten Kriegsjahr sein Abitur abgelegt und erwartete von mir Höchstleistungen, um die Voraussetzungen für den Besuch eines Gymnasiums zu schaffen. Meine Mutter und mein Vater legten dagegen keinen großen Wert auf eine gymnasiale Laufbahn ihres Sohnes.

Ich war fleißig, saß Stunden an meinem Schreibtisch und verbesserte mich. Im Frühjahr teilte die Klassenleiterin meinen Eltern trotzdem mit, dass sie mich nicht für das Gymnasium empfehlen könne. „Er ist noch zu verträumt, zu unkonzentriert und seine sprachlichen Kenntnisse sind außerdem noch unzureichend."

Wöchentlich besuchte ich den Talmud-Thora-Unterricht in der Synagoge in der Möhlstraße. Nur dort traf ich jüdische Kinder. Einige kannte ich von früher, andere waren mit ihren Eltern aus Israel zurückgekehrt, die Mehrzahl kam aus dem aufgelösten DP-Lager in Föhrenwald. Sie waren eine verschworene Schicksalsgemeinschaft – ich fühlte mich wohl unter ihnen und war dennoch auch hier Außenseiter. Meine Mutter mied die jüdische Gesellschaft, war sie doch mit einem Nichtjuden verheiratet. Mein Vater lebte ebenfalls mit einer Nichtjüdin, von Böswilligen als „Schickse" denunziert, verbrachte aber viel Zeit mit den erfolgreichen Pelzjuden Münchens in Cafés.

Viele meiner Mitschüler in der Möhlstraße hatten an ihren Grundschulen ähnliche Probleme wie ich. Deswegen waren sie bereits am Privatgymnasium angemeldet. Dort gab es keine Aufnahmeprüfung, dafür ein hohes Schulgeld. Für ihre Familien war ausgeschlossen, dass ein jüdisches Kind nicht das Abitur ablegte – koste es, was es wolle. Bei diesem Thema war Nicky mehr Jude als meine Eltern und so meldete er mich eines Tages ebenfalls an dieser privaten Schule an. Mein Vater sollte das Schulgeld bezahlen, was wieder zu Streit führte, denn er zahlte überhaupt nur unregelmäßig seinen Unterhalt für mich und meine Schwester.

**00:27** *Am Gang wird es laut. Sie schleppen einen lärmenden Gefangenen zu seiner Zelle. Er weint und schluchzt. Vor Angst läuft es mir eiskalt über den Rücken. Was mag er wohl angestellt haben? Der Gefangene ruft kaum verständlich, aber umso dröhnender, er sei unschuldig.*

*„Ja, das sagen sie alle, und das um ein Uhr morgens. Schlafen Sie gut", erwidert ein Beamter.*

*Wie zynisch sie sind. Zumindest kenne ich jetzt die Zeit. Ich denke daran, dass ich morgen dem Haftrichter vorgeführt werden soll. Wie das klingt. Wird der Nazi im künstlichen Koma diese Nacht überleben? Wünsche ich mir seinen Tod? Seine Gesinnungsgenossen haben einen Weltbrand verantwortet, an dessen Ende über 50 Millionen Menschen zu Opfern geworden waren. Sie würden es heute wieder tun.*

## Jom Kippur und viel Trauer

Einige Wochen nach Schulbeginn war ich am Abend mit Daddy in der Reichenbachsynagoge zu Jom Kippur. Vor dem Kol Nidrei zündeten wir im Vorraum zum Betsaal zwei Kerzen für seine Eltern, meine Großeltern, an. Seine Augen tränten. Der Raum war hell erleuchtet, die Betenden feierlich gekleidet. Wir saßen unter den Pelzhändlern. Einige kannten mich, streichelten mein Haar und lächelten warmherzig. Sie wussten wohl von unseren verworrenen Familienverhältnissen.

Der Kantor sang dreimal die erste Strophe des Gebetes, erst leise, fast flüsternd, dann hob er seine Stimme an, bis am Ende laut und eindringlich „Kol Nidrei ve ersarej ..." erschallte. Alle Gelübde und Verbote werden aufgehoben.

Die Synagoge war bis auf den letzten Platz besetzt. Viele standen angelehnt zwischen den Bankreihen. Eine erdrückende Schwüle war im Raum. Der Gesang des Kantors wurde begleitet von einem flehenden, eindringlichen Seufzen vieler Betender. Ich fühlte die Trauer, verstand, wie so oft, nicht den Grund und wurde dennoch von diesem bestimmten dumpfen Gefühl erfasst, das mich nie wieder loslassen sollte.

**00:36** *An Jom Kippur wird 24 Stunden gefastet. Essen und Trinken sind verboten. In meiner Zelle habe ich Wasser. Kein Brot.*

Am nächsten Tag begleitete ich Vater wieder zum Gottesdienst. Es war ein warmer Herbsttag und wir überquerten festlich gekleidet den Gärtnerplatz zur Synagoge. Die Münchner gingen ihrer Arbeit nach, zum Einkaufen, zur Schule, während wir das Gebet suchten. Mein Vater verbarg sein Gebetsbuch und seinen Gebetsschal in einer Plastiktüte, er wollte nicht als Jude erkannt werden. Ein frommer Wunsch. Die Passanten, die uns auf dem Weg zur Synagoge sahen, wussten entweder genau, wer wir waren, oder interessierten sich nicht für uns.

Wieder stand und saß ich inmitten der Betenden und fühlte mich dennoch fremd. Ich sah die Älteren in ihren weißen langen Umhängen, die mit einem einfachen Stoffband zusammengehalten wurden, und fragte Onkel Bernstein, der neben mir saß, warum sie in der Hitze über ihrer Kleidung noch Mäntel trügen. Er sah mich mit ernstem Blick an. „Das ist der weiße Kittel, mit dem wir alle begraben werden und den wir an den hohen Feiertagen beim Gebet tragen."

Ich war erschrocken. Sie waren beim Gebet in ihr Totengewand gehüllt? Die Christen feierten Weihnachten und die Kinder bekamen Geschenke und wir trugen schon vor unserem Tod in der Synagoge diesen Kittel? Was war das für eine Religion?

Daddy hätte mir das so nie erzählt, er wollte mich stets schonen und selbst wollte er leben. Onkel Bernstein war das genaue Gegenteil – sehr ernst, fast schonungslos offen und mit wenig Lebenswillen.

Während des Totengebets verließen alle Kinder die Synagoge und ich traf im Hof meine Freunde und Freundinnen von der Talmud-Thora-Schule. Fast alle von ihnen waren wie ich angehende Gymnasiasten und bald würden wir uns den Unterricht teilen. Neben mir lehnte die hübsche Miriam am Geländer. Ihr langes dunkles Haar war hochgesteckt und sie war geschminkt. Sie war um einen Kopf größer als ich und sprach mit den anderen älteren Jungs, ohne mich zu beachten. Ich hoffte, sie würde in meine Klasse kommen und wusste doch, sie war für mich unerreichbar.

**00:39** *Es ist, als würde die Zeit stillstehen. Kein Laut dringt in meine Zelle. Nur meine Gedanken und Ängste rasen dahin. Was werden sie* *mir vorwerfen? Darf ich hoffen, dass Hintermoser überlebt, obwohl ich vielleicht insgeheim seinen Tod wünsche? Wenn er lebt, bekomme ich eine geringere Strafe. Und wenn nicht? Sie könnten mir allenfalls gefährliche Körperverletzung mit Todesfolge anhängen. So, als wäre ich versehentlich über eine rote Ampel gefahren und hätte dabei einen Fußgänger tödlich verletzt. Dafür gibt es zumeist Bewährung.*

Endlich begann die Schule. Mit Bus und Straßenbahn fuhr ich zum Ostbahnhof und schleppte mich mit dem schweren Schulranzen auf dem Rücken zum Gymnasium in der Pariser Straße. In meiner Klasse waren einige jüdische Kinder. Darunter auch Miriam und ein Mädchen aus Israel, das zunächst kein Wort Deutsch sprach und mit einem langen Rock und hochgeschlossener Bluse, wie die Frommen in Israel, gekleidet war.

Nach einem halben Jahr war sie die beste Schülerin. Meine schulischen Erfolge waren wieder nur sehr mittelmäßig. Englisch, die erste Sprache meiner Kindheit, war aus meinem Gedächtnis verbannt. Schreiben und Lesen hatte ich im Englischen ohnehin nie erlernt, dafür war ich zu jung gewesen, und alle Worte waren vergessen. „Britain and America“, so hieß das Englischlehrbuch in grünem Stoffeinband. Jede Vokabel musste ich mühsam neu erlernen. Allein der kanadische Akzent floss in mein wiederauflebendes Englisch ein. Unsere Lehrerin lobte meine Aussprache.

## Dem Tode nahe

Wir hatten Ganztagesunterricht und aßen am Mittagstisch in der Mensa des nahegelegenen Salesianiums. Das Essen war schlecht und die Auswahl dürftig. Wenn es Fleisch gab, dann immer Schwein. Ich aß an solchen Tagen nur die wenigen Beilagen und blieb hungrig. An einem Freitag gab es Fisch. Die Mensa roch penetrant und mir wurde nach dem Essen leicht übel.

Am folgenden Samstag kam ich morgens nicht aus dem Bett, hatte Fieber und musste mich bald übergeben. Ich konnte weder trinken noch die bei Erbrechen oft einzig erträglichen Salzstangen essen. Der Notarzt diagnostizierte am Abend eine starke Magen-

Darm-Grippe, empfahl viel schwarzen Tee und verschrieb auf Bitten meiner Mutter ein Antibiotikum. Die Nacht verbrachte ich mit ständigem Übergeben auf der Toilette, mit Bauchkrämpfen und wenig Schlaf.

Morgens schleppte ich mich völlig erschöpft in die Küche. Am Frühstückstisch saß unsere Haushaltshilfe Maria. Sie versuchte mich zu trösten, weil mir wegen der körperlichen Schmerzen unablässig Tränen aus den Augen rannen. Sie stand auf, kam zu mir. Doch plötzlich stockte sie, näherte sich meinem Gesicht und fixierte meine Augen. „Um Gottes willen, sie sind gelb!", sagte sie leicht sächselnd; Maria war vor einem Jahr aus Ostdeutschland geflüchtet.

Dass meine Augen gelb gefärbt waren, fand ich für einen kurzen Augenblick eher belustigend. Es änderte aber nichts daran, dass ich mich sterbenselend fühlte. Mir wurde schwindelig, Maria konnte mich gerade noch auffangen, als ich vom Stuhl kippte. Sie und meine Mutter trugen mich in mein Bett. Alles drehte sich, ich vernahm nur noch das leise Pochen meines Herzens, bevor ich in einen tiefen Schlaf versank.

Einige Stunden später wurde ich energisch geweckt. Ich konnte kaum meine Augen öffnen und sah verschwommen einen Mann mit großer schwarzer Brille an meiner Bettkante sitzen. Er tastete mich ab, öffnete meine Augenlider und näherte sich meinem Gesicht. Durch die starken Brillengläser erschienen mir seine Augen bedrohlich groß. Die Worte des Mannes hallten lange nach, wie auch die Schritte meiner Mutter, die zu mir eilte. Es war die Rede von Gelbsucht und Krankenhaus. Dann verlor ich das Bewusstsein.

**00:49** *Ich erinnere mich an einen Zwölfjährigen, der für mindestens sechs Wochen im Koma lag, dem Ende nahe war.*

*Seit ich hier eingesperrt bin, werden wie in einem schnell laufenden Film Erinnerungen und Bilder wach, die sich mir über Jahrzehnte verschlossen hatten. Ich erlebe die Höhen und Tiefen meiner Existenz. Morgen wird es ein neues Kapitel geben, ein dunkles, wie es scheint.*

Aus der Ferne, in Bruchstücken, hörte ich Stimmen und fühlte, wie ich aus meinem Bett und auf eine Trage gehoben wurde, dann in einem Krankenwagen mit Martinshorn davonfuhr. Ich fiel, an einer schweren, äußerst ansteckenden Hepatitis erkrankt, für mehrere Wochen ins Koma.

Als ich endlich wieder mein Bewusstsein erlangte, sah ich vor mir das Gesicht eines Mannes mit asiatischen Zügen und neben ihm eine Frau mit einer großen weißen Haube. Er war der Chefarzt des Schwabinger Kinderkrankenhauses, die Frau eine Ordensschwester. Untergebracht war ich in einem Einzelzimmer der Isolierstation. Zunächst konnte ich weder essen noch trinken und wurde künstlich ernährt. Zur anhaltenden Übelkeit kam der Schmerz der Infusionsnadel in meinem Arm, wegen der ich mich im Bett auch kaum bewegen konnte. Tage später trank ich etwas schwarzen Tee. Über viele Stunden, nachts wie tagsüber, verfiel ich in einen unruhigen Schlaf, oftmals mit Albträumen.

Meine Mutter kam mich oft mit Nicky besuchen. Sie trugen die weißen Mäntel des Krankenhauspersonals, mussten Distanz zu meinem Bett halten und durften nur kurze Zeit bleiben. In den ersten Wochen sah ich sie verschwommen, oft nur wenige Sekunden, bis ich wieder in Schlaf und wirre Träume abtauchte.

Nach etwa sechs Wochen erwachte ich aus diesem ständigen Dämmerzustand und konnte über mehrere Stunden wachbleiben. Meine Eltern und die Krankenschwester blieben dennoch undeutlich, ich nahm sie mehr wie im Traum als in der Wirklichkeit wahr. Jeden Tag saß der Arzt an meinem Bett, ertastete meine Leber, leuchtete mit einer Taschenlampe in meine Augen. Mit einem Spiegel zeigte er mir die gelbe Färbung um die Pupillen. Die Ordensschwester kam stündlich, maß Fieber, meinen Puls und erneuerte, wenn nötig, die Flasche am Tropf. „Werde ich überleben?“

„Aber gewiss“, erwiderte sie, lächelte und strich über mein Haar.

„Und wird die Übelkeit wieder verschwinden?“

Sie nickte und kam mir in ihrer weißen Tracht vor wie ein Engel. Lautlos drückte sie die Türklinke, wann immer sie mit leisen

Schritten in mein Zimmer eintrat. Ich sah erst die große, strahlend weiße Haube und dann ihr Gesicht. Sie erschien mir ohne Alter und ohne Geschlecht.

Bisher hatte ich nur widerwillig den ungezuckerten schwarzen Tee aus einer Schnabeltasse getrunken und alle anderen Getränke und Speisen abgelehnt. Nach drei Monaten bat ich erstmals nach etwas anderem als diesem grässlichen Tee: Ich flehte die Schwester um ein Glas Coca-Cola an. Nach wenigen Minuten eilte sie mit dem Getränk an mein Bett, hielt das Glas an meine Lippen und ich trank die beste Cola meines Lebens – von da an täglich. Vor Essen ekelte mir aber unablässig und ich blieb weiter am Tropf, bis ich dem Arzt während einer Visite von der Götterspeise erzählte, die ich in Kanada so gerne gegessen hatte. Am nächsten Tag stellte mir die Schwester mit einem hoffnungsvollen Lächeln einen Teller mit einem schwabbligen runden Kuchen auf das Tischchen über meinem Bett. Es war eine kunstvoll zubereitete Götterspeise mit Zinnen und drei Schichten in oranger, roter und grüner Farbe. Ich hatte die letzten Monate nichts essen können, ohne mich sofort übergeben zu müssen. Nun griff ich zum Löffel und nahm einen vorsichtigen ersten Bissen. Dann verschlang ich dieses süße, farbige Gelee, als hätte ich nie etwas anderes gegessen. Ich war wieder zurück in Kanada, zumindest kulinarisch. Einige Tage später verlangte ich nach Wiener Würstchen.

Der Arzt meinte, ich sei nun über den Berg. Der Tropf wurde entfernt, ich bekam eine spezielle Schonkost und dazu jeden Tag Götterspeise. Wegen der noch schlechten Blutwerte und meiner allgemeinen Schwäche musste ich vier weitere Wochen so im Krankenhaus verbringen.

Bei meinem ersten Gang zur Toilette wurde ich von zwei Schwestern gestützt. Ich wankte hilflos wie ein Betrunkener. Als wir den kurzen Weg zurückkamen, sah ich über meinem Krankenbett ein Kruzifix hängen. Der jüdische Jesus wachte im Schwabinger Krankenhaus über das Leben eines jüdischen Jungen.

Langsam ging es besser. Die Leberwerte wurden weniger bedrohlich und ich vertrieb mir die Zeit mit der Lektüre von Jerry

Cotton-Heften und Ähnlichem. Die Ordensschwester kam, wie seit Monaten, täglich. An einem sonnigen, hellen Morgen legte sie mir einen dicken Band auf meinen Nachttisch. Ich nahm das schwere Buch, konnte es kaum halten. Es roch nach vergilbtem Papier, war bebildert und ein Band von Mark Twain: „Tom Sawyers Abenteuer". Ich verschlang es wie kaum ein Buch zuvor. Die Welt von Tom Sawyer holte mich zurück auf den amerikanischen Kontinent, weg vom düsteren München.

Die Schwester und ich unterhielten uns über die Streiche von Tom Sawyer und sie verriet mir, dass sie dieses Buch seit Kindertagen liebte. Sie, die katholische Ordensschwester, mochte mich jüdischen Jungen und war glücklich über den guten Verlauf meiner Genesung, zu der sie so liebevoll beigetragen hatte. Von Religion war zwischen uns nie die Rede. Nur einmal meinte sie mit Tränen in ihren kleinen Augen, dass unser Herrgott mir beigestanden hätte.

**00:54** *Von dieser Zeit an bis heute liegen Bücher auf meinem Nachttisch. Hier gibt es kein Buch. Es bleiben mir meine Träume und Erinnerungen.*

Nach der Entlassung aus dem Krankenhaus musste ich noch mehrere Wochen das Haus hüten. Mir fehlte nach der Krankheit mehr als ein Vierteljahr Unterricht. Mit intensiver Nachhilfe sollten die Lücken geschlossen werden. Der Mathelehrer konnte im Einzelunterricht besser erklären als in der Klasse und fasziniert von der Klarheit der Algebra lernte ich das Lösen von schwierigen Gleichungen mit einer oder mehreren Unbekannten. Am Sportunterricht durfte ich auch nach meiner Rückkehr in die Schule nicht teilnehmen. Da ich Sport allerdings noch nie gemocht hatte, freute ich mich darüber. Zum Schuljahresende erfuhr ich erstaunt von meiner Versetzung in die nächste Klasse.

In dieser Schule wollte ich jedoch nicht bleiben, ihr verdankte ich meine schwere Erkrankung. Außerdem waren die Schulgeldzahlungen meines Vaters häufig ausgeblieben und Nicky hatte nur sehr zögerlich den Ausgleich übernommen, sodass ich, wie vor meiner Zeit im Krankenhaus, ständig mit den Schulden meiner Eltern konfrontiert wurde. Wie peinlich waren die Lautsprecherdurchsagen während des Unterrichts: „Felix Mandelbaum, bitte sofort ins Sekretariat kommen." Die Schulleiterin überreichte dann mit säuerlichem Lächeln das Mahnschreiben. Sie war groß gewachsen und stets in weiße oder beige lange und enge Röcke gekleidet.

So musste ich wieder die Schule wechseln. Dieses Mal aus eigener Initiative und ich wagte die Aufnahmeprüfung am staatlichen Maria-Theresia-Gymnasium. Dazu nahm ich zunächst am Prüfunterricht gemeinsam mit einem Jungen etwa meines Alters teil. Erstaunt und amüsiert war ich über die alten Schulbänke in diesem Klassenzimmer. In das dunkelbraune, mit blauer Tinte verschmierte Holz waren Namen und Symbole eingeritzt. Am vorderen Ende meines schrägen Tisches stand in einer kleinen Mulde ein kleines Fass mit vertrockneter Tinte.

Zunächst wurden wir mündlich geprüft. Wissenslücken versuchte ich mit Charme zu verdecken und verwies auf meine lange Erkrankung. Der Prüflehrer war ein älterer Herr und sehr milde. Nach der Befragung gab er uns Formulare. Sie waren teilweise ausgefüllt und wir sollten nur an der einen oder anderen Stelle Ergänzungen anfügen. Unter der Rubrik „Religion" stand bei uns beiden „mosaisch". Ich fragte den anderen Jungen, ob er jüdisch sei und er bejahte. Der Lehrer nahm die ausgefüllten Formulare und erinnerte an die schriftliche Prüfung am folgenden Tag pünktlich um acht Uhr morgens. Der andere Junge hieß Jakob, das hatte ich bei einem kurzen Blick auf sein Formular gesehen. Beim Hinausgehen erklärte er, keinen einzigen Fußtritt mehr in diese Schule setzen zu wollen. „Macht keinen Sinn. In spätestens einem Jahr wandern wir nach Israel aus. Was soll ich hier? Ich bin doch mosaisch." Dabei lächelte er etwas verlegen und lief schnell hinaus auf den Max-Reger-Platz.

Ich traf ihn nie mehr und blieb bis zum Abitur der einzige jüdische Schüler in diesem Gymnasium.

## Der einzige jüdische Schüler

Am folgenden Tag saß ich allein in dem großen Klassenzimmer. Jakob war, wie angekündigt, nicht erschienen. Ich beneidete ihn. Er durfte in unserem Land ein neues Leben beginnen und ich musste auf einer alten, knarzenden Schulbank diese Prüfung ablegen. Ich bestand sie nicht.

Der Professor überflog meine ausgefüllten Bögen und schüttelte mit ernster Miene den Kopf. Er verließ das Klassenzimmer und bat mich zu bleiben, bis er zurückkäme. Ich war gescheitert – weshalb sollte ich warten? Zum Zeitvertreib beobachtete ich das Treiben auf dem Max-Reger-Platz. Die Straßenbahn hatte ihre Haltestelle direkt vor dem Schuleingang, Fahrgäste stiegen schnell ein und aus. Sie bimmelte und fuhr wieder quietschend davon. Von hier aus konnte ich den Schaffner mit seinem in Silber glänzenden umgehängten Münzautomaten sehen. Sein Leben war geregelt, er rief die Stationen aus, verkaufte Fahrscheine und war mit seiner blauen Schirmmütze eine Respektsperson. Bei mir war nichts geregelt. Ich hatte wieder versagt, wieder erfahren, dass ich anders war, und wäre, wie Jakob, gerne davongelaufen.

Nach einer langen halben Stunde voller Angst und Selbstzweifel kam der Professor zurück, setzte sich ans Lehrerpult und durchblätterte nochmals meine ausgefüllten Prüfungsaufgaben. Jetzt hatte ich wohl die vernichtende Kritik meiner Leistung zu erwarten, gefolgt von meinem Rausschmiss. Er sah auf, lächelte zuversichtlich und entschuldigte sich bei mir für die lange Wartezeit. „Wir haben uns im Kollegium ausführlich beraten und wollen dir ein faires Angebot unterbreiten." Das mündliche Ergebnis sei erheblich besser als das schriftliche gewesen. Sie sähen mich gerne auf ihrer Schule, allerdings unter der Voraussetzung, dass ich die dritte Klasse mit einer dreimonatigen Probezeit wiederholte. „Dass du nicht bestanden hast, ist keine Schande. Wenige sind erfolgreich. Schließlich sind wir ein Elitegymnasium."

Am liebsten wäre ich aufgesprungen und hätte ihn umarmt. Zum ersten Mal sah ich mich akzeptiert, ich durfte dazugehören, zwar mit Hürden und Einschränkungen, aber auch mit Wohlwollen. Ich lernte, dass ich mit Charme und guter Rede überzeugen konnte.

Der Professor stieg von seinem Pult. Ich ging ihm entgegen, schüttelte seine Hand und dankte ihm überschwänglich. Er war zwei Köpfe größer als ich, blickte auf mich herab, klopfte auf meine Schulter und gab mir ein Aufnahmeformular. Wir setzten uns gemeinsam in eine Schulbank. Er streckte ungelenk seine langen Beine aus und zeigte mir die Stellen des Formulars, an denen meine Eltern unterzeichnen sollten. „Meine Frau und ich hatten vor dem Krieg gute jüdische Freunde, die Familie Rosenthal. Sie kamen während des Krieges um." Er würde sie heute noch sehr vermissen und sei nie Antisemit gewesen. Hatte meine Aufnahme damit zu tun?

Ich wollte mich nicht näher mit dieser Geschichte befassen, sah in seine feuchten Augen und fragte, ob ich nun die Unterschriften meiner Mutter, meines Stiefvaters und meines Vaters benötigte oder nur die meiner Mutter. „Unterzeichnen können allein die Erziehungsberechtigten", meinte er, gab mir einen braunen Umschlag, in den er das Antragsformular gesteckt hatte, hieß mich in seinem Gymnasium willkommen und wünschte mir viel Glück. Ich verabschiedete mich etwas verlegen und lief, vorbei an einer Gruppe älterer Schüler, die vor dem Klassenzimmer standen, hinaus auf den Max-Reger-Platz. Die Straßenbahn kam, ich stieg stolz als zukünftiger Schüler des Maria-Theresia-Gymnasiums ein, routiniert, als wäre ich von Anfang an dabei gewesen.

Zu Hause bekam ich die Unterschriften von Nicky und meiner Mutter. Dass ich die Prüfung nicht bestanden hatte und deshalb wiederholen musste, fand wenig Verständnis. Nicky meinte, nachdem er den Kugelschreiber weggelegt hatte und mich mit ernster Miene musterte, ich solle nun einmal in meinem Leben wirklich lernen, um auch nach der Probezeit auf dem Gymnasium bleiben zu können. „Dann gibt es auch keinen Ärger mehr mit deinem Vater wegen des Schulgelds."

**01:00** *Die durchgelegene, übelriechende Matratze ist eine Zumutung. Hinter den Gittern des kleinen Fensters ist es stockdunkel.*

*Ich musste den Preis eines wiederholten Jahres zahlen, um in dieser Schule aufgenommen zu werden. Jetzt freue ich mich über dieses Glück von damals, denn ich hätte nie zu hoffen gewagt, die Probezeit, geschweige denn am Ende das Abitur zu bestehen.*

*Ich höre einen leisen Glockenschlag.*

In der Siebten war meine Versetzung gefährdet wegen miserabler Leistungen. Im ersten Halbjahr galt mein Interesse einem Mädchen, das älter als ich war und eine eigene Wohnung hatte. Sie hieß Monika und schenkte mir ihre Zuneigung. Wir mochten die Beatles. Sie liebte es, in meinen dichten, mit den Jahren braun gewordenen Locken zu wühlen. Sie war nicht besonders schön mit brünettem Haar, einem breiten Gesicht und breiten Hüften. Ich mochte ihren Geruch, liebte ihre Nähe und wollte durch sie meine Jungfräulichkeit verlieren.

Endlich, nach einer Party in unserer Villa in Waldtrudering, lag ich mit ihr im Bett. Meine Eltern waren verreist und die Freunde zu später Stunde nach Hause gegangen. Wir krochen unter die Decke, ich behielt meine Unterhose an. Sie legte Rock, Bluse und Höschen ab und verwehrte sich meiner wilden Küsse. Beim Versuch, ihre Scham zu berühren, schob sie meine Hand weg. Warum war sie so abweisend? Meine Lustgefühle erstarben schnell.

Ich lag neben einer Frau, begehrte sie und es geschah nichts, wir lagen Arm in Arm und schliefen beide schnell ein. Einige Stunden später stand sie auf, zog sich hastig an und ich hörte sie mit ihrem VW-Käfer davonfahren. Während der kommenden Wochen verzehrte ich mich nach ihr. Sie mied mich, legte auf, wenn ich sie anrief. Ich klingelte vergebens an ihrer Türe, wartete nach der Arbeit auf sie. Bald erkannte ich, dass alles vergebens war.

Ich schwänzte die Schule, lernte nicht und erging mich stattdessen in Selbstmitleid. Die Folgen bekam ich bei der Verteilung der Halbjahreszeugnisse schmerzhaft zu spüren: Wir waren erstaunt, als unser Klassleiter verkündete, der Schuldirektor selbst würde unsere Zeugnisse verteilen. Er kam leicht gebeugt mit hochrotem Kopf in unser Klassenzimmer, ging zum Lehrerpult, auf dem unsere Zeugnisse lagen, nahm sie und wedelte mit ihnen in der Luft, während er laut und deutlich verkündete, dass dies die schlechtesten Zeugnisse einer siebten Klasse wären, die er in dieser Schule gesehen hätte. Blieben diese Ergebnisse bis zum Ende des Schuljahres unverändert, gälte die halbe Klasse als durchgefallen. Dann atmete er hörbar tief durch und hielt mit ausgestrecktem Arm, zitternd, ein Zeugnis in die Höhe. „Derjenige, der das verbrochen hat, ist nicht nur faul, sondern auch saudumm. Fünf Fünfen und ein Sechser, letzterer wohlgemerkt in Sport!" Er sah mich an, ich duckte mich weg – in der Hoffnung, dass er mich nicht näher ins Visier nehmen würde. Dann kam der Tiefschlag: „Mandelbaum, kommen Sie zu mir ans Pult und holen sich Ihre Glanzleistung ab. Sicher sehen wir uns in der gleichen Klasse im nächsten Jahr wieder."

Ich ging nach vorne und sah in die Gesichter meiner Klassenkameraden. Die einen grinsten spöttisch, die anderen signalisierten mir Bedauern und waren wegen ihrer eigenen miserablen Leistungen durch den Wind. Als ich endlich neben dem Schulleiter stand, gab er mir das Zeugnis und blickte mich fragend an. Hätte ich ihm sagen sollen, dass ich wegen Monika, wegen meiner vergeblichen Liebe zu ihr, nicht lernen konnte und wollte? Sein Vorwurf, saudumm zu sein, traf mich tief.

Nicky reagierte wütend und verzweifelt auf mein Zeugnis. Doch zuletzt setzte sich sein Pragmatismus durch. Er wollte, wie Daddy, nicht glauben, dass Dummheit für meine Ergebnisse verantwortlich war. Was meine Liebesaffäre anging, die sie nur erahnten, dachten beide Männer an ihre eigene Jugend. So versprachen sie mir 500 Mark für den Sommerurlaub, wenn ich bis dahin das Klassenziel erreichte. Mit möglichen 500 Mark in der Tasche träumte ich von einer Reise ans Meer und von neuen Liebesabenteuern. Außerdem sollte der unerträgliche Vorwurf der Dummheit aus der Welt. So beflügelt, lernte ich Tag und Nacht.

## Sebastian

Einige Wochen nach dem denkwürdigen Auftritt des Schuldirektors kam unser Klassleiter in Begleitung eines schlaksigen, großen Jungen mit längeren schwarzen Haaren und trat mit ihm ans Pult. „Das ist Sebastian, er kommt aus Berlin."

Ein merkwürdiger Name, dachte ich. Die anderen Jungs grinsten und einige flüsterten: „Ein Saupreiß aus Berlin." Sie duckten sich und sahen in alle Richtungen, nur nicht zum Pult.

Der Klassleiter musste es gehört haben. Er blickte verlegen in die Runde und fragte dann, zu wem Sebastian sich setzen dürfe. Es waren fünf Plätze frei und plötzlich wurde es sehr still. So können wir mit dem Jungen nicht umgehen, dachte ich, und hob zögerlich meine Hand. Sichtbar erleichtert zeigte der Klassleiter Sebastian meine Bank und sagte: „Das ist Felix. Er möchte, dass Sie neben ihm sitzen."

Sebastian hängte seine Ledermappe an einen seitlich angebrachten Haken an der Bank, die wir uns nun teilen würden, nahm langsam Platz und versuchte, seine langen Beine unter dem kleinen Schulmobiliar zu ordnen. Dann gab er mir die Hand und sagte mit einem ironischen Lächeln „Guten Tag" in leicht berlinerischem Ton. Die Jungs amüsierten sich noch mehr. Diese Form der Begrüßung hörte sich in München lächerlich an.

Nicht für mich. Weil ich an diesem Ort selbst fremd war, mochte ich einen Fremden an meiner Seite. Er strahlte Ruhe und Selbstsicherheit aus. Eigenschaften, die mir bis dahin fehlten.

Nach dem Unterricht gingen wir in ein nahegelegenes Café. Es war mehr Kneipe als Kaffeehaus und die Gäste tranken überwiegend Bier. Zunächst konnten wir kaum reden, weil neben uns zwei Männer und eine Frau an ihrem Tisch ein sehr lautstarkes Gespräch führten. Sie war einfach gekleidet und warf in gewöhnlichem Bairisch einem der übergewichtigen Männer vor, dass er im Bett mit ihr so schwitze, dass sie kaum mit ihm schlafen könne und nachher die ganze Bettwäsche „pitschnass" sei. Der Gescholtene schwieg und der andere mahnte zum Aufbruch. Sie waren schon am frühen Nachmittag angetrunken. Nachdem sie davon gewankt waren, entschuldigte ich mich bei Sebastian für diesen peinlichen Auftritt. Er wehrte ab, war amüsiert und meinte, dies sei proletarisches Leben, wie er es in Berlin oft erlebt und in München nicht erwartet hätte. Wir tranken Cola und aßen mit Salami und Gurke belegte Semmeln. Sebastian zog aus seiner Ledertasche eine Schachtel Roth-Händle, legte die Packung auf den Tisch, dann biss er herzhaft in das „Brötchen", wie er es nannte, lächelte und zwinkerte gleichzeitig mit seinen Augen. „Du bist also der Felix Mandelbaum und wolltest mich als Nachbarn. Papa hat während der Nazizeit in Berlin in der Illegalität gelebt, weil er einen jüdischen Vater hatte."

Damit war alles gesagt. Er hatte erkannt, dass ich jüdisch war, und sprach es indirekt an.

Ich entgegnete, dass wir beide die gleichen Wurzeln hätten, und wenn er wolle, könne er mich gerne an den Hohen Feiertagen in die Synagoge begleiten. Er schüttelte seinen Kopf. Bisher hätten sie mich wegen meines Jüdischseins in Ruhe gelassen, ergänzte ich. Unter Religion stehe in meinen Schulakten „mosaisch". „Und dein Religionseintrag?" Er antwortete zögerlich, er sei bekenntnislos und das stünde auch in seinen Papieren. „Ich bin Atheist, da besuche ich keinen Religionsunterricht und auch keine Synagoge."

Nach dem Essen zündete er sich eine Roth-Händle an. Ich mochte den Geruch dieser starken schwarzen Zigaretten, schlug aber sein Angebot mitzurauchen aus. Und während er einem fortziehenden Rauchkringel nachsah, wollte ich wissen, warum seine Familie von Berlin nach München gezogen sei. „Mein Vater ist Künstler, in Berlin kennt ihn jeder. Er schreibt und malt und ist Anhänger der freien Liebe. Irgendwann hat meine Mutter die vielen jungen Mädchen in seinem Bett nicht mehr ertragen. Und dann traf sie Ulf – vor einem Jahr, als sie in seiner Galerie Vaters Bilder ausstellten, hier in München. Sie kamen sich dabei wohl sehr nahe." Sebastian nahm einen tiefen Zug und entließ den Rauch in sich windenden Spiralen. „Ulf war verheiratet. Aber nachdem seine Frau unerwartet an einem Aneurysma verstarb, verging kaum ein halbes Jahr, bis er Mutter nach München holte. Sie arbeitet nun in der Galerie, liebt ihn, führt den Haushalt und zieht dieses bürgerliche Leben einer unsteten Künstlerehe vor. Ich wiederum habe die Exzentrik meines Herrn Papa und seine Weiber nicht mehr ertragen." Er lächelte. „Obwohl ich die ein oder andere sicher nicht von der Bettkante verwiesen hätte. Meine Eltern waren sich schnell einig, dass ich einige Jahren bei Mutter verbringen sollte. Also hat mich Ulf in einem kleinen Umzugswagen mit meinen Büchern, Schallplatten und sonstigen Habseligkeiten nach München chauffiert. Im Vorstadtreihenhaus bekam ich ein kleines Zimmer im ausgebauten Dach. Mit Ulf komme ich gut aus. Er ist unkompliziert und respektiert mich. Ist nun deine Neugierde befriedigt?"

Ich runzelte die Stirn. In nur einem Redeschwall hatte er mir dicht gedrängt sein jüngstes Leben ausgebreitet und dabei gesprochen wie ein Erwachsener. Meine Väter handelten mit Obst und Pelzen, hatten in ihren furnierten Wohnzimmerschränken Lexika und einige in Leinen gebundene, nie gelesene Bertelsmann-Ausgaben stehen. Sebastians Umfeld waren Künstler und Galeristen, sie besaßen bestimmt unzählige Bücher und Schallplatten. Ich mochte ihn. Mich faszinierte seine Welt. In seiner Gegenwart schwand meine Melancholie.

Zwischenzeitlich war die Dame von vorher mit einem anderen Begleiter zurückgekommen. Sie stand neben Sebastian und sagte schrill: „Bürschchen, du bist noch keine 18 und darfst hier nicht rauchen!" Sebastian blickte interessiert in ihren tiefen Ausschnitt, bevor wir mit einem spöttischen Lächeln die Kneipe verließen. Wir tauschten Telefonnummern aus und fuhren mit der Straßenbahn zum Max-Weber-Platz. Dort trennten sich unsere Wege nach Perlach und Waldtrudering.

Zu Hause angekommen, fragte meine Mutter, warum ich so spät zurück sei. Ich erzählte nichts von dem Café-Besuch, sondern erfand Ergänzungsstunden in Französisch. Sebastian erwähnte ich nicht. Meine Eltern hätten diese Freundschaft mit einem Jungen aus Künstlerkreisen nur belächelt.

Wie jeden Tag saß ich danach lange am Schreibtisch und lernte. Wir hatten einen genialen Französischlehrer. Er hieß Fischler und zupfte immer an meiner Kleidung, wenn wir miteinander sprachen. Wir redeten nur Französisch, denn Deutschsprechen war in seinem Unterricht verboten. Für die nächste Französischstunde sollten wir Teile des „Fremden" von Camus lesen. Ich saß mit meinem Wörterbuch bis in die späte Nacht vor dem Band, wurde angezogen von diesem fernen Leben in einem heißen Land, obwohl ich den Text nur in Bruchstücken verstand, und las, bis ich todmüde ins Bett fiel.

**01:10** *Der Bankangestellte Meursault erschießt ohne einen ersichtlichen Grund einen Araber. Er sagt, die Sonne habe ihn geblendet. Er landet wie ich im Gefängnis und wird wegen Mordes zum Tode verurteilt.*

*Lebt Hintermoser noch? Die Todesstrafe wurde in Deutschland längst abgeschafft und ein Vergleich mit dieser Romanfigur ist absurd. Dennoch läuft Angstschweiß über meine Stirn. Ich spüre mein Herz pochen. Draußen auf dem Flur ist es ruhig. Vorhin konnte ich ein wenig dösen. Ich suche nach meinen Erinnerungen, versuche, die Angst abzustreifen.*

In der Schule wurde ich besser. Sebastian war begabt und bewältigte sein Pensum mühelos mit einer beneidenswerten Leichtigkeit, während ich mich weiter abmühte, aber mit zunehmendem Erfolg. Erstaunt und neidisch waren wir, als er als Besinnungsaufsatz ein Gedicht abgab. Der Deutschlehrer verlas seine Zeilen fast ehrfurchtsvoll und gab ihm eine Eins, schob dann aber nach, das nächste Mal erwarte er einen konventionellen Aufsatz und würde ein Gedicht nicht mehr bewerten.

Am Mittwoch war in der letzten Stunde Religionsunterricht. Wir hatten frei und fuhren zu Sebastian nach Hause, um am Nachmittag zu lernen. Zunächst gab es ein gemeinsames Mittagessen. Wir saßen zu viert an einem großen runden Tisch, der, wie ich es bisher nur in Filmen gesehen hatte, mit kunstvoll verzierten Tellern, edlem Besteck und Stoffservietten in silbernen Ringen gedeckt war. Diese Vornehmheit überraschte mich. Mit kleinen, eleganten Bewegungen legten meine Gastgeber die Servietten auf ihren Schoß. Ich tat es ihnen gleich und war erleichtert, denn ich wusste wirklich nicht, was ich mit diesen Stofftüchern hätte anfangen sollen. Es gab zunächst Suppe, die eine Küchenhilfe mit weißer Schürze servierte. Nach dem ersten Gang wurde geraucht. Sebastian und seine Mutter – sie hieß Karin – griffen zu ihren Zigaretten, während Ulf von neu erworbenen Bildern für seine Galerie berichtete. Es gab Ärger mit einem Künstler, der sein Bild unvermittelt zurückverlangt hatte. Er blickte auf Sebastian: „Von deinem Vater haben wir auch was reinbekommen. Es ist ein Meisterwerk. Komm in die Galerie. Dein Urteil würde mich interessieren."

Sebastians Mutter hatte meine Unsicherheit bemerkt. Sie war groß und schlank wie ihr Sohn, sprach Hochdeutsch ohne jeden Akzent und trug einen beigen Rock mit breitem Gürtel und eine weiße enge Bluse. „Es freut mich, dass ihr euch so gut versteht. Das Essen ist fast koscher, nach der Gemüsesuppe steht Fisch auf dem Speiseplan. Ist das für dich so in Ordnung?" Ich nickte, erwiderte, dass ich alles essen würde außer Schwein, und lobte ihr Wissen über jüdische Speisegesetze. „Ich kenne das von meinem Ex. Er kommt aus einer weitverzweigten jüdischen Künstlerfamilie und war während der Nazizeit versteckt. Er sieht sich als Agnostiker, ist aber dennoch in religiösen Dingen sehr bewandert. Seine frommen Großeltern haben ihn seine Religion gelehrt."

Nun diskutierten Karin und Ulf die Bilder des Agnostikers und deren Bezug auf seine Herkunft. Sebastian fiel ihnen leicht aggressiv ins Wort, Vaters abstrakte Kunst hätte nichts mit Religion zu tun. „Sie ist reine Poesie und Schönheit. Vielleicht etwas Sozialkritik."

Um mich am Gespräch zu beteiligen, fragte ich Ulf, ob er in seiner Galerie auch Werke von Chagall ausstellen würde. „Von Chagall haben wir unlängst einige handsignierte Lithografien verkauft. Ölbilder von ihm würden unser Einkaufsbudget weit überschreiten." Sebastians Mutter lächelte und verkündete, dass nun die „Forelle in Blau" frisch vom Viktualienmarkt auf den Tisch käme. Der Fisch lag auf einem länglichen Teller, daneben Fischbesteck. Er roch angenehm nach Petersilie. Sebastian und ich, wir saßen nebeneinander, hatten Mühe, die Forelle zu zerlegen.

Während des Essens wurde weiter über Kunst gesprochen, über die Galerie und ihre Kunden. Belustigt blickte ich oft zum Hausherrn, weil er während des Sprechens, er sprach die meiste Zeit, oft unvermittelt verstummte, um eine Gräte kunstvoll mit zwei Fingern aus seinem Mund zu ziehen. Er reihte sie dann neben den anderen auf dem Rand seines Tellers auf, um sofort fortzufahren. Sebastian schien genervt. Er kam kaum zu Wort.

Nach dem Hauptgang gab es noch Obstsalat. Die Atmosphäre, die Vornehmheit und das Gespräch über Kunst an diesem Mittagstisch in einem östlichen Vorort Münchens hatten mich betört. Ich wähnte mich dazugehörig. Mein Jüdischsein wurde als normal, als selbstverständlich und nicht als exotisch wahrgenommen.

**01:15** *Ich stehe auf, öffne den Wasserhahn und trinke vom kühlen Wasser. Dann gehe ich zum vergitterten Fenster und schaue in die dunkle Nacht. Sie wollen mir einen versuchten Mord unterschieben. Ich sehe Sebastian und mich nach dem Essen müde die Treppen zu seinem Zimmer hinaufsteigen.*

An drei Wänden hingen weiße Bücherregale. Neben der Türe befand sich die Ausziehcouch, mit grauem grobem Stoff bezogen. In den Regalen standen viele Bücher und Schallplatten. Wir setzten uns und Sebastian fing an, über Ulf herzuziehen. „Verkauft Bilder und hat keine Ahnung von Kunst. Von Chagall hatte er sehr wohl ein kleines Ölgemälde, auch wenn die Herkunft zweifelhaft war. Es kam über meinen Vater. Sie haben es zur Versteigerung nach London gegeben und damit den Kauf seiner Galerieräume finanziert."

Stolz zeigte mir Sebastian seinen neuen eleganten beigen Plattenspieler von Braun mit kleinen runden Drehknöpfen in schwarzer Farbe. Er legte eine Jazzplatte von Miles Davis auf, hob den Tonarm vorsichtig auf die erste Rille der Platte und diese fing an, sich langsam zu drehen. Ich hörte das Klavier, das Saxofon und ein Schlagzeug. Es war eine leise, eindringliche, beinahe flehende Musik. Sebastian zündete sich eine seiner schwarzen Zigaretten an. Es war schon spät und morgen sollte es eine Mathearbeit zur Integralrechnung geben. Wir lernten einige Stunden und verstanden am Ende die Gleichungen, die im Unterricht behandelt worden waren.

Für die Arbeit bekam ich eine Zwei und Sebastian eine Eins. Ich war schulisch auf einem guten Weg. Das gemeinsame Lernen machte Spaß. So trafen wir uns jeden Mittwoch bei ihm. Es gab das gemeinsame Mittagessen mit seinen Eltern und interessanten Gesprächen, wir lernten und Sebastian öffnete mir seine Welt der Dichtung und Musik. Er liebte die Klavierkonzerte von Beethoven, die er ständig spielte. Er hatte eine Edition von Beethoven mit Furtwängler als Dirigenten und Edwin Fischer als Pianisten. Wir übten Gedichtinterpretationen, ich sollte ein Gedicht von Trakl, er eines von Rilke analysieren. Wir lästerten über den Umgang der Germanisten mit der Dichtkunst.

Nachdem wir für den nächsten Deutschunterricht gut vorbereitet waren und die Hefte weggelegt hatten, öffnete Sebastian eine Geheimtüre in den Dachspitz des Hauses und zog eine ausklappbare Treppe nach unten. Natürlich ging es an unseren gemeinsamen Nachmittagen nicht nur um Kunst und Schule.

Wir kletterten die wackelige Treppe hinauf und gelangten in einen Raum ohne Wände, nur mit Dachschrägen. In der Mitte stand ein breites Bett mit einem kleinen Nachttisch an der Seite und einer Stehlampe. Das Gästezimmer war mit zwei Dachflächenfenstern gut belichtet. Sebastian nannte es seinen Lieblingsort. „Nathalie ist die beste Freundin meiner Mutter. Sie waren schon gemeinsam im Kindergarten. Sie lebt allein als Lehrerin in Augsburg und kommt fast jedes Wochenende zu uns. Wenn sie hier ist, übernachtet sie in diesem Gästezimmer.“ Er senkte die Stimme und reckte gleichzeitig stolz die Brust. „Spät nachts klettere ich hinauf, sie hebt die Bettdecke, ich sehe ihr kurzes Nachthemd und lege mich zu ihr. Schon beim Raufklettern bekomme ich einen Ständer.“

Ich mochte es kaum glauben. Das konnte nicht wahr sein. Schon deshalb nicht, weil Nathalie im gleichen Alter wie seine Mutter und er minderjährig war.

„Davon darf niemand etwas wissen – hast du verstanden, Felix?“ Sebastian erzählte von einem Freitagabend kurz nach seiner Ankunft in München. Nathalie war zu Gast. Es war Mitternacht, als alle nach einem ausgiebigen Abendessen mit viel Wein nach oben gingen. Er entkleidete sich, schlüpfte in seinen Pyjama, schaltete das Licht aus und hörte noch etwas Musik. Erst hatten seine Eltern das Bad benutzt und waren dann schnell in ihrem Schlafzimmer verschwunden. Nach einer Weile stieg Nathalie die wackelige Leiter hinab und ging in das Bad. Als sie herauskam und wieder vor der Leiter stand, konnte Sebastian sie im erleuchteten Flur durch seine halb geöffnete Türe sehen. „Sie trug ein kurzes, durchsichtiges Negligé. Der Anblick erregte mich.“ Sie musste ihn bemerkt haben, drehte sich und stieg nach oben. Sebastian war noch Jungfrau, ein Schüler, nicht volljährig, und doch begehrte er diesen makellosen Körper einer Frau im Alter seiner Mutter. Dann hörte er seinen Namen: „Sebastian, kannst du schnell hochkommen und das Fenster schließen?“ Sie könne das nicht, es werde kalt.

„Felix! Das war wie Weihnachten und Ostern an einem Tag.“

Wie ein Pfeil schoss er nach oben. Er schloss das Fenster, sah sie auf dem Bett liegen, halb zugedeckt. Durch ihr dünnes Nachthemd schimmerten ihre spitzen Brüste.

„Dann hat sie mich gebeten, die Treppe einzuholen. Mir stand der Schweiß auf der Stirn. Ich zog die Treppe nach oben und erschrak, weil es laut knarzte.“

**01:25** *Auf der unbequemen Gefängnisliege versuche ich, mir die Umarmung Sebastians mit Nathalie vorzustellen. Mit ihr wäre es bestimmt auch für mich besser als mit Monika gelaufen. Die reife Nathalie hätte mich sicherlich gemocht in jenen Tagen mit meinem Lockenkopf und den tiefbraunen Augen.*

Sebastian fragte, was ich in seiner Situation getan hätte. Ich suchte und fand keine Antwort, zuckte mit den Schultern. Sebastian schmunzelte und fühlte sich nun herausgefordert: „Wir hatten in dieser Nacht siebenmal Sex. Das erste Mal war es etwas holprig und dann sagenhaft und wunderschön. Ich durfte in ihr nicht kommen - man nennt das Coitus interruptus. Danach musste ich immer urinieren, damit aller Samen aus meinem Glied war. Ich liebe Nathalie."

Wie benommen kletterte ich hinter Sebastian die Treppe hinab, packte meine Sachen und fuhr nach Hause. In der Türe bat er mich nochmals um Stillschweigen, insbesondere in der Schule, denn das Ganze müsse den meisten Menschen nicht ganz koscher erscheinen.

Einige Wochen später sollte ich nach dem Unterricht zum Klassleiter. Wusste er von dem Geheimnis um Nathalie und Sebastian? Wir beide könnten von der Schule fliegen! „Felix, Ihr Besinnungsaufsatz über die Literatur in der Romantik war gut und ich werde Ihnen eine Zwei geben. Sie sind erheblich besser geworden und so, wie es nach der ersten Notenkonferenz aussieht, werden Sie das Klassenziel erreichen. Die Ansage unseres Direktors hat doch Wirkung gezeigt. Machen Sie so weiter!"

Vor Freude schüttelte ich ihm unbeholfen die Hand, die er schnell wegzog. Er war ein kleiner Mann und korpulent, oftmals zynisch bis beleidigend. Es war die angehende Zeit der Beatles und der Stones und der langen Haare bei Jungs und Mädchen - auch als Zeichen des Protests. Im Unterricht meinte unser Klassleiter dazu, man solle keine langen Haare tragen. Man könne als homosexuell gelten. Diesen Hinweis fand ich widerlich.

Vor der Schule, auf dem Weg zur Straßenbahn traf ich Sebastian und erzählte ihm von dem unerwarteten Lob und meinen ursprünglichen Befürchtungen. Er hielt mich für verrückt, denn wie sollte das Geheimnis seiner Amour fou ohne sein oder mein Zutun bis in die Schule gelangen? Dann fielen wir einander vor Freude in die Arme. Wir würden auch im nächsten Schuljahr zusammenbleiben. Das galt es zu feiern. Im Café um die Ecke.

Nachdem wir am Tisch saßen, zündete er sich eine Zigarette an und in diesem Augenblick erinnerte ich mich an die versprochenen 500 DM. Wir besprachen, wie ich das viele Geld ausgeben könnte. „Kauf dir für das Geld Bücher und Platten. Vielleicht eine Stereoanlage. Oder du verreist allein in den Sommerferien." Dann spottete Sebastian über den kleinen, prüden Klassleiter: „Der meint, ich bin schwul, weil ich lange Haare trage. Und wenn schon? Wenn der von Nathalie und mir im Gästezimmer wüsste!"

Es war Mittwoch und wir fuhren nach dem Café zu Sebastian nach Hause. Ich hatte mich längst an die feinen Tischsitten, an die geistreichen Gespräche bei Sebastians Eltern gewöhnt und fand daran unvermindert Gefallen. Diesmal war der große ovale Esstisch für fünf Personen eingedeckt. Wir trugen unsere Schultaschen in Sebastians Zimmer, polterten die Treppen hinab und blieben zunächst vor dem Tisch stehen. Ulf saß am Kopfende und war in ein Journal vertieft, während er ein Stück Weißbrot aß. Die Küchentüre öffnete sich. Sebastians Mutter und eine brünette schlanke Frau in Jeans kamen mit Schüsseln und Tellern ins Esszimmer. Sebastian bot seine Hilfe an. Die Damen nickten, zu dritt brachten sie das Essen und stellten es auf den Tisch. Es gab Tomatensuppe und Heilbutt mit Kartoffelpüree. Das Essen erinnerte mich an Kanada. Heilbutt aus dem Atlantik und Tomatensuppe waren dort ein Nationalgericht.

Während wir die leicht versalzene Suppe löffelten, stellte mir Sebastians Mutter Nathalie als ihre Freundin vor: „Schon von Kindergartentagen an." Sie wandte sich an Nathalie. „Felix", sagte sie, „ist Sebastians guter Schulfreund und wie Sebastians Vater jüdisch."

„Max ist jüdisch, das wusste ich nicht", meinte Nathalie versonnen und Ulf erwiderte, als sie ihm nackt Modell gestanden und sie sich anschließend geliebt hatten, sollte es ihr aufgefallen sein. Nathalie lächelte verlegen.

Dieses familiäre Durcheinander erinnerte mich an meine eigene Familie. Sebastian errötete stets im Gespräch mit Nathalie. Karin beobachtete die beiden aufmerksam.

Als Ulf fragte, was wir in den Sommerferien zu tun gedächten, ob Sebastian seinen Vater in Berlin besuchen wolle, erwiderte Karin, dass Max im Sommer mit seiner neuen, sehr jungen Freundin in Griechenland auf dem Peleponnes verweilen würde und dort wenig Zeit für seinen Sohn hätte. Das saß, Sebastian reagierte zunächst verstört, stand auf. Dann, nach wenigen unruhigen Sekunden, setzte er sich wieder, lächelte und verkündete, er wolle nach Jugoslawien trampen. Ulf war empört: „Du kannst doch nicht allein als 17-Jähriger durch die Welt trampen, noch dazu in ein kommunistisches Land."

Für eine kurze Weile war es still am Tisch. Sie blickten auf ihre Teller, suchten im Fisch nach Gräten und aßen.

Nachdem der zweite Gang beendet war und bevor die Teller hinausgetragen wurden, ergriff Karin das Wort. Während sie Sebastian und mich fixierte, tat sie einen für eine fürsorgliche Mutter mutigen Schritt. „Warum reist ihr nicht gemeinsam in den Süden, mit Zug und Bus, aber keinesfalls trampen, das wäre für zwei so hübsche Jungs, wie ihr es seid, zu gefährlich."

Besorgt fragte Nathalie, ob wir das wirklich wollten. Sebastian wechselte mit ihr vertraute Blicke und sagte: „Ich würde gerne mit Felix fahren. Wir sind alt und selbstständig genug, allein zu verreisen. Die Frage ist das Geld. Ich bin völlig abgebrannt."

Ich war unsicher. „Sebastian, meine Eltern werden das nie erlauben. Selbst wenn meine Mutter zustimmt, werden mein Vater und Nicky dagegenhalten. Geld hätte ich – soll doch die 500 Mark bekommen, wenn ich nicht durchfalle."

**01:30** *Damals verstand ich nicht, warum gerade Karin einlenkte. Hatte sie weniger Angst um ihren Sohn als Ulf? Heute, nach Jahrzehnten, denke ich: Sie wusste von der Affäre Sebastians mit Nathalie und erkannte, dass er ernsthaft verliebt war. Er war minderjährig und verliebt in ihre gleichaltrige Freundin, die erst mit ihrem Ex und jetzt mit ihrem Sohn schlief. Das konnte nicht gut gehen. Eine lange Reise sollte die leidenschaftlichen Liebesnächte beenden. Unterwegs könnte Sebastian junge Mädchen kennen und lieben lernen.*

*Ich denke an meine Überraschung darüber, wie selbstverständlich Sebastian und seine Mutter mich in die Reisepläne einbezogen. Hatte ich dieses Wohlwollen, diese Akzeptanz verdient? Bislang hatte ich hinnehmen müssen, meist in zweiter Reihe zu stehen. Der jüdische Junge mit dem südländischen Aussehen, mit zarten Anfängen künstlerischer Ambitionen und den ungewöhnlichen, beinahe abenteuerlichen Erlebnissen seiner ersten Lebensjahre hatte die Sympathie von Sebastian und seiner Familie gefunden.*

*Nach dem Kompott war sich alle einig. Sebastian und Felix würden in den Sommerferien gemeinsam verreisen.*

*Anschließend saßen wir in Sebastians Zimmer. Die letzte Schulaufgabe in Deutsch vor den Ferien war die Interpretation von Gedichten von Rilke – ich das „Karussell", Sebastian den „Panther".*

*Im Halbdunkel der Zelle sehe ich das Karussell im Jardin du Luxembourg an mir vorüberschweben und spreche leise das Gedicht, fast wie ein Gebet: „Mit seinem Dach und seinem Schatten dreht / sich eine kleine Weile der Bestand / von bunten Pferden, alle aus dem Land, / das lange zögert, eh es untergeht." Das können mir die Nazis nicht nehmen. Diese schöne Lyrik ist Teil meiner Heimat.*

*Die Zeit steht und die Bilder meiner Erinnerungen ziehen sehr schnell an meinem inneren Auge vorüber.*

Am nächsten Tag war nach der Pause hitzefrei. Sebastian und ich fuhren zu uns nach Waldtrudering. Wir schwammen im Pool und sprachen mit meinen Eltern über unsere Reisepläne. Die Route hatten wir am Vorabend noch über Telefon festgelegt. Es sollte mit dem Nachtzug nach Venedig und dann per Bus durch Jugoslawien bis nach Sarajewo gehen. Auch das Trampen schlossen wir im Geheimen nicht aus. In diesem Land war unsere Mark das Dreifache wert, es gab dort wenig Tourismus, schöne Inseln, felsige Küstenstreifen und vielleicht auch schöne Mädchen.

Meine Mutter war zunächst ablehnend, aber sehr freundlich zu Sebastian, und am Ende, nachdem wir ihr mehrfach versichert hatten, wir würden nicht trampen, stimmte sie zögerlich zu. Sie war überzeugt, dass meine Lernerfolge Sebastians Einfluss zu verdanken waren und eine gemeinsame Reise für das kommende Schuljahr meinen Ehrgeiz anstacheln könne. Später kam Nicky von der Arbeit in der Großmarkthalle und befürwortete, wie meine Mutter, unsere Reise.

**01:39** *Ich sehne mich jetzt nach der Unbeschwertheit jener Tage. Gleichzeitig erlebe ich das dumpfe Gefühl des Verlusts von damals, die Abwesenheit von Großeltern, Onkel und Tanten. In meinen Fantasien fanden sich nicht ihre Bilder, ich kannte nicht ihre Namen, noch wusste ich, dass und wie sie umgekommen waren. Ich stellte keine Fragen und nahm die Lücken in der Familiengeschichte als normal hin.*

*Mein Vater hasste die Deutschen, was ihn nicht davon abhielt, mit ihnen Geschäfte zu machen. Nicky verabscheute die Rechten. Über den Holocaust fiel kein Wort von meinen Eltern, nur selten eines in der Öffentlichkeit.*

Der Klassleiter musste nochmals betonen, der Felix sei gerade noch mit einem blauen Auge davongekommen, er würde versetzt. Was für eine Erleichterung. Er fügte hinzu: „Mit fünf Fünfern und einem Sechser im Winterzeugnis die Versetzung zu schaffen, das ist auch eine Leistung." Zu Hause gab es dennoch Ärger. Nicky betonte, mit so einem schlechten Zeugnis hätte er sich nicht nach Hause gewagt.

**01:50** *Mein Gedächtnis gestattet mir nur ausgewählte Erinnerungen. Vielleicht jene, welche sich eher in meiner Seele als im Kopf festsetzen konnten?*

*Der neue Tag ist in weiter Ferne. Sollte ein Polizist auf mich einprügeln, ich wäre ihm hilflos ausgeliefert. Er könnte mich unbemerkt töten. Es wäre nicht das erste Mal, dass ein Gefangener in einem deutschen Gefängnis unter mysteriösen Umständen stirbt.*

## Jugoslawien

Abreisetag war Sonntag. Am frühen Abend brachten uns die Eltern zum Hauptbahnhof. Wir warteten gespannt auf die Ankunft des

Zuges aus Frankfurt. Dann folgte der Abschied, natürlich die erneuerte Ermahnung, nicht zu trampen.

**02:04** *Warum drängt sich gerade diese Reise in meine Erinnerungen? Weil sie den seelischen Schmerz der vergangenen Jahre linderte, ich den traurigen Loyalitätskonflikt um meine Eltern vergaß?*

*Ich blicke zur Decke meiner Zelle und sehe eine schwere, große Dampflock die blauen, internationalen Schlafwaggons langsam in den Bahnhof ziehen, sehe Sebastian und mich lässig einsteigen wie routinierte Reisende. Im Zwielicht der Abenddämmerung rollte der Zug rückwärts aus dem Sackbahnhof München in Richtung Süden.*

Sebastian wählte das obere Bett, ich lag unten. Während der Fahrt konnte ich kaum Schlaf finden, hörte beständig das Hämmern und Klopfen der Schienen, von Zeit zu Zeit die zischenden Geräusche vorbeifahrender Züge, der Winddruck ließ den Waggon erzittern. Am Brenner gab es eine längere Pause und Passkontrollen durch einen österreichischen und italienischen Grenzbeamten. Nach einer Stunde fuhren wir weiter. Ich döste, hörte weiter das Rattern der Räder auf den Schienen, das Pfeifen der Lokomotiven und hatte Träume mit erotischen Fantasien.

Es wurde langsam hell. Am Fenster zog die südliche Landschaft in dunklen Rauchschwaden vorüber. Bald erblickten wir von Weitem die Lagune Venedigs, über dem Wasser flirrendes Licht, Holzbohlen und dazwischen sich langsam bewegende Boote. Der Zug rollte mit einem Pfeifen und Zischen der Lok langsam in den Bahnhof Venezia Mestre. Nach einem jähen Ruck stand er. Sebastian nahm seinen alten braunen Lederkoffer, ich meine von Nicky geborgte Reisetasche aus blauem abgeschabtem Kunstleder.

Die Reisenden eilten hinaus auf den Bahnsteig. Dort gab es herzliche Begrüßungsszenen, leidenschaftliche Umarmungen, das laute Ausrufen von Namen. Livrierte Hoteldiener suchten nach ihren Gästen zwischen den Zeitungsverkäufern und Polizisten in Operettenuniformen.

**02:10** *Ich erinnere mich an den Geruch von Öl, Rauch, aufdringlichem Parfum und einer Prise des Meeres und fühle das Gedränge der vielen, nahe beieinanderstehenden und vorbeieilenden Menschen.*

Karin hatte für uns ein Zimmer in einer kleinen Pension nahe des Ghettos reserviert. Wir standen ratlos im Gedränge unweit des Zuges. Ein Gepäckträger klopfte auf meine Schulter. Sebastian nickte und zeigte ihm die Adresse der Pension auf einem Zettel. Der Mann war klein. Er trug einen blauen Blouson mit schwarzen Hosen und eine grüne Schürze. Seinen kahlen Kopf schützte ein mit vier Knoten gebundenes weißes Taschentuch vor der heißen Sonne. Er schnürte meine Tasche und Sebastians schönen Koffer mit einem braunen breiten Gürtel zusammen und hob die Gepäckstücke langsam über seine Schulter auf seinen Rücken. Über eine breite weiße Treppe gelangten wir aus dem Bahnhof in die Stadt.

Endlich standen wir vor unserer Pension. Der Gepäckträger schrieb sein Salär auf den Zettel mit der Adresse unserer Unterkunft und Sebastian zahlte anstandslos, ohne zu wissen, ob der Preis wirklich angemessen war oder nicht.

**02:12** *Dieser kleine schwitzende Mann mit seiner ungewöhnlichen Kopfbedeckung, den sichtbaren Zahnlücken und unserem Gepäck auf dem Rücken im Kontrast zu dieser unglaublich schönen Stadt prägt meine Erinnerung an unseren Reisebeginn.*

*Die nächste größere Station war Split in Jugoslawien. Die Bilder der Fahrt dorthin und jene der zuvor in Venedig verbrachten Tage gibt mein Gedächtnis nicht frei.*

Wir waren in Split angekommen. Sebastian und ich saßen in einer warmen Nacht auf der Kaimauer inmitten von jungen Leuten aus aller Welt. Einige spielten auf der Gitarre und sangen Lieder von Bob Dylan. Neben Sebastian erblickte ich eine zierliche Frau in kurzen Shorts mit zwei schwarzen Zöpfen. Ihr Gesicht trug indianische Züge. Er fragte sie in Englisch, ob er ihr ein Glas Wein bringen dürfe. Sie bejahte lächelnd. Er brachte drei gefüllte Gläser, die wir schnell austranken, obwohl die harzige Note des Weines für uns ungewohnt war.

Sebastian und das Mädchen unterhielten sich angeregt. Sie sprachen Französisch und Englisch und verstanden einander gut. Da wir Hunger hatten, gingen wir in ein Restaurant mit Terrasse direkt am Meer. Auf dem Weg dorthin hielten sich beide an den Händen und als wir uns zu Tisch setzen, gab Sebastian ihr einen flüchtigen Kuss, den sie erwiderte. Das geht schnell, dachte ich. Ist das Zauber oder Liebe auf den ersten Blick? Bei den lächerlich niedrigen Preisen bestellten wir unbesorgt Fisch, Fleischspieße mit Gemüse und dazu guten Wein. Das Mädchen hieß Louisa, kam aus Kolumbien und ging auf die Kunstakademie der Sorbonne in Paris. Sie malte. Wir mogelten und erzählten, wir stünden kurz vor dem Abitur und liebten die Kunst. Sie hatte ein großes Zimmer in einem mondänen Hotel bezogen. Wir wohnten bei zwei Frauen, sie waren Mutter und Tochter und vermieteten uns ihr Schlafzimmer für wenig Geld. Louisa erzählte von dem luxuriösen Hotel direkt am Meer, das ihre Eltern gebucht hatten und nicht für Einheimische zugänglich war. Es gab dort einen Pool und ausgezeichnete internationale Küche. Sie hatte von ihren Eltern die American Express-Karte.

Zunächst dachte sie, wir wären Franzosen. Dann erkannte sie unsere Sprache und meinte, sie könne sich nicht vorstellen, dass wir Deutsche wären. Das Wort „Deutsche" sprach sie auch in der englischen Übersetzung mit Verachtung aus.

Sebastian umschlang sie mit seinen langen Armen, drückte sie an sich und sagte, wir hätten nichts mit den Nazis zu tun, wir seien Sozialisten. „Und Felix ist jüdisch." Das versöhnte sie, auch der Hinweis von Sebastian auf deutsche Dichter und Musiker, die sie beide kannten und mochten. Louisa verstand nicht, dass ich als Jude in Deutschland lebte. Ich sah das ähnlich. Aber wie konnte ich ihr die Umstände erklären? Ich verstand sie selbst nicht so recht und schwieg. Sebastian sah mein betroffenes Gesicht und wechselte das Thema: „Kennst du Paul Celan? Für mich der größte deutsch-jüdische Dichter unseres Jahrhunderts." Ich kannte Celan nicht, Louisa schon. Sie sagte, sie hätte einen Lyrikband in französischer Übersetzung im Hotel liegen und strahlte. Sebastian und Louisa rückten noch enger aneinander.

Wir bezahlten und Louisa bot Sebastian an, ihm ihr Hotel zu zeigen. Sie gingen gemeinsam den Strand entlang und ich wankte zu unserem möblierten Zimmer. Der ungeteerte, staubige Weg war spärlich beleuchtet. Es dauerte, bis ich endlich das kleine, niedrige Haus der zwei Frauen fand. Die Türe war unverschlossen, ich ging durch den Flur in unser Zimmer.

Auf dem Weg zum Bad traf ich Mutter und Tochter mit kurzen weißen Handtüchern um ihre Hüften und verschränkten Armen vor den Brüsten. Sie tippelten lächelnd an mir vorüber und hinterließen kleine Wasserpfützen auf dem Steinboden. Es war früher Morgen, kurz vor Sonnenaufgang, aber immer noch schwül. Zurück im Zimmer fiel ich auf das Bett, mir schwindelte, ich schlief sofort ein und erwachte erst um die Mittagszeit mit Kopfschmerzen. Sebastians Bett war unbenutzt.

Ich spürte, wie ich Sebastian um seine Affäre beneidete und verärgert war, dass er mich allein zurückgelassen hatte. Nach dem Duschen ging ich hinaus zur Terrasse. Dort saßen Mutter und Tochter in kurzen dünnen Morgenmänteln und luden mich zu einem späten Frühstück ein. Während ich aß, betrachtete ich die beiden. Sie kicherten und mir schien, als würden sie auch über mich sprechen. Die Mutter gefiel mir besser als die Tochter. Ihre Figur schien weicher, mit ausladenden Hüften und schönem Busen, sie hatte eine glatte Haut, leicht vorspringende Wangenknochen und schmale Lippen. Die Tochter war schön, schlank, androgyn und stimmte stets nickend ihrer Mutter zu.

Plötzlich standen Sebastian und Louisa neben dem Feigenbaum im Garten. Louisa blieb bei den Damen auf der Terrasse. Sebastian und ich gingen in unser Zimmer, wir hatten einiges zu besprechen. Er begann damit, dass er glücklich sei, er liebe Louisa mehr als Nathalie und würde bis Samstag zu ihr ins Hotel ziehen. Louisa müsse am Wochenende zurück zu ihren Eltern nach

Paris fahren. „Aber wir haben uns besprochen und finden, dass wir die Nachmittage alle gemeinsam verbringen sollten. Louisa mag dich“, unterstrich er.

Sie hatten einen Plan ihrer jungen Liebe für die kommenden Tage festgelegt, ohne mich auszuschließen. Sebastian erwähnte beiläufig, dass er und Louisa sich bis zum frühen Morgen geliebt hatten. Dann sah er mich eindringlich an. „Versuch's doch mit Mutter und Tochter. Du kannst sie auch bezahlen. Es wird endlich Zeit für dich.“ Das klang fast wie ein Befehl.

**02:25** *Ich sehe uns am Rande eines Melonenfeldes sitzen und Paul Celan lesen. Wir lesen die deutsche Fassung und Louisa die französische Übersetzung. Beide Sprachversionen fanden sich in ihrem Band.*

*Niemand würde uns heute diese Geschichte abnehmen. Junge Leute tanzen in der Disco oder spielen am Strand Volleyball und plantschen im Meer.*

Kurz vor Sonnenuntergang trennten wir uns. In der Dämmerung schlenderte ich zu unserer kleinen Herberge. Die Eingangstüre war wieder offen. Ich eilte in unser Zimmer, duschte kurz im Bad, wechselte die Kleidung und ging hinaus zur Terrasse. Die Holzkohle im Grill glühte bereits. Der Tisch war gedeckt, Mutter und Tochter stark geschminkt. Sie trugen enge Ringelpullover und kurze Röcke. Sie fragten mit Worten in Englisch und mit Gesten, ob ich essen wollte. Ich nickte mit einem freundlichen Lächeln. Schnell saßen wir am Tisch, ich entkorkte eine Weinflasche und füllte die Gläser bis zum Rand.

Bald spürte ich den Alkohol. Die Mutter hieß Ivanka und die Tochter Marena. Wir aßen die scharf gewürzten Cevapcici mit viel Zwiebel. Ivanka saß mir gegenüber, beugte sich gelegentlich über den Tisch, um nachzuschenken, und bot mir dabei tiefe Einblicke in ihr Dekolleté. Marena war an meiner Seite auf Tuchfühlung, hatte ihre rechte Hand auf meinen Oberschenkel gelegt und bewegte dort langsam ihren Zeigefinger. Jeder noch so kleine Druck erregte mich.

Mit Gesten und wenigen Worten versuchten wir einander zu verstehen. Der Alkohol und die Berührungen verstärkten meinen Wunsch, mit beiden zu schlafen.

Nach dem Essen kam Ivanka zu mir, kraulte zärtlich in meinem Haar und küsste mich für wenige Sekunden. Dann kritzelte sie auf meine Serviette kaum lesbar die Zahl 30 und die Worte „Food and Love“. Ich nickte sofort, umarmte die beiden heftig, sie lachten und wir gingen ins Wohnzimmer, auf dessen Boden eine große, mit einem weißen Laken bezogene Matratze lag. Sie entzündeten einige Kerzen und entkleideten sich langsam. Ich legte Shorts und Hemd ab und verdeckte, plötzlich verschämt, mein Geschlecht. Ivanka bemerkte mein ängstliches Zögern und meine Scham. Sie schickte ihre Tochter hinaus, saß schnell rittlings auf mir, ließ mit heftigen Bewegungen ihre schweren Brüste wippen und stöhnte dabei.

Sie hatte mich für 30 Mark entjungfert, ich ergoss mich in ihr und ein wohliges Gefühl wie noch nie durchzog meinen Körper.

Später kam Marena zurück zu uns. Wir schliefen nebeneinander. Am frühen Morgen spürte ich Ivanka auf mir und im Halbschlaf drehten wir uns. Ich lag nun oben und wir liebten uns ein zweites Mal. Danach verfiel ich sofort wieder in einen tiefen Schlaf. Marena war nicht mehr im Zimmer, als ich aufwachte und fühlte, wie Ivanka mein Glied zart berührte und abtastete. Sie lächelte und sagte leise „Jivreski“ oder so ähnlich, nachdem sie die Decke weggezogen hatte. Dann knetete sie weiter, bis ich wieder schnell zum Orgasmus kam. Es war mir peinlich, gleichzeitig war es sehr schön.

Nach dem Frühstück fragte ich sie nach der Bedeutung des Wortes. Sie malte einen Davidstern auf das Tischtuch. Ich nickte und konnte in ihrer Reaktion weder Erstaunen noch Geringschätzung erkennen. Gerne gab ich ihr das Geld und war dankbar für diese Nacht. Sie ließ mich fühlen, dass sie gerne mit mir zusammengelegen war.

Später kamen Sebastian und Louisa, um mich abzuholen. Wir verbrachten den Nachmittag am Pool ihres Hotels. Ich machte Andeutungen zu meinem Liebesabteuer. Nun hatte ich meine Geschichte, der Neid der letzten Tage war verflogen. Während Louisa in ihrem Zimmer verschwand – in ihrer Gegenwart wäre es mir peinlich gewesen –, erzählte ich, wie Ivanka bei näherer Betrachtung meines Geschlechtes mein Jüdischsein aufgedeckt hatte. Sebastian konnte sich kaum halten vor Lachen. Die Zeit flog dahin.

Am Sonntagnachmittag begleiteten wir Louisa zur Fähre nach Venedig. Von der Lagunenstadt aus sollte sie zurück nach Paris fliegen. Anschließend verabschiedete ich mich von Ivanka und Marena mit Tränen in den Augen. Wir zahlten den Rest der Miete und machten uns auf zum Bus nach Dubrovnik, der um Mitternacht starten sollte. Im verwahrlosten Bahnhof von Split warteten wir auf den Bus, der verspätet ankam, schliefen während der Fahrt und erreichten am Morgen unser Ziel. Wir hielten am Rande der Altstadt, der Ausblick auf die Festung von Dubrovnik war überwältigend. Nach unserer Ankunft gingen wir in das Zentrum und frühstückten ausgiebig in einem Café mit Blick auf das blaue Meer. Ich beobachtete, wie sich die Gischt auf den fernen Wellen kräuselte. Bis in den späten Abend durchstreiften wir die mittelalterliche Stadt.

Am nächsten Morgen entschieden wir, sofort nach Sarajewo aufzubrechen. Neben dem schnellen Bus gab es einen Zug, der die Strecke von knapp 170 Kilometern über die Berge in mehr als fünf Stunden befuhr. Waggons aus der Kaiserzeit wurden von einer nicht minder alten Dampflokomotive auf schmalen Gleisen gezogen. Wir wählten den Zug.

Langsam fuhr er an. Die Sonne brannte auf die Wagendächer, der Fahrtwind blies durch die auf beiden Seiten offenen Fenster und brachte Kühlung. Bog der Zug in eine Kurve, quietschten die Stahlräder bedrohlich auf den schmalen Schienen. Auf der teilweise sehr stark ansteigenden Strecke griffen die Zahnräder der Lokomotive in die Mittelspur. Schwarzer Rauch quoll rhythmisch aus dem Schornstein, daneben das zischende Geräusch des den Kolben entweichenden Dampfes. Der Ruß durchzog unseren Wagen, umhüllte die Landschaft. Die Fahrt ging über hohe Brücken, die über weite Täler gespannt waren, durch lange Tunnels. Wir hielten an unzähligen Stationen. Bauern mit großen geflochtenen Körben stiegen ein, nur um beim nächsten oder übernächsten Halt die Bahn schon wieder zu verlassen.

Am späten Nachmittag fuhr der Zug mit einem langgezogenen Pfeifen im Bahnhof von Sarajevo ein. Wir waren von der Hitze im Waggon und von den harten Holzbänken wie gerädert, wir waren müde, gleichzeitig war ich dankbar, dass ich für einige Stunden in einer anderen Zeit hatte verweilen dürfen.

Wir wohnten für wenig Geld in einer Jugendherberge. Im Erdgeschoss gab es einen großen Essraum mit ungedeckten Plastiktischen und farbigen Plastikstühlen. Über dem Eingang hing ein großes Porträt von Tito.

Am Abend, Sebastian war in Buchgeschäften stöbern, saß ich auf einer Balustrade mit Blick in die Berge neben einem schönen schwarzhaarigen Mädchen, das einige Jahre älter als ich zu sein schien. Zunächst fragte ich in Englisch nach ihrer Herkunft, wegen ihrer dunklen Haare dachte ich, sie käme aus dem Süden. Als sie auf sich zeigte und „Polska“ sagte, hielt ich für mehrere Sekunden den Atem an. Meine Eltern kamen aus diesem Land.

Nachdem ich ihr München als meinen Wohnsitz verraten hatte, wurde sie sehr freundlich. Wir standen auf und spazierten durch die engen Gassen der Altstadt, konnten uns kaum verständigen, denn sie sprach nur wenige Worte Englisch und ich nicht Polnisch. Als ich meinen Arm über ihre Schulter legte, ließ sie mich gewähren. Ich führte sie in ein Restaurant mit einem offenen Grill. Wir bestellten. Das Essen war vorzüglich. Wir tranken auf Bruderschaft mit Küsschen auf die Wangen. Sie hieß Maria.

Da die Möglichkeiten unserer Kommunikation nach kurzer Zeit erschöpft waren, ergab sich wie von selbst ein Spiel. Maria zeigte mir einen Gegenstand, nannte dessen polnischen Namen, den ich nachsprechen sollte. Ich versuchte es und benannte auf Deutsch ein anderes Objekt. Ihr fiel die Aussprache der deutschen Worte leichter als mir die polnischen auf der Zunge lagen. Sie liebte dieses Spiel und klopfte oft vor Freude bei jedem gut ausgesprochenen Wort auf den Tisch, lachte laut und tippte auf meine Schultern. Sie wusste nicht, dass meine Eltern aus Polen vertrieben worden waren, sie wusste nicht, dass das Schicksal meiner Familie eng mit dem ihres Landes verbunden war.

Nach dem Essen spazierten wir wieder durch die Altstadt. Ich legte meinen Arm um ihre weichen Hüften, gab ihr gelegentlich einen flüchtigen Kuss. Wir setzten uns auf die Stufen eines orientalisch aussehenden Brunnens und vereinbarten für den kommenden Tag an dieser Stelle ein Treffen. Nach einem kurzen Kuss auf meine Wange eilte sie zu einer nahen Haltestelle und fuhr mit dem Bus davon.

Am nächsten Morgen war ich wie vereinbart am Brunnen und wartete vergebens auf Maria. Sie kam nicht.

Kurz vor unserer Abreise traf ich sie zufällig vor dem Bahnhof mit einem mindestens zehn Jahre älteren gutaussehenden Begleiter. Sie sah mich, lächelte verlegen und wandte sich schnell ab. Zumindest hatte sie mir am Abend unseres Spiels ihre Adresse in Warschau gegeben.

**02:41** *Dieses verlegene Lächeln blieb als letztes Bild dieser Reise. Ich sehnte mich noch viele Jahre nach ihr.*

Das neue Schuljahr begann mit einer traurigen Überraschung. Sebastian und ich waren nicht mehr in derselben Klasse. Neben mir saß nun ein hochgeschossener Junge mit Pickeln im Gesicht, der stets einen Pullunder mit aufgestickten kleinen Rehen trug. Er wollte Jura studieren. Was für ein Gegensatz zu meinem Freund Sebastian, mit dem ich über Stunden Gedichte von Celan und Rilke gelesen hatte!

## Sebastian geht nach Berlin

Ich traf Sebastian nur noch gelegentlich im Pausenhof, vermisste die Essen an dem vornehm gedeckten Tisch seiner Eltern mit den angeregten und teils amüsanten Gesprächen. An einem verregneten Tag im Spätherbst liefen wir uns nach einem Vortrag des

Direktors, mit dem dieser in der Aula sämtliche Schüler gequält hatte, auf dem Max-Weber-Platz in die Arme und verabredeten uns zum Mittagessen. Sebastian kündigte an, er müsse mit mir einige Dinge besprechen.

Wir gingen in den Hofbräukeller. Sebastian aß Schweinebraten mit Knödeln und ich zwei Weißwürste mit Brezeln. Als ich auf seinen vollbeladenen Teller sah, meinte er, zu Hause gäbe es nur noch selten warmes Essen. „Deshalb gehe ich fast jeden Tag nach der Schule hierher." Wir tranken Bier und er fing an zu erzählen: „Ulf ist vor einigen Wochen ausgezogen. Er hat meine Mutter und mich verlassen, wegen einer jungen blonden Praktikantin. Der Schuft. Er wohnt mit ihr im rückwärtigen Appartement der Galerie. Allein können wir die Miete für das Haus in Perlach nicht zahlen. Wir gehen zurück zu Vater nach Berlin. Nächste Woche schon."

Ich sagte ihm, dass ich sehr traurig sei, dass ich es aber verstünde. Sebastian hatte mich zur Musik, zur Literatur, zum Film, zur Poesie geführt. Nach diesem Mittagessen im Münchner Hofbräukeller sahen wir uns nie wieder.

Ich war nun zwei Jahre vor dem Abitur in einer Klasse mit sehr unterschiedlichen Jungs. Einer wollte unbedingt Zahnarzt werden, der andere hatte sich zur Luftwaffe für die Kampfpilotenausbildung verpflichtet. Irgendwie hielten wir dennoch zusammen, verbündeten uns gegen die Lehrer und gegen die Erwachsenen allgemein. Ich machte keinen Hehl aus meiner linken Einstellung, wohlgemerkt links von den Sozialisten.

Onkel Bernsteins Tod trug das Seine zu meiner Politisierung bei. Kurz zuvor, gesundheitlich schon schwer angeschlagen, erzählte er von meiner Familie in Polen, die im Holocaust umgekommen war. Er wusste nicht, in welchen Todeslagern, nannte aber mit brüchiger Stimme einige ihrer Namen. Ich kannte sie nicht und war wie gelähmt. Der Gedanke an ihrer aller Ermordung verwirrte und verletzte mich zutiefst.

Geschehenes dürfe sich nie mehr wiederholen, war meine erste Überlegung, und ich ersann den Weg meines Lebens, Überlebens, ja, meiner Existenz in diesem Land: Der Holocaust und die Tötung von sechs Millionen Juden war nur mit Waffen und Militär möglich gewesen. Ohne Waffen wäre meine Familie nicht ausgelöscht worden, unendlich großes Leid wäre nicht geschehen.

Mit dieser einfachen Formel wurde ich schnell zum glühenden Pazifisten. Ich ging zu Veranstaltungen friedensbewegter Vereine und gelangte unversehens in die Kreise der Studentenrevolte. Beherrschendes Thema in jenen Tagen waren die Notstandsgesetze. Ich war mit auf der Straße bei den Demonstrationen und überzeugt, dass die große Koalition mit den geplanten Gesetzen den Weg in eine neue antisemitische Diktatur ebnen würde. Ich focht leidenschaftlich dagegen.

In diesen Tagen feierte ich meinen 18. Geburtstag. Schon vorher hatte ich in einer Fahrschule gelernt, die Führerscheinprüfung bestanden. Die Eltern kauften einen alten Käfer, nicht ohne Hintergedanken. Ich musste meine Mutter jeden Mittwoch in die Stadt und zurück, nicht selten auch zu ihren Ärzten chauffieren. Mit Führerschein und eigenem Wagen wuchs meine Beliebtheit in der Klasse. In der Schule vertrat ich die Thesen der außerparlamentarischen Opposition. Wir diskutierten viel und lange. Ich wurde kritisiert und belächelt. Einige teilten meine Meinung, aber nur im persönlichen Gespräch. Die Lehrerschaft beobachtete meine politischen Aktivitäten mit Argwohn. Die Situation eskalierte, als ich meinen alten klapprigen VW mit einem aktuellen Aufkleber schmückte. Ich fand den Text harmlos und richtig, die Lehrer bewerteten den schlichten Satz „Make love, not war“ als ordinär und staatszersetzend. Ich erhielt einen Direktoratsverweis, die höchste Strafe vor dem Ausschluss von der Schule. Wir verstanden nicht, wie ein Aufkleber, der es noch nicht einmal auf das Schulgelände geschafft hatte, zu so einer schweren Strafe führen konnte. Es förderte aber weiter meine Beliebtheit und ich wurde zum Klassensprecher gewählt. Die Umstände meines Direktoratsverweises waren Thema in der gesamten Oberstufe. Sie baten mich um Mitarbeit in der Redaktion der Schülerzeitung. Ich kandidierte für die Wahl zum Schulsprecher und erhielt die Mehrheit.

Die Studenten der Uni traf ich zumeist in der Akademie. Dort wurde endlos und heftig diskutiert, Transparente wurden gemalt und künftige Aktionen geplant. Sie redeten der freien Liebe das Wort und machten es in den Hinterzimmern der altehrwürdigen Akademie.

Irritiert war ich über die stets negativen Äußerungen zu Israel. Ich dachte, sie wären auf meiner Seite und nun hetzten sie gegen mein Land. Ihr Ansinnen, den Protest über die Universität hinaus auszuweiten und einen Schulstreik zu organisieren, lehnte ich deshalb ab und ließ mich in der Akademie nicht mehr sehen. Bei den Demonstrationen lief ich weiter mit.

Nichts konnte unsere Proteste, unsere Revolte besser bestätigen als die Kulturrevolution in China. Dies war das Thema meines Referates im Erdkundeunterricht. Ich kam mit einem Stoß Mao-Bibeln ins Klassenzimmer und hielt meinen Vortrag, war überzeugt, dass die Kulturrevolution Vorbildcharakter für unsere Revolte hätte. Selbst der Erdkundelehrer meinte, Parallelen zwischen den Entwicklungen bei uns und in China zu sehen, und bewertete meinen Vortrag mit einer Eins. Die Mao-Bibeln durften nicht in der Schule bleiben. Wir wussten zu dieser Zeit nichts über die vielen Gräueltaten während der Kulturrevolution.

**02:55** *Ich blicke wieder zum vergitterten Fenster, in die dunkle Nacht. Ich empfinde meine Begeisterung von damals für die Vorgänge in China als beschämend.*

*Meinem interessierten Erdkundelehrer hatte ich im Übrigen einige Jahre zuvor die Aufnahme ins Gymnasium zu verdanken. Später wurde er Direktor des Gymnasiums und nach Jahrzehnten traf ich ihn zufällig, er war hochbetagt, in der Fußgängerzone an einem Infostand der Konservativen. Wir erkannten einander, er hatte Tränen in den Augen: „Ja der Mandelbaum!“*

Der Holocaust wurde nur ein einziges Mal in einem Referat eines Mitschülers thematisiert: Er war klein, trug stets graue Hosen mit Bügelfalte und Hosenträgern, dazu einen selbstgestrickten

Pullover, und war Klassenbester. Es kam nicht selten vor, dass er unseren Physiklehrer verbesserte, und sich dann mit einer Halbdrehung und den Worten „Muss man hier schon wieder alles selber machen!" selbstgefällig der Klasse zuwandte. Er sprach eine halbe Stunde über die Konzeption von Auschwitz, über den Ablauf der Vorgänge im Lager, von den Kasernen bis zu den Krematorien, und über die Zahl der Getöteten. Er beschrieb die Ermordungen in den Gaskammern. Er dozierte über Auschwitz wie über eine Physikaufgabe.

Am Ende unterstrich er, dass bislang nicht alle Täter bestraft worden seien, und er nicht verstünde, wie Menschen zu solch bestialischen Mördern werden könnten.

Auschwitz hatte ich bisher als dunkle, böse Wolke wahrgenommen, in der Fürchterliches geschehen war. Selbst die Offenbarungen Onkel Bernsteins kurz vor seinem Tod hatten mir nicht auf diese Weise die Augen geöffnet. Von einem Schulkameraden erfuhr ich nun Details, die ich mir so nicht hatte vorstellen können.

**03:05** *Er beschrieb diesen für mich bis heute unfassbaren Ort, in dem vermutlich ein Teil meiner Familie umkam. Warum musste ich von diesem mir fernen Jungen und nicht von meinen Eltern davon erfahren?*

Er blickte während des Vortrages nur auf sein Blatt mit Notizen, vermied jeglichen Blickkontakt. Nachdem er endete, war Totenstille im Klassenzimmer. Mir wurde schlecht und ich lief schnell hinaus zur Toilette. Als ich zurückkam, war nur noch der Klassleiter im Zimmer. Er fragte, wie es mir ginge, und meinte, dass er verstünde, dass gerade für mich dieser Vortrag schwer zu ertragen gewesen sei. Ich war wütend, weil alle anderen schon weg waren. Über Auschwitz diskutieren wollten oder konnten sie nicht. Vielleicht dachten sie, das Thema ginge nur den Vortragenden, der es sich schließlich ausgesucht hatte, etwas an. Und mich. Der Lehrer verabschiedete sich von mir mit Handschlag und betrübtem Blick und meinte, wir könnten in der nächsten Geschichtsstunde nochmals darüber sprechen. Bis zum Abitur blieb das Thema tabu.

Die Entscheidung im Bundestag über die Notstandsgesetze sollte in wenigen Wochen fallen. Die Gegner des Gesetzes - es war jetzt ein breiter Querschnitt der Bevölkerung mit Teilen der Kirchen - gingen auf die Straße. Ich hatte zu Hause ein Schild mit dem Wort „Generalstreik“ gebastelt und an einem alten Besenstil festgenagelt. Als Nicky mich mit dem Schild das Haus verlassen sah, wurde er furchtbar zornig. Ob ich überhaupt wüsste, was ein Generalstreik für Folgen hätte. „Dann kann ich meinen Laden dicht machen und wir müssen hungern!“ Das war nun sehr theatralisch, wie ich fand. Im Übrigen hätte er mit mir wegen des Direktoratsverweises noch ein Hühnchen zu rupfen.

Um eine weitere Diskussion zu vermeiden, nahm ich demonstrativ das Plakat, trug es in den Keller zurück und fuhr dann, ohne weiter mit ihm zu sprechen, nach Schwabing zur Demo. Ich hatte Nicky viel zu verdanken und wollte deshalb keinen Streit. Er wusste, dass sein eigener Vater mich mit seiner linken Einstellung politisiert hatte.

Im Mai 1968 schoss ein junger Nazi auf den linken Studentenführer Rudi Dutschke. Er überlebte schwer verletzt. Im Juni erließ der Deutsche Bundestag mit der Großen Koalition die Notstandsgesetze. Der Abnützungskrieg im Sinai dauerte an, allerdings mit zunehmender Präsenz der Sowjetunion mit Kampfflugzeugen und sonstigem schweren Gerät. Israel rechnete mit einem neuen Krieg.

Die Juden in der Diaspora sahen Israel gefährdeter denn je. In der jüdischen Gemeinde in der Reichenbachstraße spielten sich dramatische Szenen ab. Mein Vater verschuldete sich, unter anderem bei Nicky, um Geld für Israel zu spenden. Wir befürchteten mit der Vernichtung Israels einen zweiten Holocaust. Vertreter der Jewish Agency warben für die Auswanderung nach Israel und eine Vielzahl junger Juden folgte diesem Aufruf.

Angesichts der zunehmenden Bedrohung Israels löste ich mich von den Studentengruppen. Meine Versetzung in die Abiturklasse gelang. Ich war nun durchschnittlich mit meinen Leistungen und schrieb ein durchschnittliches Abitur.

## Berlinreise

Nach dem mündlichen Abitur gab es die obligatorische Klassenfahrt nach Berlin. Wir starteten am späten Abend am Münchner Hauptbahnhof, fuhren während der Nacht durch die „Zone". Während der Fahrt war ich in einen tiefen Schlaf versunken. Erst bei Morgengrauen erwachte ich, als wir uns der Grenze Westberlins näherten. Der Zug stoppte, wir öffneten die Fenster, ein Geruch nach Kloake strömte in unser Abteil. Neben den Gleisen standen und liefen Soldaten. Sie trugen grüne Uniformen mit hohen, glänzend gewichsten Stiefeln und Schirmmützen. Einige hatten an langen Leinen Schäferhunde, die unter unseren Zugwaggon krochen. Ich hörte abgehackte, laute Befehle und sah Soldaten, die mit Spiegeln an langen Stangen die Unterseiten der Waggons inspizierten.

Was suchten sie? Der Anblick dieser Soldaten versetzte mich in Panik. Ich hatte die Bilder der SS-Schergen in Auschwitz vor Augen. Das DDR-Grenzkommando sah ähnlich aus und so schrie ich laut hinaus: „Ihr Nazis, verschwindet!"

Die Soldaten sahen mich entsetzt an, dann liefen sie los und auf unseren Waggon zu. Ein Freund neben mir schrie mich an, ich solle sofort meinen Mund halten, zog mich mit großen Schritten mit in die Toilette und sperrte von innen ab. Unser Glück war, dass die Wachposten erst um den Zug laufen mussten, um einsteigen zu können. Die Türen des Waggons waren auf ihrer Seite versperrt. Im Gang stand eine Menge Reisende mit ihren Koffern, an denen mussten die Soldaten vorbei. Wegen des Gedränges gaben sie wohl die Suche nach mir auf.

Ich wartete mit meinem Freund in der Toilette auf den militärischen Befehl zu öffnen und sah mich schon in einem Gefängnis Ostdeutschlands. Der Zug fuhr mit einem Ruck wieder an. Von draußen hörten wir ein schrilles Pfeifen. Nach wenigen Minuten waren wir in Westberlin und verließen unser Versteck.

Ein Mitschüler fragte mich während der Busfahrt zur Jugendherberge, ob ich verrückt geworden sei, ich hätte sie alle in Gefahr gebracht. Ich verneinte und fragte ihn, ob er Sympathie für diese Soldaten hege. „Natürlich nicht", meinte er, „aber man muss doch die Kirche im Dorf lassen."

„So redet der angehende Zahnarzt", erwiderte ich sarkastisch, drehte mich um und ging.

Die Jugendherberge war eine ehemalige Kaserne, ein heruntergekommenes, trostloses, deprimierendes Gebäude mit vergammelten Gemeinschaftsbädern so groß wie Tanzsäle. Nach dem obligatorischen Mauerbesuch wollten wir Ostberlin sehen, die Museumsinsel mit dem Pergamonmuseum besuchen. Während des Mittagessens diskutierten wir über die Risiken meines Grenzübertritts. Vielleicht hätten die Volkspolizisten meine Provokation im Zug nicht vergessen und weitergemeldet. Vielleicht würden sie mich an der Grenze festhalten und einsperren. Vielleicht hieße es für unsere ganze Gruppe „Mitgehangen, mitgefangen". Als wir uns nach längerer Diskussion nicht einigen konnten, erhob sich der Schüler mit den Hosenträgern, der damals das Referat über Auschwitz gehalten und bis dahin geschwiegen hatte: „Entweder Felix fährt mit oder wir alle fahren nicht." Niemand wagte, ihm zu widersprechen.

Am nächsten Morgen stellten wir uns am Grenzübergang Bornholmer Straße in die Schlange, mussten 25 DM in Ostgeld wechseln. Unsere Pässe wurden mit mehreren Gesichtskontrollen überprüft. Als ich vor dem Beamten stand, zitterten mir die Knie. Er blickte mich an, hatte wässrige blaue Augen und fragte nicht nach meinem Schrei am Bahnhof, sondern warum ich so spät die deutsche Staatsangehörigkeit erlangt hatte. Woher wusste er, dass ich erst mit 14 Jahren Deutscher wurde und vorher staatenloser Ausländer gewesen war? Nach kurzem Zögern erwiderte ich: „Für einen Juden war das nicht so einfach." Er sah mich ernst an und gab mir meinen Pass zurück. Vielleicht hatte er aus dem Ablaufdatum des Passes auf die späte Staatsbürgerschaft schließen können.

Der Ostteil der Stadt war grau und farblos. Keine Werbung, keine Neonreklame, an den Fassaden der alten grauen Häuser bröckelte der Putz, daneben standen Ruinen. Die Menschen waren ärmlich gekleidet und alle trugen Einkaufstaschen. Es gab keine Supermärkte und keine Kaufhäuser, wie wir sie kannten.

Über eine Spreebrücke kamen wir auf die Museumsinsel. Die üppigen Stuckfassaden der Museen waren grauschwarz. Mich zog es in das Pergamonmuseum. Die Schönheit der antiken Statuen, die zeitlosen weiblichen Körper aus weißem Marmor versetzten mich in eine verhaltene Hochstimmung. Zum Mittagessen trafen wir uns in einem nahegelegenen Gasthaus. Nach langer Wartezeit wurde uns von einem unfreundlichen Kellner ein bereits halb besetzter Tisch zugewiesen. Dort saßen mehrere Damen, unverkennbar Bürgerinnen des Arbeiter- und Bauernstaates, und unterhielten sich in einem unverbildeten Berlinerisch. Wir bestellten, es gab zur Auswahl nur zwei Menüs. Sie erkannten an unserem Akzent, dass wir aus Bayern kamen. Wir erwähnten den Anlass unserer Reise, die Abiturfahrt, und dass wir aus München angereist wären. Eine der Frauen bemerkte traurig, dass sie Verwandte in Augsburg seit dem Krieg nicht mehr gesehen hätte und nicht hinfahren dürfe. „Ich will doch nicht beim Klassenfeind bleiben, aber einfach mal rüber schauen." Wir waren erstaunt über die Offenheit dieser Rede, insbesondere nachdem sie noch einen lästerlichen Honecker-Witz erzählte.

Bevor wir Ostberlin verließen, kaufte ich mit meinem Ostgeld in einem staatlichen Buchladen eine mehrbändige Heinrich Heine-Ausgabe. Die Grenze passierten wir problemlos.

**03:17** *Ich erinnere mich, dass ich nach unserer Ankunft in München am späten Abend den Zug immer noch wie gerädert verließ.*

Auf einer Demo gegen den Kultusminister Huber lernte ich Rebecca kennen. Wir wurden schnell ein Paar und planten, in diesem Sommer nach Italien zu trampen. Für diese Reise benötigten wir Geld und ich arbeitete mit einem Schulfreund aushilfsweise in einer freien Tankstelle an der Wasserburger Landstraße. Es war ein heißer Sommer und es war Wahlkampf. Ich war fasziniert von Willy Brandt und seinen Vorstellungen einer neuen Ostpolitik. In diesen Tagen kostete der Liter Benzin 34 Pfennige. Über Stunden betankte ich die Autos der Familienväter aus den Vororten Münchens und versuchte, die Kunden für die SPD und Willy Brandt zu begeistern. Einige reagierten unwirsch, andere waren amüsiert über den Jungen im Blaumann mit seinen Überredungsversuchen.

## Italien per Autostopp

Mitte August fuhren Rebecca und ich, wie geplant, per Anhalter nach Italien. Zu den Wahlen Ende September wollten wir unbedingt zurück sein. Nachdem wir bis Pisa getrampt waren, leisteten wir uns zwei Zugtickets nach Florenz. Nach sechs Stunden Fahrt rollte der Zug langsam in den Bahnhof Santa Maria. Mit unseren Taschen beladen schlenderten wir durch die Stadt bis in die Nähe des Domes. In einer Seitenstraße, in Sichtachse zur berühmten Statue des Davids von Michelangelo, mieteten wir ein Zimmer in einem einfachen Hotel. Der Preis war moderat und unsere Unterkunft ein großer heller Raum im ersten Stock, aufgeteilt in zwei Ebenen, die durch eine weiße Balustrade aus dünnem Schmiedeeisen getrennt waren. Über eine zierliche Treppe gelangte man eine Ebene höher oder tiefer. Es gab einen runden Tisch mit Stühlen, ein breites quietschendes Ehebett, von dem aus man auf den marmornen David blicken konnte, und kitschige Bilder von leicht bekleideten jungen Mädchen mit hochgestecktem Haar. Wir konnten unser Glück nicht fassen und verbrachten dort fast eine Woche.

Vormittags lagen wir lange im Bett, liebten uns, lasen viel Hermann Hesse, räkelten uns in der morgendlichen Sonne, die in das Zimmer schien, und schauten auf Michelangelos Meisterwerk. Rebecca fuhr mit einer Hand langsam durch mein Haar und meinte mit einem süffisanten Lächeln, ich sähe ihm ähnlich, allerdings gäbe es einen klitzekleinen Unterschied.

Während der Nacht war es auf den Gängen, auch vor unserem Zimmer, laut. Türen wurden geschlagen, Frauen lachten, es gab auch Streit. Vom Nachbarzimmer hörten wir stündlich eine Frau laut und leidenschaftlich stöhnen. Zunächst war es anregend, ich stellte mir die üppige Dame von der Rezeption vor, dann lästig. Wie wir später erfuhren, war das Hotel eine Absteige, Zimmer wurden in diesem Haus stundenweise an Freier vermietet, die sich darin mit den Huren von Florenz vergnügten. Damit es von den Behörden nicht als Bordell mit zusätzlichen Auflagen eingestuft wurde, musste der Pächter mindestens ein Zimmer an Touristen vermieten. Wir hatten damit kein Problem, Rebecca wurde nicht belästigt und das theatralische Stöhnen konnte einen mit der Zeit sanft in den Schlaf wiegen.

Die Geschichte erfuhren wir vom Besitzer der nahegelegenen Tabaccheria. Dort kaufte ich Zigaretten, die filterlosen „Nationali“ in der grünen Packung mit dem alten Segelschiff. Sie kosteten umgerechnet 50 Pfennige. In den Markthallen besorgten wir frisches Gemüse und stark riechende Käsesorten. In einem Laden neben dem Hotel gab es Pizzen, die dampfend auf großen Blechen aus dem Steinofen gezogen wurden. Sie waren nicht rund, sondern wurden in Quadraten aus den Blechen geschnitten und in braunes Packpapier gewickelt. Vor dem Laden bildeten sich lange Schlangen.

**03:25** *Wenn ich jetzt zurückdenke, waren es wunderbare, glückliche, unbeschwerte Tage, wie es sie selten gab.*

Rebecca und ich besuchten die bedeutenden Museen von Florenz, durchquerten die großartigen Renaissanceplätze, standen vor den Statuen und prachtvollen Portalen der Kirchen. Wir waren in der großen Synagoge mit der hohen Kuppel und den danebenstehenden beiden Türmen. Das weitläufige Gotteshaus war im orientalischen Stil reich verziert. Ich betete dort Teile des „Schma Israel“ und war stolz auf meinen Glauben und auf den Ort, an dem ich ihn leben durfte. Rebecca saß neben mir.

Als wir auscheckten, verabschiedete sich die Dame an der Rezeption herzlich und drückte Rebecca und mich an ihren großen

Busen. Sie schenkte uns eine Flasche Wein aus der Gegend und Pralinen. Sie schätzte wohl, dass wir uns während des Aufenthaltes nie beschwert hatten. Wir wanderten zum Bahnhof und fuhren mit dem Zug zurück nach Pisa.

Von dort trampten wir nach Rom, wieder entlang der Riviera auf der Via Aurelia, der SS1. Nahe bei Rom endete eine bequeme Fahrt in einem Citroen DS Cabrio. Der elegante Fahrer - er bestand darauf, dass Rebecca vorne saß - nahm, nachdem wir ausgestiegen waren, die Straße zum Meer hinunter. Nun standen wir unter Pinien und warteten. Es war früher Nachmittag und es war heiß. Ich kannte den italienischen Kleintransporter der Marke Piaggio, eine „Ape", mit drei Rädern und einer Höchstgeschwindigkeit von 50 km/h, einer Kabine, in der nur Platz für eine Person war, dafür mit einer Ladefläche, auf der sich eine Menge transportieren ließ. Ein solches Fahrzeug hielt vor uns an, ein älterer Herr mit einem prächtigen Schnauzer stieg aus und winkte uns zu sich. Wir verstanden nicht, was er von uns wollte. Er zeigte auf die Ladefläche, die mit Melonen, Gemüse und Tomaten in Holzkisten beladen war. Wir dachten, er wolle uns etwas verkaufen. Als wir zögerten, nahm er unsere Reisetaschen, legte sie neben die Melonen und hob Rebecca, die ihn vor Schreck gewähren ließ, auf den Wagen. Ich stieg schnell hinterher. Der Mann in dem blauen Overall mit einem breiten Gürtel lachte, klatschte in die Hände und fuhr los, bevor wir überlegen konnten, ob wir mitfahren wollten oder nicht.

Die Fahrt war abenteuerlich auf der kurvigen, abfallenden und wieder ansteigenden Strecke. Wir saßen nebeneinander an die Rückwand der Kabine gelehnt, hielten uns am Boden der Ladefläche fest und sahen unser Ende nahen, als es bergab in Höchstgeschwindigkeit und mit quietschenden Reifen in die Kurven ging und der Wagen sich hob, sodass wir für einige Sekunden nur noch auf zwei Rädern standen. Oftmals führte die Straße entlang einer steilen Felswand, die bis zum Meer reichte. Der Blick hinab war schwindelerregend, ebenso die Vorstellung, wir könnten bei dieser Fahrweise abstürzen.

Rebecca hatte Angst. Ihr Gesicht war trotz sommerlicher Bräune kreidebleich. Mir ging es nicht viel besser.

Irgendwann blieb der Wagen endlich stehen, wir kletterten vorsichtig von der Ladenfläche. Der ältere Herr half Rebecca und ich kümmerte mich um unsere Taschen. Wir waren auf der antiken Via Appia angelangt. Der Mann im blauen Overall verabschiedete sich herzlich von uns, drückte Rebecca fest, deutete auf die nahegelegene Busstation und fuhr winkend davon.

**03:39** *Hier endet meine Erinnerung an diese Italienreise. Warum kann ich mich nach einem halben Jahrhundert nur an das Stundenhotel und die abenteuerliche Fahrt auf dem Piaggio-Dreirad erinnern und die anderen Stationen dieser Reise bleiben verschlossen?*

*Ich höre Schritte, die Türe öffnet sich, eine Beamtin macht einen Schritt in meine Zelle. Als ich nach der Zeit frage, rümpft sie die Nase, blickt kurz um sich und zeigt vier Finger ihrer rechten Hand. Kann das stimmen? Nach wenigen Sekunden höre ich, wie sie die schwere Metalltüre von außen versperrt.*

## Von der Bundeswehr zurückgestellt

An einem Montag war ich zur Musterung im Kreiswehrersatzamt der Bundeswehr in der Dachauer Straße einbestellt. Nach einer eingehenden ärztlichen Untersuchung und Befragung über Vorerkrankungen teilte mir der Arzt mit, dass er mich leider nur als bedingt tauglich einstufen könne, und gab mir ein Formular zum Ausfüllen. Auf dem Formular vermerkte ich, dass ich den Kriegsdienst verweigern würde, und beantwortete eine Vielzahl anderer zum Teil anmaßender Fragen. Sie wollten wissen, ob ich für einen ausländischen Geheimdienst tätig sei. Nachdem ich das Papier abgegeben hatte, teilte mir eine Sekretärin mit, ich solle gegen 15 Uhr nochmals zu einer Schlussbesprechung kommen.

Rebecca holte mich ab, wir gingen in den Englischen Garten zum Chinesischen Turm, blieben nahe am Karussell in der Sonne und ich erholte mich von diesen unangenehmen Leuten. Jedenfalls würde ich niemals in der Bundeswehr dienen wollen. Mit dieser festen Einstellung ging ich zurück zu dem Termin.

Der Pförtner nannte mir eine Zimmernummer. Nachdem ich leise angeklopft hatte, hieß es: „Herein!" Im kleinen Büroraum saß ein älterer Herr in weißem Hemd mit blauer Fliege und rauchte Zigarre. Er zeigte auf den Platz ihm gegenüber. Ich setzte mich langsam und war umhüllt von wohlriechendem Zigarrenaroma. Er deutete auf seine Zigarre und meinte mit tiefer Stimme, sie sei aus Holland. Ich nickte und sagte dann bestimmt, dass ich den Kriegsdienst verweigern wollte. Er klopfte die Asche in einem Aschenbecher aus Glas von der Spitze seiner Zigarre, legte sie dort ab und kramte mein Formular hervor, las darin, unterstrich einige Passagen mit seinem Füller, überlegte und fragte mich schließlich, ob ich wüsste, dass ich als Sohn von Verfolgten des Naziregimes in jedem Fall freigestellt würde. „Sie bekommen in einigen Tagen einen Wehrpass mit dem Vermerk ihrer Zurückstellung und der bedingten Tauglichkeit. Es kann doch nicht sein, dass Sie von einem ehemaligen Nazigefreiten kommandiert werden. Ihr Antrag zur Kriegsdienstverweigerung erübrigt sich damit." Dann erhob er sich, drückte mir fest die Hand und wünschte mir für die Zukunft alle Gute.

Völlig erstaunt verließ ich das Kreiswehrersatzamt. Ich hatte den Kriegsdienst aktiv verweigern wollen, hatte vielleicht auch den Streit gesucht. Doch sie wollten mich ohnehin nicht und machten keinen Hehl daraus, dass die Braunen weiter ihr Unwesen in der Armee trieben.

Rebecca umarmte mich nach dieser zwiespältigen Nachricht. Meinen Hinweis, dass ich nun keinen Ersatzdienst leisten konnte, überhörte sie und ich vergaß alsbald dieses Ansinnen.

Am Wochenende waren Wahlen. Willy Brandt wurde Bundeskanzler. Ich war überglücklich, dachte durchaus mit Stolz an meinen kleinen Beitrag zu diesem politischen Sieg und trat in die Partei der Sozialisten ein.

Viele Abende verbrachten Rebecca und ich in den Programmkinos in Schwabing. Nachdem vor einigen Jahren die Filmhochschule in München gegründet worden war, bot es sich für mich immer deutlicher an, dort zu studieren. Der Film hätte mein Leben werden können.

Von Bewerbern wollten sie an der Hochschule zunächst einen Probefilm sehen. Ich filmte mit einer Eumig-Kamera, die ich günstig bei einem mir bekannten jüdischen Fotohändler erworben hatte. Mein Sujet war ein surrealistischer Roman von André Breton. Er handelte von der Figur Nadja, die, mit seherischen Kräften ausgestattet, als Sinnbild der Liebe präsentiert wird, doch am Ende in einer psychiatrischen Klinik landet. Wir drehten mit meinem einfachen Gerät bei herrlichem Herbstwetter im Alten Hofgarten, überwiegend im Pavillon, und filmten die entscheidenden Buchszenen. Rebecca spielte Nadja. Ich schnitt den etwa 15 Minuten langen Streifen und gab ihn mit einem Exposé in der Filmhochschule ab.

Meine Eltern erwarben bei Freising ein Grundstück mit See, Villa und separatem Haus mit Pferdeboxen. Für mich war Reiten kein Thema. Bei einem Proberitt ging ein Pferd mit mir durch und warf mich ab. Ich hing leicht verletzt im dürren Geäst eines Nadelwaldes, während das Pferd zurück zur Futtergrippe seines Stalles trabte. Das Haus in Waldtrudering wurde verkauft, meine Eltern zogen mit meinem Stiefbruder und zwei Pferden in ihr neues Domizil. Ich wollte nicht aufs Land, ich wollte mit Rebecca leben und in München Film studieren.

Plötzlich begann sich mein Vater wieder in mein Leben einzumischen und bat um meine Unterstützung. Er hatte Streit mit seiner Frau und zu trinken begonnen. Außerdem litt er unter ernsthaften Herzproblemen. Die Pelzwerkstatt war ausgelastet. Sie produzierten wöchentlich etwa 100 Mäntel, in Lohnfertigung und auf eigene Rechnung. Um die Ware zu verkaufen, musste mein Vater nach Frankfurt fahren, Deutschlands damals größter Handelsplatz für Rauchwaren. Dort saßen die bedeutenden Großhändler. Wegen seiner Erkrankung durfte Vater jedoch nicht länger an das Steuer des vollbeladenen Transporters. Ich musste den Wagen lenken.

Bei den Verhandlungen sprachen sie Jiddisch. Ich mochte diese weiche Sprache noch immer. Stolz erzählte mein Vater, dass ich ein hervorragendes Abitur geschrieben hätte und ihm eine große Hilfe sei. Peinlich berührt verdrückte ich mich in eine Ecke und hörte sie von Polen erzählen, von gemeinsamen umgekommenen Freunden, von „ihrem Land Israel" und dem unvermeidlichen Krieg. Einer der Pelzhändler, er sprach Jiddisch wie die anderen, trug an einer Kette ein kleines silbernes Kreuz, das sich durch sein dünnes weißes Hemd abzeichnete. Während er sich von einem Tisch neben mir ein Glas Wasser holte, fragte ich ihn nach dem Kreuz. Er lächelte verlegen: „Als Junge habe ich in Danzig bei einem jüdischen Kürschner gelernt, lebte in seiner Familie, lernte ihre Sprache. Sie wurden ermordet. Meine Familie musste Schlesien verlassen. Wir flüchteten nach dem Krieg nach Frankfurt und ich blieb in meinem erlernten Beruf. Seit einigen Jahren führe ich nun ein kleines Pelzgeschäft in der Innenstadt. Ich bin Christ, feiere Weihnachten mit meiner Familie, komme aber an Jom Kippur zu euch in die Synagoge." Er strich mir über die Schulter, ich hatte feuchte Augen, und er ging zu seinen Kollegen, die Wodka tranken.

Unsere Rückfahrt nach München war einsilbig. Mein Vater schlief und roch nach Alkohol. Als ich ihn am frühen Morgen zu Hause ablieferte, stand seine Frau im Negligé an der Haustüre und wir schleppten ihn gemeinsam in ihr Schlafzimmer.

Am nächsten Nachmittag brachte ich die unterzeichneten Lieferscheine und Wechsel ins Büro. Mein Vater war bester Laune. Wir hatten gute Preise erzielt und nachdem die Wechsel in der Bank eingelöst wurden, war er wieder flüssig. Seit einigen Wochen trug er ein schwarzes Toupet mit Stirnfransen und eine massive dunkelbraune Hornbrille und hatte lange, schwarz eingefärbte Koteletten. Er sah schrecklich aus. Ich wagte es und fragte ihn nach dem Sinn dieser Maskerade. „Das bist doch nicht du, sondern irgendeine Figur aus der Fernsehserie Dallas."

„Das war die Idee meines Friseurs. Ich will nicht, dass sie sehen, dass die Nazideutschen mir die Haare vom Kopf geschlagen haben.“ Dann trank er eine kleine Flasche Melissengeist in einem Zug aus und bedankte sich für meine Mithilfe.

Ich hatte es bisher nicht gewagt, mit meinen Eltern über meine Berufspläne, die Studienwahl und die Finanzierung des Ganzen zu reden, weder mit Nicky noch mit meinem Vater. Sie waren selbstständige Kaufleute, sie zockten geschäftlich, gingen oft große Risiken ein und hatten nicht nur einmal vor der Pleite gestanden. Vor diesem Hintergrund waren für sie Künstler vornehmlich Spinner und Tagediebe. Wenn ich Regisseur werden wollte, musste ich meinen Berufswunsch dennoch endlich aussprechen. Mein Vater war guter Dinge, wir waren gemeinsam in Frankfurt gewesen, jetzt, an diesem Nachmittag, war der richtige Zeitpunkt. „Daddy, wir müssen über meine Zukunft reden. Ich interessiere mich schon lange für das Kino. Mein sehnlichster Wunsch ist es, zum Film zu gehen. Ich möchte Regisseur werden. Viele Regisseure sind Juden.“

Mein Vater sah mich schweigend an, presste seine Lippen aneinander und durch seine dicken Brillengläser schienen seine Augen unnatürlich groß. Er wollte einen Schluck Melissengeist nehmen, sah irritiert auf die leere Flasche und sagte dann unüberhörbar und bestimmt: „Wenn du zum Film gehst, ist das deine Wahl, aber ich werde dich enterben. Du bekommst von mir keine Mark. Studiere Wirtschaft und komm dann ins Geschäft. Ich finanziere dein Studium und du hilfst in den Ferien aus. Ihr Studenten habt doch ohnehin ständig Ferien.“

Ein leichter Schwindel befiel mich. Mir schien der Boden unter meinen Füßen weggezogen. Nun war eingetreten, was ich schon lange befürchtet hatte. Es ging um eine wichtige Weichenstellung in meinem Leben. Doch konnte ich einem Vater widersprechen, der im Konzentrationslager gepeinigt, gedemütigt, beinahe ermordet worden war, dessen Vater, Mutter und Familie Opfer von Hitlers Schergen geworden waren. Ich konnte nicht! Nicht damals, weniger als 25 Jahre nach der Schoa.

So begrub ich meinen Traum einer Filmkarriere und zog meine Bewerbung für die Filmhochschule zurück. Stattdessen meldete ich mich an der Ludwig-Maximilians-Universität zum Studium der Betriebswirtschaftslehre an. Mein schlechtes Abi-Zeugnis war nicht hinderlich, denn die Auswahl der Bewerber erfolgte durch Losverfahren und ich hatte Glück. Rebecca und ich fanden schnell eine erschwingliche Zweizimmerwohnung in Berg am Laim. Neben den Vorlesungen musste ich jede freie Minute im Pelzhandel meines Vaters verbringen. Dafür bekamen wir von der Firma einen monatlichen Scheck, mit dem wir Miete, Essen und Kinobesuche bezahlen konnten.

## Pelzmäntel für ältere Damen

Im ersten Obergeschoss über der Werkstätte wurden Verkaufsräume eingerichtet. Wir konnten unsere Ware als Hersteller und Großhändler zu günstigeren Preisen anbieten als die eleganten Pelzläden der Innenstadt. Mein Vater liebte die Frauen und sie liebten ihn – was ihn zu einem begnadeten Verkäufer machte.

Meine Aufgabe war zunächst, darüber zu wachen, dass keiner der wertvollen Mäntel verschwand. Tatsächlich hatten nach der Eröffnung der Verkaufsräume Trickbetrüger einige Nerzmäntel gestohlen. Erst nach und nach begann ich zu verkaufen. Ich suchte die richtigen Größen, half den Damen in die Mäntel, drückte die noch schwergängigen Spezialverschlüsse über Busen und Bauch diskret zusammen, verhandelte über Preissenkungen und verkaufte. Die verschiedenen Gerüche, die sie verströmten, betörten und belebten mich. Ich mochte dieses harmlose Spiel ohne Konsequenzen. Für viele Frauen war der Pelzkauf emotional besetzt. Sie, die Pelze trugen, stiegen hinauf auf der Leiter der Begehrlichkeit. Der Verkauf vollzog sich bei ausgedehnten Anproben, bei Änderungen oftmals in großer körperlicher Nähe zwischen Kundin und Verkäufer.

Mein Vater kniete gerne vor den Frauen, um die Länge des Mantels zu überprüfen oder mit Nadeln abzustecken. Die Kundinnen blickten auf ihn herab, viele schätzten diese Geste der Sorgfalt und Hingabe des älteren Herrn. War die Weite eines Mantels nicht passend, so faltete er ihn schnell mit einer Hand hinten am Rücken. Die Kundin sah im Spiegel, wie sich ihre Formen schmeichelhaft im Pelz abzeichneten, und war zum Kauf geneigt. Er vermochte nie, seinen jiddischen Akzent abzulegen, versuchte aber auch nie, seine Herkunft zu verbergen. Dass er auf dem rechten Ohr fast nichts hörte, ließ er sich zeitlebens nicht anmerken. In einem der Lager war das Trommelfell durch Schläge ins Gesicht irreparabel verletzt worden. Er plauderte charmant mit den Kundinnen und ihren Männern. Er war liebenswürdig zu ihnen und gleichzeitig hasste er sie als Deutsche. Wie konnte er mit diesem Zwiespalt leben?

Rebecca begann, Anglistik zu studieren, und so trafen wir uns täglich in der Uni. In den Semesterferien arbeiteten wir im Pelzgeschäft und doch waren wir privilegiert. Der monatliche Scheck sicherte unseren jungen gemeinsamen Haushalt. Dazu liehen wir Geld von einer Bank und erwarben einen fast neuen grauen Renault 4, der nicht nur einmal wegen Vergaservereisung auf der Autobahn stehen blieb.

**03:59** *Ich höre vor meiner Zellentüre wieder Schritte und verberge mein Gesicht unter der Decke. Was für ein törichtes und sinnloses Versteckspiel, wie es nur Kindern einfällt! Jemand schaut durch den Spion, kann mich wohl nicht erkennen, öffnet das Schloss – die Tür quietscht, kommt herein. Ich habe Angst. Kommt nun die Rache der Nazis?*

*Ich ziehe die Decke vom Gesicht. Es ist die Polizistin, die mich am vorigen Abend verhört hat. Sie fragt mit einem müden Lächeln, warum ich mich unter der Decke versteckt habe. Deshalb hätte sie zu mir reinkommen müssen. Ich blicke vielsagend zum vergitterten Fenster und frage, wie es morgen weiterginge, wie spät es sei. „Ich habe noch keine Sekunde geschlafen."*

*„Dann geht es Ihnen wie mir. Wie es morgen früh weitergeht, erfahren Sie rechtzeitig von ihrem Anwalt. Ihr Haftprüfungstermin soll jedenfalls vor der Mittagspause stattfinden." Sie rieb sich über die Augen. „Die Gerichte sind derzeit wegen der vielen Drogenvergehen völlig überlastet. Also versuchen Sie zu schlafen. Es ist gleich vier Uhr." Vier Uhr – immer noch?*

*Gähnend verlässt sie meine Zelle. Unter ihren Achseln zeichnen sich große Schweißflecken auf ihrer Bluse ab.*

Ich hatte Mühe, mich für mein Studium zu interessieren, und suchte nach Nischen in der Betriebswirtschaftslehre. Kurzweilig waren die Vorlesungen eines Wiener Statistikprofessors. Ich liebte seinen feinen Akzent, mit dem er uns im Audimax vorgaukelte, wir würden wie im Schlaf seine Prüfung bestehen. Das Gegenteil war der Fall und viele Kommilitonen gingen ihm ins Netz. Mehr als die Hälfte bekamen, wie ich, nicht den Schein und mussten wiederholen.

Letztlich war der einzige Weg, dem ungeliebten Studium zu entkommen, ein möglichst schneller Abschluss. So riss ich mich zusammen und erwarb innerhalb von drei Jahren die erforderlichen Scheine, schrieb eine Diplomarbeit über die berufliche Bildung und bereitete mich in einer Arbeitsgruppe auf das Examen vor. Wir waren zu viert und trafen uns an fünf Wochentagen nachmittags. Einer von den Vieren war Maxime, ein gutaussehender Haitianer, der gebrochen Deutsch sprach und vor dem Studium in München einige Jahre in Paris verbracht hatte. Wegen seiner Liebe zu einer schönen blonden Münchnerin hatte es ihn in die Landeshauptstadt verschlagen. Ohne unsere Arbeitsgruppe hätte er nie das Examen bestanden, ohne ihn hätten wir nie so gut abgeschnitten. Um ihm die Themen verständlich darzustellen, waren wir gezwungen, jedem einzelnen, noch so einfach erscheinenden Sachverhalt in der Diskussion auf den Grund zu gehen. Die Arbeitsgruppe tagte in unserer Wohnung im Esszimmer.

Unter uns wohnte eine junge Familie mit einer Tochter im Kindergartenalter. Sie trug stets zwei kleine Zöpfe und hatte lustige blaue Augen. Wenn ihr langweilig war, besuchte sie uns, Rebecca las ihr vor oder sie zeichneten gemeinsam. Sie mochte es auch, uns beim Lernen zu beobachten. Sie stellte sich neben Maxime und fixierte ihn, ohne den Blick von ihm abzuwenden, über viele Minuten. Maxime lächelte, er wusste, warum sie ihn so ansah, und strich leicht über ihre Wangen. „Es gibt viele Menschen mit dunkler Hautfarbe. Du musst keine Angst vor mir haben." Sie sah ihn nochmals an, nickte mit einem verhaltenen Kinderlächeln und lief zurück zu Rebecca.

Nach dem bestandenen Examen heirateten wir in Bern in einer schönen Jugendstilsynagoge und feierten im Palace-Hotel neben dem schweizerischen Parlament. Nach dem Wunsch meines Vaters fand das rauschende Fest nicht in München statt. Die jüdischen Pelzhändlerkollegen, die Familie und die Studienfreunde von Rebecca und mir waren dabei.

Einige Wochen später begann ich, in Vollzeit in der Firma meines Vaters zu arbeiten. Das Angebot des Lehrstuhls, an der Universität als Assistent tätig zu werden und dabei zu promovieren, konnte ich nicht annehmen.

Die finanzielle Situation der Firma war schwierig. Daddy hatte fast alle Vermögenswerte auf seine Frau überschrieben, die sich selten blicken ließ, aus Sicht der Banken aber bereits die eigentliche Eigentümerin war. Die Arbeit im Pelzgeschäft war mir zuwider. Es gab Finanztransaktionen zur Geldbeschaffung, in die mein Vater mich involvierte, die aus meiner Sicht rechtlich schwierig waren. Außerdem entwickelte ich plötzlich eine starke Allergie gegen Katzen- und Fellhaare.

Ein Pelzhändler, der selbst gegen Pelze allergisch ist. Ein Beruf, der mir gegen meinen Willen und gegen meine Neigungen aufgezwungen wurde. Das war meine Perspektive.

Söhne, deren Väter Nationalsozialisten gewesen waren, konnten bei der Berufswahl die Wünsche ihrer Eltern ignorieren. Als Sohn eines Naziopfers war die Lage für mich eine rundum andere. Ich durfte meinem Vater nicht widersprechen. Ich musste ihm in seinem von vielen unauflösbaren Widersprüchen gezeichneten Leben zur Seite stehen.

## Firmenpleite

An einem Montagmorgen brachte der Postbote den blauen Brief. Mehrere Wechsel über hohe Beträge waren geplatzt. Die Firma meines Vaters und seiner Frau ging in Konkurs. Ich brachte ihm die gerichtlichen Verfügungen ins Büro. Er war in dicken Zigarrenqualm eingehüllt und hatte einen gefüllten Cognacschwenker vor sich stehen. Ich war kreidebleich. „Wie konntest du mich nur zwingen, in dein Geschäft einzusteigen, wenn du die Pleite die ganze Zeit vor Augen hattest. Weißt du, dass wir bankrott sind?"

Er sah mich ernst an, zögerte einige Sekunden, bis er trocken bemerkte, der Konkurs hätte sich erst abgezeichnet, nachdem ich in seine Firma gekommen war.

Ich war entsetzt. Sollte die Schuld nun etwa bei mir liegen? In welches Schlamassel war ich da geraten. Ich befürchtete tatsächlich, dass man mir als „Pleitier" meinen jüngst erworbenen akademischen Titel aberkennen könne.

Das war Unsinn. Bedrohlicher war, dass zunächst keine Gehälter gezahlt werden konnten. Wovon sollten wir leben? Am Abend erlitt Vater eine Herzattacke und flüchtete in ein Sanatorium am Tegernsee. So musste ich am nächsten Tag vor die Belegschaft treten und vom Unglück berichten. Seine Frau war nur für den Steuerberater zu Hause erreichbar. Auf sein Anraten hin gründeten wir eine GmbH, als deren Geschäftsführer ich benannt wurde. Ein Großteil der Belegschaft konnte in die neue Firma übernommen werden, die nun überwiegend in Lohnarbeit für andere Großhändler Mäntel produzierte.

Mein Vater stand einige Wochen später wieder im Geschäft und leitete die Werkstatt. Alkohol und Tabak hatten ihm seine Ärzte streng untersagt. Stattdessen kontrollierte er stündlich den Puls am rechten Handgelenk. Sein Gesicht war eingefallen und blass. Sein Leben schien in Gefahr. Ich hatte schlaflose Nächte und begann zu trinken, bis Rebecca einschritt. Ich durfte Vater nicht im Stich lassen.

Im Hof, vor den vergitterten Fenstern der Werkstatt stand oft der Wagen seiner Frau, ein weißes Mercedes SL Cabriolet mit roten Sitzen. Es sollte Eleganz versprühen und Reichtum vorgaukeln. Vaters Frau war nach wie vor attraktiv, hatte tiefschwarz gefärbtes mittellanges Haar, trug teure Kleidungsstücke, die ihre üppigen Formen betonten. Den teuren Schmuck legte sie seit der

Pleite nicht mehr an, während sie ihren Mercedes unbehelligt vom Konkurs weiterfuhr.

Es dauerte nicht lange, bis sie erklärte, dass die Firma künftig keinen Diplomkaufmann mehr tragen könne, und meinen Vertrag kündigte. Vater konnte oder wollte sich nicht widersetzen.

Nach nur einem Monat war ich arbeitslos und sprach im Arbeitsamt vor. Sie boten mir dort eine Stelle als Berufsberater an. Ich lehnte dankend ab. Die Vorstellung, selbst in diesem öden Amt zu arbeiten, war mir zuwider. So bewarb ich mich bei mehreren Firmen. Rebecca war schwanger und sollte in einem halben Jahr niederkommen. Also suchte ich einen sicheren Arbeitsplatz, bevorzugt in einem internationalen Unternehmen.

Am Ende wurde ich bei einer Schweizer Lebensversicherung an der Leopoldstraße als Vorstandsassistent angestellt. Die Interviews, die der Unterzeichnung des Arbeitsvertrages vorausgingen, begannen um 9 Uhr und liefen bis zur Mittagspause. Den Austritt aus meines Vaters Firma begründete ich meinem künftigen Vorgesetzten gegenüber mit meiner Allergie gegen Pelzhaare. Die Frage des Interviewers, ob ich auch gerne für ein Schweizer, also ausländisches Unternehmen arbeiten wolle, bejahte ich und hätte gerne ausgeführt, dass ich einen eidgenössischen Arbeitgeber einem deutschen sogar vorzöge. Doch mein Gegenüber meinte schnell, ich würde alle Voraussetzungen erfüllen, nur mein Name „Majer Felix Mandelbaum“ sei ungewöhnlich. „Wie kommen Sie zu diesem Namen?“

„Nun, Meir ist mein zweiter Vorname nach meinem verstorbenen Großvater. Im Standesamt nannte Vater den Namen auf Jiddisch. Das hat sich wohl wie M-a-j-e-r angehört und so hat es der Beamte aufgeschrieben. Es ist ein jüdischer Name und ich bin jüdisch.“

Das Gesicht des Interviewers sah im Dunst seiner Zigarette wie versteinert aus. Ich dachte daran, dass mir ein Deutscher als Mitarbeiter eines Schweizer Unternehmens gegenübersaß, an seine mögliche Rolle im Zweiten Weltkrieg, in der Wehrmacht, und wollte schon aufstehen und gehen, als er freundlich entgegnete, er hätte damit kein Problem, ich solle das aber an anderer Stelle im Haus nicht ansprechen. Ich bekam den Job und ein kleines Büro mit Blick zur Leopoldstraße.

Die Schwangerschaft von Rebecca wurde nach dem sechsten Monat schwierig. Ihr Gebärmutterhals war zu kurz und wurde durch einen Eingriff stabilisiert, was nicht half. Sie musste die letzten drei Monate bettlägerig in der Klinik ausharren.

## Geburt

An einem sonnigen Dezembervormittag, es hatte am Vortag geschneit, saßen wir im Zimmer meines Chefs mit dem EDV-Leiter an einem kleinen runden Tisch und diskutierten über eine peinliche Panne des Rechenzentrums; Provisionsabrechnungen für Vertreter waren an Kunden gesandt worden. Eine Sekretärin öffnete die Türe und bat mich, schnell in ihr Büro zu kommen. Sie gab mir den Telefonhörer, der auf dem Schreibtisch gelegen hatte. Nach einem „Hallo" meldete sich eine Krankenschwester, die meinte, wenn ich meiner Frau bei der Geburt beistehen wolle, müsse ich jetzt schnell in die Klinik kommen. Ich verabschiedete mich, mein Chef lächelte milde, und raste zur Maiklinik.

Im Kreißsaal angekommen, bekam ich einen grünen Umhang und einen Platz neben Rebeccas Kopf. Ich streichelte ihr Haar. Die Wehen wurden künstlich eingeleitet. Zur Schmerzlinderung bekam Rebecca einen Pudendusblock.

**04:12** *Dieses Wort habe ich bis heute nicht vergessen. Damit verbinde ich eine größere Spritze mit einer langen Nadel, die der Arzt tief in Rebeccas Beckenbereich einstach. Bei dem Anblick wurde mir übel. Der Arzt sah die aufkommende Blässe in meinem Gesicht und meinte, die Injektion würde meine Frau kaum spüren und sie vor großen Schmerzen in der letzten Phase der Geburt bewahren.*

Die Wehen wurden heftiger, Rebecca presste, ihr stand der Schweiß auf der Stirn, den ich mit einem Tuch ständig wegwischte. Die Hebamme signalisierte, dass sie das Köpfchen bereits fühlen könne. Die Wehen wurden noch heftiger. Das Baby kam nicht. Die Hebamme alarmierte den Arzt, er erweitere den Muttermund mit einem kurzen Schnitt, griff geschickt den Kopf und zog das Kind aus dem Mutterbauch. Zunächst sah es aus wie ein blutiges Knäuel. Er griff an die Fersen, das Neugeborene klappte zu einem schlanken Körper mit langen Beinen auf, das Köpfchen nach unten. Nach einigen Klapsen auf den Po erklang erstmalig die Stimme unserer Tochter. Ich durfte die Nabelschnur durchschneiden. Die Hebamme nahm das Kindchen und legte es zu seiner Mutter, die es völlig erschöpft, aber überglücklich anlächelte.

**04:18** *Selbst jetzt in dieser Gefängniszelle bin ich erfüllt von dem Glück und Hochgefühl dieser Stunden. Die Geburt meiner Kinder und der Tod meiner Eltern waren die Ereignisse meines Lebens, die sich so tief in meine Seele eingruben, wie keine anderen.*

Die Namensgebung fand erst Wochen später in der Synagoge gemeinsam mit unseren Eltern und Freunden statt. Rebecca war noch geschwächt und ziemlich mitgenommen von den hohen Valiumdosen, die sie über mehr als drei Monate hatte einnehmen müssen.

Mit großer Beharrlichkeit und Glück gelang es, im Sommer des Geburtsjahres von Malka eine Wohnung in Schwabing am Kaiserplatz anzumieten. Sie lag im vierten Obergeschoß eines Altbaus, war mit vier Zimmern ausgestattet und einer Küche mit kleinem Balkon zum Hof. Wir renovierten die Wohnung, legten die Stuckdecken frei, stellten gebrauchte Gaseinzelöfen auf. Hinter der Küche war eine Speisekammer, die wir zu einem Bad umbauten. Die drei Paradezimmer waren durch zweiflügelige, hohe weiße Holztüren verbunden. Den von uns zum Wohnzimmer bestimmten Raum zierten Stuckelemente im Stil des Barock. Die hohen Decken im Esszimmer erinnerten an den Jugendstil und die im Schlafzimmer an die Renaissance. Die Fenster des Speisezimmers lagen gegenüber der Ursulakirche. Von meinem Platz am Esstisch aus hatte ich das Mosaik, das in luftiger Höhe die

Klinkersteinfassade der Kirche abschloss, im Blick. Bei nachmittäglichem Sonnenschein reflektierten die goldenen Mosaiksteinchen das blendende Licht.

Im Dachgeschoss wohnte die verwitwete Dorothee Obstner. Auf dem Namensschild ihrer Eingangstüre stand: „Kunstmalers Gattin D. Obstner". Ihr Mann war im Krieg umgekommen. Sie war füllig, hatte eine tiefe Stimme, einen Riesenbusen und Frauenbart. Die Dach- und Atelierwohnung war ein winziges Privatmuseum mit Werken ihres verstorbenen Mannes, eines unbekannten Münchner Kunstmalers aus der Zeit einer vergangenen Bohème in Schwabing. An den Wänden hingen Ölbilder und Aquarelle, ausnahmslos Akte der Witwe als schöne junge Frau. Sie ging bei uns bald ein und aus wie eine Familienangehörige, kümmerte sich um Malka, wenn wir nicht zu Hause waren, und trug sie auf ihrem Arm an ihren schweren Busen gedrückt durch die Wohnung. Frau Obstner war für mich eine der wenigen Älteren, der ich keine Nazivergangenheit andichten wollte.

Einmal stand sie in unserem Schlafzimmer, inmitten des hohen Raumes, dessen Wände sich mit ihrem dunklen Aubergine-Farbton deutlich von der weiß gestrichenen Stuckdecke absetzten. Sie drehte sich mit Malka am Arm und sagte mit tiefer Stimme, dass dieses Aubergine doch eine sehr erotische Farbe sei. Rebecca und ich sahen sie verlegen an und erwiderten, dass wir auf diese Idee noch nicht gekommen wären. Sie zwinkerte darauf mit einem Auge und sagte leise: „Ich war auch einmal jung. Und meinen seligen Mann liebe ich noch heute innig."

**04:22** *Die Zeit vergeht nicht. Dafür ziehen die Jahrzehnte in ihrer Fülle in Sekundenschnelle an mir vorüber. Von fern höre ich ein männliches Schluchzen. Es erinnert mich an das laute Weinen meines Vaters, als wir im Hafen von Halifax an Bord gingen und er zurückblieb.*

Wenn ich nicht in meinem kleinen Büro im vierten Geschoß mit Blick auf die Leopoldstraße arbeitete, war ich als Assistent oft mit der Geschäftsleitung unterwegs. Bei Besuchen in den Geschäftsstellen hörte ich Sprüche, die ich kaum aushielt. Manche Außendienstmitarbeiter erzählten von ihren ruhmreichen Taten als Mitglieder der Wehrmacht auf Russlandfeldzug und ernteten keinerlei Widerspruch. Andere erzählten abends beim Bier ekelhafte KZ-Witze. Fielen solche Bemerkungen in einem größeren Kreis, verstummte ich. Ich tat die Bemerkungen als Unsinn ab, stand auf und ging.

**04:23** *Jetzt schäme ich mich für mein oftmals unkritisches Verhalten in meinem kurzen Angestelltendasein.*

Unser Freundeskreis in München war mit wenigen Ausnahmen jüdisch. Wir lebten in einem selbst errichteten Ghetto. Malka traf nur jüdische Kinder.

Rebeccas Gesundheit war seit Malkas Geburt angeschlagen. Wir stellten ein Au-pair-Mädchen ein. Claudine war eine junge Französin und kümmerte sich rührend um unsere Tochter. Wenn Frau Obstner dazukam, hatten sie zu dritt eine gute Zeit. Die Kunstmalerwitwe sprach einige Worte Französisch und Claudine war angetan von ihrem bairischen Akzent. Natürlich trafen sie sich auch in der Atelierwohnung und auf die Aktbilder angesprochen rollte Claudine mit den Augen und lächelte, während sie gleichzeitig mit beiden Händen einen kurvigen Körper in der Luft nachzeichnete. Leider musste uns Claudine bald wieder verlassen. Ihre Mutter in der Provence war schwer krank geworden.

Von der Versicherung konnte ich einen gebrauchten weißen Mercedes 200 zu einem fairen Preis kaufen, der von einem in Pension gegangenen Filialleiter in Kaiserslautern gefahren worden war. Der Wagen sah aus wie neu. Er hatte braun-gelbe Kunststoffpolster.

Nachdem Rebecca beim Frauenarzt gewesen war, erzählte sie am Telefon, dass sie wieder schwanger sei. Sollte ich weinen oder lachen in Erinnerung an die durchlittene schwierige Schwangerschaft mit Malka vor zwei Jahren? Wir freuten uns auf das zweite Kind. Es sollte ein Junge werden. Rebecca musste wieder drei

Monate mit Valium betäubt im Krankenhaus verbringen. Ein Nierenstein, der wegen der Schwangerschaft nicht entfernt werden konnte, führte zu massiven Komplikationen. Das Kind musste in einer Notoperation mit Kaiserschnitt noch im achten Monat entbunden werden.

Nach der Geburt konnte ein Nierenversagen nur durch eine Operation behoben werden. Und weil das nicht genug war, wurde bei Rebecca noch eine Perforation des Darmes festgestellt. Drei Operationen in einer Woche. Ihr Leben hing an einem seidenen Faden. Sie wurde über eine Woche auf der Intensivstation behandelt, bekam Morphium zur Linderung der Schmerzen.

**04:28** *Sie erzählt noch heute von den fürchterlichen Alpträumen, unter denen sie während dieser Tage im Krankenhaus litt. Das neugeborene Baby lag auf der Intensivstation der Kinderklinik in der Nußbaumstraße. Es musste beatmet und künstlich ernährt werden. Seitdem findet sich eine Aufnahme des kleinen Körpers, mit Drähten und Schläuchen verbunden, in der obersten Schublade meines Schreibtisches.*

*Wie oft erinnerte mich dieses verblichene Foto an die Zerbrechlichkeit unseres Lebens? Die Geburt war Ende Mai und es war heiß wie im Sommer.*

Ich lief von Intensivstation zu Intensivstation und hoffte jedes Mal, die beiden noch lebend anzutreffen.

Rebecca erholte sich sehr langsam, kam in ein Einzelzimmer, war aber von ihrem Sohn getrennt, der immer noch beatmet werden musste. Ich brachte ihr Polaroidfotos, die sie nur erschreckten. Nach zwei Wochen versuchten die Ärzte, den Kleinen zu extubieren. Es gelang und er atmete selbstständig. Ich war überglücklich und lief zu Rebecca, um ihr von diesem Wunder zu berichten.

Am nächsten Tag war er wieder am Atemgerät. Ich befragte die Ärzte. Seine Lungen würden gut atmen, nur in den Bronchien wäre noch zu viel Schleim. „Seien Sie zuversichtlich, bald können wir ihn vom Beatmungsgerät abhängen."

04:29 *Die menschliche Wärme und Fürsorglichkeit, mit der die Ärzte und Schwestern mit meinem Sohn umgingen, werde ich nie vergessen. Nach einigen Tagen ging es Rebecca langsam besser.*

## Überleben

David – so nannten wir den Kleinen nach seiner Beschneidung – konnte, wie angekündigt, nach zwei weiteren Tagen tatsächlich selbst atmen. So in der Hoffnung gestärkt, dass beide überlebten und wir bald eine Familie mit zwei Kindern sein würden, fuhr ich mit unserem weißen Mercedes nach Freising, um meine Mutter, Nicky und vor allen Dingen Malka zu besuchen. Sie war nun schon fast zwei Monate bei meinen Eltern. Vorher kaufte ich eine wunderschöne Kruse-Puppe für sie. Während der halbstündigen Fahrt weinte und schluchzte ich vor Freude, eine schwere Last war von mir abgefallen.

Einige Tage später kamen Rebecca und David nach Hause. Zu ihrer Betreuung unterstützte uns täglich eine Krankenschwester.

Die großen, bis an die Grenze des Unerträglichen gegangenen Strapazen hatten Rebeccas Psyche verletzt. Ihre Freude, dass David noch da war, wuchs und gedieh, linderte den Schmerz. Zudem ging sie zu einer Psychotherapeutin in Schwabing. Frau Dr. Kunze war eine elegante, sehr gebildete ältere Dame, die in ihren Jugendjahren in der Bohème Berlins verkehrt und Dichter wie Döblin oder Trakl zu ihren Bekannten gezählt hatte. Bemerkenswert war, dass es ihr als junges Mädchen überhaupt gelungen war, Medizin zu studieren. Die Psychotherapie hatte sie unter anderem bei C.G. Jung erlernt. Von der Therapie selbst erzählte mir Rebecca nie, wohl aber von den schillernden Lebenserinnerungen ihrer Therapeutin. Nach einiger Zeit ging es Rebecca besser.

Dafür stieß ich als Angestellter an meine Grenzen. Ich konnte die dummen Witze meiner Kollegen, ihre Distanz und oft ablehnende Haltung nicht mehr ertragen. Ich wollte beruflich frei sein. In den letzten Monaten hatte ich für kleinere Firmen ein Steuersparprodukt entwickelt. Der Verkauf durch die Vertreter lief gut und ihre Provisionen waren hoch. Ich besah mir das genauer und stieß immer öfter auf die Frage: Warum sollte ich nicht selbst daran verdienen? Zufällig traf ich einen ehemaligen Autohändler, dessen Firma in Konkurs gegangen war und der sich mit Versicherungen eine neue Existenz aufbauen wollte. Er trug längeres Haar, war unkonventionell gekleidet, verheiratet mit einer Mexikanerin und gewann durch sein offenes und sympathisches Wesen meine Sympathie. Fragen nach seinem Vorleben stellte ich nicht. Wir schlossen uns zusammen und übernahmen eine Versicherungsagentur mit einem garantierten Monatseinkommen.

Es gab ein letztes Gespräch mit meinem ehemaligen Chef. Ich dankte ihm für alles, besonders für sein Entgegenkommen angesichts des Gesundheitszustands meiner Frau. Nach der Übergabe eines sehr guten Zeugnisses folgte der bemerkenswerte Abschied. Er zündete sich langsam eine Zigarette an, sah mich mit feuchten Augen an und erzählte, dass er während der letzten Kriegsjahre leitender Wehrmachtsoffizier in Russland gewesen sei. „Was geschehen ist, bereue ich zutiefst, kann es aber nicht ungeschehen machen. Es verfolgt mich bis in meine Träume."

Für mehrere Sekunden stockte mir der Atem. Hatte er mich deshalb angestellt? Als Wiedergutmachung? Ich fand keine Worte, stand langsam auf und verabschiedete mich kühl.

Wie hatte ich an seiner Seite vertrauensvoll arbeiten können? Ich schämte mich, dachte an meine getöteten Verwandten, die vermutlich Opfer von SS-Soldaten geworden waren. Gleichzeitig hatte ich Sympathie für ihn entwickelt. Er war hochintelligent und hatte mich gefördert soweit es ging. Doch hatte es allein an meiner Herkunft gelegen? Und konnte ich unter diesen Umständen noch für diese Versicherungsgesellschaft tätig sein, zu deren Vorstand er zählte? Andererseits musste ich meine Familie ernähren und hatte bereits Verträge unterzeichnet. Nach schlaflosen Nächten entschied ich mich für die Gesellschaft.

Einige Monate später bat mein ehemaliger Chef mich zu einem Gespräch in ein Steak-Restaurant in Bogenhausen. Der Chef des Versicherungskonzerns sollte auch anwesend sein. Diese Einladung von höchster Stelle durfte ich nicht ablehnen. Nachdem sie über die Qualität von Steakfleisch unterschiedlicher Provenienz gefachsimpelt und meine beachtlichen Verkaufserfolge gelobt hatten, eröffnete mir der in Wirtschaftskreisen bekannte Manager, dass er höchstens noch ein Jahr zu leben habe.

Warum erzählte er mir von dieser äußerst persönlichen Diagnose? Ich kannte den Mann kaum, war zu meiner Zeit als Assistenz gelegentlich angewidert gewesen von seinen martialischen Sprüchen.

Seine Botschaft war traurig, sein Ansinnen übertraf meine kühnsten Erwartungen: Er wolle während seines letzten Lebensjahres etwas nachholen, was er bisher leider versäumt habe. „Ich bin von meinem Vorstandsvorsitz zurückgetreten. Das heißt, ich bin nun frei, um zu tun, was mir beliebt: Ich werde mich dem Studium des Judentums zuwenden. Und Sie, mein lieber Mandelbaum, möchte ich bitten, mir eine erste Bücherliste zusammenzustellen." Er sah mich an und erwartete eine Antwort.

Ein todgeweihter Manager befasst sich in seinem letzten Lebensjahr mit dem Judentum. Mir gingen seine Reden über die heroische Wehrmachtszeit durch den Kopf, die er so gern vor den Vertretern gehalten hatte. Ich wusste nicht, was ich denken und sagen sollte.

Er merkte, dass ich irritiert war. Als ich mich langsam an wenigen brüchigen Worten versuchte, deutete er auf ein mit Wasser gefülltes Glas. Ich trank mit tiefen Zügen und gewann einige Sekunden Überlegungszeit. „Lesen Sie die Thora, die fünf Bücher Moses, das Alte Testament", sagte ich schließlich bestimmt. „Vielleicht dazu oder zuvor zur Einführung einen schmalen Band. Er ist mit ‚3.000 Jahre Judentum' betitelt. Der Name des Autors ist mir leider entfallen. Dann gibt es neue Veröffentlichungen über den Auschwitzprozess in Frankfurt."

Beide starrten mich an. Ich hatte die Schoa nicht ansprechen wollen. Dennoch war es mir über die Lippen gekommen. Um die Situation schnell wieder zu entspannen, empfahl ich noch „Der Judenstaat" von Herzl und „Der seekranke Walfisch" von Ephraim Kishon.

Unerwartet hob der Manager sein Weinglas zum Anstoßen: „Die Protokolle des Prozesses werde ich zunächst lesen und dann warte ich auf Ihre Liste."

Ich versprach sie ihm für die kommende Woche.

**04:38** *Wenn ich mir dieses Gespräch in mein Gedächtnis zurückrufe, bin ich heute noch erstaunt wie vor knapp fünfzig Jahren. Vermutlich hatte er Schuld auf sich geladen. Suchte er durch seine Annäherung an das Judentum nach Vergebung? Mit seiner späten Haltung wurde damals und wird heute mein Schmerz nicht gemildert.*

Die Geschäfte liefen gut. Wir hatten ein stetes Einkommen und genug Geld, um jährlich mit den Kindern nach Italien ans Meer zu reisen. Wir waren in Israel bei Verwandten und in Eilat am Roten Meer.

**04:39** *Ich will nicht an die Schoa, an das kalte Deutschland denken. Warum haben Rebecca und ich Deutschland nie verlassen? Warum sind wir nicht nach Israel gegangen, für immer?*

*Ich sehe Rebecca und mich wieder als Studenten. Wir waren auf Reisen, im Hochsommer im Sinai, bevor das Gebiet an Ägypten zurückgegeben wurde.*

Es war glühend heiß. Wir saßen im Schatten einer Palme nahe der Oase Dahab und blickten auf das einige hundert Meter entfernte türkise Meer. Die Luft flirrte und vom Meer wehte eine warme Brise zu uns. Wie in einer Fata Morgana, wie im Film sahen wir in weiter Entfernung eine Reihe von schlanken Kamelen am Strand langsam vorüberziehen. So unvermittelt sie in unser Blickfeld gelangt waren, so schnell verschwanden sie wieder in majestätischer Trägheit. Das Schauspiel vollzog sich geräuschlos, nur das entfernte Meeresrauschen war zu hören.

Wir liefen in der sengenden Sonne zum Meer und sahen im Sand, wie sich die Abdrücke der Kamelhufe unter den an den Strand gespülten Wellen langsam auflösten. Um mich abzukühlen, wollte ich schwimmen gehen. Rebecca hatte Angst. In den letzten Tagen war die Rede von aggressiven Haien im Roten Meer gewesen. Tatsächlich hatte unlängst ein Hai einer Touristin aus Frankfurt am Korallenriff in Eilat eine Hand abgebissen. Sie überlebte schwer verletzt.

Rebecca schützte sich mit einem Badetuch vor der Sonne und saß im Schneidersitz auf dem warmen Sand. Keine Menschenseele war in der Nähe. Langsam watete ich ins türkisfarbene flache Wasser, immer weiter, genoss die angenehme Kühle, bis das Meer meine Hüften benetzte und ich schwimmen konnte. Weit draußen sah ich zurück und entdeckte Rebecca nur als fernen Punkt. So völlig allein im Meer an diesem weitläufigen einsamen Strand beschlich mich mit einem Mal doch die Angst. Ich schwamm so schnell wie möglich zurück, bis meine Füße Boden fanden, und durchfurchte dann laufend das seichte Wasser in Richtung des Strandes. Plötzlich sah ich einen mindestens zwei Meter großen runden und weißen Rochen vor mir, wie er den Sand bedrohlich mit seinen Flossen in schnellen rhythmischen Bewegungen aufwirbelte. Der Anblick dieses großen Fisches versetzte mich in Panik. Ich rannte zum Strand, fürchtete einem Biss von diesem Tier. Rebecca musste aus der Ferne meine Angst erkannt haben. Sie sprang auf, nach wenigen Minuten standen wir nebeneinander.

Am folgenden Tag fuhren wir mit einem alten Volvo nach Sharm el Sheikh. Unterwegs hielt uns ein Beduine an und fragte nach einer Mitfahrgelegenheit. Er trug an der Seite einen Dolch in einem verzierten silbernen Schaft, saß im Fonds des Wagens und fächelte die kühle Luft aus der Klimaanlage mit beiden Händen zum Gesicht. Das ging so über eine Stunde, bis er uns bat anzuhalten. Er stieg rasch aus, kletterte über die Straßenböschung in die Steinwüste und lief in Richtung der östlich gelegenen Bergketten.

Sharm el Sheikh glich einer Geisterstadt. Am Meer waren weiße Container zweistöckig aufgestapelt. Einige Soldaten mit Maschinengewehren standen daneben. Am Steg zum Wasser saßen

Angler mit langen Ruten. Einige schwammen im Meer. Alle Bewegungen vollzogen sich wegen der großen Hitze langsam wie in Zeitlupe. In einem kleinen Kiosk gab es kalte Getränke und Snacks. Ein älterer mürrischer Mann mit langem, zu einem Zopf geflochtenem grauem Haar und nacktem unbehaartem Oberkörper verkaufte kalte Dosencola und Kartoffelchips. Neben dem Tresen stand ein altes Transistorradio. Aus dem mit einer grauen Sandschicht überzogenen Lautsprecher erklang verzerrt Klaviermusik. Dieser fast verlassene Ort erschien uns wie das Ende der Welt. Ich nahm meine Tauchermaske mit Schnorchel und stieg über eine verrostete Eisentreppe am Steg in das warme Meerwasser. Die Unterwasserwelt dort war fantastisch farbig und bizarr. Die Leiter führte direkt an das rötliche Korallenriff. Schwärme winzig kleiner, blau leuchtender Fische, Tausende und Abertausende, zogen vorüber. Dann schwamm ein größerer, hellgelb gestreifter Drachenfisch unter mir. Die Tiere hatten keine Angst. Ein blau und grün gestreifter Karpfen berührte mit seinem Maul kurz das Glas meiner Maske. Bald stieg ich dennoch aus dem Wasser, denn das märchenhafte Unterwasserschauspiel vermochte meine Angst vor Haien nicht zu vertreiben.

## Getrübte Existenzen

Wir waren eine Clique von jungen jüdischen Paaren mit regen sozialen Kontakten. Unser Jüdischsein, unendliche Diskussionen über Antisemitismus, unsere Zuwendung zu Israel waren die Themen. Kontakte zu nichtjüdischen Menschen waren auf das Arbeitsleben oder die Uni beschränkt. Wir besuchten die bayerischen Seen, wanderten in den Bergen, veranstalteten Partys. Wir trauerten 1972 im Olympiastadium um die ermordeten israelischen Sportler und forderten ein unverzügliches Ende der so heiter begonnenen Spiele. Wieder waren Juden auf deutschem Boden ermordet worden. Elf israelische Geiseln und ein deutscher Polizist waren Opfer des Attentats. Die hohe Zahl der Getöteten war auch dem dilettantischen Umgang der Behörden mit dem palästinensischen Terror geschuldet. Das Angebot Israels, eine Spezialeinheit zur Befreiung der Geiseln nach München zu senden, war von ihnen abgelehnt worden. Zwei Jahre vor dem Terroranschlag auf die israelischen Olympioniken hatte es einen Brandanschlag auf das jüdische Altersheim in der Münchner Reichenbachstraße gegeben. Fünf Männer und zwei Frauen, alle jüdischen Bewohnerinnen und Bewohner des Heims, darunter Holocaustüberlebende, starben, sechs in den Flammen, ein Mann beim Sprung aus dem vierten Stock. Unsere Neigung, nach Israel auszuwandern, wuchs stetig.

Ein Jahr später brach der Jom Kippur-Krieg aus. Nach dem Gottesdienst saßen wir vor den Bildschirmen und bangten um den jüdischen Staat. In den ersten Tagen schien der Krieg verloren. Die arabische Welt wollte den Untergang Israels. Wir fürchteten, dieser Untergang könne auch für uns das Ende bedeuten. Ohne unseren ureigenen Zufluchtsort wären wir in der restlichen Welt gefährdeter denn je. Nach zwei Tagen wendete sich der Kriegsverlauf zugunsten Israels. Wir atmeten auf. Die Untergangsstimmung schlug um in verhaltene Freude. Dennoch wussten wir, auf welch dünnem Eis wir uns bewegten. In Baden-Württemberg kam die antisemitische NPD mit knapp zehn Prozent in den Landtag.

Malka war nun alt genug für den jüdischen Kindergarten in der Möhlstraße, nahe jenes Ortes, an dem mein Vater zwanzig Jahre zuvor in Schwarzmarktgeschäfte verwickelt gewesen war. Auch viele unserer Freunde hatten mittlerweile Kinder. Wir trafen uns bei den Elternabenden des Kindergartens und täglich beim Bringen und Abholen der Kinder in der Möhlstraße. Vor der Pforte standen Polizisten mit Maschinengewehren im Anschlag. Bei der Entführung eines Air France Passagierflugzeugs nach Uganda mit über 250 Menschen an Bord wurden von den deutschen und palästinensischen Terroristen 77 jüdische Geiseln ausgesondert, während sie die anderen Passagiere freiließen. Nur eine Befreiungsaktion des israelischen Militärs konnte die Geiseln retten.

Der Anblick der Maschinengewehre vor dem Kindergarten wurde nie zur Gewohnheit. Er erinnerte uns stets daran, dass wir weit entfernt von einem normalen Leben in München waren.

Nach Malkas erstem Jahr im Kindergarten bewarb ich mich für den Vorsitz des Kindergartenbeirates und wurde gewählt. Deshalb war ich als Gast zu einer Vorstandssitzung der jüdischen Gemeinde mit der Präsidentin Hannah Lask geladen. Lask kam aus einer Münchner Juweliersfamilie, die vor den Nationalsozialisten nach Shanghai geflüchtet war. Nach Kriegsende waren sie zurückgekommen und hatten ihr Juweliergeschäft in der Stadtmitte neu eröffnet. Hannah Lask und ihre Familie gehörten zu den wenigen überlebenden Münchner Juden, die nach der Schoa in ihre Heimat zurückgekommen waren. Sie engagierte sich früh in der Gemeinde und wurde deshalb, zunächst von der amerikanischen Militärbehörde, als deren Präsidentin eingesetzt. Wenig später bestätigte der Vorstand sie im Amt. Lask erinnerte mich an die israelische Ministerpräsidentin Golda Meir, ähnelte ihr in Gestik und Statur, rauchte wie sie und hatte eine ebenso tiefe Stimme. Nur war sie eleganter gekleidet als Golda und trug mehr Schmuck. Auch von Hannah Lask wurde behauptet, sie sei mit ihrem Durchsetzungsvermögen der einzige Mann im Vorstand und einige unterstellten, sie wäre dem weiblichen Geschlecht nicht abgeneigt. Allerdings interessierten sich nur ihre politischen Gegner für diese nie bewiesene Behauptung, in der Gemeinde war es kein Thema. Sie war eine Respektsperson, befürwortete unsere orthodoxe Ausrichtung und widersprach nur selten dem Rabbinat.

Ich kannte Hannah Lask vom Sehen in der Synagoge, persönlich traf ich sie erstmalig als Vertreter des Kindergartens bei einer Vorstandssitzung. Ich durfte mich vorstellen und brachte die räumliche Beengtheit im Kindergarten zur Sprache. Sie war sehr freundlich, fand lobende Worte für die gute Arbeit mit den Kindern, lehnte aber jede Forderung nach höherer finanzieller Förderung schroff ab. Ich war erstaunt, fast ungehalten und hatte Mühe, sie mit der gebotenen Freundlichkeit zu verabschieden.

Malka wurde sehr jung in die Sinai-Schule aufgenommen, die im gleichen Haus in der Möhlstraße wie der Kindergarten untergebracht war. Gelegentlich trafen sich die beiden Geschwister,

Malka und David, während der Pausen. Unser Freundeskreis war und blieb jüdisch. Die Gespräche drehten sich oft um die Kinder, um deren Lehrer und Erzieher. Gingen wir abends aus, dann meist zum Italiener, zu Mario in der Adalbertstraße. In den Ferien fuhren wir mit den Kindern an die Adria, nach Milano Marittima. Entweder dort oder am Strand von Tel Aviv trafen sich im Sommer die Münchner jüdischen Familien, vorzugsweise am Gordon Beach vor dem Hilton Hotel, hinter einem kleinen Jachthafen. Dorthin kamen auch die Münchner, die zwischenzeitlich nach Israel ausgewandert waren. Die einen schimpften über Israel, die anderen über München, das wir Dritten gegenüber nie als unsere Heimat bezeichnet hätten. Juden durften in Deutschland keine Heimat finden.

Zuhause beendete eine Änderung der Gesetze den Verkauf der von mir entwickelten steuersparenden Versicherungen. Ich suchte nach einer zusätzlichen Einnahmequelle und fand sie in Eilat. Wir verbrachten dort die Ferien in einem Hotel mit eigenem Strand und lernten eine Familie aus Manchester kennen. Karl war im gleichen Alter wie ich und er sprühte vor Geschäftsideen. Er hatte eine Importfirma und kaufte Waren in Asien, die er an Kaufhäuser in Manchester verramschte. Er wusste, dass Autobauer nach einem neuen europäischen Gesetz Rechtslenker in Deutschland zu ortsüblichen Preisen verkaufen mussten. In England zahlten die Kunden bei ihren Händlern jedoch fast ein Drittel mehr. Wir lagen am Strand, gruben unsere Füße in den warmen Sand, blickten auf die rötlichen kahlen Berge Jordaniens und sannen über eine Geschäftsidee nach, mit der wir am Ende tatsächlich mehrere Hundert fabrikneue Autos verkaufen konnten.

## Neues Geschäftsmodell

Wir gründeten eine Firma mit Sitz in München und Manchester, kauften einen alten, gebrauchten, lauten Siemens-Fernschreiber, der baugleich mit dem Ticker war, der in Nickys Büro in der Gotzinger Straße stand. Mein englischer Geschäftspartner und neuer Freund Karl suchte über reißerische Inserate Kunden für deutsche Automobile. In Manchester begleitete ich ihn zu Verkaufsgesprächen.

Wir sollten auch einen Wirtschaftsprüfer beraten, den mein Freund bisweilen bei jüdischen Festen traf. Im Empfang seiner Kanzlei warteten wir fast eine halbe Stunde, bis er endlich Zeit für uns hatte. Ich wurde nervös, weil mein fix gebuchter Rückflug nach München nicht auf mich warten würde. Er geleitete uns in sein Arbeitszimmer. Wir saßen ihm gegenüber an seinem aufgeräumten Schreibtisch. Er war etwas größer und schlanker als ich, hatte glattes, seitlich gekämmtes brünettes Haar und einen gepflegten Schnurrbart. Er sprach mit dem Akzent des englischen Adels. Sein Interesse galt einem VW Golf mit dem stärksten verfügbaren Motor und Rennstreifen auf der Karosserie. Nachdem wir einen kleinen Nachlass einräumten, unterzeichnete er schnell den Kaufvertrag, richtete dann seine Augen direkt auf mich und meinte in seinem schönen Englisch, dass ich ihm unbedingt noch eine Frage beantworten sollte: „Das Geschäft mit den direkten Importen läuft doch nur so gut, weil die D-Mark völlig unterbewertet ist. Warum wollt ihr uns wirtschaftlich die Kehle zuschnüren?“

Ich dachte an meinen Flug, sah auf die Uhr und sah Karl genüsslich grinsen. Kleinlaut erwiderte ich, vielleicht läge es auch ein wenig am maroden Zustand der englischen Wirtschaft. Worauf sich unser Gegenüber erhob und laut und ärgerlich sagte: „Wir haben unter großen Entbehrungen den Krieg gegen euch gewonnen. Vergessen Sie das nie.“

Er zählte mich als Deutschen zu seinen vormaligen Feinden. Hätte ich ihm erzählen sollen, dass die Nationalsozialisten auch meine Feinde waren, dass die Deutschen einen Teil meiner Familie ermordet hatten? Er musste wissen, dass ich jüdisch war. Karl hatte unser Gespräch mit der Geschichte begonnen, dass wir uns die Geschäftsidee des direkten Imports in Israel, in Eilat, ausgedacht hatten. Es half nichts: Für den Mann war ich Deutscher, gleichwohl mein englischer Akzent kanadisch war. Juden in aller Welt hatten unser Leben, das Überleben, das Weiterleben in Deutschland, im Täterland, nie akzeptiert. Das war seine Botschaft. Er konnte über mich technisch hervorragende deutsche Fahrzeuge günstig kaufen, das hielt ihn aber keineswegs davon ab, mir wegen meiner bloßen Existenz im Täterland mein Jüdischsein abzuerkennen.

Karl war ich dankbar, weil er unser Leben in München, der vormaligen Hauptstadt der Bewegung, nie kritisierte.

**04:47** *Ich friere. Draußen ist es immer noch stockdunkel. Ich bin eingesperrt, weil ich als Jude gegen Rechte und Antisemiten demonstriert habe und mit einer deutschen Traditionskamera einen Nazi fast erschlagen haben soll. Mein Dilemma, in diesem Land zu leben, wird bleiben. Jetzt erst recht.*

Den Flug konnte ich noch erreichen und übergab nach acht Wochen den Golf mit Rennstreifen persönlich dem Wirtschaftsprüfer und seiner Frau. Wir verabschiedeten uns freundlich. Die Distanz blieb. Sie wollten auch nicht unsere Synagoge besuchen.

Erschütternd war das Oktoberfestattentat. Wir wollten an diesem Abend auf die Wiesn gehen, dann sagte die Babysitterin ab. Sie hatte sich den Fuß gebrochen.

Einige Tage nach dem verheerenden Anschlag mit 13 Toten besuchte ich eine Wahlkampfveranstaltung mit dem Kanzlerkandidaten Franz Josef Strauß im Hofbräuhaus. Ich kam etwas spät, Strauß hatte schon zu sprechen begonnen. Der Saal war bis auf den letzten Platz besetzt. Viele Gäste standen in den Gängen und ich hatte Mühe, mich nach vorne zu einem Platz mit besserer Sicht zu drängen. Strauß stand schweißüberströmt am Rednerpult und hatte sich wohl schon in Rage geredet.

Dann kam er auf das Attentat zu sprechen. Seinem bekundeten tiefen Mitgefühl für die Hinterbliebenen und Verletzten folgte die Bitte an den gesamten Saal, sich in deren Angedenken zu erheben. Nachdem wieder alle saßen, hielt Strauß kurz inne, hob seine Schultern und gab einleitend dem amtierenden Innenminister Gerhart Baum eine Mitschuld am Attentat, weil er politische

Verbrechen angeblich „entmoralisiert“ hätte. Er deutete an, dass der mutmaßliche Attentäter Gundolf Köhler wohl ein Spinner gewesen sei, nicht mehr; Köhler war zeitweise Anhänger der Wehrsportgruppe Hoffman gewesen, über die sich Strauß vor deren Verbot lustig gemacht hatte, indem er ausführte, man solle ihnen doch den Spaß lassen, im Kampfanzug durch die Wälder zu robben. Über einen möglichen rechtsradikalen Hintergrund des Anschlags verlor er kein Wort. Wie konnte er auch angesichts des Wahlspruchs der Union: „Freiheit statt Sozialismus“. Dann unterstrich er, dass der Rechtsextremismus unbedeutend sei, denn rechts von den Konservativen gäbe es keine Partei, wohingegen die ansteigende Gefahr des Linksterrorismus unser Land bedrohe.

Seine Zuhörer johlten und schlugen mit den Füßen auf den derben Fußboden des Wappensaals im Hofbräuhaus. Das war ein deutliches Signal dafür, dass dieses abscheuliche Verbrechen nie aufgeklärt werden sollte. Strauß hetzte gegen die SPD als Vaterlandsverräter und versprach, dieses Land als Bundeskanzler wieder zu Wohlstand und Frieden zu führen. Die Stimmung im Saal war aufgeheizt. Die Organisatoren erkannten die überkochenden Gemüter und ließen zur Beruhigung erst einmal die Trachtenkapelle „Hoch die Krüge“ und ähnliche den Bierkonsum fördernde Lieder aufspielen.

Angewidert verließ ich noch vor dem Ende von Strauß’ Rede den Saal. Ich stellte mir vor, dass es bei Naziveranstaltungen ähnlich zugegangen sein könnte, und hoffte fest, dass Strauß nicht zum Bundeskanzler gewählt würde.

Zwischenzeitlich war ich aus der SPD ausgetreten, nachdem ich eine Ortsvereinssitzung in Berg am Laim besucht, diese als furchtbar spießig wahrgenommen und mich im Kreis der Genossen unwohl und fremd gefühlt hatte. Meine politische Einstellung blieb nach dem Austritt unverändert. Helmut Schmidt gewann zu meiner Freude die Bundestagswahl.

Privat gab es weniger Grund für Glück und Zuversicht. Das Versicherungsgeschäft brach wegen der schlechten Konjunkturlage weiter ein, die Autokonzerne weigerten sich, Rechtslenker in

Deutschland auszuliefern. Die Einnahmen sanken so stark, dass ich um die finanzielle Versorgung meiner Familie besorgt war. Doch ich sah eine Möglichkeit: Gelegentlich hatten uns gute und zufriedene Versicherungskunden bereits den Verkauf ihrer Wohnungen angeboten. Langsam verlegten wir uns auf das Immobiliengeschäft, makelten Wohnungen und konnten uns gerade über Wasser halten.

Von meinem Vater und Nicky war keine Unterstützung zu erwarten. Daddy war nun von seiner Frau geschieden, er hatte eine jüngere Freundin. Sie war, so nahm ich an, der Scheidungsgrund. Zusammen mit ihr bezog er eine Dreizimmerwohnung außerhalb Münchens. Die Pelz-Manufaktur in Neuhausen wurde abgewickelt und seine Ex behielt die Immobilien. Daddy übernahm das alte Geschäft von Onkel Bernstein in der Sonnenstraße. Vater liebte auch im Alter die Frauen und sie liebten ihn. Er empfing sie in seinem kleinen Laden, sie tranken ein Gläschen Sekt und so nebenbei verkaufte er ihnen das eine oder andere Pelzjuwel.

**04:50** *Chanukka ist das Lichterfest im Dezember, wenn es bereits um vier Uhr nachmittags dunkel wird. Jeden Tag wird eine zusätzliche Kerze der Chanukkia mit dem Kerzenhalter entzündet, bis alle acht Kerzen brennen. Sie sollen an das Wunder einer Öllampe erinnern, die einst mit nur einer Füllung acht Tage brannte. Ich sehe uns mit meinem Vater und den Kindern um den Leuchter stehen. Wir singen die Lieder, deren Melodien in Teilen wie Weihnachtslieder klingen. Traditionell gab es Lattkes zum Abendessen. Das sind Kartoffelpuffer, die unsere Haushaltshilfe aus dem Bayerischen Wald vorzüglich zubereiten konnte. Mit einem Grinsen stellte sie die schwere, bis an den Rand gefüllte, dampfende Schüssel auf den Tisch. „Da habt ihr eure Lattkes. Oder auf Bairisch Reiberdatschi." Nach dem Abendessen erzählten die Kinder ihrem Opa Geschichten und Witze, die er sich geduldig anhörte.*

## Die Amerikanerin

Bevor mein Vater an diesem Abend ging, erwähnte er in einem Nebensatz, dass er in den nächsten Tagen mit einer Bekannten vorbeikommen würde. Meinen fragenden und zweifelnden Blick ließ er unbeantwortet. Ich hatte eigentlich genug von seinen Frauen.

Tatsächlich klingelte es zwei Tage später gegen neun Uhr abends, die Kinder waren schon im Bett. Ich öffnete die Wohnungstüre und davor stand mein Vater mit einer hübschen jungen Frau etwa in meinem Alter. Sie war groß und blond, trug einen langen geflochtenen Zopf, hatte rot geschminkte Lippen und war schwanger. Ich bat beide herein, Rebecca kam hinzu und wir staunten über dieses ungleiche Paar. Wir setzten uns gemeinsam an den Esstisch, Rebecca brachte Kuchen und Tee. Obwohl ich sie nicht kannte, schien mir die junge Frau vertraut und nahe. Mein Vater stellte sie mir vor. Ihr Name war Linda. Sie sprach Englisch mit breitem amerikanischem Akzent, kannte bereits die Namen unserer Kinder und fragte, wie es ihnen ginge. Mein Vater ergriff Lindas Hand, schwieg einige Sekunden, atmete hörbar, bevor er in meine Richtung sagte: „Felix, das ist deine Schwester."

Ich hatte es geahnt. Ihre Gestik, ihr Blick, ihr verhaltenes Lächeln - wir waren uns gleich. Dann erzählte sie ihre Geschichte. Sie lebte im Mittelwesten der USA, war aber in Kanada zur Welt gekommen. Linda war nur einige Monate jünger als ich. Ihre Mutter war bald nach ihrer Geburt in die Vereinigten Staaten gegangen, hatte dort einen wohlhabenden Manager geheiratet. Beide hatten sie in dem Glauben belassen, er sei ihr leiblicher Vater. Erst, als er vor einigen Jahren alkoholkrank verstarb und sie ein Jahr später schwanger wurde, beichtete ihre Mutter das Geheimnis. „Ich will", schloss Linda sanft, „bevor mein Kind zur Welt kommt, meinen Vater und seine Familie in Deutschland kennenlernen."

Rebecca und mir hatte es die Stimme verschlagen. Plötzlich stand Linda auf, kam auf mich zu und, nachdem ich mich gleichfalls erhob, umarmten wir uns mit Tränen in den Augen. Dann ging ich in die Küche, holte eine Flasche Sekt und wir stießen mit einem „L'chaim!" an.

Daddy meinte, in ihrem Zustand könnte Linda nicht im Hotel wohnen und keinesfalls bei ihm. „Ihr findet in eurer großen

Wohnung doch sicher ein Bett für sie." Wir gingen zu seinem Auto, holten zwei schwere Koffer aus dem Fonds und schleppten sie vier Stockwerke nach oben. Dann verabschiedete er sich schnell von uns und meinte, wir sollten alsbald telefonieren.

Da wir derzeit kein Au-pair-Mädchen hatten, war unser kleines Gästezimmer frei, in dem Linda schlafen konnte. Seit wenigen Stunden erst wusste ich von meiner Halbschwester Linda, nun wohnte sie bereits bei uns und wir hatten uns um sie zu kümmern.

Ihre Mutter hatte als Mannequin im Pelzsalon meines Vaters in Halifax gearbeitet. Nähere Umstände der Geschichte wollten weder Daddy noch Lindas Mutter preisgeben. Vermutlich, weil es nur ein einfacher One-Night-Stand nach einer Modenschau gewesen war. Linda war, wie ihre Mutter, bis zu ihrer Schwangerschaft ein erfolgreiches Model gewesen. Vom Vater ihres Kindes war in den kommenden Tagen kaum die Rede. Sie hätten sich wegen seiner Drogenprobleme getrennt. Nach und nach erfuhren Rebecca und ich, dass Linda Geldprobleme hatte. Ihre Mutter konnte ihr nicht helfen, ebenso wenig wie mein Vater. Vielleicht war sie auch nach München gekommen, um von Daddy Unterstützung zu erbeten, was sicherlich legitim gewesen wäre? Der hatte jedoch nach der Trennung von seiner Frau fast alles verloren.

Als Linda meine Mutter kennenlernen wollte, fuhren wir mit ihr und Daddy an einem Sonntagnachmittag nach Freising. So saßen Nicky und Daddy nebeneinander, rauchend, daneben Linda und Rebecca und ich mit den Kindern. Meine Mutter schien tief verletzt, ließ sich aber nichts anmerken. Wir plauderten, so als wäre es völlig normal, dass in einer bürgerlichen Runde ein Gatte und Exgatte zusammensitzen, ein ehelicher Sohn und eine uneheliche Tochter, die fast zur gleichen Zeit geboren wurden, wie Zwillinge aussehen und nur den Vater teilen. Nach Kaffee und Kuchen gab es Weinbrand. Wir standen auf, gingen hinaus, es war Spätherbst, es dämmerte und Nebelschwaden zogen über dem See auf. Nicky zeigte Linda das Grundstück, die Stallungen und die Pferde. Als wir nach Hause fuhren, zeigte sich Linda begeistert von diesem Nachmittag. Sie war angetan von der Gelassenheit, mit der wir dieser ungewöhnlichen familiären Situation begegneten.

Nach einem langen Telefonat mit ihrer Mutter buchte Linda über meine Kreditkarte den baldigen Rückflug. Der Abschied nach einem gemeinsamen Brunch war tränenreich. Es fiel der erste Schnee und ich fuhr sie in meinem weißen Mercedes mit ihren beiden Koffern auf glatter Straße nach Riem zum Flughafen. Rebecca begleitete uns. Wir umarmten uns und sahen winkend zu, wie sie ihren Gepäckwagen langsam zur Passkontrolle schob. Eine Wolke von dicken weißen Flocken wirbelte in der Luft, als Rebecca und ich zurück zu unserem Wagen eilten. In der kurzen Zeit unseres Abschieds hatte der Schnee die Umgebung mit einer glitzernden Decke überzogen.

Den Kindern und Rebecca ging es gut. Malka kam aufs Gymnasium und David war schon in der 2. Klasse der Volksschule. Die Geschäfte liefen schlecht. Ich versuchte deshalb erneut, einen zusätzlichen Geschäftszweig aufzubauen. Dank unserer Kontakte aus dem Immobiliengeschäft konnten wir Hausverwaltungen übernehmen, was regelmäßige Einnahmen sicherte.

An einem sonnigen Winternachmittag, kurz bevor ich das Büro verlassen wollte, offenbarte mir mein Geschäftspartner, dass er aus unserer Firma aussteigen wollte. Am Wochenende räumte er sein Büro. Am folgenden Montag erhielt ich den kurzen Auflösungsvertrag. Ich dachte an meinen Vater, der bei Kündigungen stets bemerkt hatte, man solle Reisende nicht aufhalten. So unterzeichnete ich schnell und veranlasste beim Notar die Löschungen im Handelsregister.

Sein Rückzug war gut geplant und traf mich völlig unvorbereitet. Vermutlich waren die Eintragungen seines vormaligen Konkurses gelöscht und er konnte unter dem Schirm einer soliden Bank ein eigenes Immobilienunternehmen übernehmen und ausbauen. Ich war zunächst wie gelähmt, verfiel in Selbstmitleid, nahm mehrere Kilo an Gewicht zu und schwor, niemals mehr eine geschäftliche Partnerschaft einzugehen. Ich hatte ihn gemocht. Er schien meist unbeschwert wie ein Kind, auch wenn er kurz vor dem Abgrund stand, und hatte immer ein Lächeln auf seinen Lippen. Davon konnte ich mit meiner bisweilen wiederkehrenden Melancholie profitieren.

**04:58** *So ist es nicht sein schlechter Abgang, sondern diese Geschichte, die mir einfällt, wenn ich mich seiner erinnere. Wir gingen gemeinsam in eine kleine Metzgerei, nahe unseres Souterrainbüros in der Blumenau. Dort bediente ein jüngeres Mädchen in einem blütenweißen Kittel. Sie trug keine Schürze. Wir bestellten Salamisemmeln. Um die Wurstscheiben zu holen, beugte sie sich tief in die Kühlauslage, dabei teilte sich ihr Kittel, sodass eine ihrer Brüste unversehens hervorlugte – apfelförmig, zartrosa, mit leicht aufgestelltem Nippel. Schnell verbarg sie wieder ihre Brust, lächelte und zeigte weder Scham noch Bedauern. Dann fragte sie, ob es noch was sein dürfe, und wickelte die belegten Brötchen in Papier. Mein Partner traf sich später mit ihr.*

*Warum ist es immer noch dunkel? Eine diffuse Angst überwältigt mich. Mir ist speiübel. Ich sehe verschwommen meine Großeltern in den Gaskammern der Nazis. Leide ich unter Verfolgungswahn? Ich zwinge meine Gedanken zurück in die oft unbeschwerte Zeit mit meiner jungen Familie, zurück zu meinen Geschäften und Chancen.*

Beim Maklergeschäft hatte ich gelernt, als Mediator aufzutreten, nicht unterwürfig, sondern freundlich und bestimmt unterwegs zu sein. Es gab Kunden, die mir während Wohnungsbesichtigungen bedeuteten, sie wüssten, dass ich jüdisch sei, hätten aber kein Problem damit. Die Bemerkung weckte in mir Minderwertigkeitsgefühle. Schnell beendete ich dann den Termin.

## In der Lokalbaukommission

Gelegentlich hatte ich Kunden aus der jüdischen Gemeinde. Einige von ihnen sprachen nur Jiddisch, konnten weder Deutsch lesen noch schreiben und gingen in Immobiliengeschäften jedes noch so große Risiko ein, weil sie nichts zu verlieren hatten. Sie erwarben Ruinen in der Neuhauser Straße, die nach Kriegssende sonst niemand zu kaufen gewagt hatte, und wurden damit reich.

Sie gaben mir Wohnungen für den Verkauf und als Gegenleistung sollte ich sie als Übersetzer bei ihrem Gang in die Baubehörde begleiten.

Der Eigentümer eines Hauses in der Leopoldstraße bat mich, ihn zu begleiten. Die Lokalbaukommission hatte einen Baustopp für den Ausbau der Dachgeschosswohnung verfügt. Der ältere Herr Finkelstein, er war aus Südpolen wie mein Vater - den er auch entfernt kannte -, sprach ausschließlich Jiddisch. Er glaubte, dabei Deutsch zu sprechen. Seine Gesprächspartner allerdings verstanden ihn kaum oder wollten ihn nicht verstehen. Wir warteten zunächst über eine Stunde auf einer harten Holzbank vor dem Dienstzimmer des zuständigen Beamten. Als sich endlich die lindgrün gestrichene Türe öffnete, kam ein jüngerer, elegant gekleideter Mann heraus. Seinen hochroten Kopf wandte er als Geste seines Ärgers mehrmals nach beiden Seiten. Als er zum Ausgang eilte, hörte ich einige Wortfetzen seines Selbstgespräches: „Der spinnt. Ich soll München nicht zubetonieren. Was will der Depp?“ Er sprang schnell in die am Stockwerk vorüberziehende Kabine des Paternosters und versank in wenigen Sekunden im nächsten Geschoss.

Wir klopften leise an der Türe, die wir nach einem mürrischen „Herein“ nach innen öffneten. Der Beamte stand an einem größeren Tisch, um den mehrere Stühle gruppiert waren. Er bot uns Plätze an und fragte nach unserem Anliegen. Nachdem ich den Straßennamen und als Bauvorhaben die Dachgeschosswohnung nannte, ging er zu einer bis an die Decke reichenden metallenen Hängeregistratur und zog einen Ordner heraus. Er kam zurück zum Tisch, nahm einen Stapel Pläne und Fotos aus dem Ordner, darunter ein Luftbild der umgebenden Bebauung und Geschoßpläne für das Haus. „Die von Ihnen vorgelegte Planung, Herr Finkelstein, können wir nach §34 Baugesetzbuch nicht genehmigen. Sehen Sie selbst das Luftbild. Mit dem ausgebauten Dachgeschoss wird Ihr Haus höher als die Gebäude daneben.“

Noch bevor ich, tief einatmend, anhob, dagegen zu argumentieren, zupfte Finkelstein mich am Arm und fragte leise auf

Jiddisch, ob er dem Beamten etwas zeigen dürfe. Ich übersetzte. Verwundert nickte der Beamte zu. Finkelstein holte aus seiner verblichenen Segeltuchtasche eine Kladde, die wie ein kleines Fotoalbum aussah. Auf dem bräunlichen abgegriffenen Deckel stand in großer Schreibschrift: „Dachau April 1945". Er öffnete das Album, das aus mehreren grauen Kartons bestand, in denen Schwarz-Weiß-Fotografien von der Befreiung des Konzentrationslagers aufgeklebt waren. Die Bilder hatten den typischen Zackenrand alter Aufnahmen. Die ersten Fotos zeigten einen fast tödlich abgemagerten Mann mit flehendem Blick und tiefliegenden schwarzen Augen. Er war leicht gebeugt und blickte starr in die Kamera. Er trug die Gesichtszüge von Finkelstein. Dieser deutete auf das Bild, rückte mit seinem Stuhl näher zu seinem Gegenüber und sagte: „Sehen Sie, mein Herr, das bin ich nach der Befreiung. Ich hätte nie gedacht, dass ich überleben würde, und noch weniger, dass ich in diesem Land bleiben könnte." Dann blätterte er um, zeigte fürchterliche Fotos von den Leichenbergen und vom Krematorium.

Beim Anblick der Fotos und der starren Gesichtszüge der beiden Männer am Tisch wurde mir schwindelig. Ich wollte im Boden versinken. Durfte Finkelstein eine Baugenehmigung mit schrecklichen KZ-Fotos, wenn auch von ihm selbst, erzwingen? Durfte er in deutschen Amtsstuben, als Opfer im Land der Täter, die ihm zugefügten Gräuel ansprechen?

Finkelstein nahm sein Fotoalbum, steckte es langsam in seine Tasche und zuckte stumm mit den Schultern. Nach längerer Sprachlosigkeit fing sich der Beamte wieder. Sein Gesicht blieb kreidebleich. Er schob die Pläne und das Luftbild zur Seite, um die Bedeutungslosigkeit einer Baugenehmigung gemessen am Schicksal seines Besuchers zu unterstreichen. „Das tut mir für Sie unendlich leid. Das ist schrecklich. Das sind fürchterliche Bilder. Wenn eine direkt betroffene Person neben einem sitzt, spürt man das noch stärker." Er zögerte, was mir Zeit gab, leise zu übersetzen. „Ich selbst war noch zu jung für die Wehrmacht. War nur kurz Flakhelfer. Mein Vater ist in Russland gefallen."

Eine erneute Pause. „Hinsichtlich der Baugenehmigung werden wir uns in kleiner Runde beraten. Wir suchen nach einem Kompromiss."

Finkelstein verabschiedete sich von ihm mit einem langen Händedruck. Wir verließen schweigend das Amtszimmer. Er wollte nicht mit dem Paternoster fahren. So gingen wir langsam über die große, geschwungene, von der hohen Glasfassade belichtete Natursteintreppe zwei Stockwerke hinab zum Ausgang. Ich holte meinen Wagen und Finkelstein wartete an der Pforte, bis ich wiederkam, um ihn nach Hause zu fahren. Er wohnte in Bogenhausen, nahe dem Prinzregententheater in einem Mehrfamilienhaus. Während der Fahrt fragte er sehr bestimmt, ob ich nicht verstehen könne, dass es keinen Kompromiss geben dürfe. Er bestand darauf, dass ich in den nächsten Tagen nochmals mit dem Amt telefonierte. Ich kannte diese Härte im Umgang mit den deutschen Behörden von meinem Vater.

Über die Fotos sprachen wir kein Wort. Er bat mich, ihn nach oben in seine Wohnung zu begleiten und ein Glas Tee mit ihm zu trinken. Im Wohnzimmer saß seine Frau im Morgenrock und mit einer dicken Wolldecke umhüllt in einem breiten Polstersessel. Dahinter stand eine Sauerstoffflasche, die über einen grünen, durchsichtigen Schlauch mit einer Maske verbunden war, die sie sich mit der rechten Hand auf Mund und Nase drückte. Als sie mich sah, nahm sie die Maske ab, begrüßte mich mit „Schalom" und fragte Finkelstein, ob er endlich etwas erreicht hätte. Auch sie sprach nur Jiddisch und Polnisch. Ich konnte dem Wortwechsel des Ehepaars, der zunehmend aggressiver wurde, kaum folgen. Nachdem beide verstummt waren, deutete Finkelstein auf die Sauerstoffflasche und erzählte, dass er seine Frau schon aus Polen kannte und sie in Dachau wieder getroffen hatte. „Nach der Befreiung war sie wegen ihrer schweren Lungenerkrankung zwei Jahre im Sanatorium. Im KZ wäre sie daran beinahe verstorben. Sie war schon völlig apathisch, als die amerikanischen Soldaten sie auf einer Liege aus der Baracke holten und ins Krankenhaus brachten."

Dann bereitete Finkelstein für uns heißen Tee, den wir aus Gläsern in silbernen Haltern tranken. „Wenn du die Dachgenehmigung durchsetzt, kannst du das Haus mit Planung verkaufen. Den Preis müssen wir noch festlegen. Die Provision zahlt der Käufer." Er hatte mich in seine Überlegungen miteinbezogen.

**05:03** *Ich wollte nicht, dass Finkelstein und ich dem Beamten als leidende Opfer gegenüberstanden. Mit welchem Makel war ich zur Welt gekommen, dass ich diesen Menschen nicht auf Augenhöhe begegnen konnte? Hätte Finkelstein nicht sein Fotobuch hervorgezogen, hätte der Beamte uns dennoch allein wegen Finkelsteins jiddischer Sprache als Juden erkannt. Das Fotobuch jedoch hatte ihm seine Verstrickung ebenso schonungslos offenbart wie mir die Misere meiner Existenz in diesem Land, in dem ich nicht leben durfte.*

*Obwohl ich ein solches Fotobuch selbst nie in eine deutsche Amtsstube getragen hätte, verstand ich Finkelstein, durfte ihn nicht verurteilen. Er hatte großes Leid erlitten und erlebte es weiter tagtäglich angesichts der schweren Erkrankung seiner Frau. Warum sollte ein deutscher Beamter nicht wenigstens einige Sekunden lang diesem Leid begegnen und warum sollte Finkelstein keine Gegenleistung einfordern dürfen?*

Rebecca half vormittags im Büro aus, Malka war bereits im zweiten Jahr auf einem Gymnasium und David besuchte die Sinai-Schule in der Möhlstraße, in deren Elternbeirat ich wieder gewählt wurde. Wie vor Jahren waren Polizisten mit Maschinengewehren im Anschlag vor den Schultoren postiert. Unsere Gemeindepräsidentin Hannah Lask traf ich zum zweiten Mal bei einer Elternbeiratssitzung, an der sie teilnahm. Ich stand ihr gegenüber und sie sah krank aus. Sie war milder als bei unserer ersten Begegnung, ich konnte ihr für die Schuleinrichtung sogar weitere Gelder entlocken.

Einige Wochen später erreichte uns die schreckliche Nachricht, dass sie verstorben sei. Sie wurde am nächsten Tag auf dem Jüdischen Friedhof in der Garchinger Straße bestattet und bekam ein Grab an prominenter Stelle, nahe der Aussegnungshalle. Der Münchner Oberbürgermeister, Vertreter der Landespolitik und des Stadtrats kamen zum Begräbnis. Ein bekannter Kantor aus Berlin sang in der Aussegnungshalle das Totengebet. Einige Herren trugen Zylinder wie vor dem Krieg und hielten Trauerreden, in denen Hannah Lasks Engagement für die Aussöhnung, ihr Einsatz für die Rechte von Minderheiten, aber auch ihr Pragmatismus gelobt wurden. Insbesondere sei es ihr gelungen, eine Auflösung der jüdischen Gemeinde in München abgewendet und nach dem Holocaust die Rahmenbedingungen für neues jüdisches Leben in der Landeshauptstadt geschaffen zu haben.

Die Trauergemeinde verließ die Aussegnungshalle und auf einem wackeligen Gestell wurde der einfache, aus Fichtenbrettern gezimmerte Sarg zu ihrem Grab geschoben. Die Trauernden folgten in einer langen Prozession.

Mitarbeiter des Friedhofs ließen den Sarg an Seilen langsam ins Grab gleiten. Dabei wackelte der Sarg bedrohlich. Vorstandsmitglieder nahmen Schaufeln zur Hand. Unüberhörbar und schauerlich, wie immer auf diesem Friedhof, tönte das Aufschlagen von Kies, Steinen und Sand der Münchner Schotterebene auf dem groben Fichtenholz mit dem in weißes Tuch eingehüllten Leichnam von Hannah Lask. Die Schaufler wechselten sich ab. Schnell war der Sarg vom Geröll vollständig überdeckt. Durch Mark und Bein ging das helle Quietschen der Blechschaufeln, wenn sie in den Schutt geschoben wurden. Schweißperlen rannen von den Köpfen der Männer. Grasnarben umrahmten das mit Kies und lehmiger Erde aufgefüllte Grab.

Der Rabbiner schob den Stil einer kleinen Holztafel mit Namen und Sterbetag der Verstorbenen in den Kies. Erst nach zehn Monaten würden Grabstein und Grabplatte aufgestellt werden. Nun sang der Kantor nochmals das Totengebet, das „El Mole Rachamim“ mit seiner herzergreifenden Melodie, es wurden Psalmen zitiert und die Hinterbliebenen sagten das Kaddisch, das Totengebet.

**05:07** *Das Gebet ist eine Lobpreisung Gottes. In ihm wird mit keinem Wort der Tod erwähnt.*

*Ich höre das Poltern von Kies auf dem Holz des Sarges und fühle dabei das Pochen meines Blutes. Die Übelkeit hat nachgelassen. Die Angst bleibt.*

Die Trauergäste legten nun Steine auf das noch unfertig aussehende Grab. Nachdem die Mehrzahl sich vom Grab abwandte, die einen zum Ausgang des Frieshofs strebten, andere Grabstätten ihrer Angehörigen aufsuchten, sah ich einige elegant gekleidete, mir unbekannte Damen mittleren Alters bedächtig weiße Lilien auf das Grab legen.

Nach Ablauf der ersten 30 Trauertage wählte der Vorstand seinen neuen Vorsitzenden. Die einstimmige Wahl fiel auf Daniel Lieberman. Er war als Zehnjähriger im KZ Flossenbürg befreit worden, hatte dort als Kind Schwerstarbeit leisten müssen und nur überleben können, weil ein älterer Häftling ihm Nahrung besorgt und seine im Steinbruch erlittenen Verletzungen behandelt hatte. Dieser Mann war Arzt und wurde wenige Tage vor der Befreiung, weil er einige Kartoffeln aus der Küche abgezweigt hatte, von einem SS-Offizier durch Kopfschuss ermordet. Lieberman erzählte seine Überlebensgeschichte nach seiner Wahl.

Inmitten des Vorstandszimmers im obersten Geschoß des Gemeindehauses in der Reichenbachstraße stand ein langer Holztisch, an dem der Vorstand saß. An der Wand gegenüber der Fensterfront befanden sich Stühle für Gäste. Als einer der Gäste durfte ich an der Wahl-Sitzung teilnehmen. Kurz vor ihrem Ende erhoben sich der Vorstand und die Gäste in Erinnerung an Hannah Lask. Dann bat Lieberman seine Kollegen in die Synagoge zum Abendgebet. Er wollte mit ihnen Kaddisch für seinen Lebensretter in Flossenbürg sagen. Auf dem Weg die Steintreppe hinab sprach er mich an: „Herr Mandelbaum, habe schon von Ihnen gehört. Sie sollen eine kritische Haltung zum Vorstand haben. Kommen Sie doch öfters als Gast zu den Sitzungen."

Was wollte er von mir? Ich blickte ihn irritiert an und antwortete nicht. Allein mit Hannah Lask war ich wegen Schule und Kindergarten im Gespräch gewesen. Die Vorstandsmitglieder kannte ich kaum und hatte mich bis dahin weder positiv noch negativ zu ihrer Arbeit geäußert.

**05:10** *Ich sehe sein faltenfreies Gesicht jener Tage, seine stahlblauen Augen und sein bereits spärliches Haar. Erst viel später, hier im Knast, verstehe ich sein Verhalten. Er sah in mir einen Anwärter auf einen Platz im Vorstand. Deshalb galt es, mir frühzeitig die Rangordnung mit ihm an der Spitze zu verdeutlichen.*

Durch Zufall und viel Glück fanden wir ein kleines Reihenhaus aus den dreißiger Jahren in Gern, erwarben es und mussten für unsere Schulden mehr Zinsen zahlen als bisher Miete. Das Haus war in einem schlechten Zustand und ich sanierte es selbst mit der Hilfe nur weniger Handwerker nach eigenen Vorstellungen und Plänen.

Wir hatten mit den Arbeiten im Januar begonnen. Anfang Mai war der Einzug geplant. Am 26. April explodierte der Reaktor in Tschernobyl. Radioaktivität von mehreren Trillionen Becquerel wurde in die Erdatmosphäre freigesetzt. Der Wind trug die Strahlung bis nach Bayern. Pilze im Wald und Gemüse am Boden waren verstrahlt. Ich stand auf meiner Leiter, es roch nach frischer Farbe, das Bad war neu gefliest, wir bekamen einen großen Wohn- und Essraum, alles war gelungen, wie wir uns das erhofft und vorgestellt hatten. War der neue Garten schon kontaminiert? Konnte Radioaktivität in die neuen Farben, in den Putz, hinter die Fliesen gelangen und würde unser Haus für Jahre unbewohnbar machen? Bis vor wenigen Tagen hatte ich die Atomkraftgegner als Spinner abgetan. Leider hatten sie mit ihren Befürchtungen Recht behalten. Es war neben den Kriegen in Israel eine erste globale Katastrophe, die uns unmittelbar traf. Unsere wenigstens gelegentliche Unbekümmertheit schwand, unsere Hoffnung auf eine gute Zukunft hatte einen schweren Dämpfer erfahren.

An einigen Tagen konnten wir tatsächlich nicht in unseren Garten, weil der Geigerzähler anschlug und laut tickte.

**05:12** *Ich stehe am vergitterten Fenster und warte auf ein erstes Morgengrauen. Die gegenüberliegenden Häuser versperren den Blick in den Sternenhimmel. Ich muss wach bleiben. Wach bin ich nicht wehrlos.*

Bis zur Bat-Mizwa von Malka gingen wir nur zu den hohen Feiertagen oder zu besonderen Anlässen in die Synagoge, also vier- bis fünfmal im Jahr. Wir gehörten wie viele andere in München zu der Gruppe der „Dreitagesjuden". Mein Vater war zeitlebens nicht besonders religiös. Er hatte schon vor dem Krieg in westlich und modern orientierten jüdischen Kreisen in Warschau verkehrt, die allenfalls in die Synagoge gingen, um berühmte Kantoren zu hören. Für sie gehörten die Juden im „Schtetl" zu einer anderen, längst vergangenen Welt. In Deutschland hatte er sich erst recht nicht für seinen Glauben interessiert. Meine Mutter wollte unsere Religion verbergen. Sie fürchtete eine erneute Schoa. Warum sollten wir uns freiwillig als Opfer präsentieren? Unsere Kinder hatten im Kindergarten und Malka in der Schule eine jüdische Erziehung erfahren. Sie lernten Hebräisch und die Schriften der Thora. Malka durfte bei ihrer Bat-Mizwa in der Synagoge eine Rede über den Wochenabschnitt in der Thora halten.

**05:13** *In orthodox geführten Synagogen dürfen Frauen nicht zur Thora aufgerufen werden.*

Vielleicht war es mein Alter, ein Mangel an erlebter Spiritualität – ich wollte mich meiner Religion nähern.

Wir verbrachten einige Tage in Israel, weil ein ferner Verwandter verstorben war. Vor unserem Rückflug am Flughafen Ben Gurion mussten wir wegen einer verspäteten Maschine lange warten. Ich hatte viel Zeit und beobachtete neben einem Duty-free-Shop eine Gruppe von Ultraorthodoxen in ihren dunklen Kaftanen und den breitkrempigen schwarzen Hüten. Sie lebten nach klaren, unveränderbaren Regeln in einer festgefügten Gemeinschaft, waren Anhänger einer chassidischen Gruppierung, die sich der Missionierung innerhalb der jüdischen Gemeinschaft verschrieben hatten. Ich wurde Zeit meines Lebens oft von Menschen aus einer mir gegensätzlichen Welt angezogen, das Fremde faszinierte mich. Ein Älterer von ihnen mit einem langen grauen Vollbart sah mein Interesse und kam auf mich zu. Er fragte in Englisch, ob ich mit ihm „Tefillin legen" wollte, und schob mich, ohne meine Antwort abzuwarten, zu einem Tisch, hinter dem er vorher gesessen hatte. Ich verstand nicht, was er von mir wollte. Er legte eine Kippa auf meinen Kopf, zeigte mir eine kleine schwarze Lederbox, an der zwei schmale Lederbänder angebunden waren, und bat mich, den linken Arm freizumachen. Dann wickelte er ein langes, an einer zweiten Box befestigtes Lederband siebenmal um meinen Arm, bis er zur Handwurzel gelangte. Schließlich band er das Ende um drei meiner Finger, sodass die Form meiner Hand dem hebräischen Buchstaben Schin ähnelte, dem ersten Buchstaben des Wortes Schalom, Frieden. Eine zweite Box befestigte er mit einem runden Lederband auf meinem Kopf. Sie lag mittig auf meiner Stirn, mehrere Zentimeter über den Augen. Während des Anlegens zitierte er in Hebräisch Segensprüche, die ich nachsagen sollte. Sie klangen für mich wie Beschwörungsformeln. Nun beteten wir den Anfang des „Schma Jisrael".

**05:15** *In diesem Gebet findet sich das Gebot der Tefillin. Das Ritual tauchte mich für kurze Zeit in eine fremde Welt meines Glaubens, führte mich zu einer Tradition, die seit Jahrtausenden bestand. Ich respektierte diese Menschen in ihrer strengen Glaubensausrichtung und ich spürte ihre Zuneigung.*

David sollte in eineinhalb Jahren im Alter von 13 Bar-Mizwa werden. Er würde dann als Erwachsener in die Glaubensgemeinschaft aufgenommen und zur Thora aufgerufen werden. David sollte die Gebete und Riten bis zu seinem ersten Aufruf perfekt erlernen. Wir beschlossen, von nun an jeden Schabbat gemeinsam in die Synagoge zu gehen. Die Samstage waren bisher für uns ein Tag wie jeder andere der Woche gewesen, für mich meist ein halber Arbeitstag. Nun begingen wir den Feiertag Schabbat am Freitagabend. Rebecca entzündete die Schabbat-Kerzen und wir saßen im Esszimmer am großen Tisch, sangen gemeinsam alle Strophen des „Schalom Aleichem", abwechselnd sprachen David und ich den Segen über Wein und Brot.

**05:16** *Diese gemeinsamen Abende jeden Freitag waren wunderschön, wurden unsere Tradition und fanden ein jähes Ende, als Malka mit 18 zum Studieren nach London ging. Ein Teil der Familie fehlte. Ich erlitt einen Abschied so aufwühlend und schmerzhaft wie die Abschiede von meinem Vater im Hafen von Halifax. Als ich das erste Mal nach ihrem Auszug den Segen über den Wein sprechen wollte, hatte ich Tränen in den Augen und meine Stimme versagte.*

Der Gang zur Synagoge an den Samstagvormittagen wurde zur Gewohnheit. Gebetsbücher und Gebetsschal trugen wir an der Innenseite unserer Mäntel. Die Menschen auf der Straße durften nicht sehen, dass wir Juden waren. Ältere Männer, die zur Synagoge eilten, verbargen ihre Gebetsbücher in abgenutzten Plastiktüten.

In der Synagoge waren wir willkommen. David fand schnell Freunde, die wie er jeden Samstag kamen. Wir lernten die Abfolge der Gebete, die Gesänge. Ich hatte mir das Lesen des Hebräischen im Selbstkurs neu beigebracht. Es war nicht so schwierig, weil Onkel Oskar mit seinem Unterricht in meinen frühen Jugendjahren gute Grundlagen geschaffen hatte. Unsere Freunde konnten meine Hinwendung zum Religiösen nicht verstehen. Sie sahen in den Religionen die Auslöser vieler Kriege und menschlicher Katastrophen. David sollte, wie Malka, seinen Glauben erlernen und später eine eigene Wahl treffen.

Am Tag der Bar Mitzwa zu Beginn seines 13. Lebensjahres sang und las er vor der Gemeinde in Hebräisch aus der Thora. Wir erfreuten uns in der festlich geschmückten Synagoge an seinem guten Vortrag, am Klang seiner schönen hellen Jungenstimme. Mein Vater kam erst nach dem Aufruf. Der Rabbiner bedauerte dies. Drei Generationen einer Familie vor der Thora – das wäre nach der Schoa ein hoffnungsvolles Zeichen gewesen.

## Gemeindepolitik

Einige Wochen später lud mich Lieberman zu einer Vorstandssitzung. Es sollte eine neue Revisionskommission gewählt werde. Ich war sein einziger Kandidat, ohne gefragt worden zu sein, und wurde einstimmig gewählt. In meiner Funktion konnte ich an dieser und anderen Sitzungen teilnehmen, mitreden, aber nicht abstimmen.

Lieberman berichtete, dass der Zentralratsvorsitzende Heinz Galinski sehr schwer erkrankt sei und er ihm im Namen des Münchner Vorstandes beste Wünsche zur Genesung nach Berlin übermitteln wolle. Die beiden Vorstände Robert Werman und Nathan Levi, die auch im Präsidium des Zentralrats saßen, bestätigten die besorgniserregende Nachricht. Werman erhob sich und lobte die hervorragende langjährige Arbeit von Galinski. Insbesondere sei es ihm gelungen, mit Helmut Kohl ein Abkommen auszuhandeln, das Tausenden von Juden aus der Sowjetunion die Einreise nach Deutschland erlaubte. Dann fügte Werman einen Satz hinzu, der gerade wegen seiner Vorrede, die schon mehr den Anschein eines Nachrufes hatte, für Aufregung sorgte: „Ich habe aus Berlin gehört, dass beim aktuellen Gesundheitszustand von Galinski mit dem Schlimmsten zu rechnen sei. Wir müssen auf alles vorbereitet sein."

Levi sprang mit hochrotem Kopf auf und sagte laut in Wermans Richtung: „Du wartest doch darauf, dass er unter der Erde liegt, damit du ihn beerben kannst! Wir wissen alle, dass du schon Stimmen für seine Nachfolge sammelst."
Das war für Robert Werman zu viel. Er beschimpfte Levi als „Chaser", als Schwein, und als dieser nur wortlos mit der Schulter zuckte und ein spöttisches Lächeln aufsetzte, ergriff er ein schweres Wasserglas und schleuderte es in seine Richtung. Werman hätte Levi schwer verletzt, wäre dieser nicht in letzter Sekunde sportlich zur Seite ausgewichen. Das Glas zerbarst in viele Stücke, als es an der Wand aufschlug. Da ich neben Levi stand, flogen die scharfkantigen Splitter auch an mir vorüber. Ich tastete

mein Gesicht nach Blut ab. Stumm und fassungslos, aber zum Glück sämtlich unverletzt, standen wir nun am Tisch. Das anhaltende Schweigen durchbrach Lieberman: „Ich muss sagen, ich bin entsetzt über die Entwicklung dieser Sitzung. Ein solcher Vorfall ist unerträglich, ich schäme mich für Sie, meine Herren." Die Sitzung erklärte er sofort für beendet. Dem Vorsitzenden Galinski wünschte er Gesundheit bis 120.

Ich wunderte mich über die Konsequenzen überzogener politischer Ambitionen. Werman hatte seinen Kollegen angegriffen, eine Verletzung billigend in Kauf genommen.

Nach diesem Debakel kandidierte ich dennoch für den Vorstand. Es war mein erster Schritt auf das Glatteis der Politik.

**05:20** *Über lange Zeit agierte ich ebenso überambitioniert wie damals Werman und Levi, die heute nicht mehr leben. Tat ich es bewusst oder ließ ich mich von der Stimmung innerhalb der politischen Zirkel mitreißen? Die Vorgänge um die beiden verfeindeten Kollegen hatte ich nicht als Warnung erkannt.*

Tatsächlich wurde ich gewählt und saß nun mit Daniel Lieberman und anderen mir bekannten Kollegen am gleichen langen Tisch. Ich amüsierte mich über den kleinen Fleck an der Wand, der als Erinnerung an das von Werman geworfene Glas geblieben war. Lieberman verhielt sich mir gegenüber nach wie vor distanziert. Meine Wortbeiträge begleitete er gelegentlich mit ironischen Bemerkungen. Vielleicht lag es an meiner Diktion, an den vielen Fremdwörtern, die ich einfließen ließ. Ich wollte gebildet und überlegen erscheinen. Lieberman, der wegen seiner dramatischen Lebensgeschichte nicht hatte studieren können, seine Bildungsdefizite aber bei Weitem durch Klugheit und Erfahrung ausglich, mochte meine akademischen Diskurse nicht, empfand sie wohl als Provokation.

Geschäftsführer der Gemeinde war Aaron Bronski, mit dessen Familie wir befreundet waren. Seine Kinder hatten das gleiche Alter wie meine. Die Vorstandssitzungen dauerten oft sehr lange.

Danach gingen wir trotz der späten Stunde oft in eines der italienischen Restaurants an der Leopoldstraße, dessen Besitzer wir kannten. Er war polnischer Jude, dem Konzentrationslager entronnen, sprach mit uns Jiddisch und begrüßte seine Gäste mit „Buona Sera“, während er uns dabei amüsiert zulächelte. Nach Mitternacht bis in den frühen Morgen dinierte in diesem Lokal Münchens Unterwelt - „mit mehr als hundert Jahren Zuchthaus“, wie Aaron Bronski stets bemerkte. Auch Huren samt ihren Zuhältern aßen im jüdisch geführten Italiener, ließen uns aber unbehelligt.

**05:27** *Es ist totenstill. Wie viele Jahre Gefängnis stehen mir bevor? Düstere Gedanken erdrücken mich. Sollen sie mich doch töten. Ich habe es nicht besser verdient, weil ich mich auf ein Leben im Land der Täter einließ.*

Es gab jüdische Familienfeste wie Hochzeiten und Bar Mitzwas, oftmals mit Pomp im Bayerischen Hof. Wir saßen an großen, runden, üppig gedeckten Tischen. Die Damen waren gekleidet und bewegten sich, als zählten sie zu den oberen Zehntausend der Stadt, die Männer im Smoking rauchten dicke Zigarren. Meist war eine israelische Band engagiert, die temperamentvoll und laut israelische Lieder spielte. Alt und Jung hielten sich an den Händen, formten einen Kreis, drehten sich nach der Melodie, schwenkten ihre Füße übermütig nach oben und tanzten bis zur Erschöpfung. Die Vorstellung der Musiker endete mit dem Absingen der Hatikwa, der israelischen Nationalhymne, dem Lied der Hoffnung auf eine neue Heimat in Israel. Alle standen mit verschwitzen Gesichtern, sangen bedächtig mit feuchten Augen. Wir wollten in diesem Moment im gelobten Land, in Israel leben und wussten, dass dieser Wunsch der Beruhigung unseres schlechten Gewissens galt.

Bei diesen Festen waren wir, wie so oft, unter uns. Wie lange würden sie, die anderen, die nichtjüdische Gesellschaft, dieses selbstgewählte Ghettodasein hinnehmen?

Meine Firma stabilisierte sich. Ich übernahm die Verwaltung auch größerer Wohnhäuser, die Einnahmen flossen stetig und der Unterhalt meiner Familie und ein angemessener Lebensstandard waren gesichert.

**05:35** *Es ist sehr kalt geworden, ich friere. Ich wickle mich eng in die Decke.*

Langsam erlernte ich das Vorstandsgeschäft, war als Finanzdezernent auf sparsames Haushalten bedacht. Gemeinsam mit dem Geschäftsführer verhinderte ich kostspielige Projekte des Präsidenten. Er hatte die kommenden Wahlen und nicht die Finanzen der Gemeinde vor Augen. Wie ich von anderen Kollegen erfuhr, mochte er mich nicht und vermutete in mir einen politischen Gegner.

## Auschwitz

In der ersten Vorstandssitzung im neuen Jahr diskutierten wir lange über die jüdischen Kontingentflüchtlinge, die aus dem Osten zu uns kamen. Es gab keine Wohnungen für sie, denn meist lebten sie von der Sozialhilfe und wer wollte sie unter dieser Voraussetzung als Mieter? Wir diskutierten lange und im ersten Schritt planten wir, mit Bürgschaften zu helfen.

Kurz nach Mitternacht berichtete Lieberman von einer Reisemöglichkeit nach Krakau und Auschwitz, an der Landtagsabgeordnete und Vertreter der jüdischen Gemeinden teilnehmen könnten. Als größte bayerische Gemeinde standen uns vier Plätze zu. Anlass waren die Gedenkfeiern zur Befreiung der Konzentrationslager 50 Jahre nach Kriegsende. Die Ankündigung traf reichlich spät ein, denn der Reiseantritt war bereits in zwei Wochen geplant und wir sollten immerhin vier Tage in Polen bleiben. Ich dachte an meine Verwandten in den Konzentrationslagern, meldete sofort mein Interesse an und Lieberman notierte meinen Namen. Die restlichen Plätze waren ebenso schnell vergeben. Angesichts der vorgerückten Stunde gab es keine Diskussion.

Einige Tage später erhielt ich von der Landesstelle das Programm der Reise und die Teilnehmerliste zugesandt. Diese umfasste mehr als 40 Vertreter des Bayerischen Landtags und der Verwaltung, der jüdischen Gemeinden und der Landeshauptstadt. Reiseantritt war für Donnerstag geplant, offizieller Gedenktag und Rückreise war am folgenden Montag. Das Programm war dicht gedrängt mit Besuchen in Auschwitz und Birkenau, aber auch mit Besichtigungen im wieder aufgebauten und restaurierten Krakau.

Rebecca verstand meinen Reisewunsch und überlegte, wie kalt es Ende Januar in Polen sein würde und ob ich einen besonders warmen Mantel kaufen sollte. Meinem Vater berichtete ich erst kurz vor meiner Abreise von meinen Plänen, als er uns zu Hause besuchte. Er war entsetzt und verbot mir, nach Polen zu reisen. „Sie werden dich ermorden, wie sie mich töten wollten, als ich nach meiner Befreiung nach Sandomierz fuhr, um nach meiner Familie zu suchen. Ich stand vor unserem Haus und die Bewohner gingen mit Zaunpfählen auf mich los! Ich musste durch die Wälder zurück nach Deutschland flüchten. Verletzt!"

Dies sagte er in einem weinerlichen Jiddisch und meine Reise nach Polen, die ich mir gerade wegen meiner umgekommenen Familie so ersehnte, kam mir vor wie Verrat. Ich versuchte ihm meine Beweggründe zu erklären, dass ich wegen unserer Familie hinfahren wollte, um herauszufinden, wo sie ermordet worden waren. Er verfiel in einen lauten Weinkrampf: „Sie sind alle toit, toit, toit. Willst du auch noch sterben?"

Ich versicherte ihm, dass ich vorsichtig sein und niemals meine Reisegruppe verlassen würde. Rebecca brachte ihm ein halb gefülltes Glas Cognac, das er in einem Zug austrank. Wir füllten nach, bis die Flasche fast geleert war. Er konnte kaum noch stehen, wankte zur Toilette, legte sich dann auf die Wohnzimmercouch und schlief schnell ein. Im unruhigen Traum seufzte er tief, während er undeutlich, wiederholt das jiddische Wort für „tot" ausstieß. David hatte das Drama aus dem Flur beobachtet, war verstört, hatte Tränen in seinen Augen und bat mich, nicht nach Polen zu reisen.

Wir trafen uns am späten Donnerstagnachmittag im neuen Flughafen vor der Passkontrolle, erhielten unsere Tickets und ein aktualisiertes Programm. Reiseleiter war Israel Podolski, der Vorsitzende des Landesverbandes. Er war groß, etwas korpulent, hatte dünnes schütteres Haar, hellwache blaue Augen und sprach mit leicht jiddischem Akzent. Von Beruf war er Arzt und in einer privaten Klinik angestellt. Von den Vertretern der Gemeinden kannte ich nur wenige und die nichtjüdischen Teilnehmer ohnehin nicht. Wir warteten in zwei getrennten Gruppen vor dem Gate der polnischen Fluggesellschaft Lot. Dann kam unser Aufruf für den Flug nach Krakau, zuerst in Polnisch und dann in Deutsch. Den Klang des Polnischen kannte ich von meinem Vater und seinen Freunden. Sein Polnisch klang viel weicher als die Lausprecheransage.

Im Flieger war es eng, ich saß am Fenster und beobachtete den Start. Neben mir saßen zwei Vorstandskollegen aus Nürnberg. Auf der Startbahn rollte das Flugzeug zunächst langsam, gewann an Geschwindigkeit und stieg dann schnell und lautlos in den Himmel, drehte eine Runde über dem Flughafen im Erdinger Moos, bis es in Richtung Osten schwenkte und die Wolkendecke durchbrach. Bald war nur blauer Himmel über uns. Im Osten lag Auschwitz. Ich schloss meine Augen und träumte, jetzt nach Israel zu fliegen, mit 14 Tagen Sonnenschein und Meeresrauschen. Stattdessen näherten wir uns dem dunkelsten Ort dieser Erde. Die Flugbegleiterinnen waren jung, hübsch, geschminkt, trugen als Kopfbedeckung diese eleganten Stewardess-Schiffchen. Sie tippelten in ihren engen hellblauen Uniformen durch den Kabinengang, als bewegten sie sich auf dem Laufsteg einer Modenschau. Ich musste an meinen Vater denken, an seine hochemotionale Warnung, nicht in dieses Land zu reisen. Das stete Lächeln der Damen vertrieb meine Angst.

Nach weniger als zwei Stunden begab sich die Maschine in den Sinkflug. Die Sonne war fast untergegangen. Am Horizont schwebte noch ein rötlicher Streifen. Der Kapitän kündigte an, wir würden in wenigen Minuten in Krakau landen, und wünschte uns eine schöne Zeit in der Republik Polen. Dann berührten die Reifen mit einem spürbaren Stoß den Boden der Landebahn, die

Triebwerke heulten auf, das Flugzeug bremste stark, um dann langsam zum Empfangsgebäude zu rollen. Eine hohe Außentreppe wurde zur Flugzeugtüre geschoben. Die Stewardessen verabschiedeten sich vertraulich lächelnd, so als würden wir uns später zu einem Rendezvous treffen. Es gab nur ein Gepäckband, das nach unserer Ankunft langsam die Koffer in die Halle beförderte. Die Grenz- und Zollbeamten waren höflich, stellten einige Fragen und winkten uns schnell durch die Kontrolle. Die nüchtern erscheinende Halle glich einem Hangar und nicht den modernen Terminals der westlichen Flughäfen. Nur die hübschen Flugbegleiterinnen verliehen diesem Ort Eleganz. Wir gingen mit unserem Gepäck hinaus und sahen draußen eine lange Reihe von wartenden Taxis. Es dämmerte. Starke Lampen beleuchteten den Platz vor der Flughafenhalle und warfen unsere bewegten Schatten auf den Boden. Neben den Taxis stand in zweiter Reihe ein Bus, der uns zum Hotel in Krakau bringen sollte. Nachdem ich meinen kleinen Koffer abgegeben hatte, schnell eingestiegen war, fand ich einen Platz am Fenster. Wir fuhren los und ich sah die Umrisse einer Landschaft an mir vorüberziehen – so unendlich fern, dabei sollte mir das Land meiner Vorfahren doch nahe sein.

Nach etwa 20 Minuten hielten wir vor dem Hotel an, das unweit des Hauptmarktes im Zentrum der Altstadt lag. Bis wir alle eingecheckt hatten und unsere Zimmer belegen konnten, verging eine Weile. Dann gab es in einem großen, festlich gedeckten Saal ein gemeinsames Abendessen. Auf jedem Tisch lag eine blütenweiße Decke und darauf stand eine Halbliterflasche polnischen Wodkas der gleichen Marke, die mein Vater gerne trank, wenn er mit seinen Freunden zusammensaß. Ich kam etwas spät in den Saal, weil ich nach meiner Ankunft mit Rebecca telefoniert hatte, um ihr zu versichern, dass ich bis jetzt unversehrt sei, und sie zu bitten, diese Nachricht auch umgehend meinem Vater zu überbringen. Ein Kellner führte mich zu meinem Tisch. Als ich saß, begrüßte mich zu meiner Rechten eine etwas füllige jüngere Frau mit schwarzem Haar in einem dunkelroten Kostüm. Sie stellte sich als stellvertretende Vorsitzende der Sozialisten im Landtag vor, die Mehrzahl der Herren am Tisch wären ihre Kollegen. Ihre Gläser füllten sie nur zu gern mit dem angebotenen Wodka und tranken sie dann in einem Zug aus. Die Dame im roten Kostüm hatte auch mein Glas gefüllt. Ich nippte nur, denn ich mochte dieses hochprozentige Getränk nicht.

Vor der Suppe begrüßte uns der Reiseleiter: „Meine Damen und Herren, Schalom und herzlich willkommen in Krakau. Ich kann Ihnen versichern, das Essen ist glatt koscher. Es erwartet Sie eine kulinarische Glanzleistung des einzigen koscheren Restaurants in Krakau." Ein Raunen ging durch die Reihen. Er verwies auf das Pflichtprogramm am folgenden Tag, an dem vormittags eine Besichtigung der Altstadt und nachmittags ein Besuch beim Bürgermeister geplant sei. „Am Abend lädt uns das Stadtoberhaupt im Rathaus zu einem Essen ein. Nicht koscher, leider." Er wisse aber, dass kein Schweinefleisch aufgetischt würde. Aus unerfindlichen Gründen kam allgemeines Gelächter auf, was an meinem Tisch Anlass genug war, wieder die Gläser zu heben.

„Der Samstag steht Ihnen zur freien Verfügung", fuhr der Reiseleiter fort. Vormittags würde allerdings für alle Interessierten eine Führung in Kazimierz, dem ehemaligen Judenviertel Krakaus angeboten. Auch die Synagoge am Platz, die jetzt ein Museum wäre, könnte kostenfrei besichtigt werden. Am Sonntag würden wir in der Universität Krakau an einem Seminar teilnehmen, welches von unserer Landesstelle und der hiesigen historischen Fakultät vorbereitet worden war. Nach der Gedenkveranstaltung am Montag brächte uns der Bus direkt zum Flughafen.

Nun wurde endlich die Suppe serviert. In einer Rinderbrühe schwammen kleine Grießnockerl, an denen spärliche Fettaugen hingen. Zu meiner Linken saß ein Historiker von der Stiftung der Konservativen in Bayern. Ulli Weiss war in meinem Alter, er war schlank, hatte einen dunklen Teint, starke Augenringe und längeres Haar, trug keine Krawatte und vermittelte eher das Bild eines Israelis als des Angestellten einer konservativ-bayerischen Stiftung. Zum Hauptgang gab es Rindfleisch mit Kartoffelpüree und etwas gemischtes Gemüse, das nach Konserve schmeckte. Nachdem die Wodkaflasche geleert war, tranken wir vom Weißwein. Wir füllten gegenseitig die Gläser, prosteten uns zu. Ich leerte meinen Weinbecher in einem Zug. Plötzlich nervös geworden, wollte ich mich mit Alkohol betäuben.

Wie sollte ich mit diesen mir völlig unbekannten Menschen Auschwitz besuchen?

Die Dame im roten Kostüm wandte sich mir zu. Unsere Schultern berührten sich, sie beugte sich leicht nach vorne, blickte mich an und fragte, warum ich an dieser Reise teilnahm. Ich erzählte ihr von meiner Zugehörigkeit zum Vorstand der jüdischen Gemeinde in München, erwähnte vage private Gründe und trank weiter. Eine wohlige Wärme durchfuhr meinen Körper und ein leichter Schwindel erfasste mich. Ich drückte mich etwas mehr gegen ihre Schulter, sie widersetzte sich nicht. Sie hatte schon mehrere Gläser Wodka und Wein intus und sprach undeutlich, meine Blicke streiften ihr Dekolleté. „Diese Fahrt nach Auschwitz muss für Sie doch sehr belastend sein."

Das hörte sich an, als hätte ich nach ihrer Vorstellung nicht an dieser Reise teilnehmen sollen. Ich trank erneut vom Wein, einen Schluck nach dem anderen, bis die Schwere der letzten Stunden gänzlich von mir abfiel. „Wenn du nach Auschwitz fährst, musst du dich betrinken", flüsterte ich unglücklich vor mich hin. Dann, lauter: „Natürlich ist es belastend. Aber warum soll es für Sie nicht genauso bedrückend sein wie für mich?"

Sie zögerte, legte ihre warme Hand auf meine und sagte, sie könne das gut verstehen, auch sie hätte diese Reise mit sehr gemischten Gefühlen angetreten. „Mein Vater hat einige Jahre in der Wehrmacht gedient. Bis heute wagt er es nicht, mit mir über seine Zeit im Nationalsozialismus zu sprechen."

**05:40** *Ich stelle mir vor, wie die Dame von damals im roten Kostüm auf meinem Bett sitzt, sich nach vorne beugt, meine Haare sanft streichelt, ich tief in ihr Dekolleté blicke und sie mich tröstet.*

Zum Abschluss wurde als Dessert Kompott oder Vanilleeis gereicht, bevor der Reiseleiter nochmals das Wort ergriff, um zu betonen, dass wir uns morgen um neun Uhr in der Hotelhalle einzufinden hätten. „Meine Damen und Herren, ich erwarte Sie pünktlich nach dem gemeinsamen Frühstück."

Bald erhoben wir uns und ich wankte zum Ausgang. Nach anfänglichen Schwierigkeiten, mein Zimmer zu finden, bedurfte es einiger Versuche, das Türschloss zu öffnen. Ich zog mich umständlich aus, verstreute meine Kleidungsstücke auf dem dunkelroten Teppichboden, warf mich auf das knarzende Bett, alles drehte sich. Ich stellte mir kurz vor, eng neben der Dame im roten Kostüm zu liegen, um dann schnell in einen tiefen Schlaf zu sinken.

Am Morgen erwachte ich mit Kopfschmerzen, ging zum Frühstück und weiter zum Treffpunkt in die Hotelhalle, während eine amerikanische Reisegruppe eincheckte. Einige trugen Rucksäcke, von denen kleine Fahnen mit Davidstern hingen. Wir verließen geordnet mit Israel Podolski und einem Deutsch sprechenden polnischen Reiseführer an der Spitze das Hotel und besichtigen die Altstadt. Ich war fasziniert von den wunderschönen alten Renaissancefassaden. Vor der Marienkirche bildeten wir einen Kreis um den Reiseführer. Er erzählte, dass die polnische Königsstadt Krakau wie durch ein Wunder im Zweiten Weltkrieg unzerstört geblieben wäre. Die Deutschen hätten Ende Januar 1945 die Stadt bereits vermint, um sie vor dem Einzug der Roten Armee zu zerstören. Doch dazu war es nicht gekommen. Die Rettung der Stadt sei bis heute legendenumrankt.

Ein für die winterliche Jahreszeit warmer Wind wehte. Er erinnerte mich an den Föhn in München. Bis zu diesem Zeitpunkt war der eigentliche Anlass unserer Reise mit kaum einem Wort erwähnt worden. Der polnische Reiseführer schwärmte von seiner Stadt und ihren Baudenkmälern. Dass einige Kilometer entfernt über eine Million Menschen industriell ermordet worden waren, kam nicht zur Sprache. Auch Podolski fand dazu keine Worte. Ich war irritiert, wie andere der Reisegruppe auch. Meine Tischnachbarin von gestern Abend zeigte sich empört.

Dem zum Trotz gefiel mir die Innenstadt, sie erinnerte mich an Italien. Nur der Sonnenschein fehlte. Wir besichtigten den mittelalterlichen Marktplatz, die Burg Wawel und deren gotische Kathedrale, die Krakauer Tuchhallen und erreichten zur Mittagszeit ein Schnellrestaurant. Auf einem Tablett trug ich ein tellergroßes Wiener Schnitzel mit Bratkartoffeln zu unserem Tisch und zahlte in Zloty, umgerechnet weniger als drei Mark. Viele waren müde von der Anreise, dem Alkohol vom Vorabend und der langen Besichtigungstour. Einige der Amerikaner, die wir am Morgen im Hotel getroffen hatten, saßen unweit unseres Tisches. Sie winkten uns zu, ich verstand das als Einladung, nahm meine Cola und setzte mich zu ihnen. Sie erzählten, sie wären aus New York und hätten vor ihrer Ankunft in Krakau ein Vierteljahr in Jerusalem in einer Jeschiwa gelernt. Ich fühlte mich ihnen viel näher als meiner eigenen Reisegruppe. Dass wir eine jüdisch-deutsche Gruppe aus München waren, glaubten sie mir zunächst nicht. Die kurze Erzählung über meine Vorfahren in Polen, über mein Leben in Deutschland und über meine Reise mit dieser Gruppe nach Auschwitz, begleiteten sie mit missbilligenden Blicken. Einige von ihnen schienen sogar wütend und fragten, ob wir zumindest übermorgen zur jüdischen Gedenkveranstaltung ins Lager kommen würden. Ich überlegte kurz. Das Gedenken würde doch am Montag stattfinden, erwiderte ich, am Sonntag wären wir zu einem Seminar in die Uni von Krakau geladen. Wieder trafen mich rundum erstaunte Blicke. Die Veranstaltung am Montag sei dem Gedenken an die polnischen Opfer gewidmet. Dass im KZ Auschwitz überwiegend Juden ermordet worden waren, würde hier verschwiegen. „Deshalb unser eigenes Gedenken am Sonntag. Aus Protest gegen die polnischen Behörden."

Ich versprach zu kommen und diese Information an meine Gruppe weiterzuleiten. In ihren Gesichtern konnte ich lesen, dass sie mir nicht glaubten. Ich leerte mein Glas, sagte „Schalom, bis Sonntag" und ging verzweifelt zurück zu unserer Reisegruppe. Ein Stuhl neben Ulli Weiss war gerade frei, ich setzte mich zu ihm und wir waren uns über den vergangenen Vormittag einig: vielleicht touristisch ansprechend, aber den Sinn und Zweck dieser Reise völlig verkennend. Dann erzählte ich ihm von der geplanten jüdischen Gedenkveranstaltung am Sonntag. Ich konnte nicht glauben, dass Podolski davon nichts wissen sollte. „Warum nur hat er uns davon nichts gesagt?"

Weiss bot mir das „Du" an und zeigte sich empört über die Ignoranz unserer Reiseleitung: „Das ist unverschämt! Wir fahren zum jüdischen Teil des Gedenkens. Niemand kann uns das verbieten! Im Übrigen sollte sich unsere gesamte Gruppe anschließen. Das wäre das richtige Signal aus München. Und wenn nicht, organisieren wir uns einfach ein Taxi. Ich kenne mindestens einen Landtagsabgeordneten, der uns begleiten wird."

Die Verzweiflung, die mich am Tisch der Amerikaner befallen hatte, war gewichen. Ich hatte einen Verbündeten und wusste, was ich am Sonntag zu tun hatte.

Nach dem Essen spazierten wir langsam zum Rathausturm, einst das gotische Rathaus aus dem 14. Jahrhundert, später neu errichtet mit Museum, Volkstheater und Café. Dort trafen wir den Bürgermeister, der uns in Polnisch begrüßte. Eine ältere Dame übersetzte ins Deutsche und sprach mit sächsischem Akzent. Der Bürgermeister rühmte die Schönheiten seiner Stadt und die polnisch-deutsche Freundschaft. Dann antwortete ihm Israel Podolski: „Wir bedanken uns herzlich für Ihre Gastfreundschaft und städtische Einladung zu Kaffee und Kuchen. Erstmalig ist es gelungen, mit einer Gruppe von Vertretern jüdischer Gemeinden und Mitgliedern des Bayerischen Landtages zu Ihnen nach Krakau und Auschwitz zu reisen."

Darauf ergriff der Bürgermeister nochmals das Wort. Er unterstrich, dass er natürlich den Anlass unserer Reise kennen würde. Auch er plante, an der Gedenkveranstaltung am Montag teilzunehmen. Dennoch freute er sich, dass wir heute Zeit gefunden hatten, die so gut erhaltene und restaurierte Altstadt zu besichtigen, und dass wir am Sonntag an einem deutsch-polnischen Seminar in der Universität teilnehmen würden. Weder vom Holocaust noch von der jüdischen Gedenkveranstaltung war die Rede.

Als es bereits dunkel geworden war, kehrten wir müde zurück zum Hotel und ruhten uns bis zum Abendessen in unseren Zimmern aus. Ich telefonierte mit Rebecca. Sie war etwas ungehalten darüber, dass ich mich den ganzen Tag nicht gemeldet hatte. Als sie mir erzählte, dass es in München starke Schneefälle gegeben hätte und auf den Straßen Chaos herrschte, konnte ich das angesichts der milden Witterung im weiter östlich gelegenen Krakau kaum glauben. Ich bat sie, meinem Vater auszurichten, dass es mir hier in Polen gut ginge und er sich keine Sorgen machen solle. Dann beendeten wir das Telefonat angesichts der sündhaft hohen Kosten für solche Ferngespräche.

Das Abendessen wurde wieder im großen Saal serviert. Wir saßen wie am Vorabend und diskutierten am Tisch unsere Teilnahme an der jüdischen Gedenkveranstaltung.

Nach dem Essen bot Podolski ein gemeinsames Gespräch über den Verlauf des ersten Tages an. Als er fragend in die Runde blickte, entstand eine peinliche Stille. Die Gruppe war müde oder hatte andere Pläne. Ich erhob zögerlich meine Hand, Podolski erteilte mir das Wort und ich fragte, warum die jüdische Gedenkveranstaltung am Sonntag nicht in unser Programm aufgenommen worden wäre. Mit schneidender Stimme erwiderte er, dass unsere Teilnahme an dem Seminar in der Uni Krakau bindend vereinbart sei. Schließlich wäre diese Veranstaltung gemeinsam von unserer Landesstelle und der hiesigen Universität schon lange vorbereitet worden. „Ich erwarte, dass Sie alle zum diesem Seminar erscheinen." Dann stand er auf, nahm wortlos seine Mappe und verließ mit einem Lächeln den Raum.

Der Abend stand uns zur freien Verfügung offen. Wir gingen in die Hotelbar. Ulli stellte mich dem Landtagsabgeordneten Georg Rabsteiger vor. Sein Wahlkreis war in Fürth. Er bestellte sein zweites Bier und witzelte, in Fürth hätte es im Mittelalter schon Juden gegeben, da wären die Münchner noch auf die Bäume geklettert. Ich wollte antworten, da warf Ulli ein, dass ich Georgs Witze nicht überbewerten solle, abgesehen davon könne man mit ihm Pferde stehlen. Rabsteiger lachte und bestellte eine weitere

Runde Bier, während er vom berühmtesten Sohn seiner Stadt erzählte – von Henry Kissinger, dem Nobelpreisträger, der von den Nazis vertrieben worden und in die Vereinigten Staaten emigriert war.

**05:44** *Ich erinnere mich an einen Empfang lange nach meiner Polenreise im großen Rathaussaal in München zu Kissingers Ehren, als er Gast bei der Sicherheitskonferenz war. Zu später Stunde war schon die Mehrzahl der Gäste gegangen. Er stand einsam nahe des Rednerpults und nippte an einem Glas Rotwein. Ich wagte es ihn anzusprechen und stellte mich als Münchner Stadtrat vor. Er bedankte sich mit seiner tiefen Bassstimme für die Gastfreundschaft der Münchner und fragte, für welche Partei ich im Stadtrat säße. Ich nannte die Konservativen und verwies darauf, dass ich der einzige jüdische Stadtrat sei, vielleicht sogar der einzige jüdische Mandatsträger in Deutschland. Er antwortete darauf nicht, sah mich fragend an und meinte nur, er sei müde und müsse ins Hotel zurück. Wir verabschiedeten uns mit einem kurzen Händedruck, er kehrte mir den Rücken zu und strebte mit seinen Sicherheitsbeamten zum Ausgang.*

*Ich sehe Henry Kissinger vor mir, wie er mich wie einen kleinen Schuljungen stehen lässt. Für ihn war es wohl unangemessen, dass ich im Zusammenhang mit meiner politischen Arbeit meine jüdische Herkunft angesprochen hatte.*

Georg Rabsteiger trank nun mit mir auf Bruderschaft. Fortan duzten wir uns. Ulli und ich berichteten von der jüdischen Gedenkveranstaltung am Sonntag und dass wir hingehen wollten. Georg grinste, er habe die Reaktion von Podoli – das war sein Spitzname für unseren Reiseleiter – ohnehin nicht verstanden. Er wäre doch sonst sehr entgegenkommend. Natürlich würde er mit uns kommen. Wir könnten gemeinsam ein Taxi organisieren. „Niemand schreibt mir als Mitglied des Bayerischen Landtages vor, an welchem Ort ich den von den Nazis ermordeten Juden gedenke." Im Übrigen hätte er den Verlauf der Besichtigungstour heute als etwas merkwürdig wahrgenommen.

Er bestellte die vierte Runde Bier. Ulli schien amüsiert über Georg. Mir war nach zwei Gläsern bereits schwindlig, doch meine beiden neuen Freunde wollten den Abend noch nicht beenden. Sie zogen mich zu einer kleinen Gruppe unserer Reisegefährten, die laut lachten und zechten. Als wir kamen, stellten sie Stühle für uns bereit. Mir gegenüber saß meine Tischnachbarin von gestern Abend. Sie trug wieder ihr rotes Kostüm, war wieder angetrunken und hatte ihren Arm um einen meiner Vorstandskollegen aus München gelegt. Er, von dem bekannt war, kein Kostverächter zu sein, drückte sich vor den Augen der anderen fest an sie. Niemand schien davon Notiz zu nehmen, vor allem nachdem wir eine Diskussion um den Sonntagvormittag anfachten. Das Interesse an der jüdischen Gedenkveranstaltung war mäßig, die Mehrzahl folgte der Argumentation von Podoli. Tenor war, man könne die Organisatoren für das Seminar nicht in Stich lassen, unsere Anwesenheit sei fast eine moralische Verpflichtung. Nur ein Abgeordneter der sozialistischen Fraktion hatte Verständnis für unser Anliegen. Er erzählte, er hätte im Rahmen eines Austauschprogramms ein halbes Jahr in einem Kibbuz im Norden Israels verbracht. Abschließend fügte er sarkastisch die Frage an, von welcher Moral die bürgerlichen Kollegen sprechen würden, wenn sie ein recht beliebiges Seminar bislang unbekannten Themas über die Erinnerung an den Holocaust stellten. Georg verdrehte dabei seine Augen und neigte dann, zu uns gewandt, verschwörerisch seinen Kopf.

Mein Vorstandskollege und meine vormalige Tischnachbarin standen nun auf und verließen Arm in Arm die Bar. Sie winkten neckisch und ließen keinen Zweifel daran, dass sie ein Schäferstündchen vor sich hatten. Auch andere Paarkonstellationen hatten sich zwischenzeitlich gefunden und zogen davon.

Am Samstag gingen wir nach dem Frühstück zum jüdischen Viertel Kazimierz. Vor dem Krieg hatten in diesem Viertel und seiner Umgebung etwa 60.000 Juden gelebt, ein Viertel der Krakauer Stadtbevölkerung. Ein Großteil von ihnen war von den deutschen Besatzern ermordet worden; nach deren Rückzug 1945 hatte es im August schwere antisemitische Ausschreitungen durch die Polen geben.

Das Zentrum von Kazimierz bildete ein weitläufiger Platz, der von schön restaurierten kleineren Altbauten gesäumt wurde. Neu war ein jüdisches Restaurant, das kurz nach der Wende von Israelis eröffnet worden war. Ein mutiges Unterfangen angesichts von offiziell nur noch 300 jüdischen Menschen in der Stadt. Im südlichen Teil Krakaus stand die Alte Synagoge aus dem 15. Jahrhundert, im gotischen Stil erbaut. Die Nazis hatten das Gotteshaus als Lager verwendet und die Einrichtung vernichtet. Nach der Renovierung 1960 wurde die Synagoge zu einem Museum umgestaltet. Ich hatte bis dahin noch nie so ein großes und prachtvolles jüdisches Gotteshaus gesehen. In einer langen Reihe von Vitrinen waren sakrale Gegenständen ausgestellt. Das Silber der Leuchter und Becher war blank geputzt und glänzte hell. In einem langgezogenen Trakt daneben hingen Fotos einer untergegangenen Kultur. Abgelichtet waren Männer mit langen Bärten und umgelegtem Gebetsschal, lachende Knaben mit verschmierten Gesichtern und Schirmmützen, ein Schuster in seiner engen Werkstatt, ein Mann in weißem Hemd mit einem Korb voller Beigels vor sich, Männer mit Pelzmützen und Schläfenlocken, die auf einer schneebedeckten Straße tanzten.

Ich konnte mich nicht satt sehen an den Bildern der Orte meiner Vorfahren und durchmaß die Ausstellungsräume langsam, während Ulli und Georg sich verabschiedeten und ins jüdische Restaurant gingen. Die Menschen auf den Fotos schienen mir fremd, gleichwohl ich einer von ihnen hätte sein können, wären die Henker nicht in Polen eingefallen. Ich blieb vor einer Wand stehen, an der Aufnahmen von Chaderim hingen, von orthodoxen Religionsschulen, zumeist für Kinder, wie es in jenen Tagen Tausende in Polen gegeben hatte. Buben – kaum, dass sie laufen konnten – saßen vor den abgegriffenen Folianten hebräischer Texte, über ihnen gebückt stand ihr Lehrer mit langem Bart und Hut und deutete mit einem kleinen Stab auf die Buchstaben.

Meine Augen wanderten von Bild zu Bild und mein Blick fiel zufällig auf eines, in dessen Erläuterung die Stadt Sandomierz genannt wurde. Ich versuchte, den polnischen Text zu verstehen. Es war ein Foto aus der Stadt, in der meine Familie gelebt hatte. Das vergilbte Bild zeigte eine Gruppe von kleinen Jungs mit Schirmmützen, um ihren Lehrer gruppiert. Auf seinem Kopf mit langem dunklem Bart und Nickelbrille ruhte eine schwarze Kappe. Er blickte mit ernstem Gesicht in die Kamera. Ich ging noch näher an das Bild heran, um die Gesichter der Kinder genau zu betrachten. Das Antlitz eines schmalen Jungen mit dunklen Augen erinnerte mich an Fotografien aus meiner frühen Kindheit in Kanada. War es einer meiner Verwandten, die 20 Jahre später ins Gas getrieben worden waren? Ich hatte das Gefühl, dass ich ihnen in diesem kurzen Augenblick sehr nahestand, wir uns sehr verbunden waren. Ich hätte den kleinen Jungen gerne berührt. Dann füllten sich meinen Augen mit Tränen, die ich verschämt wegwischte. Es waren Fantasien über Angehörige, denen ich nie begegnen durfte.

Zögerlich verließ ich das Museum und ging zum jüdischen Restaurant, um dort meine Kollegen zu treffen. Das helle Licht auf dem Platz, die warme Wintersonne machten mir Mut. Den Tisch, an dem Ulli und Georg saßen, fand ich schnell. Es war noch nicht Mittag und das Lokal kaum besetzt. Sie spielten israelische Folklore vom Band. Ich setzte mich, bestellte ein Pils und leerte das Glas in einem Zug. Dann erzählte ich mit leisen Worten von der Bildergalerie. Sie spürten schnell meine Betroffenheit. Stumm aßen wir israelische Falafel mit Humus und durchwanderten nach dem Essen das malerische Viertel mit seinen kleinen dunklen Gassen und verwitterten Holzbalkonen. Es schien wie vor dem Krieg, nur die Bevölkerung war ausgelöscht.

Der Taxifahrer, der uns zum Hotel zurückfuhr, war sehr gesprächig. Wir unterhielten uns in Englisch und als wir ihm vom Grund unserer Reise erzählten, berichtete er, dass sein Urgroßvater jüdisch gewesen sei und noch heute sehr viele Krakauer jüdische Wurzeln hätten. Allerdings würde das heute von der

Mehrzahl verschwiegen. Vor dem Hotel angekommen, zahlten wir und fragten, ob wir ihn in die Hotelbar auf einen Drink einladen dürften. Er kam mit, trank nur Limonade und erzählte stolz vom Fest zum israelischen Unabhängigkeitstag im letzten Mai auf dem Platz vor der Alten Synagoge. Die Besitzer des israelischen Lokals hätten mittags eine Bühne aufgebaut, eine israelische Band sollte abends spielen. Da allerdings keine behördliche Genehmigung vorlag, wollte die Polizei das Fest verbieten. Man verhandelte und die Obrigkeit vermied es zunächst, Zwangsmaßnahmen einzuleiten. Es hatte keine Werbung für das Fest gegeben, nur eine kurze Ankündigung in einer Krakauer Tageszeitung. Es wurden nur wenige Gäste erwartet. Am späten Nachmittag aber – die Augen des Taxifahrers fingen zu leuchten an – hätte sich der Platz mit Jung und Alt gefüllt. Die Band begann zu spielen, die Lautsprecher wurden aufgedreht und schnell war das Zentrum des jüdischen Viertels vollgedrängt mit Menschen, die mitsangen und in vielen Kreisen Hora tanzten. Unser Taxifahrer strahlte. Gegen Ende des Festes erklang die israelische Nationalhymne, die Hatikwa. Das Fest ging bis in die späte Nacht, die Menschen waren fröhlich, umarmten sich und lachten viel.

Wir sahen uns ungläubig an. Wie konnte es sein, so fragten wir, dass fast ohne Werbung eine so große Zahl von Menschen gerade zu einem jüdischen Fest nach Kazimierz gekommen war?

Der Mann dachte lange nach und sagte dann: „Sie können die Menschen vertreiben und töten, aber ihre Seelen kehren in Gestalt anderer zurück." Wir waren erstaunt über unseren polnischen Taxifahrer. Gerade uns gegenüber, die wir aus Deutschland kamen, bekannte er sich zum jüdischen Teil seiner Identität. Wir vereinbarten mit ihm, dass er uns am nächsten Morgen nach Auschwitz fahren sollte.

Nachmittags durchstreiften wir ziellos die Innenstadt und kehrten müde ins Hotel zurück. Ich telefonierte kurz mit Rebecca und tröstete sie, dass ich bald unversehrt zurückkehren würde, legte mich nur kurz aufs Bett, schlief aber schnell ein. Als ich aufwachte, war es schon dunkel. Im Speisesaal suchte ich nach meinem Platz, auf dem nun der Vorstandskollege neben der Dame von der sozialistischen Partei Bayerns saß. Sie unterhielten sich angeregt und tranken Weißwein.

Georg hatte mein Kommen wohl beobachtet und winkte mir stehend von einem anderen Tisch zu. Er hatte für mich einen Platz in einer Gruppe von fränkischen Vorstandskollegen und Abgeordneten reserviert. Sie kamen aus Fürth und Nürnberg und witzelten über die Eigenheiten der Bewohner der jeweils anderen Stadt. Dieses provinzielle Gehabe konnte ich nicht ausstehen.

Nach dem Essen ließ Podolski mit einer Gabel sein Glas klingen, erhob sich und erklärte ausführlich den Ablauf des kommenden Tages. Er bedankte sich vorauseilend bei den Veranstaltern für die Abhaltung des Seminars in der Universität von Krakau. Abschließend blickte er zu mir und meinte, er hoffe, dass nun alle akzeptierten, dass wir uns morgen um Punkt neun Uhr geschlossen in der Hotelhalle für die Abfahrt zur Uni einzufinden hätten. Georg sah zu mir und schüttelte seinen Kopf.

Das Abendessen war beendet, man erhob sich, die Stühle knarzten auf dem Holzboden, schnell leerte sich der Saal, während sich die Bar füllte. Unsere kleine konspirative Gruppe traf sich in der Lobby, wir besprachen die morgige Fahrt nach Auschwitz und wussten, dass es deshalb zum Eklat kommen würde. Ich war verärgert über die absurde Haltung von Podolski.

So schlichen wir am nächsten Tag nach dem Frühstück davon wie Diebe. Ohne meine Freunde hätte ich diesen Alleingang nicht gewagt. Unser Taxifahrer wartete bereits. Schnell zwängten wir uns in den Wagen, mit verschwörerischer Miene startete der Fahrer den Motor und lenkte den Renault in westliche Richtung. Als wir die Stadt verlassen hatten, fuhren wir durch eine ländliche, gering besiedelte Landschaft, vorbei an Wäldern mit hohen Tannen und an weiten Feldern. Meine Nerven waren angespannt. Würde ich den Gang auf diesen vielleicht mit dem Blut meiner Vorfahren getränkten Boden ertragen? Die Wagenfenster waren halb geöffnet, es war für die Jahreszeit fast zu warm. Die lauten Windgeräusche und das stete Brummen des Motors erlaubten keine Gespräche. Ich wäre ohnehin zu aufgeregt gewesen, um nur ein Wort zu sagen. Wie abweisend erschien mir diese Landschaft, durch die der Weg in das Inferno führte. Mein Blick wanderte zu den Wipfeln der Tannen, die sich im Wind wiegten wie vor 50 Jahren.

Nach etwa einer Stunde überholten wir einen Reisebus. Die Amerikaner, die ich gestern getroffen hatte, winkten uns verhalten zu. Das rückwärtige Busfenster zierte die israelische Flagge.

Wir erreichten den Parkplatz der Gedenkstätte und gingen seitlich vom Empfangsbereich in das Lager, nahe an den Schienen, auf denen die Züge bis zu den „Selektionsrampen" gefahren waren. Ich wollte nicht an den Tod in den Waggons der Deutschen Reichsbahn, an die unglaublichen Tragödien vor und hinter den Rampen denken. Mir schwindelte.

**05:49** *Ich erinnere mich an diese rostigen Schienen – und an das Begräbnis einer hochbetagten Dame auf dem jüdischen Friedhof in München. Ihr Sarg ist in der Aussegnungshalle aufgebahrt. Der Rabbiner erzählt ihre Geschichte des Überlebens.*

*Sie war noch ein kleines Mädchen, als sie mit ihrer Mutter und ihrem Vater auf der Rampe stand. Ein SS-Offizier trennte das Kind von seinen Eltern, der Gruppe, die direkt ins Gas gehen sollte. Obwohl die Mutter abwehrte, lief das Kind wieder zu ihr zurück und umklammerte sie. Der Offizier riss das Mädchen wütend los. Es entkam ihm laut weinend und stürmte abermals zu seinen Eltern. Daraufhin zog der Offizier seine Pistole aus dem Halfter, hielt sie an des Kindes Schläfe und drohte, er würde abdrücken, wenn das Mädchen nicht sofort auf der anderen Seite der Rampe bliebe. Eine danebenstehende Krankenschwester befreite es aus den Fängen des SS-Mörders und brachte das weinende Mädchen in die Kinderbaracke. Seine Eltern sah es nie wieder.*

*Ich kann dieser Geschichte des Überlebens in meiner Verzweiflung keinen Funken Hoffnung abgewinnen.*

Wir liefen auf dem groben Schotter der Gleise, der trotz guten Schuhwerks an meinen Fußsohlen schmerzte. In der Ferne war eine Menschengruppe zu erkennen. Ein Strom von Männern und Frauen bewegte sich von allen Seiten auf sie zu. Einige von ihnen trugen KZ-Häftlingskleidung, andere schwenkten die israelische Flagge. Ich versuchte, ins Zentrum der Ansammlung zu gelangen. Dort standen mehrere Rabbiner mit umgelegten Gebetsschals. Ich erkannte den Zentralratsvorsitzenden der Juden und daneben den deutschen Bundespräsidenten Roman Herzog.

Zunächst intonierte ein Rabbiner laut das „Kaddisch“ für die Ermordeten. Viele der Anwesenden sprachen es in einem gemeinsamen lauten, eindringlichen Chor mit. Dann sang ein Kantor das „El Mole Rachamim“. In diesem Gebet werden die Namen der größten Konzentrationslager genannt. Anschließend wurden, wie bei Beerdigungen, einige Psalmen zitiert, bis mehrere Häftlinge, welche die Hölle von Auschwitz überlebt hatten, von ihrem Leid, der Ermordung ihrer Familienangehörigen, von ihrer Befreiung und dem Weiterleben sprachen. Es war noch warm, ein Wind kam auf.

Zuletzt ergriff Elie Wiesel das Wort. Als er zu sprechen anhob, herrschte Totenstille. Er sprach in Jiddisch über Auschwitz und die anderen Lager und das große Unrecht, das uns Juden unter den Augen der Welt widerfahren war. Er selbst war 1944 als Jugendlicher mit seinen Eltern nach Auschwitz deportiert und im KZ Buchenwald von den Amerikanern befreit worden. Kurz hielt er inne, um dann flehend mit lauter Stimme zu rufen: „Warum habt ihr uns über eine Million unserer Kinderlach genommen, warum habt ihr unsere unschuldigen, wehrlosen Kinder ermordet, warum, warum, warum?“ Die Worte hallten über den Platz, bis das Echo langsam in der Ferne verstummte.

Zum Abschluss sangen wir die israelische Nationalhymne. Das war das Ende der jüdischen Gedenkveranstaltung, über die sich die polnischen Offiziellen in den Medien überaus irritiert zeigen sollten. Ich ging zu Roman Herzog und bedankte mich für sein Kommen. Er nickte und schwieg, wie schon während der gesamten Veranstaltung. Wir verstanden seine stumme Teilnahme als Zeichen von Demut und von Empathie für die Opfer der Schoa.

Anschließend fuhren wir zurück nach Krakau, direkt zur Universität. Wir verabschiedeten uns von unserem Taxifahrer und nach längerem Suchen fanden wir den Seminarraum. Die Sitze waren in einem Halbkreis in unterschiedlichen Höhen um das Vortragspult gereiht, ähnlich wie im Audimax der Münchner Universität. Als wir den Raum betraten und uns Plätze suchten, wurde getuschelt, es entstand Unruhe. Podolski unterbrach die polnische Referentin, sah mich an und fragte, wo wir heute Vormittag gewesen seien. Ich war überrascht, dass er weiter den Konflikt suchte.

So erhob ich mich langsam. „Wir waren bei der jüdischen Gedenkveranstaltung in Auschwitz, an der Seite unseres Zentralratsvorsitzenden Ignatz Bubis und an der Seite von Bundespräsident Roman Herzog."

Podolski blickte starr auf einen Punkt im Raum und blieb stumm. Ich setzte mich wieder. Der weitere Verlauf der Veranstaltung interessierte mich nicht. Ich dachte an den Vormittag und hoffte, bald wieder in München meine Familie zu sehen. Ich dachte an die Worte von Elie Wiesel. Ich hatte heute den größten jüdischen Friedhof durchschritten, vielleicht auch die letzte Ruhestätte meiner Großeltern, Tanten und Onkel.

**05:51** *Meine Trauer und Hilflosigkeit sind bis heute geblieben.*

Nach der Uni, die wir schnell verließen, gingen Ulli, Georg und ich zum Abendessen in eine kleine Gaststätte. Wir tranken Bier, aßen Rote-Bete-Suppe - ein Lieblingsgericht meines Vaters - und Teigtaschen mit Pilzen. Wir bestärkten uns gegenseitig darin, dass unser Gang zur jüdischen Gedenkveranstaltung richtig gewesen war. Nach dem Essen bestellte Georg zwei Lagen polnischen Wodkas. Ich trank mit. Der Alkohol vertrieb die Trauer und Leere in mir. Wir verließen angeheitert das kleine Restaurant, die freundliche Bedienung winkte uns nach, und liefen durch die Altstadt zurück ins Hotel. Es war spürbar kühler geworden.

Beim Gedenkkonzert an diesem Abend in Krakau, zu dem wir leider nicht geladen waren, bat Bundespräsident Herzog Ignatz

Bubis und Romani Rose vom Zentralrat der Sinti und Roma in seine Loge. Der polnische Präsident Lech Wał sa saß in der Königsloge neben dem Primas der katholischen Kirche Polens. Von polnischen Juden wurde die Nähe von Bubis zu Roman Herzog scharf kritisiert mit den Worten, die Grenzen zwischen Opfern und Tätern dürften auch 50 Jahre nach der Befreiung von Auschwitz nicht verwischt werden.

Während viele Kollegen wieder in der Bar unseres Hotels saßen und laut und gesellig waren, ging ich auf mein Zimmer, telefonierte und warf mich auf mein Bett. Wegen des Wodkas war mir noch leicht schwindelig, bis ich in einen tiefen Schlaf sank. Am nächsten Morgen luden wir unser Gepäck nach dem Frühstück in den Bus und fuhren zur offiziellen Gedenkveranstaltung nach Auschwitz. Es wehte ein kalter, schneidender Wind. Das Thermometer war gefühlt um mindestens 15 Grad gesunken. Wir wurden zu einem Platz geleitet, auf dem eine große Zuschauertribüne aufgebaut war. Vor der Tribüne stand ein Rednerpult auf einem hohen Podest mit kleiner Leiter. Daneben saßen Mitglieder eines Kammerorchesters, dahinter standen Jungen und Mädchen eines Kinderchors.

Die Kälte und die nun sehr offizielle Atmosphäre schienen sich gut zu ergänzen. Die Veranstaltung zog sich mit vielen Reden, mit Kammermusik und Jugendchor über Stunden hin. Der deutsche Bundespräsident ergriff nicht das Wort. Soweit ich die Rednertexte verstehen konnte, ging es allein um das Schicksal polnischer Bürger; sie waren es, die in Auschwitz ermordet worden waren. Am Ende wurden von christlichen Religionsvertretern Gebete gesprochen. Auch der polnische Oberrabbiner durfte das Kaddisch sagen.

Ich war zu dünn gekleidet, hatte keinen Hut, sondern trug nur eine Kippa und fror unendlich. Ich ersehnte das Ende der Veranstaltung. Nach den mehr als zwei Stunden konnte ich meine Zehen kaum mehr bewegen und begann zu husten. Ich hatte in meinem Leben noch nie so gefroren wie an diesem Tag. Die Angst vor einer schweren Erkältung schlich sich in meine Gedanken.

Gleichzeitig schämte ich mich, da ich wusste, dass viele Gefangene hier den grausamsten Erfrierungstod gestorben waren.

Nachdem zum Abschluss die polnische Nationalhymne gesungen worden war, gingen wir in die Cafeteria am Eingangsbereich. Auf den Weg dorthin sah ich Romani Rose auf einer Grünfläche neben den Gleisen stehen, allein und vereinsamt. Er blickte in Richtung der Krematorien. Wurde er als Sinto von den Teilnehmern der Gedenkveranstaltung gemieden? Ich hoffte, meine Vermutung wäre unbegründet, hatte aber Zweifel. Ich ging zu ihm, stellte mich vor und bedankte mich für sein Kommen. Er lächelte verhalten, legte eine Hand auf meine Schulter und sagte leise nickend, er hätte mich gestern nahe Elie Wiesel stehen gesehen. Das sei die wichtige Veranstaltung gewesen. Wir verabschiedeten uns mit einem festen Händedruck.

Bis zur Abfahrt zum Flughafen war noch ausreichend Zeit für den Besuch der Gedenkstätte. Es gab das Angebot, an einer Führung teilzunehmen. Wir hatten genug von der polnischen Auslegung der Schoa und so zogen Ulli, Georg und ich allein los. Die Holzbaracken mit den vielen Stockbetten erschienen aufgeräumt und sauber. Jetzt verstand ich, warum mein Vater im Zimmer meiner Kinder keine Stockbetten wollte, und ich bedauerte, dass wir seinem Wunsch nicht gefolgt waren. Er hatte sich stets geweigert, das Kinderzimmer zu betreten.

Wir standen wie gebannt vor einer deckenhohen Vitrine. In ihr war eine beinahe unendliche Zahl von Schuhen gestapelt, alte, verschlissene, neue, elegante, aus der Form geratene, Sandalen, Stiefel, von Erwachsenen und Kindern. Vielleicht lagen dort auch die Schuhe meiner Großmutter oder meiner Tanten. Hätte ich zu ihrer Zeit gelebt, würden vielleicht die weißen Sandaletten meiner Tochter in der Vitrine liegen. Mich überwältigte ein Weinkrampf. Georg und Ulli standen an meiner Seite. Ich sah durch einen Schleier aus Tränen ihre feuchten Augen. Wir trauerten gemeinsam um die ermordeten Juden in Auschwitz. Nachdem es mir wieder besser ging, der Schmerz nachgelassen hatte, gingen wir entlang der Gleise zurück zum Parkplatz, auf dem unser Bus zur Abfahrt bereitstand.

**05:59** *Die Bilder der Krematorien, des Erschießungsplatzes, der anheimelnd erscheinenden roten Ziegelfassaden der Gebäude ziehen an mir vorüber – ebenso wie der Anblick von Hintermoser, wie er vor der Feldherrnhalle zusammenbricht. Er wollte morden wie seine Gesinnungsgenossen in Auschwitz, mit einer Bombe am St. Jakobs-Platz. Dafür büßte er nur kurze Zeit im Gefängnis. Ist er aus dem Koma erwacht?*

*Auf der Busfahrt, im Flieger nach München versuchte ich, meine Empfindungen einige Stunden nach Verlassen des Ortes des Grauens zu beschreiben. Zugegeben, der Satz klingt vielleicht pathetisch, aber er beschrieb mein Gefühl in jenen Tagen und gilt auch heute in dieser schlimmen Nacht: „In Auschwitz war die Demütigung der Menschen so groß wie das Weltall unendlich ist."*

*Das war auch der Tenor der Rede von Elie Wiesel.*

Die Reise brachte in mir Trauer und Schmerz hervor. Darüber hinaus sollte sie meiner Existenz eine neue Wendung geben. Ich erkannte, dass mein Leben im Täterland Deutschland nur einen Sinn hatte, wenn ich genau hier dafür kämpfte, dass es kein neues Auschwitz geben würde. Warum sonst hatte das Schicksal mich als kleinen Jungen mit guten Startchancen in Kanada in eine ungewisse Zukunft nach Deutschland zurück gezwungen?

In Auschwitz war mir widerfahren, was ich nie erwartet hätte. Deutsche hatten mit mir um die jüdischen Opfer der Schoa getrauert. Wenn ich mit Deutschen in Auschwitz um Juden trauern konnte, dann hatte ich auch den Mut, mich politisch zusammen mit ihnen zu engagieren. Bis dahin war es aus jüdischer Sicht – so auch für mich – unvorstellbar gewesen, sich als Jude in diesem Land um ein demokratisches Amt zu bewerben. Zu viele Nazis hatten zu lange in wichtigen Positionen gesessen und saßen, wenn sie nicht gestorben waren, dort immer noch.

Es galt, dies nicht länger hinzunehmen. Als Politiker könnte ich dagegen angehen, im Täterland, in dem ich nach Ansicht der jüdischen Welt nicht leben durfte.

## Ist mein Weg Verrat?

Anlässlich einer Nachbesprechung unserer Reise im Landesverband mit Podolski bat ich ihn um ein persönliches Gespräch. Wir verabredeten uns zu einem Termin einige Tage später in seiner Klinik in Aubing. Sie war in lindgrün angestrichenen Baracken in einem Park untergebracht. Ich besuchte ihn in seinem beengten Chefzimmer. An den Wänden standen Regale mit unzähligen Büchern, darunter auch hebräische Literatur. Sein Schreibtisch war mit Zeitschriften, die kreuz und quer die Tischplatte bedeckten, überladen.

Er saß mir in seinem weißen Arztkittel gegenüber und fragte höflich, was er für mich tun könne. Ich erzählte ihm von meinen politischen Ambitionen, dass ich in den Münchner Stadtrat oder in den Landtag wollte, und erbat seine Zustimmung als höchster Repräsentant der Juden in Bayern. „Lassen Sie mich ehrlich sagen: Der Anlass meines Wunsches, mich politisch zu engagieren, war für mich unsere Auschwitzreise."

Nach meinen Worten schwieg er für mehrere Sekunden. Eine qualvolle Stille, in der ich spürte, dass er nie zustimmen würde. Er sah mich an, duzte mich und fragte laut, ob ich tatsächlich willfähriger Helfer ehemaliger Nazis werden wolle. „Das ist Verrat an unserer Gemeinschaft, das ist die Wahrheit."

Ich versuchte, ihm zu verdeutlichen, dass es gerade meine Absicht sei, in der Politik gegen Antisemitismus zu kämpfen und jüdische Belange zu vertreten. Darauf begann er zu lächeln und sagte: „Es gibt drei Lebenslügen: Ich liebe meine Frau. Der Bau ist in einem Jahr fertig. Und: Es geht mir nur um die Sache. Suche in deinem Beruf Bestätigung, arbeite in eurem Vorstand, aber halte dich fern von der deutschen Politik."

Sein Telefon klingelte, er wurde zu einem Patienten gerufen und verabschiedete sich schnell. Wie benommen verließ ich das Krankenhaus. Ich hatte keine kritiklose Zustimmung erwartet, zumindest aber ein klein wenig Ermutigung und wurde von ihm stattdessen als möglicher Verräter entlassen. War das eine Retourkutsche auf mein Verhalten in Krakau? Rebecca mochte Podolski nicht und war sich sicher, seine Reaktion stünde damit in Zusammenhang, als ich ihr zu Hause von unserem Gespräch erzählte. Sie fügte aber hinzu, da ich fast nur in jüdischen Kreisen verkehrte, sei es fraglich, ob ich in der deutschen Politik erfolgreich sein könnte. Bei den Gojim sei ich doch ein völlig unbeschriebenes Blatt.

Gespannt erwartete ich die nächste Vorstandssitzung. Sie fand Ende Februar statt, es wehte ein warmer Wind. Es war für die Jahreszeit zu warm, aber nach dem sehr kalten Winter tat dieser Hauch von Frühling gut. Ich lief die fünf Stockwerke zum Sitzungssaal hinauf. Werman und Levi standen mit dem Präsidenten zusammen und diskutierten. Sie tuschelten so leise, dass ich vom Gespräch nichts verstand.

Lieberman eröffnete die Sitzung. Wir besprachen zunächst Personalangelegenheiten. Dann führte er aus, dass von prominenten Gemeindemitgliedern an ihn die Vision eines neuen Gemeindezentrums herangetragen worden war. Er hatte versprochen, mit seinem Vorstand über diese Idee zu sprechen, halte aber wenig davon: „Wir besitzen weder ein Grundstück noch das Geld und wissen ohnehin nicht, ob wir in diesem Land bleiben werden." Wir pflichteten ihm bei, er hatte Recht, wir hatten andere Probleme.

Dann bat er Werman und Levi, von der Auschwitzreise zu berichten. Sie waren als Mitglieder einer Delegation des Zentralrates mitgefahren und erzählten von der offiziellen Veranstaltung am Montag, kritisierten die ablehnende Haltung der polnischen Politiker zum jüdischen Gedenken einen Tag vorher und lobten die schweigende Anteilnahme des Bundespräsidenten. Ich stimmte ihnen zu und berichtete vom Dissens mit unserem Reiseleiter Podolski. Levi unterbrach mich mit dem Hinweis, er könne mein Problem nicht verstehen, ich wäre doch dort gewesen und hätte prominent nahe bei Roman Herzog und Elie Wiesel gestanden. „Und das, obwohl weit höherrangige Vertreter von uns vor Ort waren."

Ich wurde wütend: „Ihr habt im teuersten Hotel Krakaus gewohnt, hattet einen Bus zur Verfügung, der euch während des ganzen Tages durch die Stadt chauffiert hat. Ihr hattet kein Verbot für das Gedenken am Sonntag."

Bevor Levi, der mit Podolski eng befreundet war, erneut zu Sprechen anhob, entzog ihm Lieberman das Wort. Er hätte sich zwischenzeitlich mit Podolski besprochen. Das mit dem Verbot wäre eine ungute Organisationspanne gewesen, die wir ihm nicht nachtragen sollten.

Nach der Sitzung wollten der Geschäftsführer Aaron Bronski und Levi mich überreden, mit ihnen nach Schwabing zum Italiener zu fahren. Ich lehnte ab und ging nach Hause.

Am Freitag der gleichen Woche rief mich Lieberman am frühen Nachmittag im Büro an, als ich noch vor dem Computer saß; eine Nebenkostenabrechnung ging nicht auf, ich suchte schon seit Stunden nach dem Fehler und war angespannt. Er fragte mich als Finanzdezernenten, ob ich einer Esseneinladung auf Kosten der Gemeinde für eine größere Delegation russischer Rabbiner zustimmen würde. Ich tat es, obwohl ich wusste, dass uns ein solches Essen sehr teuer zu stehen kommen würde, da die Rabbiner und ihre Entourage Unmengen von teurem Wodka konsumierten. Dann berichtete Lieberman von einem Gespräch mit Podolski, der ihm von meinen politischen Ambitionen erzählt hatte. Er fragte, warum ich in die Politik wollte, und ob ich nicht mit meiner Familie, dem Vorstand und meiner Firma genug ausgelastet sei? Ich antwortete etwas ungehalten und pathetisch: „Ich lebe, verehrter Herr Präsident, in diesem Land wegen einer Aufgabe. Sie besteht im Kampf gegen den Antisemitismus und dafür, dass sich Geschehenes nie wiederholen möge. Nicht mehr und nicht weniger."

Am anderen Ende der Leitung war es für mehrere Sekunden still. Ich hörte seinen Atem. Dann antwortete er: „Das, was Sie sagen, ist etwas weit hergeholt. Dennoch würde ich begrüßen, wenn unsere jungen Leute in die Politik dieses Landes gingen."

Ich zitierte Podolski, der meine politischen Ambitionen als Verrat gegeißelt hatte.

„Er geht zu weit. Das habe ich ihm auch gesagt. Man muss verstehen, er gehört zu einer anderen Generation. Zunächst sollten

Sie sich für eine Partei entscheiden, der sie beitreten wollen. Bubis ist bei den Liberalen." Ich erzählte, dass ich vor 20 Jahren bei den Sozialisten gewesen wäre, nach Abschluss des Studiums aber die Partei verlassen hatte. Wieder verstummte Lieberman für mehrere Sekunden, ich höre ihn tief einatmen.

Der Verlauf dieses Gespräches überraschte mich. Er hatte sich noch nie so viel Zeit für mich genommen.

„Wenn Sie meine Zustimmung und meine Unterstützung für die Politik haben wollen, dann muss es auch unserer Gemeinde nutzen. Deshalb sollten Sie zu den Konservativen gehen, zu ihnen haben wir bisher keinen Draht."

Ich fand keine Worte. Stille auf beiden Seiten der Leitung. Dann: „Das können Sie mir nicht antun. Ich war immer links, die Rechten, die Konservativen, die Nachfolger der Nazis habe ich stets als meine politischen Gegner erlebt."

Er erklärte mir mit eindringlichen Worten, dass es nicht um meine persönlichen Befindlichkeiten ginge, sondern um meine Aufgabe, von der ich gerade selbst gesprochen hatte. „Zu den Sozialisten haben wir traditionell einen guten Draht. Außerdem: Der Oberbürgermeister und ich sind im guten Einvernehmen. Wir brauchen die Staatskanzlei. Für die steht bis jetzt ausschließlich Podolski mit seinem Landesverband als Gesprächspartner bereit. Für die sind wir Luft, auch weil wir nach deren Überzeugung den Sozialisten grundsätzlich näherstehen, so jedenfalls wurde es mir berichtet." Ich war erstaunt, wie offen Lieberman mit mir sprach. Er vermittelte mir das Gefühl, ich sei für die Politik der Gemeinde wichtig.

Mit dem Eintritt in eine rechte Partei würde ich meine bisherigen Prinzipien über Bord werfen. Ich dachte schon wieder an Verrat.

Nach einer kurzen Pause fügte Lieberman an: „Am Montag sprachen wir im Vorstand über ein neues Gemeindezentrum – Sie erinnern sich. Ich signalisierte mehr als Skepsis. Das war Taktik. Ich bin der festen Überzeugung, dass wir ein neues Zentrum errichten müssen. Wir müssen unser tristes Hinterhofdasein beenden. Der Oberbürgermeister sieht es ähnlich, allerdings mit verschlossenen Taschen. Ohne Unterstützung des Freistaates kommen wir nicht weiter. Die Naziverbrecher haben uns alles gewaltsam geraubt. Wir müssen zurückbekommen, was uns zusteht." Er versuchte sofort, mich in die Politik einzubinden, mir eine konkrete Aufgabe zuzuweisen.

Der Widerstand in mir war unverändert. „Wie kann ich als Linker in einer rechten Partei zum Türöffner für die Gemeinde werden?"

Er ließ nicht locker und mir war klar, er hatte einen Plan. „Mir wurde zugetragen, dass Sie in Krakau und in Auschwitz mit zwei konservativen Politikern, einem Abgeordneten aus Fürth und einem Mitarbeiter einer rechtsstehenden Stiftung, unterwegs waren. Das ging doch auch, oder waren die beiden des Teufels?"

Ich hatte mit Ulli und Georg in Auschwitz gemeinsam getrauert, wir standen uns zwischenzeitlich nahe. Mit Georg hatte ich nach unserer Reise einige Male telefoniert. „Ja, das stimmt", lenkte ich ein und fuhr fort: „Sie sind keine wirklich Rechten, sonst wären sie nicht nach Auschwitz gefahren."

Lieberman ergänzte: „Der Hinweis Ihres Umgangs während der Reise kam vom Landesverband. Vielleicht fürchtet Podolski seinen Alleinanspruch als Gesprächspartner der Konservativen zu verlieren, wenn Sie in die Politik einsteigen." Damit nutzte er geschickt meinen persönlichen Ärger über Podolski. Ich hielt mir vor Augen, dass Podolski auch Liebermans Rivale war. Er beendete das Gespräch mit der Bitte, für die Gemeinde doch Flexibilität zu beweisen. Ich solle ihn zeitnah anrufen und ihm das Ergebnis meiner Überlegungen mitteilen. Er bat um Vertraulichkeit, ich könne mich aber im engsten Familienkreis beraten.

Ich saß danach lange einsam in meinem Büro. Er war schon dunkel und ich sah durch die Fensterscheiben die Lichtkegel der vorüberfahrenden Autos auf dem nassen Asphalt des Bavariarings. Die Abrechnung musste bis Montag warten.

Sollte an diesem Tag mein politisches Leben beginnen? Irritiert fuhr ich nach Hause. Ich berichtete Rebecca. Sie war erstaunt über meinen möglichen Wechsel zu rechten Seite. Wir gingen später Essen und ich verdrängte das Gespräch mit Lieberman. Am Schabbat war ich am Morgen mit David in der Synagoge.

## Mittagessen im Landtag

Nachmittags rief Georg an, um mich für Dienstag zum Mittagessen in den Landtag einzuladen. Ich sagte zu und dachte dabei an das Gespräch mit Lieberman. So fuhr ich erstmalig ins Bayerische Parlament, mit ambivalenten Gefühlen. Am Osteingang wurde mein Ausweis kontrolliert, ich ging über den Hof zu einem rückwärtigen Eingang. Dort stand eine Reihe von großen dunkelblauen Limousinen. Nach den Nummernschildern zu urteilen, waren es Dienstfahrzeuge von hohen Beamten oder Ministern. Daneben standen einige Fahrer und warteten rauchend auf ihre Vorgesetzten. Ich durchschritt den Eingang, nahm einen alten, wackeligen Lift mit Holzkabine und fuhr in das Stockwerk mit dem Restaurant. Eingeschüchtert betrat ich den Vorraum des Lokals und fürchtete, als einfacher Bürger brüsk abgewiesen zu werden. Nichts dergleichen geschah und ich suchte nun Georg.

Es war Mittagszeit und die Abgeordneten strömten in das Restaurant, lachten und redeten laut. Es schien, als würden sie alle einander kennen, viele duzten sich und schienen bestgelaunt. Nachdem ich Georg im Eingangsbereich nicht finden konnte, schritt ich in den großen Speisesaal mit Blick durch hohe Fenster auf die Maximilianstraße. Sollte ich umkehren und schnell zurück zu meinem Büro laufen? Felix Mandelbaum gehörte nicht in das Maximilianeum. Sein Platz war in der Synagoge, im Hinterhof an der Reichenbachstraße. So drehte ich mich langsam in Richtung des Ausgangs, blickte nochmals durch die hohen Fenster auf die Stadt und ging zum Vorraum zurück.

Überrascht und unerwartet hörte ich meinen Namen. Ich sah mich um und entdeckte Georg, er stand an einem der hinteren Tische. Er winkte mir freudig zu und wieder erklang aus seinem Mund laut mein Name. Zögerlich bahnte ich mir den Weg zu ihm. Er drückte mich herzlich, bot mir einen Stuhl neben ihm an und stellte mich seinen Kollegen vor. Sie schienen neugierig, wollten wissen, wer sich gerade zu ihnen gesellt hatte, und blickten mich mit einem Ausdruck von Wohlwollen an. „Darf ich vorstellen, das ist Felix Mandelbaum von der Israelitischen Kultusgemeinde in München, hauptberuflich leitet er eine Hausverwaltung. Wir haben uns bei der Reise des Landtags zur Gedenkveranstaltung in Ausschwitz kennengelernt. Man kann mit ihm gut auskommen, obwohl er nicht bei uns in der Partei ist. Felix, die Herren am Tisch sind Landtagsabgeordnete aus Franken, ebenso die Dame dir gegenüber, sie ist allerdings von den Sozis. Wir verstehen uns aber trotzdem." Er lachte laut. „Neben dir sitzt Peter Brandner, er ist evangelischer Pfarrer und stellvertretender Landtagspräsident." Brandner reichte mir die Hand, blickte mir direkt in die Augen und lächelte freundlich. Er bedauerte, dass er aus Termingründen nicht mit nach Ausschwitz hatte kommen können. „Auf Einladung der polnischen Regierung war ich aber noch vor der Wende dort. Was ich damals im Lager gesehen habe, werde ich mein Leben lang nicht vergessen. Vor Ihrem Volk habe ich größte Hochachtung und größten Respekt. Ihr seid unsere älteren Brüder und Schwestern. Wie lange leben Sie schon in Deutschland?"

Als ich ihm sagte, ich sei in München geboren und hätte nur einen Teil meiner Kindheit in Kanada verbracht, nickte er verständnisvoll.

Georg hatte inzwischen eine Runde Bier bestellt und wir erhoben die Gläser. An unserem Tisch nahm noch ein weiterer Abgeordneter Platz. Georg reagierte schnell und laut: „Nun endlich ein Münchner an unserem Tisch! Felix, mit dem musst du dich gut stellen, Alois Kurz ist Vorsitzender des Haushaltsausschusses." Kurz nickte knapp und stürzte sich dann auf sein Essen.

Das Lokal war nun bis auf den letzten Platz besetzt, man konnte kaum sein eigenes Wort verstehen. Ich fragte Georg nach dem Anlass für unser gemeinsames Mittagessen. Er schrie beinahe: „Wir Franken, insbesondere in der Gegend um Fürth, hatten immer eine besondere Beziehung zu euch. Vielleicht gibt es gemeinsame Interessen? Immerhin galt Fürth als das fränkische Jerusalem mit, ich glaube, über 2.000 Juden. Bei uns züchten die Bauern, seit ich denken kann fette Karpfen in großen Teichen. - Ich sehe das Leuchten in deinen Augen, Felix."

Schnell wurde der Hauptgang serviert, wir aßen und Georg bedeutete mir, dass ich von ihm eingeladen sei. Es ertönte ein lauter Gong und über Lautsprecher wurde angekündigt, dass sich in 15 Minuten alle Abgeordneten im Plenarsaal zu einem Hammelsprung einzufinden hätten, einer Abstimmung durch Betreten des Saals durch verschiedene mit „Ja", „Nein" und „Enthaltung" markierte Türen. Schnell leerte sich das Restaurant. So eilte ich zur Garderobe, nahm meinen Mantel, ging die Treppen hinab zum Westausgang des Landtags und über die Brücke auf der Maximilianstraße bis zum Marienplatz. Über mir wölbte sich ein strahlend blauer Himmel und ein leichter, kühler Ostwind wehte.

Selten hatte ich mich so deplatziert gefühlt, wie in diesem Landtagsrestaurant. Ein kleiner Hausverwalter, noch dazu jüdisch, schlich um bedeutende bayerische Politiker herum. Andererseits, dachte ich, war ich eingeladen worden und hatte mich sicherlich nicht aufgedrängt. Hatte Lieberman die Einladung eingefädelt? Um dies zu erfahren, telefonierte ich mit seiner Sekretärin, sobald ich wieder zurück in meinem Büro saß. Er war nicht zu erreichen, sie versprach einen baldigen Rückruf.

Einige Tage später rief er tatsächlich an und fragte ohne große Vorrede, ob ich mich schon entschieden hätte. Anstatt seine Frage zu beantworten, erzählte ich von Georgs Einladung, von meinem Besuch im Landtag, von dem kurzen Treffen mit Alois Kurz und anderen Abgeordneten.

„Da haben Sie ja schon einiges erreicht. Ich wusste nicht, dass Sie in den Landtag eingeladen waren. Das war doch ein Privileg für Sie. Von dem Kurz habe ich auch schon was gehört. Er soll umgänglich sein. Mit ihm könnten wir über Gelder vom Freistaat sprechen. Wollen Sie einen Termin mit ihm vereinbaren?"

Mein Herz pochte. War das der Plan hinter meinem forcierten Eintritt in die rechte Partei? Ich wollte mich nicht vor einem ausführlichen Gespräch mit Rebecca und ihrer Zustimmung erklären. „Herr Lieberman, ich habe mich noch nicht entschieden, noch lange nicht. Es bedarf vorher ausführlicher Gespräche mit meiner Familie. Den Termin mit Herrn Kurz könnte ich aber unabhängig davon über meinen Bekannten Georg Rabsteiger organisieren."

Lieberman bat, das Treffen terminlich mit seiner Sekretärin abzustimmen und den Vorgang absolut vertraulich zu behandeln. Niemand dürfe wissen, dass wir mit Landtagspolitikern der Konservativen verhandelten.

**06:06** *Was für ein Bild! Lieberman und ich fahren in meinem roten Oldtimer-Mercedes zum Bayerischen Landtag.*

*Es will nicht hell werden und ich fühle mich elend. Meine Glieder schmerzen.*

Hätten sie in der Gemeinde von Liebermans und meiner Unternehmung gewusst, sie hätten uns gesteinigt. Der Termin war für nachmittags um drei Uhr angesetzt. Wir gingen durch die mir bereits vertraute Passkontrolle. Dort war offensichtlich bekannt, dass der Präsident der Jüdischen Gemeinde Münchens kommen würde. Wir durften ohne Kontrolle passieren. Ich führte Lieberman zum Landtagsrestaurant über den Hof. Wir gingen über eine breite Steintreppe, wurden im Eingangsbereich von einem jüngeren Herrn, den ich nicht kannte, namentlich begrüßt und in ein kleines, rundes Separee mit Blick auf die Maximilianstraße geführt. „Die Abgeordneten Kurz und Rabsteiger werden sich leider verspäten. Die Finanzsitzung des Sportausschusses dauert noch an."

Georg hatte den Termin organisiert, aber dass er selbst dabei sein würde, überraschte mich. Nun saßen wir auf einer ovalen, mit weinrotem Stoff gepolsterten Bank um einen runden Holztisch. Ein Ober kam und servierte Getränke. Lieberman war nicht sehr gesprächig. Meine Frage, ob er schon konkrete Projekte für eine Finanzierung durch den Freistaat im Auge hätte, beantwortete er nur zögerlich. Er dachte an eine Machbarkeitsstudie für ein neues

Gemeindezentrum. Außerdem müssten wir über die Sanierung der Aussegnungshalle des alten Friedhofes in der Thalkirchnerstraße nachdenken. Er schien nervös. „Und dann haben wir noch ein Sicherheitsproblem, das ist unser wichtigstes Anliegen." Mehr war er nicht gewillt, preiszugeben.

Es verging mindestens eine halbe Stunde, bis Kurz und Georg ins Restaurant kamen und sich etwas außer Atem zu uns an den Tisch setzen. Sie entschuldigten sich für die lange Wartezeit. Die Termine mit den Sportlern würden sich immer in die Länge ziehen. Lieberman fügte an, wir hätten ausreichend Zeit mitgebracht, und bedankte sich für die Einladung zu diesem Gespräch in den Landtag. „Mir ist bewusst, dass Sie kurz vor den Haushaltsberatungen stehen, Herr Kurz. Deshalb freue ich mich besonders, dass der Termin so schnell zustande gekommen ist."

Georg erzählte von unserem gemeinsamen Mittagessen letztens und brachte auch unseren gemeinsamen Aufenthalt in Auschwitz noch einmal zur Sprache. Kurz unterbrach ihn und meinte, Lieberman zugewandt, es sei an der Zeit, dass direkte Gespräche, wie unlängst mit Nürnberg geschehen, auch mit der jüdischen Gemeinde in München geführt würden. Natürlich wolle er Podolski auf keinen Fall umgehen und er kenne das bayerische Kirchensteuergesetz sehr gut. „Nach diesem Gesetz ist in Steuerfragen allein der Landesverband unser Gesprächspartner, dennoch gibt es Spielräume." Der Abgeordnete Kurz war schmal, klein gewachsen, bewegte sich ebenso flink wie er schnell sprach. Er hatte graues spärliches Haar, ging auf die 60 zu und fuhr so fort: „Herr Präsident, ich freue mich ehrlich, Sie endlich persönlich zu treffen, und danke den Herren Mandelbaum und meinem Kollegen Rabsteiger für ihre Bemühungen, das in die Wege zu leiten." Dann holte er aus seiner Mappe eine Liste mit Aufzeichnungen über Zahlungen des Freistaats an die jüdischen Gemeinden und deren Kirchensteuereinnahmen. „Das sind keine Geheimnisse. Sie finden die Zahlen auch in unserem Haushalt. Angesichts dieser Beträge müssen wir uns in Bayern nicht verstecken. Nebenbei - ich kann immer noch nicht verstehen, warum auch Sie ‚Kirchensteuern' einnehmen. Ihr seid doch gar keine Kirche." Er machte eine wegwerfende Handbewegung. „Zurück zum Thema: Herr Lieberman, was kann ich für Sie tun?"

Lieberman lächelte angestrengt. „Herr Abgeordneter, ich habe letzte Woche meine Kollegin der jüdischen Gemeinde zu Frankfurt getroffen, die mir berichten konnte, dass Hessen Überlegungen über einen Staatsvertrag anstellt und vorab eine Verdoppelung der Zuschüsse für Sicherheitsmaßnahmen versprochen hat. Wir hier in München müssen uns ebenso nach wie vor gegen Terroranschläge schützen und dies aus sinkenden Steuereinnahmen finanzieren. Vom Staat bekommen wir keinen Pfennig und die Kommune erstattet nur einen Bruchteil unserer Kosten."

Kurz machte sich Notizen und erwiderte, dass die Juristen im Haus die gesetzlichen Möglichkeiten prüfen würden.

Lieberman sah zu mir und hob dann zu einer Bemerkung an, die mir den Atem verschlug: „Kollege Mandelbaum überlegt, zu Ihnen in die Partei zu kommen, so Sie ihn aufnehmen würden."

Das war das Stichwort für Georg: „Wir nehmen nicht jeden, aber für Felix würde ich mich persönlich verwenden. Ich dachte allerdings, er stünde den Sozis näher."

Lieberman ließ nicht locker. „Vielleicht könnte Herr Mandelbaum für Ihre Mitarbeiter Zahlen und Prognosen für unseren Bedarf an Sicherheitspersonal zusammenstellen."

Kurz bat Georg, mit mir gemeinsam die Zahlen für sein Büro aufzubereiten. Dann blickte er auf seine Uhr, verabschiedete sich höflich und eilte zum nächsten Termin. Georg begleitete ihn.

Wir fuhren zurück in die Gemeinde. Lieberman hatte über meinen Kopf hinweg Fakten geschaffen.

**06:08** *Die Bilder dieser entscheidenden Tage ziehen an mir vorüber. Ich wollte in die Politik, erwog die konservative Partei, hatte deshalb Gewissensbisse und zögerte. Ich war unentschlossen und ließ mich deshalb von den Ereignissen treiben.*

*Der laut brummende und vibrierende Motor eines Hubschraubers durchbricht die Stille und schreckt mich auf, bevor er sich langsam ent-*

*fernt, vollends verstummt. In wenigen Stunden ist mehr als mein halbes Leben an mir vorbeigezogen. Mir fallen für einige Sekunden die Augen zu und ich sehe mein Büro am Bavariaring, sehe Wohnungseigentümer an einem länglichen braunen Tisch sitzen und über eine Jahresabrechnung diskutieren.*

Die Hausverwaltung war mein Brotberuf, durch sie war der Unterhalt meiner Familie gesichert. Die Politik war die Ergänzung, eine neue, spannende Herausforderung, und der allein mögliche Zugang waren die Konservativen. Mit diesen einfachen Überlegungen überwand ich mein Gewissen.

Nach einigen Wochen teilte mir der Geschäftsführer mit, dass er im Auftrag des Präsidenten die gewünschten Zahlen zur Sicherheit aufbereitet hätte. Gleichzeitig unterstrich er, dass die Konservativen der Gemeinde niemals direkt Zuschüsse anweisen würden, schließlich lebten wir im reaktionären Bayern. Außerdem würde Podolski alle Hebel in Bewegung setzen, um dies zu verhindern. Dann setzte er nach: „Felix, du träumst und bist blauäugig. Wir sind nicht in Berlin oder Frankfurt, die haben dort eine andere jüdische Tradition und einen anderen Zugang zum Judentum. Dort bekommen die Gemeinden großzügige Zuwendungen. Wir agieren im Vergleich dazu mit billigen Almosen von der Staatsregierung. Unsere Tage hier sind gezählt. Das ist die Wahrheit."

Ich kannte Aarons negative Haltung. Wie viel wusste er von meinen politischen Plänen? Schließlich war er mit Lieberman sehr vertraut. Wollte er von vornherein verhindern, dass ich mich bei den von ihm gehassten Konservativen engagierte?

Aaron hatte mit seinen Bemerkungen wieder Zweifel in mir gesät. Seine Ausführungen zeigten deutlich, womit ich in der Gemeinde zu rechnen hätte, würde ich mich den Konservativen anschließen. Doch hatte ich eine Wahl? Das Gespräch mit Rebecca führte mich nicht weiter. Sie wollte mich nicht ermutigen, vermied aber, mir den Weg in die Politik zu versperren. Am folgenden Tag telefonierte ich mit Lieberman, hatte Glück ihn schnell zu erreichen und teilte ihm mit, dass ich mich nach wie vor nicht entschieden hätte. Ich hörte ihn am anderen Ende der Leitung tief einatmen und dann sagen: „Herr Mandelbaum, Sie können jeder Partei beitreten, doch wenn Sie für die Gemeinde in München etwas erreichen wollen, dann folgen Sie meinem Ratschlag. Ich schätze Sie sehr und ich erkenne Ihren inneren Zwiespalt. Mit dem gleichen Gefühl war ich im Landtag. Es ist mir nicht leichtgefallen. Sprechen Sie mit dem Abgeordneten Rabsteiger über die Zahlen, die ihnen Aaron sorgfältig aufbereitet hat, und die Dinge werden ihren Lauf nehmen. Wir sehen uns."

Ich legte den Hörer auf, lehnte mich in meinem Stuhl zurück und blickte hinüber zur Theresienwiese. Undeutlich war der Ort des Oktoberfestattentats zu erkennen. Es regnete stark, es war Mittagszeit und die Menschen aus den Büros eilten unter ihren nassen Schirmen zu den Restaurants. Abends war wieder eine Eigentümerversammlung. Einige Vorbereitungen waren noch zu treffen.

Ich hatte mir vorgenommen, spätestens am Freitag Georg anzurufen. Er kam mir zuvor und wir verabredeten uns für Freitagnachmittag im Café Ritz nahe am Max-Weber-Platz. Es war das Restaurant eines kleinen Hotels und ein beliebter Treffpunkt von Abgeordneten des Landtags. Im Lokal war schummriges Licht. Ich sah Georg an einem Tisch im hinteren Bereich, ging zu ihm, er bot mir einen Platz neben sich, winkte den Ober herbei und bestellte für uns beide Weißbiere. Er lächelte, sein Gesicht war gerötet, und fragte mich, wie es mir ginge. Von meinem Befinden, meiner inneren Zerrissenheit durfte ich ihm nicht erzählen. Ich wollte in die Politik und musste mich damit anfreunden, dass es vielleicht nur einen Weg gab. Ohne zu antworten, nickte ich nur freundlich.

Der Ober brachte das Bier und wir beide nahmen einen großen Schluck aus den hohen, schmalen Gläsern. Eine wohlige Wärme durchfuhr meinen Körper. Ich zog die von Aaron widerwillig erstellten Listen über Sicherheitskosten aus der Tasche und gab sie Georg. Er blätterte, überflog einzelne Seiten und legte dann das Konvolut auf den Tisch. „Das sollen die Büchsenspanner von

Alois Kurz überprüfen. Sie finden sicherlich einen Weg, euch zu unterstützen.“ Er leerte sein Glas mit einem langen Zug. „Der Podolski muss von unserem Treffen im Landtag erfahren haben und hat sich heftig bei Alois beschwert.“ Dieser hätte daraufhin das Treffen als reinen Informationsaustausch beschrieben und betont, dass damit gegen keine gesetzlichen Vorschriften verstoßen worden wäre. „Felix, solange ihr untereinander streitet, wird es schwierig sein, euch in München zu helfen. Hab bitte im Auge, dass Alois und ich in unserer Fraktion bei diesem Thema nur auf Bedenkenträger stoßen werden.“

Ich erwiderte, dass Podolski und Lieberman sich in gegenseitiger Abneigung zugetan wären, und das schon seit vielen Jahren.

Ein Herr mit grüner Schürze, den ich schon am Eingang gesehen hatte, kam zu unserem Tisch, begrüßte Georg herzlich wie einen alten Freund und sagte, jemand am Telefon verlange, ihn dringend zu sprechen. Beide gingen nach vorne zur Theke und ich begann, so allein gelassen, zu überlegen. Ich konnte die Entscheidung für oder gegen die Konservativen nicht mehr länger hinauszögern. Nachdem ich mein Weißbier geleert hatte, sah ich Georg zurückkommen. Er erzählte, dass Parlamentarier aus der Ukraine in München angekommen wären und sich noch heute Abend mit ihm treffen wollten. Wir hätten aber noch etwas Zeit und es gäbe noch ein Thema zu besprechen: „Wie steht es mit Liebermans Bemerkung, dass du überlegst, zu uns in die Partei zu kommen? Ich gehöre dem Kreisverband von Fürth und nicht von München an, ich kann dich selbst nicht in die Partei aufnehmen.“

Ich konnte mir nicht helfen, ich war immer noch empört über Liebermans Vorpreschen. Allerdings hatte er mir so geholfen, meinen inneren Zwiespalt mit dem Argument zu überwinden, dass ich nicht in freier Entscheidung, sondern unter Zwang einer rechten Partei beitreten würde.

„Sagt dir der Name Max Zwickner etwas, Felix?“, fuhr Georg fort. „Der Vorsitzende unseres Münchner Verbands.“ Er stünde politisch ein klein wenig rechts von ihm, wäre ein bekannter Architekt und würde gelegentlich in den Zeitungen erwähnt. „Felix, ich habe mit ihm schon über dich gesprochen. Er wurde wohl auch von deinem Präsidenten vorgewarnt und würde dich gern in unsere Reihen aufnehmen. Vorher solltet ihr ein Gespräch führen. Er wird dich dazu in den Landtag einladen."

Ich war nun mitten im politischen Spiel und ich konnte es nicht leugnen: Ich gefiel mir in dieser Rolle.

Georg war sehr zufrieden, er gratulierte mir zu meinem richtigen Schritt. Dann wollte er das freudige Ereignis begießen und bestellte zweimal Pflaumenschnaps, den wir in einem Zug austranken. Ich mochte Georg. Das hatte mit seiner Herzlichkeit und seinem Verständnis für jüdische Belange zu tun. Meine Nähe zu ihm, zu Ulli Weiss, aber auch das überraschende Entgegenkommen von Alois Kurz bekräftigten meinen Entschluss. Wir hatten noch etwas Zeit und Georg erzählte, dass die Dame im roten Kostüm, die in Krakau neben mir gesessen hatte, an Brustkrebs erkrankt sei, sich aber bereits auf dem Weg der Besserung befände und nun mit einem Genossen aus ihrer Fraktion liiert sei, der ihr Vater sein könnte. Ich bat Georg, ihr meine besten Wünsche zur Genesung auszurichten, und bildete mir ein, schon gänzlich dieser Gruppe von Parlamentariern anzugehören. Georg versprach, über sein Büro den Termin mit Max Zwickner zu organisieren.

Wir verließen gemeinsam das Restaurant und ich fuhr vorsichtig nach Hause. Es war Freitagabend und Rebecca hatte den Schabbat-Tisch feierlich gedeckt. Ich sprach schon leicht angetrunken den Segen über Wein und Brot und wir sangen gemeinsam mit David das Schalom Aleichem. Es gab Hühnersuppe und als Hauptgericht zähes Rindfleisch. Rebecca beschwerte sich über die schlechte Qualität des Fleisches, das sie beim einzigen koscheren Metzger in München gekauft hatte. Nach dem Hauptgang erzählte ich Rebecca und David von meinem Entschluss, zu den Konservativen zu gehen. Sie meinten milde, dies sei meine Entscheidung und ich müsse damit leben. Sie wussten um meine Probleme, um mein Gewissen, und wollten mich schonen.

Etwas später rief unsere Tochter aus London an und wünschte uns einen guten Schabbes. Sie wohnte mit Studenten aus Europa und Amerika im Hillel House, einem von jüdischen Organisationen gesponserten Studentenheim. Ich hörte die Traurigkeit, die in ihrer Stimme lag. Sie sehnte sich nach München.

## Die konservative Partei

Nach wenigen Tagen rief das Sekretariat von Max Zwickner an und wir vereinbarten einen Termin für den kommenden Freitagnachmittag. Wieder betrat ich das Maximilianeum von der Ostseite, passierte die Passkontrolle und wurde direkt dahinter von einem Mitarbeiter von Zwickner abgeholt. Wir überquerten den Hof und gingen nicht mehr in Richtung Restaurant, sondern rechts in den Gebäudetrakt, in welchem die Büros der Minister und Staatssekretäre untergebracht waren. Der Lift brachte uns in ein oberes Geschoss unweit der Büroräume des Chefs der Münchner Konservativen. Im Vorzimmer bat mich die Sekretärin freundlich um meinen Mantel und teilte mir mit, dass Herr Zwickner noch Besuch aus dem Ausland hätte. Ich setzte mich an den Besuchertisch und wartete. Etwas später brachte sie eine Tasse Kaffee.

Nach einer halben Stunde verabschiedete Zwickner endlich seinen Besuch, kam auf mich zu und begrüßte mich mit einem festen Händedruck. „Sie sind also Felix Mandelbaum, von dem mir Georg schon so viel Gutes erzählt hat. Kommen Sie bitte mit in mein Büro und entschuldigen Sie die lange Wartezeit." Er ging voraus und bot mir Platz auf einer wuchtigen grünen Ledercouch an, die gegenüber seines barocken Schreibtisches stand. Seine Sekretärin kam und stellte eine Flasche Soda mit zwei Gläsern auf einen Beistelltisch vor der Couch und neben dem grünen Ledersessel, in dem sich Zwickner gerade niederließ. Er war einen halben Kopf größer als ich, trug eine graue Hose mit roten Hosenträgern über einem weißen Hemd. Sein Jackett lag auf dem Schreibtisch. Er strich mit der rechten Hand über seinen Schnurrbart und sah mich an. „Wir sind eine konservative Partei, aber wir stehen unverbrüchlich an der Seite Israels. Als der Jom-Kippur-Krieg ausbrach, bin ich demonstrativ nach Israel geflogen. Es besteht also kein Grund für Berührungsängste.

Trotzdem drängt sich die Frage auf: Was hat Sie dazu bewogen, zu uns zu kommen?“

Ich war aufgeregt. Ich saß neben einem wichtigen Politiker, sogar einem Staatssekretär, und er hatte sich Zeit genommen, mit mir zu sprechen. In einer der in seinem Vorzimmer ausgelegten Broschüren hatte ich vorher gelesen, dass die Konservativen das „Gute und Bewährte“ erhalten wollten, ohne sich dabei „neuen Entwicklungen zu verschließen“. Vielleicht konnte dies mein Schlupfloch werden. Ich musste mich konservativ geben, ohne dabei meine Prinzipien zu verletzen. So fragte ich Zwickner, ob er von der Diskussion um die Neuerrichtung des Berliner Schlosses nach alten Plänen gehört habe. „Im Gegensatz zu vielen Architekten, die dieses Vorhaben als Retroarchitektur kleinreden, befürworte ich die Errichtung des Schlosses nach den Plänen aus der Kaiserzeit.“ Nachdem er zögerte, fügte ich schnell an: „Schönes und Bewährtes sollte erhalten oder restauriert werden. Dieses Bewahren von Tradition nimmt neuen Entwicklungen nichts, es schließt Bauwerke in zeitgenössischer Architektur nicht aus, es kann ihnen sogar eine bessere Grundlage der Entwicklung bieten.“

Mein Gegenüber rutschte zunächst unruhig in seinem Sessel umher und schob seinen rechten Fuß unter den linken Oberschenkel. Dann strahlte er mich an und pflichtete mir ohne Einschränkungen bei. Genau zu diesem Thema habe er unlängst vor der Münchner Architektenschaft gesprochen und, wie erwartet, keine ungeteilte Zustimmung erfahren. Sogar einige seiner Kollegen fühlten sich nur noch der Moderne verpflichtet und würden die großartige Architektur der vergangenen Jahrhunderte in Deutschland geringschätzen. Ich dachte sofort an die Nazibauten am Königsplatz, die er als „deutsche Architektur“ nicht erwähnte. Nun fragte er mich, wie ich zur doppelten Staatsangehörigkeit stünde. Da ich die deutsche Staatsangehörigkeit erst mit meinem 14. Lebensjahr erhalten hatte, war das für mich kein Thema. Allerdings wusste ich von Bekannten, die nach Israel ausgewandert waren und neben dem israelischen auch den deutschen Pass hatten behalten wollen. Dies war ausnahmslos von den deutschen

Behörden abgelehnt worden. Ich sprach die Erfahrungen aus meinem Bekanntenkreis kurz an und er versicherte, sich der Sache anzunehmen, blickte auf seine Uhr und präsentierte mir das Antragsformular für den Parteieintritt. Es war bereits ausgefüllt.

Ich unterzeichnete an einer mit Kreuzchen gekennzeichneten Stelle mit meinem Montblanc Füller, den ich letztes Jahr im Duty-free-Shop in Israel günstig gekauft hatte. Nach der Unterzeichnung schnellte Zwickner hoch, riss seine Bürotür auf und sagte laut zu seiner Sekretärin: „Frau Spatzweg! Bitte holen Sie einen Schampus, wir müssen anstoßen."

Sie kam mit einer Flasche Nymphenburg Sekt und füllte drei Gläser. Zu dritt stießen wir an. Frau Spatzweg erinnerte ihren Chef an einen bevorstehenden Termin, er nahm Jacke und Mantel und eilte in Begleitung eines Mitarbeiters davon. Nun standen die Sekretärin und ich allein im Büro, sie füllte unsere beiden Gläser nochmals, wir tranken aus und sie erzählte mir in vertraulichem Ton, dass Zwickner ihr gegenüber gelegentlich schon sehr fordernd sein könne. Ich war erstaunt über das Vertrauen, das sie mir entgegenbrachte.

Langsam verließ ich das Parlamentsgebäude, um bei bewölktem Himmel und kühler Luft zur nächsten Trambahnstation zu laufen. Auf der Maximiliansbrücke blieb ich stehen und blickte hinab auf das schnell und unruhig fließende Wasser der Isar. Ich liebte den Geruch, der aus dem Fluss emporstieg und mich an das Meerwasser in den Häfen unserer Schiffsreisen erinnerte. Gewissensbisse nagten an mir – jetzt erst recht, nachdem ich das Formular unterschrieben hatte. Ich fühlte mich wie nach einer verlorenen Gerichtsverhandlung.

In meinem Büro angekommen, kümmerte ich mich um Wasserschäden, die nächste Eigentümerversammlung und versuchte, das Thema Politik von meinen Gedanken fernzuhalten. Am Abend zu Hause erzählte ich Rebecca und David vom Nachmittag mit Max Zwickner, dass ich immer noch ein schlechtes Gewissen hätte und dass schließlich die Belange der Gemeinde im Vordergrund stünden. Beide gingen darauf nicht ein.

Nach einigen Tagen rief mich Anita Bauer an, die Geschäftsführerin des Münchner Kreisverbandes der Konservativen. Sie gratulierte mir zunächst mit vielen freundlichen Worten zu meinem Entschluss und lud mich dann zum Parteitag ein. Dieser würde schon morgen Abend im Pschorr-Keller am Bavariaring stattfinden. Ich könne als neues Mitglied und Gast kommen.

Die Bierhalle war nur wenige Schritte von meinem Büro entfernt. Nach der Eigentümerversammlung ging ich etwas verspätet hin. Alois Kurz hielt als Vorsitzender des Münchner Ortsverbandes, der geladen hatte, die Begrüßungsrede und war bereits am Ende seines Vortrags, als ich den verrauchten Saal betrat. Gerade schritt Max Zwickner ans Rednerpult. Er blickte in die weite Runde seiner Parteifreunde. Es wurde sehr still im Saal. Dann hob er leise an und erklärte, dass er wieder für den Vorsitz in der Partei der Münchner Konservativen kandidieren würde, auch wenn schwierige Zeiten vor uns stünden, insbesondere die Stadtratswahlen im nächsten Frühjahr mit einer linksliberalen Presse im Nacken, welche die Roten und Grünen begünstige und uns bekämpfte. Dann kündigte er an, eine Unterschriftenaktion gegen die doppelte Staatsangehörigkeit im Münchner Rathaus für den Wahlkampf organisieren zu wollen. Der Saal tobte, denn wie ich lernen sollte, mochte ein großer Teil der Parteibasis Ausländerfeindliches. Als nächstes griff Zwickner die hohen von Rot-Grün veranlassten Sozialleistungen an und erzählte davon, dass die Friseurkosten einer Farbigen, die sich ihre Rastalocken für 40 DM glätten hatte lassen, vom Sozialamt bezahlt worden wären. Er fragte in die Runde, wessen Haarschnitt sonst vom Steuerzahler finanziert würde. Diesmal ging ein langes und lautes Aufschreien und Buhen durch die Reihen. Seine Zuhörer waren verzückt und klatschten sich auf die Schenkel.

Ich blickte um mich und konnte nun die Reaktion von Rebecca und David auf meine Entscheidung noch besser verstehen. Zu mir war Zwickner freundlich und zuvorkommend gewesen, hatte mich in die Partei aufgenommen. Seine Sprüche vor den versammelten Parteikollegen waren mir zuwider und dennoch suchte ich seine

Nähe. Er war ein guter Redner, verstand es, seine Zuhörer zu fesseln. Mal sprach er leise und bedächtig und langsam, dann wieder laut und schnell. Er hatte kein Manuskript und sprach frei.

Nach dem Ende seiner Rede sollte es zur Wahl kommen. Der Wahlleiter, dazu war Alois Kurz bestimmt, fragte, ob es noch weitere Kandidaten geben würde. Zunächst hob niemand den Finger, bis der Vorsitzende meines Münchner Ortsverbandes, Peter Herrmann, von einem seiner Mitstreiter als Gegenkandidat vorgeschlagen wurde. Kurz bat ihn, sich vorzustellen, und in einer längeren Rede stellte sich heraus, dass er im Gegensatz zum rechten Zwickner der bürgerlich-liberale Kandidat war: „Wir sind eine christliche Partei mit starkem sozialem Anspruch, dem Parteifreund Zwickner in keiner Weise gerecht wird, wie er vorhin in seiner Rede eindrucksvoll bewiesen hat." Ein langes und lautes Raunen ging durch den Saal.

Herrmann schloss seine Rede mit der Bitte, unbedingt für ihn zu stimmen, damit die Partei sich nicht in die falsche Richtung entwickle. Nur aus einer Ecke des Saals gab es frenetischen Beifall. Es schien, als hätte niemand eine Gegenkandidatur erwartet, am allerwenigsten Zwickner selbst, und so fragte Alois Kurz zur Sicherheit, ob noch ein weiterer Parteifreund kandidieren wolle. Im Saal war es sehr still. Wahlzettel wurden verteilt, Wahlkabinen aufgestellt und Wahlhelfer gingen mit Boxen durch die Reihen, um die ausgefüllten Zettel einzusammeln. Ich war nicht wahlberechtigt und niemand nahm von mir Notiz. Fast alle Anwesenden kannte ich nicht. Es waren viele ältere Herren und Damen, die an mir vorbei oder durch mich hindurch sahen. Bei einigen von ihnen fragte ich mich, was sie während der Nazizeit gemacht haben könnten. Sie waren anders gekleidet als ich es gewohnt war. Viele der Frauen trugen Dirndl, die Männer grüne Trachtenjacken, so auch Max Zwickner. Da ich nahe am Journalistentisch saß, Cordjacke und Jeans anhatte, zählten sie mich wohl zur ungeliebten Journaille. Nur die Geschäftsführerin lächelte mir gelegentlich aufmunternd zu. Anita Bauer war von Beruf selbst Journalistin, verheiratet und hatte zwei halbwüchsige Kinder.

Nach einer Viertelstunde, während der Essen und Getränke bestellt wurden, trat sie an das Rednerpult und verkündete das Wahlergebnis. Für Zwickner hatten 48 Prozent der Anwesenden gestimmt, für seinen Gegenkandidaten stattliche 37 Prozent; eine große Zahl der abgegebenen Stimmen war ungültig. Nach Verkündigung des Ergebnisses war Totenstille im Saal. Erst nach einer kurzen Pause trat Zwickner an das Rednerpult. Er war kreidebleich, atmete tief ein und schwieg länger, während er ernst und leidend in die Runde der Delegierten blickte. Kurz sah es aus, als wolle er zu Reden anheben, doch er seufzte nur tief, wieder folgte Schweigen.

Ich verstand die Theatralik nicht. Er hatte die Mehrheit und gewonnen, es war schlechtes Theater. Einige der Journalisten grinsten amüsiert. Dann begann Zwickner endlich zu sprechen: „Liebe Parteifreunde, genau vor zwei Jahren im gleichen Saal, bei gleich gutem kühlem Bier, habt ihr mich zu eurem Vorsitzenden mit 85 Prozent der Stimmen gewählt. Heute habt ihr mir nicht einmal eine absolute Mehrheit gegönnt. Ich werde deshalb die Wahl nicht annehmen und zurücktreten."

Schon während der letzten Worte entfernte er sich vom Rednerpult und ging im Pulk seiner Mitarbeiter und Gefolgsleute hinaus ins Foyer. Die Geschäftsführerin verkündete, es gebe eine halbstündige Pause, um die weitere Vorgehensweise angesichts der überraschenden Wendung der Wahl festzulegen. Die Journalisten umringten draußen im Foyer Zwickner und seinen Gegenkandidaten. Ich stand auf, ging hinaus und hörte den Ausführungen der beiden Kontrahenten zu. Zwickner schien schwer getroffen und sein Gegenkandidat versuchte, sich für eine alleinige Kandidatur in Position zu bringen.

Plötzlich kam Anita Bauer auf mich zu und bat mich, mit Zwickner zu sprechen und ihn zu überreden, doch den Vorsitz zu übernehmen. Ich fragte sie, warum sie gerade an mich als Außenseiter in der Partei mit dieser Bitte herangetreten sei.

„Genau deswegen, Herr Mandelbaum. Sie sind noch nicht lange dabei, sind unbelastet. Und Max Zwickner hat Sie persönlich bei uns aufgenommen." Sie fuhr fort, dass mein Wort bei ihm sicher Gewicht hätte.

Ich musste an Nathan den Weisen in Lessings Ringparabel denken, der ich nun wirklich nicht war, den sie aber in mir erhoffte. Ich ging zu Zwickner und als er mich sah, kam er die letzten Schritte auf mich zu. Dann meinte er, ich hätte Glück, bei meinem ersten Parteitag so viel Dramatik erleben zu dürfen. Ich gab mein Bestes und versuchte ihm einzureden, dass ich persönlich glaubte, dass er den Parteivorsitz in München wieder übernehmen müsste; dass dies auch der Wunsch der Parteibasis sei, soweit ich mich umgehört hätte. Er sah mich erstaunt an und fragte ironisch, ob er nun einen Rücktritt vom Rücktritt erklären solle, während einer seiner Assistenten auf ihn zukam, um ihm mitzuteilen, dass der Parteichef am Haustelefon auf ihn warte. Zwickner blickte in die Runde, fragte, ob er salutieren solle, und ging zum Telefonapparat, der auf dem Tisch der Rezeption stand. Ich sah ihn stark gestikulierend in den Hörer sprechen. Nach dem Telefonat ging er auf seinen Gegenkandidaten zu, der sich nahe der Rezeption aufhielt. Sie konnten kaum miteinander sprechen, da sie unablässig von Journalisten bedrängt wurden. Die Geschäftsführerin schritt ein, begleitete die beiden in ein Nebenzimmer und blieb vor der verschlossenen Türe stehen, nachdem die beiden schnell hineingegangen waren.

## Rücktritt vom Rücktritt

Ich ging zurück in den Versammlungssaal. Es war laut, die Männer und Frauen mit und ohne Tracht saßen und standen, aßen und tranken und diskutierten laut miteinander. Es schien, als wären sie überrascht über ihr eigenes Wahlverhalten und suchten nun nach einem Ausweg. Ich war in Hochstimmung. Zum ersten Mal war ich ein kleines aktives Rädchen im politischen Getriebe. Ich fühlte mich wichtig, so wichtig, dass die Gewissensbisse der letzten Tage vollends vergessen waren.

Nach einer Weile kamen Zwickner und Herrmann gemeinsam zurück in den Versammlungsraum und traten ans Rednerpult, auf dem bereits zwei gefüllte Bierkrüge standen. Sie hielten die Krüge hoch, prosteten sich zu, nahmen einen großen Schluck und stellten bedächtig das Bier wieder auf das Pult, während sie sich mit den Ärmeln ihrer Trachtenjacken den weißen Bierschaum vom Mund wischten. Im Saal wurde es ruhiger, einige diskutierten noch, andere klatschten in die Hände angesichts der Bierseligkeit ihres Spitzenpersonals. Dann erläuterte Zwickner in gewohnter Unbescheidenheit, er hätte sich vorhin am Telefon vom Parteivorsitzenden überreden lassen, den Rücktritt vom Rücktritt zu erklären. Herrmann ergriff das Wort, beugte sich tief über das Mikrofon, während sich Zwickner zur Seite wendete, und erklärte, dass ihm vor der Stadtratswahl die Einigkeit der Partei wichtiger sei als seine Kandidatur. Mit einem Lächeln fügte er an, die Partei könne mit ihm in zwei Jahren gerne über eine erneute Kandidatur sprechen. Die beiden nahmen hinter dem Rednerpult Aufstellung und Anita Bauer erklärte, dass nun erneut die Wahl des Vorsitzenden der Münchner Konservativen anstünde. Ein kleiner Teil der Delegierten protestierte, aber die Mehrzahl stand auf und klatschte frenetisch.

Der Wahlleiter Alois Kurz fragte nach Kandidaten – nun meldete sich allein Zwickner – und ließ dann Zettel verteilen. Nach Auszählung verkündete Parteifreund Kurz das Ergebnis. Zwickner wurde mit 74 Prozent der Stimmen gewählt. Nach Bekanntgabe eilte er zum Rednerpult, hob seinen Bierkrug in die Höhe und dankte mit einem verhaltenen Grinsen für das einigermaßen gute Ergebnis. Sein Gegenkandidat war zwischenzeitlich nach Hause gegangen.

Zwickner leitete nun die Sitzung, verwies aber angesichts der späten Stunde die angemeldeten Anträge in den Vorstand seines Verbandes. Er schloss die Veranstaltung und kündigte an, dass wir nach den Sommerferien am Odeonsplatz in großer Geschlossenheit gegen das Kruzifix-Urteil demonstrieren würden und es Christenpflicht sei, zu kommen. Zum versöhnlichen Abschluss sollten wir das Deutschlandlied und die Bayernhymne anstimmen. Ich hatte bis dahin weder das eine noch das andere Lied jemals singen wollen, ich kannte ja noch nicht einmal die Texte. Ich mochte die Hatikwa, die israelische Nationalhymne, die ich bei Gelegenheit gerne mitsummte. Um nicht aufzufallen, ging ich zu den Journalisten, die nicht aufgestanden waren und auch nicht mitsangen.

Das Ende dieses Parteitages zeigte, dass ich meinen Zwiespalt, den ich gerade erst vergessen glaubte, nur schwer würde überwinden können.

So war ich nun Teil einer Partei mit dem „C" im Namen. Mein Wille, Politiker zu werden, war stärker als meine Skrupel.

Die Frage, was ein Jude gerade in einer christlichen Partei suchte, würde sich oft stellen, da war ich mir sicher, und ich sollte dafür plausible Antworten finden.

Im Lauf der nächsten Tage berichteten die Münchner Zeitungen ausführlich über den „Rücktritt vom Rücktritt" und empörten sich über die rassistischen Ausfälle des Münchner Parteivorsitzenden. Als ich die Geschäftsführerin darauf ansprach und sehr verhalten Kritik an der Rastalocken-Geschichte übte, meinte sie: „Ich fand's auch nicht optimal, zumal es frauenfeindlich war. Wichtig sind nicht die Inhalte, sondern dass wir in den Zeitungen im Gespräch sind."

**06:15** *Seit ich in der Partei war, musste ich vieles ertragen, was meinen politischen und moralischen Ansätzen zuwiderlief. Mit der Zeit gewöhnte ich mich an diesen Opportunismus und konnte damit leben.*

*Ich liege in der Zelle und starre an die Decke. Figuren bewegen sich dort oben, die Köpfe nach unten gerichtet, in Kreisen, ohne sich zu berühren. Es sind die Politiker aus jenen Tagen, auch der Kopf von Hintermoser, aus dessen einem Ohr Blut rinnt. Ich sehe, wie ich meinen Körper drehe, abseits stehe, ein Bein abwinkle und aus meinen hohlen Augen Tränen fließen.*

Ein Aufreger, der in diesen Tagen großes Medieninteresse auf sich zog, waren unterstellte Unterschlagungen von Geldern einer gemeinnützigen Organisation durch dessen Vorsitzenden, Helmut

Altschlegel. Wäre er nicht auch Vorsitzender der Fraktion der Konservativen im Münchner Rathaus gewesen, die Wellen hätten nie so hochgeschlagen. Er musste seinen Vorsitz abgeben, einer seiner Parteifreunde trat schnell an seine Stelle und ihm drohte Gefängnis. Altschlegel bedauerte sein Fehlverhalten, das er mit einem kurzfristigen Liquiditätsengpass in seinem Unternehmen, einer Druckerei, begründete. Durch nicht bezahlte Kundenrechnungen fehlte Geld in der Kasse und er konnte seine Mitarbeiter nicht mehr bezahlen. Erbarmungslos schlugen die Medien, aber auch seine eigenen Parteifreunde auf ihn ein.

Der am Parteitag unterlegene Vorsitzende meines Ortsverbandes, Peter Herrmann, versandte in dieser Sache einen Infobrief. Man dürfe das Agieren Altschlegels nicht als einmaligen Ausrutscher entschuldigen, sondern müsse es klar als Verbrechen benennen. Er hätte einen gemeinnützigen Verein bestohlen und das Geld selbst eingesteckt. Jemand, der so handle, sei tief in seiner Seele ein Krimineller.

Dieser Brief verschlug mir den Atem. Ich selbst war Mittelständler und wusste, wie schnell ein Selbstständiger mit einem Bein im Gefängnis stehen konnte. Am darauffolgenden Wochenende besuchte ich Georg, der in Erlangen im Krankenhaus lag; er war am Knie operiert worden. Er saß einige Tage nach dem Eingriff munter im Bett. Sein Knie war hochgelegt, mit dünnen Stangen und Schrauben fixiert. Er berichtete von erträglichen Schmerzen und der Hoffnung, noch in dieser Woche das Krankenhaus verlassen zu können, allerdings nur im Rollstuhl. Ich konnte mir Georg nicht im Rollstuhl vorstellen, wie er durch die langen Gänge des Maximilianeums geschoben wird, und musste grinsen. Dann äußerte er sich zu unserem Parteitag: „Das war doch reines Schmierentheater von Zwickner und Herrmann. Einen Rücktritt vom Rücktritt hat es in der Partei noch nie gegeben. Ihr Münchner verteidigt euren schlechten Ruf." Bei diesen Worten lächelte er vergnüglich.

Ich erzählte ihm von Herrmanns Infobrief und meinem Unmut darüber, wie er unseren Parteifreund zum üblen Verbrecher abstempelte. Georg nahm das Papier und las es aufmerksam. Nach der Lektüre sagte er schmunzelnd, christlich ginge anders, aber kein Infobrief und keine Zeitungsnotiz könnten den Gang der Dinge jetzt noch in irgendeine Richtung beeinflussen. „Die Justiz wird gnadenlos ermitteln und am Ende droht Altschlegel das Gefängnis, egal, was Herrmann zu der Causa geschrieben hat. Du bist aber ein wichtiges Mitglied in seinem Ortsverband, deshalb solltest du mit ihm sprechen." Dann blätterte Georg im Telefonbuch, das in der obersten Schublade seines Nachtisches lag, und fand schnell Herrmanns Privatnummer. Er rief ihn an, erzählte von seiner Operation und entrichtete ihm unvermittelt beste Grüße von seinem Freund, dem Innenminister. „Stell dir vor, Peter, wer gerade neben mir steht? Felix Mandelbaum stattet mir einen Krankenbesuch ab. Er hat deinen jüngsten Infobrief gelesen und hätte dazu Fragen, ich reiche gleich mal den Hörer weiter."

Ich dachte schon, Georg stünde noch unter Einfluss der Narkose. Warum sollte ich jetzt sofort mit dem Herrmann sprechen, den ich schon am Parteitag nicht hatte ausstehen können? Aber ich konnte nicht aus. So nahm ich den Hörer und sagte ihm zunächst, dass ich seine Ausführungen zu christlichen Werten und auch zur Sozialpolitik zur Bewerbung seiner Kandidatur sehr befürwortet hatte. Er fragte spitz, warum ich mich dann nach seiner Rede nicht dementsprechend geäußert hätte.

Georg deutete auf den Infobrief.

„Herr Herrmann, glauben Sie wirklich, dass unser Parteifreund Helmut Altschlegel in seiner tiefsten Seele ein Verbrecher ist?" Im selben Augenblick, in dem ich es aussprach, wusste ich, dass ich im Ortsverband von Peter Herrmann niemals für den Stadtrat aufgestellt werden würde.

Er beantwortete meine Frage nicht und beendete das Gespräch wegen eines bevorstehenden wichtigen Termins.

Georg verstand schnell. Uns war beiden klar, dass, wenn ich in den Stadtrat wollte, ein Wechsel des Ortsverbandes unumgänglich sein würde. „Mach dir keine Gedanken, Felix, mit Herrmann wärst du auf Dauer eh nicht glücklich geworden. Der Mann ist durch und durch katholisch, ich kann mir nicht vorstellen, dass er tatsächlich einen jüdischen Stadtrat auf seine Liste gesetzt hätte."

Georg wollte noch Kuchen, ich besorgte zwei Stücke in der Cafeteria und fuhr dann zurück nach München. Im Auto hing ich dem Erlebten nach: Georg hatte die Konfrontation eingefädelt und ich wusste nicht, ob ich ihm dafür dankbar sein sollte.

Einige Wochen später rief mich Anita Bauer an und fragte, ob ich zur geplanten Kruzifix-Demo gehen wollte. Ich hatte mich nicht über die Partei, sondern über die Medien dazu informiert, wie das oberste Verfassungsgericht im August ein bayerisches Gesetz für verfassungswidrig erklärt hatte, nach dem in jedem Klassenzimmer im Freistaat ein Kruzifix oder ein Kreuz anzubringen sei. Persönlich war ich an dem Urteil nicht besonders interessiert, da meine Kinder ohnehin in der jüdischen Schule waren und dort natürlich keine Kreuze an den Wänden hingen. Als Vorstandsmitglied der jüdischen Gemeinde gab mir das Gesetz zu denken. Wurde als religiöses Symbol das Kreuz in den Schulen verboten, so könnten auch Rituale der jüdischen Religion untersagt werden. Die Kirche und Vertreter der Konservativen bis hin zum Ministerpräsidenten übten massive Kritik an der Entscheidung des Verfassungsgerichtes. Ich fragte die Geschäftsführerin, ob ich dazu mit Max Zwickner sprechen könne. Sie versprach seinen Rückruf.

Am späten Nachmittag erreichte er mich, ich erzählte ihm zunächst von meinem missglückten Gespräch mit Peter Herrmann. Schallendes Gelächter erklang am anderen Ende der Leitung. „Den kannst du abschreiben. Erst warst du bei der Wahl an meiner Seite und nun deine Kritik an ihm. Wir werden für dich einen anderen Ortsverband aussuchen." Dann kam er sofort auf die Demonstration zu sprechen: „Sie ist für übernächsten Samstag am Odeonsplatz angemeldet. Es wäre ein besonderes Signal, wenn du hinkämst."

„Lieber Max, ich würde gerne kommen. Religiöse Symbole sollten nicht verboten werden, auch aus jüdischer Sicht. In der

Gemeinde wird es aber nicht gut ankommen, wenn ich am Schabbat am Odeonsplatz für das Kruzifix demonstriere. Du weißt, gerade unter dem Kreuz wurden unzählige Juden ermordet."

Er akzeptierte meine Bedenken nicht und sagte, da müsse ich nun durch, so ginge eben Politik. Allerdings würde er vorschlagen, mich vorab mit Lieberman abzustimmen. Dann beendete er schnell das Gespräch. Ich saß verzweifelt an meinem Schreibtisch und konnte mir die Reaktion meiner Vorstandskollegen gut vorstellen.

Das Gespräch mit Lieberman war unbefriedigend. Er verstand meine Einwände, wollte sich jedoch nicht in die Angelegenheiten meiner Partei einmischen. Diese Reaktion war widersprüchlich, war es doch er, der mich zu den Konservativen gedrängt hatte. Tatsächlich wollte ich hingehen. Es würde meiner Parteikarriere nicht schaden. Wie sollten sie in der Gemeinde davon erfahren?

So ging ich an diesem Schabbat anstatt in die Synagoge zum Odeonsplatz. Der Himmel war bewölkt, es wehte ein leichter Föhnwind. Gelegentlich stach die Sonne durch die Wolken. Auf dem Platz drängten sich die Menschen und im Viertelstundentakt dröhnten die Glocken der Theatinerkirche. Vor der Feldherrnhalle war aus Gittern eine Absperrung aufgestellt worden, hinter der sich Medienvertreter, kirchliche Würdenträger und Parteiprominenz versammelten. Unsere Geschäftsführerin stand am Einlass zu dieser Absperrung und als sie mich sah, winkte sie mich herein. Ich erkannte viele Gesichter vom Parteitag.

Unweit der Residenz sah ich Ulli Weiss stehen. Ich eilte zu ihm und freute mich auf ein Wiedersehen. Er gratulierte mir zum Parteieintritt und lächelte zufrieden, während er von seiner Berufung in den Stab des Ministerpräsidenten berichtete. Jemand klopfte von hinten auf meine Schulter. Es war Zwickner. Ulli und ich drehten uns zu ihm, er führte uns beide nahe an das Rednerpult vor der Feldherrnhalle. Dort war der Kardinal mit roter Schärpe ins Gespräch mit dem Parteivorsitzenden vertieft. „Exzellenz, Herr Parteivorsitzender, darf ich Ihnen Herrn Dr. Ulli Weiss und Felix Mandelbaum von der jüdischen Gemeinde vorstellen. Er ließ es sich nicht nehmen, an diesem Samstag zugunsten unserer Veranstaltung auf den Synagogengang zu verzichten."

Beide begrüßten uns höflich, der Parteivorsitzende bedankte sich ganz besonders bei mir, der Kardinal meinte kurz, dieser Tag sei wichtig für unsere Religionen. Schnell wandten sie uns ihre Rücken zu, um ihre Unterhaltung fortzusetzen.

Die offiziellen Reden begannen mit der des Kardinals, es folgten der Parteivorsitzende und zuletzt Zwickner, der wegen des Urteils den Untergang des Abendlandes heraufbeschwor. Ausgerechnet er wurde bei seinen temperamentvollen Ausführungen vom Geläut der Theatinerkirche unterbrochen. Zwickner hielt ein, blickte demonstrativ zum Himmel und streckte seine Hand nach oben. War er so verwegen, damit seine Nähe zu Gott demonstrieren zu wollen?

Er war es auch, der die Veranstaltung nach seiner Ansprache für beendet erklärte. Nach den Reden leerte sich der Platz schnell und die Teilnehmer der Demo zerstreuten sich in alle Richtungen.

**06:18** *Ich sehe den Odeonsplatz vor mir. Er ist für mich ein besonderer Ort mit Folgen. Dort endete der Hitlerputsch, dort zelebrierten die Nationalsozialisten ihr Gedenken, sie verantworteten die Ermordung von sechs Millionen Juden. Vor 25 Jahren hatte ich dort den ersten Kontakt mit den Parteioberen. Gestern Abend wurde ich an gleicher Stelle verhaftet, weil ich einen Nazi erschlagen haben soll.*

*Sicherlich war ich damals geschmeichelt, als der Parteivorsitzende einige Worte mit mir wechselte. Ich kannte ihn aus vielen Fernsehbeiträgen. Gleichzeitig aber fühlte ich, dass es nicht richtig sein konnte, für das Kreuz zu demonstrieren, unter dessen viel zu oft gleichgültigem oder sogar anfeuerndem Blick über zwei Jahrtausende lang Juden ermordet und gedemütigt worden waren.*

Nach der Demo lud mich Ulli zu einer Tasse Kaffee ins Tambosi am Hofgarten ein. Wir fanden einen kleinen Tisch nahe an der Treppe ins erste Obergeschoss, bestellten zwei Cappuccini und Käsekuchen. Es war sehr laut und schwierig, sein eigenes Wort zu verstehen. Ulli erklärte mir, er hätte sich meinen Schritt in die Partei insgeheim erhofft, aber nicht daran geglaubt. Er könne sich angesichts seines neuen Jobs in der Staatskanzlei eine gute Zusammenarbeit vorstellen. Ich erzählte ihm von meinem Ärger mit Peter Herrmann, von meinem inneren Zwiespalt wegen dieser Demo heute. Ulli versuchte, mich zu beruhigen. Der innerparteiliche Ärger sei völlig normal. „Der Ministerpräsident und der Parteivorsitzende sind sich in gegenseitiger Abneigung verbunden und beide können sie den Zwickner nicht ausstehen, weil er ihnen zu weit rechts steht. Sie sollen dir in einem anderen Ortsverband einen guten Listenplatz für die Stadtratswahl anbieten. Lass dich ansonsten weder von der Partei noch von der Gemeinde beirren. Sie werden freundlich und höflich zu dir sein, hinter deinem Rücken lästern und es wird noch viel Wasser die Isar hinunterfließen, bis die Konservativen in ihren Reihen einen Juden vollends akzeptieren. Das kann noch Generationen dauern. Allerdings, Felix, ich rate dir dringend, deine ständigen Selbstzweifel abzulegen. Du schadest dir selbst und bekommst nichts dafür." Ich war ihm dankbar für seine Offenheit. Er war ein Freund. Mit ihm konnte ich unbefangen sprechen. Wir vereinbarten, uns bald wieder zu treffen.

Es war schon später Nachmittag, als ich nach Hause kam. Rebecca war im Yogakurs. Auf einem Notizblock neben dem Telefon stand, ich solle dringend meine Vorstandskollegen Robert Werman und Nathan Levi anrufen. Zunächst klingelte ich bei Werman an, er war schnell am Telefon, hörte meine Stimme und ein Schwall von Beschimpfungen ging auf mich nieder. „Ich und auch andere haben dich mittags im Bayerischen Fernsehen bei der Kruzifix-Demo neben dem Kardinal stehen gesehen. Die Christen haben uns im Namen dieses Kreuzes verfolgt und ermordet! Nicht genug, dass du in eine christliche Partei eingetreten bist, jetzt demonstrierst du auch noch für das Kreuz. Bist du denn völlig meschugge geworden? Nathan ist genauso entsetzt, er hat sofort den Vorsitzenden des Zentralrats informiert, der wohl schon von Lieberman davon erfahren hatte. Wir werden in der kommenden Vorstandssitzung darüber sprechen und über die Konsequenzen beraten müssen. Du bist wohl die längste Zeit Vertreter der Gemeinde gewesen. Das ist ein Skandal!" Es war bekannt, dass Robert Werman zu Überreaktionen neigte, diese geradezu zelebrierte. Diesmal verstand ich ihn. Seine Argumente waren in Teilen auch meine gewesen. Er konnte nicht wissen, warum ich in diese Partei eingetreten war. Er konnte nicht wissen, dass mein Gang zum Odeonsplatz heute nur eine logische Konsequenz meiner neuen Parteizugehörigkeit gewesen war.

Ich erwiderte kleinlaut, vorab mit Lieberman gesprochen zu haben, der meine Teilnahme an dieser Veranstaltung nicht kritisiert hätte. Im Übrigen sollten wir vorsichtig sein. Erst verböten die Gerichte das Kreuz im Klassenzimmer und dann die Brit Mila.

Am Sonntag versuchte ich vergebens, Lieberman zu erreichen. Er war für mich bis zur Vorstandssitzung nicht mehr zu sprechen.

Zur Sitzung kam ich wegen einer längeren Eigentümerversammlung verspätet. Als ich in den Raum eintrat, fürchtete ich die bösen Blicke der Kollegen. Nichts geschah. Die Agenda wurde turnusmäßig abgearbeitet. Erst beim letzten Punkt stellte Werman meinen „Fall" zur Diskussion. Er wiederholte die Argumente des Telefonats, diesmal weniger erregt und sachlicher. Mein Verhalten sei skandalös, die mindeste Konsequenz wäre eine Abmahnung durch den Vorstand. Es war an Lieberman, im Anschluss über mich zu urteilen. Dieser verkündete jedoch locker, dass er wegen der vorgerückten Stunde keine Beschlussfassung mehr durchführen könne. „Allerdings ist Felix Mandelbaum zu weit gegangen. Er muss sich hinter die Ohren schreiben, dass er ohne Beauftragung des Vorstands die Gemeinde in der Öffentlichkeit niemals vertreten darf."

Der Geschäftsführer Aaron Bronski ergriff nochmals das Wort mit dem Hinweis, dass es in der Geschichte der Gemeinde seit 1945 kein ähnliches Fehlverhalten gegeben hätte. Lieberman quittierte diese Bemerkung mit Augenrollen.

Ich reagierte nicht auf die Vorwürfe, außer Lieberman hätten sie mich ohnehin nicht verstanden. Ich hatte Glück, der „Skandal" war für mich glimpflich verlaufen. Nach der Sitzung gingen Bronski, Levi und ich zum Abendessen nach Schwabing.

Am nächsten Morgen versuchte ich, Zwickner zu erreichen, um ihn über meinen schweren Stand in der Gemeinde zu informieren. Die Geschäftsführerin organisierte für mich einen Telefontermin. Am späten Nachmittag meldete er sich mit einem nochmaligen Dank für mein Kommen zur dieser bedeutenden Demonstration. Viele Parteifreunde bis hin zur Parteispitze würden mein mutiges Engagement an diesem Samstag am Odeonsplatz nicht vergessen.

Das wäre schön, erwiderte ich, in der letzten Vorstandssitzung wäre ich deshalb ziemlich hart angegangen worden. „Die heftigen Vorwürfe zielten im Kern immer darauf, dass Juden nicht für das Kreuz eintreten können, unter dem sie verfolgt und getötet wurden."

Er antwortete: „Das ist in Teilen wohl richtig. Wenn du aber was erreichen willst, musst du auch mal gegen den Strom schwimmen. Es ist nicht in Stein gemeißelt, dass du diesem Gemeindevorstand ewig angehören wirst."

Das fand ich nun doch etwas anmaßend und unterstrich, dass das Mindeste, was ich erwarten würde, ein aussichtsreicher Listenplatz für die Stadtratswahl wäre.

„Ich habe da schon mit dem Vorsitzenden des Ortsverbandes Stadtmitte, mit Otto Schweigert, gesprochen. Du hattest mit ihm am Odeonsplatz ein kurzes Gespräch, wie er mir berichtet hat. Er würde dich aufnehmen und auf die Liste setzen. Anita Bauer, die dich sehr schätzt, ist im gleichen Verband. Otto wird dich in einigen Tagen anrufen. Setzt euch zusammen, ihr werdet sicherlich einen guten Weg finden. Und nun entschuldige mich bitte, der Staatsminister hat gerufen."

Ich hatte eine Perspektive in der Partei.

Das Treffen mit Otto Schweigert fand in seinem kleinen Parteibüro nahe der Hackerbrücke statt. Das Büro war ursprünglich ein kleines Ladengeschäft mit Schaufenstern gewesen, in denen jetzt Werbeplakate der Partei standen. Die Eingangstüre war nicht verschlossen und so trat ich in den Vorraum, in dem ein hoher Stoß großer Plakate und eine Vielzahl von Kartons mit Werbebroschüren etwas durcheinander umherlagen. Als ich eintrat, ertönte ein Gong. An einer Wand waren zwei Fahrräder angelehnt, an der gegenüberliegenden Wand stand ein Regal, in dem mindestens 20 alte Röhrenradios wie in einer Ausstellung präsentiert wurden. Es roch stark nach Druckerschwärze.

Plötzlich stand Schweigert vor mir. Ich erkannte ihn wieder. Am Odeonsplatz hatte er einen grünen Lodenmantel und einen Trachtenhut getragen. Er war kleiner als ich, etwas korpulent, trug heute Cordhosen, ein weißes Hemd und eine grüne Weste. Sein Haar war an den Schläfen bereits ergraut. Wir gingen zu seinem Büro einige Stufen nach oben. Dort standen zwei Schreibtische, wieder ein Regal mit alten Röhrenradios und an der Wand hingen in Glas gerahmt alte Werbeplakate der Konservativen aus den fünfziger Jahren. Er hatte bereits die Kaffeemaschine eingeschaltet. Wir setzten uns, tranken Kaffee mit Bärenmilch, er sah mich mit einem zuversichtlichen Lächeln an und verkündete, dass er und Max für mich in seinem Ortsverband eine Zukunft sehen würden.

Mich faszinierten immer noch die alten Radios und ich fragte ihn, ob er damit handeln würde.

„Das ist mein Hobby. Ich kann sie mit geschlossenen Augen zerlegen und wieder zusammenbauen. Ich liebe den heiseren Klang aus den alten Lautsprechern." Dann schaltete er eines ein und nach einigen Minuten ertönte klassische Musik. „Unser Parteibüro war früher ein Laden, in dem frische Milch aus Zapfhähnen in die Milchkannen der Kunden gefüllt wurde. Heute wird sie nur noch in Flaschen oder Tüten verkauft."

Wir duzten uns sofort, wie dies in der Partei üblich war, und Otto erklärte mir, dass wir ein Formular für den Wechsel ausfüllen mussten. „Es kommt zum Vorstand und der wird hoffentlich bald zustimmen. Sicher ist es nicht." Er füllte das Formular aus, ich unterzeichnete und das Papier ging an die Geschäftsführerin.

Wir tranken eine zweite Tasse Kaffee. Ich fragte ihn, an welcher Stelle der Stadtratsliste er mich sehen würde. „Wenn deine

Gemeinde dich wählt, dann solltest du auf einem Platz zwischen 20 und 30 keine Schwierigkeiten haben."

Wir plauderten noch eine Weile, bis ich den einstigen Milchladen verließ.

Ich besuchte in den folgenden Wochen oft die Parteiveranstaltungen und setzte mich gerne zu den Journalisten. Zunächst kannten sie mich nicht und dachten, ich wäre einer von ihnen. Wenn sie rechte Parolen kritisierten, nickte ich. Natürlich ging das nicht lange gut. Bald erfuhren sie, dass ich bei den Konservativen war, und wussten auch, dass ich im Vorstand der jüdischen Gemeinde saß. Als Zwickner nach einer hitzigen Rede einmal mit noch hochrotem Kopf zum Tisch kam, um die Reaktion der Journalisten zu erfahren, sah er mich und merkte ironisch an, der Felix hätte sehr schnell erkannt, wo die Musik spiele. Nach der Veranstaltung bat er mich, auch künftig am Journalistentisch zu sitzen. Ich hätte einen guten Einfluss auf sie, auf ihre Artikel, und würde an diesem Tisch vielleicht doch das eine und das andere erfahren.

Es war bereits Herbst, wir hatten in der Sitzung der Finanzkommission der Gemeinde den Haushalt vorzubereiten. Der Rabbiner bat, wir sollten in die Synagoge zum Abendgebet kommen, da sich bisher weniger als zehn Männer eingefunden hätten. Wir stiegen die Treppen hinab und mussten auf dem Weg zur Synagoge die Straßeneinfahrt queren. Zu meiner Überraschung standen dort Lieberman und Zwickner neben dessen geparkter schwarzer Dienstlimousine und redeten. Als Zwickner mich sah, rief er laut: „Servus, Felix, mein Freund, wie geht es dir? Ich habe gute Nachrichten für dich. Wir werden dich auf Platz 31 unserer Stadtratsliste setzen. Am Samstag ist die Delegiertenversammlung. Es wird sicherlich keine Probleme geben." Er verabschiedete sich freundlich von Lieberman und setzte sich neben seinen Chauffeur. Sie fuhren im Schritttempo durchs Tor und bogen rechts in Richtung Innenstadt ab. Die Rückleuchten tauchten die Hofeinfahrt für wenige Sekunden in rotes Licht.

Lieberman kam auf mich zu, drückte mir die Hand und gratulierte mit der Bemerkung, ich solle jetzt bitte keine Fehler mehr machen, dann säße ich im Frühjahr im Münchner Stadtrat. Beschwingt ging ich in die Synagoge, um das Maariv zu beten.

## Kandidatenaufstellung

Am folgenden Samstag, für mich am Schabbat, war die Aufstellungsversammlung für den Stadtrat. Auf den Tischen lagen bereits Listen mit der Reihung der einzelnen Kandidaten. Tatsächlich hatte ich Platz 31. Zunächst gab es eine Begrüßungsrede des Ortsvorsitzenden von Haidhausen. Im Anschluss sprach Max Zwickner vom bevorstehenden Niedergang unserer Stadt, den wir nur aufhalten könnten, wenn die Zahl unserer Mandate ein Regieren ohne uns unmöglich machte. Er skizzierte das geplante Bürgerbegehren für drei Tunnel am Mittleren Ring. Stimmung im Saal kam erst auf, als er wieder gegen das Kruzifix-Urteil polemisierte, wenn auch nicht so dramatisch wie auf dem Odeonsplatz. Danach gab es nur noch ein Thema, das die Stimmung auf den Siedepunkt bringen konnte: Zwickner geißelte den vom Bundestag beschlossenen Asylkompromiss und sprach von den über 130.000 „Asylanten", von denen ein großer Teil in München Asyl suche. „Das muss endlich aufhören. Und wir werden im Rathaus dafür sorgen und ihr werdet das auf den Straßen vorher den Wählern verkünden." Der Saal tobte, er hob seinen Maßkrug und nahm einen tiefen Schluck.

Nach einer kurzen Pause folgten die Vorstellungsreden der einzelnen Kandidaten. Ich wollte Max Zwickner zur Seite nehmen und ihm vorab die Stichworte für meine Rede zeigen: das Miteinander von Christen und Juden, gemeinsame Werte und den Erhalt der Religionen. Zwickner stand wie ein Star neben dem Pult, umringt von Parteifreunden, Gönnern und Fotografen. Ich drängte mich zu ihm durch. Er überflog meinen Text und meinte mit grimmiger Miene: „Das ist doch Barbiepuppe, sag was zum Odeonsplatz, du warst doch dort, trau dich." Er wandte sich ab und posierte mit einem Lächeln für die Fotografen. Hinter ihm war ein großes Plakat aufgestellt, auf dem für drei neue Tunnel am Mittleren Ring geworben wurde.

Zunächst überlegte ich, was sein Spruch bedeuten sollte. Ich dachte an die Barbiepuppen in rosa Tüll, mit denen meine Tochter vor langer Zeit als kleines Mädchen gespielt hatte. Meinte er, ich sollte härter und männlicher auftreten? Meine Nervosität steigerte sich. Zwickners fremdenfeindliche Äußerungen hatten mich bedrückt. Ich erinnerte mich auch an seine scharfen und unmenschlichen Anti-Aids-Vorschriften, die er vor fast zehn Jahren auf den Weg gebracht hatte.

Die Zeit bis zu meinem Auftritt kam mir unendlich lange vor. Die Reden der anderen nahm ich nur in Bruchstücken wahr. Dann rief der Wahlleiter meinen Namen. Ich eilte zum Pult, legte meinen Zettel auf das mit Bier befeuchtete Holz. Das Papier quoll sofort auf. Das Licht der Scheinwerfer blendete mich.

Ich stellte mich vor als Hausverwalter und Mitglied im Vorstand der jüdischen Gemeinde. Ich erzählte von meinem Familienleben und davon, dass ich ein traditionelles jüdisches Leben führte. Dann kam ich auf die christlichen und jüdischen Werte zu sprechen, welche in meinen Augen die gleichen waren, bis ich bei dem Thema der religiösen Symbole angelangt war. Nun sprach ich über das Kreuz, das als zentrales religiöses Symbol eben nicht in den Klassenzimmern abgehängt werden dürfte. Gerade nicht in München, der Stadt der Religionen mit dem Mönch im Wappen. Ich schlussfolgerte, dass, wenn Kreuze abgehängt werden müssten, als nächstes religiöse Rituale wie die Beschneidung verboten würden.

Meine Rede wurde oft von zustimmendem Applaus der Zuhörer unterbrochen. In diesen Zwangspausen konnte ich über meine weiteren Worte nachdenken, denn die Buchstaben meines Textes verschwammen auf dem nassen Blatt vor meinen Augen.

Zwickner sah mich an und wies auf seine Uhr, ich musste zum Schluss kommen.

Ich atmete tief ein: „Wählen Sie mich auf Platz 31, denn ich kann Ihnen versichern, dass ich als einziger Jude auf dem Odeonsplatz mit Ihnen gegen das unsägliche Kruzifix-Urteil demonstriert habe."

Lautes Klatschen und „Bravo“-Rufe zeigten, dass ich den richtigen Ton gefunden hatte. Über meine Worte war ich selbst überrascht. Ich hatte sie unbedacht ausgesprochen, weil ich gefallen wollte, und war noch zu unerfahren, um zu erahnen, welche Bedeutung persönliche Bekenntnisse in der Öffentlichkeit haben konnten.

Ich ging zurück zu meinem Tisch und auf dem Weg sah ich die Blicke vieler im Saal auf mir ruhen. Otto erhob sich und gratulierte mir zur Rede. Ich hatte Hunger, nahm mir eine der Brezeln, die auf einem Holzständer am Tisch aufgereiht waren. Meine Sätze gingen mir nicht aus dem Kopf. Ich hatte mich vor ihnen als Jude geoutet, ohne es je beabsichtigt zu haben. Was würde das für mich und vor allen Dingen für meine Familie für Konsequenzen haben? Ich beruhigte mich mit der Hoffnung, dass sie morgen nach dem Parteitag alles vergessen haben würden. Die Reden wollten nicht aufhören, ich blicke nach vorne und sah, wie Zwickner durch den Gang zwischen den Tischen nach hinten kam, während er einige Zuhörer mit jovialem Schulterklopfen begrüßte. Neben unserem Tisch blieb er stehen, blickte mich starr an, ich erhob mich, er gratulierte mit einem langen, festen Händedruck. In der Nähe stand ein Fotograf, den er herbeiwinkte. Ich blinzelte im grellen Licht des Blitzes. Nach dem Foto ließ Zwickner meine Hand los und sagte in mehrere Richtungen gewandt: „Felix, jetzt gehörst du zu uns.“

Nach der letzten Kandidatenvorstellung schritten wir endlich zur Wahl. Der Wahlgang führte zu keinen Verschiebungen auf der Liste. Mein Stimmergebnis war mittelmäßig.

Ziemlich müde kam ich nach Hause. Das Bild des großen Saals im Hofbräukeller, das Klatschen des Parteivolks am Ende meiner Rede gingen mir nicht aus dem Sinn. Mein letzter Satz hallte in mir nach. Ich erzählte Rebecca nur am Rande von meinem durchschnittlichen Stimmergebnis und von den vielen nichtssagenden Reden. Auf meine eigenen Worte ging ich nicht ein.

Nach einer Bauabnahme am Montagmorgen fuhr ich am späten Vormittag ins Büro. Auf meinem Schreibtisch lag eine

Telefonnotiz mit der Bitte um Rückruf bei Anita Bauer. Gespannt wählte ich ihre Nummer, sie war schnell am Telefon und fragte, ob ich schon Zeitung gelesen hätte. Ich verneinte mit dem Hinweis, dass ich das Süddeutsche Blatt immer erst zu Hause lesen würde. Sie räusperte sich und sagte: „Es wird über unseren Parteitag ausführlich berichtet. Deine Rede wurde in vielen Teilen zitiert und es gibt auch ein Foto im Morgenblatt, wie dir Max Zwickner gratuliert. Er bewertet die Berichterstattung über seine eigene Rede, wie immer, als tendenziös. Das schmeckt ihm gar nicht. Hocherfreut ist er aber über das mediale Echo zu deinen Ausführungen. Besorg dir die Zeitungen! Schönen Tag noch."

Ich nahm meinen Mantel, überquerte den Bavariaring und holte mir die aktuellen Ausgaben der Tageszeitungen aus den stummen Verkäufern am Gehsteigrand. Als erstes blätterte ich im Morgenblatt. Auf einer halben Seite im Lokalteil fand sich die Berichterstattung über unseren Parteitag. Neben den Ausführungen zur Rede von Max war das Bild von uns beiden abgedruckt und darunter ein Satz aus meinem Beitrag. „Ich, Felix Mandelbaum war der einzige Jude auf der Kruzifix-Demo."

Als ich dies las, schien mir der Boden unter den Füßen wegzukippen. Nun wusste alle Welt, dass ich jüdisch war und als Jude auf dem Odeonsplatz für das Kruzifix demonstriert hatte. Erstmalig las ich meinen Namen in einer Zeitung in einem Kontext, der nur für Ärger sorgen konnte. Das Zitat fand sich auch in den anderen Blättern, wie im Süddeutschen Kurier mit einem kritischen Kommentar zum Rechtsruck von Max Zwickner.

Ich wartete nun auf wütende Anrufe. Zu meiner Überraschung geschah nichts. Allein Georg meldete sich, gratulierte mir zur Aufstellung und wünschte viel Erfolg bei den Wahlen. Über meine Rede verlor er kein Wort. Es kamen in den folgenden Tagen auch keine bösen Briefe und keiner meiner vielen Gesprächspartner im beruflichen oder politischen Umfeld sprach mich darauf an.

Schon vor dem Parteitag hatte ich mich mit Ulli Weiss zu einem Mittagessen verabredet. Natürlich sprachen wir über die Aufstellungsversammlung und amüsiert kommentierte er die

Zeitungsberichte. Meine Angst über die Folgen versuchte er mir zu nehmen. „Die Halbwertszeit einer Zeitungsnachricht ist genau 24 Stunden. Dann wird wieder eine andere Sau durchs Dorf gejagt. Die Leute der politischen Klasse haben alle deinen Namen gelesen. Nur deine Freunde werden dein Bekenntnis kommentieren, die anderen werden schweigen. Aus Missgunst oder Desinteresse. Dein Name ist nun erstmalig zitiert und richtig geschrieben worden! Die Antisemiten werden ihre dummen Köpfe schütteln und ansonsten wird das Statement zur Kenntnis genommen. Sicherlich hat sich Lieberman noch nicht zu Wort gemeldet."

Ulli wollte von mir wissen, wie sich in der Gemeinde die Diskussion um ein neues jüdisches Zentrum entwickelte. Ich erläuterte ihm, dass Lieberman eine merkwürdige Strategie verfolgte. „Im Vorstand darauf angesprochen, sieht er keine Finanzierungsmöglichkeiten, während er mit Alois Kurz vom Landtag in meiner Gegenwart das Thema engagiert diskutiert."

Ulli berichtete, dass der Ministerpräsident und sein Finanzminister die Finanzierung des Zentrums mit Staatsgeldern nicht als Option sehen würden. Ich schlug vor, dass wir unter Parteifreunden mit Alois ein informelles und vertrauliches Gespräch führen sollten.

**06:20** *Dieser Parteitag ist in wenigen Sekunden vor meinem inneren Auge vorübergezogen. Die Angstgefühle jener Tage nagen an mir bis jetzt, viele Jahre später im Knast. Ich outete mich unbeabsichtigt als Jude und musste und muss die Nazis fürchten.*

*Es ist noch dunkel, mir ist übel, ich gehe zum Waschbecken, trinke einen Schluck und atme tief durch. Die Unruhe bleibt. Ich spüre mein Herz schnell pochen, lege mich wieder auf das Bett und ziehe die modrige Decke bis an mein Kinn.*

Mit großem Engagement stürzte ich mich in den Wahlkampf. Wir organisierten wöchentlich mehrere Infostände. Unsere Aktivitäten draußen begannen Anfang Januar, als es besonders kalt und windig war. Anfang Februar kamen wärmere Tage und ich stand an den Plätzen unseres Stadtviertels und sprach mit Bürgern. Einige kamen an unseren Infotisch, um über Ausländer zu schimpfen. Sie dachten, als Vertreter der Konservativen hätten wir für dieses Thema offene Ohren und würden ihnen beipflichten. Ich konnte ihnen den Gefallen nicht tun und verwies auf unser Grundgesetz, auf die schwierige Lage am Arbeitsmarkt und auf christliche Werte, nach welchen wir sozial Bedürftigen helfen sollten. Sie waren erstaunt, hatten solche Argumente gerade an unserem Stand nicht erwartet, nahmen einige Kugelschreiber oder Gummibärchen und gingen wortlos davon.

Gelegentlich bekam ich Judenfeindliches zu hören. Der erste Ausfall dieser Art kam von einem Mann, der sich über die hohe Steuerlast beklagte, die er zu tragen hätte; es sei nur gerecht, wenn wirklich alle Steuern zahlen müssten; er lese immer wieder, dass die Juden keine Steuern zahlten. Nun stand ich einem Antisemiten gegenüber, der seine Haltung offen darlegte und von mir Zustimmung erwartete. Mit leichtem Zittern in der Stimme fragte ich ihn, wo er das gelesen hätte. Er meinte etwas verärgert, das müsse er mir nun wirklich nicht nachweisen, das sei hinlänglich bekannt.

In der Nähe stand Otto, der gerade mit einer hübschen jungen Frau sprach. Gerne hätte ich die Gesprächspartner gewechselt. Sollte ich den Mann einfach stehen lassen oder weiter mit ihm sprechen? Vielleicht hatte er im Morgenblatt mein Bild gesehen und von meiner Rede gelesen. Ich durfte mich nicht verleugnen. Also sagte ich ihm, dass ich Firmeninhaber sei und monatlich meine Steuern zahlte, und das als deutscher Bürger jüdischen Glaubens. Ich erzählte sogar, wie ich unlängst über Wochen einen Steuerprüfer des Finanzamtes in meinen Büroräumen gehabt hatte. Er sah mich mit fragendem Blick an, entfernte sich grußlos und ging zu Otto, den er offensichtlich kannte. Sie führten dann zu dritt eine angeregte Unterhaltung.

Ich hatte für diesen Tag genug von dem Gespräch mit Wählern und ging zurück in mein Büro. Mehr als diesem Mann die Wahrheit zu sagen, war nicht möglich. Ich zweifelte, ob er mir Glauben geschenkt hatte. Musste ich mir solche Niederträchtigkeiten gefallen lassen, um eines Tages in den Münchner Stadtrat zu gelangen? Vor dem Schlafengehen ersann ich mir Rache: Wir gehen nach Israel. Was brauche ich dieses Land, diese Stadt und deren Politik?

Als ich am nächsten Morgen aufstand, war der Ärger verflogen und die Erinnerung an diesen Antisemiten verblasst. Ich sagte mir, er sei einer von vielen Idioten und könne mir nichts anhaben.

## Kauft nicht bei Juden

Einige Wochen vor der Wahl hatten die Nazis an einem Samstagvormittag eine Demonstration auf der Theresienwiese veranstaltet. Nach der Synagoge war ich mit der U-Bahn dorthin gefahren. Ein großes Polizeiaufgebot umringte die Festwiese, auf der sich eine große Zahl von jungen und alten Nazis versammelt hatte. Sie demonstrierten gegen die Asylgesetze und gegen die Zuwanderung. Sie trugen rote Fahnen mit dem Symbol ihrer Partei in der Mitte umringt von einem Lorbeerkranz. Die Fahnen ähnelten den Fahnen auf den Reichsparteitagen der Nationalsozialisten im Dritten Reich.

Ich ging langsam in den Platz hinein, mischte mich unter die Rechten und sah eine ältere kleine Frau mit geflochtenen, schulterlangen blonden Zöpfen, die eifrig Reichskriegsflaggen in der Größe von Schulheften verteilte. Ein vielleicht 15-jähriger Junge nahm mehrere dieser schwarz-weiß-roten Fähnchen und schwenkte sie mit einem idiotischen Grinsen in der Luft. Ich fragte ihn, ob er die Bedeutung dieser Flagge kennen würde; er verneinte dies mit leichtem Kopfschütteln und einem verkniffenen Lächeln. Alle weiteren Versuche, mit ihm ins Gespräch zu kommen, scheiterten an seinem hartnäckigen Schweigen.

Ich war wie besessen, die Gesichter dieser Nazis zu sehen, um sie nie zu vergessen, ihre Parolen und Argumente zu hören. Ich wollte trotz innerlichen Zitterns zeigen, dass ich als Münchner Jude keine Angst vor ihnen hatte.

In der Mitte des vorderen Teils der Theresienwiese war ein Lkw geparkt, auf dessen Ladefläche ein Mann in einem langen grünen Ledermantel vor einem Mikrofon stand. Neben dem Wagen waren große Lautsprecher aufgestellt, aus denen triumphierende Wagner-Musik erklang. Mehr als hundert Meter wagte ich mich nicht an den Wagen heran. Dann begann der Mann im grünen Ledermantel mit einer unsäglichen Rede. Dabei fuchtelte er ständig unkoordiniert mit seinen Armen und Händen, strich jede Minute über sein Haar. Seine Zuhörer lauschten ihm gebannt. Nachdem er hasserfüllt von den „Asylanten“ gesprochen hatte, die geschlossen in ihre Balkandörfer zurückzuführen seien und davor die erschlichenen Sozialgelder zurückzahlen müssten, kam er auf die Juden zu sprechen. Die Juden seien doch gewitzte Geschäftsleute, so führte er aus, aber 1938 hätten sie den Bogen überspannt. Die Parole, nicht bei den Juden zu kaufen, sei die deutsche Antwort auf den Versuch New Yorker Juden gewesen, Amerikaner vom Kauf deutscher Waren abzubringen.

Zornig rief ich dreimal „Lüge!“, so laut, dass es alle hören mussten. Wie auf Befehl drehten sich die Nazis in meine Richtung und warfen mir drohende Blicke zu.

Der Redner hielt kurz inne, setzte dann noch eins drauf: „Die Juden in Deutschland und im Ausland wollten das Deutsche Reich wirtschaftlich in den Abgrund stürzen!“

Nun rief ich noch lauter als vorher: „Lüge, Lüge, Lüge!“ Wieder ihre wütenden Blicke und ihr lautes Geschrei, bis sie mich wie geifernde Schäferhunde umringten. Ich fürchtete um mein Leben.

Doch in wenigen Sekunden war ich von Polizeibeamten in Zivil umgeben. Sie hielten die Nazis gewaltsam mit quergehaltenen Schlagstöcken von mir fern. Als ich einige Wortfetzen Hebräisch hörte, kamen mir die Tränen. Anders als es 1933 gewesen wäre, hatte ich den Schutz der Polizei und sogar möglicherweise des israelischen Geheimdienstes. Bei aller Kritik war ich stolz auf diese Stadt, die sich der Nazis standhaft erwehren konnte.

Bald kamen uniformierte Polizeibeamte, um mich zum Bavariaring zu geleiten. Sie erklärten, dass es nicht sehr klug war, mich in die Höhle des Löwen zu begeben. Ein jüngerer Beamte fügte an, dass ich mich selbstverständlich auf der Theresienwiese frei bewegen dürfe, solange ich mich außerhalb der Absperrungen aufhielt. Da zu dieser Nazi-Demo nur wenige Gegendemonstranten gekommen waren, hatte die Polizei keine weiteren Sicherheitsvorkehrungen getroffen.

Als ich allein zurück zur U-Bahnstation an der Paulskirche ging, liefen einige der Nazis hinter mir her. Ich beschleunigte meine Schritte. Diesmal waren es Passanten, die meine gefährliche Lage erkannten und sich an meine Seite stellten, sodass die Verfolger schnell abdrehten.

**06:22** *Über viele Jahre fühlte ich mich sicher im Schutz der Polizei bei meinen Aktionen gegen die Nazis. Jetzt sitze ich wegen ihnen im Gefängnis. Wird die Polizei mich schützen wie in jenen Tagen? Haben die Zeiten sich geändert?*

Der Wahlkampf neigte sich seinem Ende zu. Nun war die Zeit der Neujahrsempfänge, die vor den Wahlen besonders zelebriert wurden. Dorthin kam die Parteibasis, es gab freies Essen, freie Getränke und viele Gespräche. Mandatsträger stellten sich unter das Parteivolk, das gute Ratschläge gab. Viele hatten ein persönliches Anliegen, das langatmig vorgetragen wurde.

Auf einem solchen Empfang im Palmenhaus im Nymphenburger Schlosspark durfte ich eine Begrüßungsrede halten. Mein Thema, wie bei allen Reden, waren die christlich-jüdischen Werte im Abendland. Ich hielt keine Rede über wertkonservative Ansätze in der Politik, wie das bei diesem Thema sonst üblich war, sondern benannte die Werte konkret und sprach darüber, besonders vom Wert der Familie, vom Glauben und der sozialen Gerechtigkeit, die sich aus der Bibel ableitete. Deutlich unterstrich ich, dass diese Werte gleichermaßen im Christlichen und im Jüdischen verankert seien. Themen, bei denen ich mit der Partei nicht übereinstimmte, sprach ich nicht an.

Während meiner Rede blickte ich in die Gesichter der Zuhörer. Sie schauten ernst und nachdenklich. Bei den älteren Herren, die mich oftmals mit starrem Blick fixierten, sann ich über deren

Verhalten während der Nazizeit nach, über ihre Rolle während der Schoa. War es rechtens, dass ich mit ihnen über jüdische Werte sprach ohne Hinweis auf den Holocaust, an dessen Verbrechen sie möglicherweise beteiligt gewesen waren?

Als ich nach meiner Rede zum Buffet ging und mit den Gästen plauderte, wurde ich mit Freundlichkeiten bedacht, aber niemand äußerte sich zum Inhalt meiner Ausführungen. Es blieb bei einer höflichen Distanz. Ein Gesprächsthema war die Ermordung des israelischen Ministerpräsidenten Yitzhak Rabin vor einigen Monaten. Eine Dame äußerte ihr großes Bedauern über den Tod „meines Ministerpräsidenten", den sie überaus geschätzt hatte und der ein großer Politiker gewesen sei. Ich dankte für ihr Mitgefühl und versuchte zu erklären, dass Roman Herzog mein Präsident sei, den ich in Auschwitz hatte kennenlernen dürfen und den ich ganz besonders schätzte. Sie lächelte darauf und meinte süffisant, es sei doch schön, wenn man zwei Präsidenten habe. Sie versuchte, meiner Außenseiterrolle etwas Sympathisches abzugewinnen. Ich lächelte freundlich und schwieg.

Mein letzter Infostand am Samstag vor der Wahl war nahe am Eingang zur Messe am Bavariaring. Ich spannte den Schirm auf, legte unsere Broschüren auf den Tapeziertisch und verteilte wieder Kugelschreiber, Gummibärchen für die Kinder und Werbeprospekte. Es war bewölkt und von Süden wehte ein warmer Föhnwind. Ich hatte ein längeres Gespräch mit einer jungen Mutter, deren Sohn im Kinderwagen gerne meine Gummibärchen nahm und sie schnell in seinen kleinen Mund schob. Die Frau beschwerte sich über ihre erfolglose Suche nach einem freien Kindergartenplatz. Sie bat mich, ihr dabei zu helfen. Ohne Betreuungsplatz für ihren Sohn könne sie als alleinerziehende Mutter nicht arbeiten und musste von der Sozialhilfe leben. „Das ist ein unwürdiges Leben."

Ich versprach, mich darum zu kümmern, notierte ihre Telefonnummer, wusste aber, dass es ein schwieriges Unterfangen war. In München gab es viel zu wenig Kindergartenplätze. München war keine kinderfreundliche Stadt.

Ein schlanker, kränklich wirkender Mann in meinem Alter mit kurzem Bürstenhaarschnitt und eingefallenen Wangen kam auf mich zu und ich wollte ihm ein Flugblatt, Gummibärchen und einen Kugelschreiber geben. Er schüttelte seinen Kopf und schob meinen Arm mit den kleinen Aufmerksamkeiten zur Seite. Er hatte starke schwarze Augenringe, blickte mich ernst an und fragte, ob ich den Staatssekretär Zwickner persönlich kennen würde. Ich bejahte und sah, dass er sehr aufgeregt war. Er presste seine Lippen aufeinander, dann fing er an, auf mich einzureden: „Ihr Zwickner hat vor Jahren mit seiner Schwulenhetze und seinen Pogromen gegen uns mein Leben verbittert. Mit seinen scharfen Anti-Aids-Regeln wollte er uns schikanieren und absondern. Richten Sie ihm aus, wir haben das auch nach acht Jahren nicht vergessen. Sie sollten sich schämen, dass Sie für diese Partei werben. Wir werden alles unternehmen, damit Sie in München nicht an die Macht kommen." Dann zog er aus seiner Tasche ein Tuch, das er ausbreitete und für jeden sichtbar mit beiden Armen hochhielt. Darauf stand in roten Buchstaben: „Ihr habt aus 1933 nichts gelernt".

Ich hatte von Zwickners Aids-Politik vor Jahren in den Zeitungen gelesen und lehnte sein rigides Vorgehen ab. Nun stand ich an der Seite dieses Mannes, konnte seine Verbitterung und seine Not nachfühlen. Meine Kollegen am Infostand zeigten sich empört und forderten den Mann auf, schleunigst zu verschwinden. Er blieb stehen und hielt mit zusammengepressten Lippen über eine halbe Stunde das Transparent über seinen Kopf, bis er müde wurde, das Tuch zurück in die Tasche steckte und langsam weiterging.

Ich hatte Verständnis für ihn und keines für die Empörung meiner Kollegen. Mein weiteres Ausharren in der Partei begründete ich vor mir selbst damit, dass sich unsere aktuelle Politik den Homosexuellen gegenüber geändert hatte. Schließlich wusste ich von schwulen Stadträten in meiner Fraktion.

## Immobilienhai

Nur wenige Tage vor der Wahl rief mich Otto auf meinem nagelneuen Handy an, ich sollte schnell zu ihm ins Büro kommen. Ich eilte zu ihm, er saß vor einem bedruckten Papier, das er mir nach meiner Ankunft wortlos überreichte. Überschrift war, welche der Stadtratskandidaten der Konservativen man nicht wählen sollte. Darunter standen in einer Tabelle zehn Namen aus drei Ortsverbänden mit Alter, Listenplatz und Begründung für deren Unwählbarkeit. Die Begründungen waren überwiegend fadenscheinig. Die eine sollte nicht gewählt werden können, weil sie arbeitslos sei, der andere wäre nur ein Handyfreak und hätte keine Prinzipien. Das waren mehr oder weniger belanglose Anschuldigungen.

Meine Beschreibung stach hervor, weil sie als einzige in Fettschrift abgedruckt war und inhaltlich unerträglich. Text: „Felix Mandelbaum, der Immobilienhai aus der jüdischen Gemeinde."

Otto erklärte mir, dass er sich an ein solch widerliches anonymes Flugblatt gegen einen unserer Stadtratskandidaten nicht erinnern könne. Sicherlich würden die Kommunisten, eher nicht die Rechtsradikalen, dahinterstecken. „Schwer wiegt, Felix, dass Tausende dieser Pamphlete verteilt worden sind, vor allem in den großen Wohnblöcken und Hochhäusern, wo die Wohnungen klein und die Mieter arm sind."

Ich hatte schon wieder das Gefühl, mir würde der Boden unter meinen Füßen weggezogen. Meine Bemühungen der letzten Monate waren vergebens gewesen.

Auf Ottos Schreibtisch lag ein hoher Stoß dieser Flugblätter. Ich fragte ihn, wie der Schund in dieser Vielzahl in sein Büro gelangt sei. Er antwortete, dass das Flugblatt nicht nur in die Briefkästen eingeworfen würde, sondern stapelweise, wie Anzeigenblätter, in den Eingangsbereichen der Wohnhäuser deponiert läge. „Das ist eine schlimme, gut organisierte Hetze gegen dich." Dass es eine antisemitisch motivierte Kampagne war, kam nicht über seine Lippen.

Ich nahm einen Stoß der Blätter mit und fuhr zurück ins Büro. Zunächst telefonierte ich mit Georg, nachdem ich ihm das Papier per Fax übermittelt hatte. Er war schnell am Telefon und bereits im Bilde. Als ich ihm sagte, Otto vermutete, dass der perfide Wisch das Werk der Kommunisten oder Nazis sei, hörte ich sein leises Seufzen. „Felix", meinte er, „ich könnte mir gut vorstellen, dass einer deiner eigenen Parteifreunde, vielleicht ein Antisemit, dich nicht im Rathaus sehen will. Bei euch ist mit Zwickner an der Spitze alles möglich. Du musst Anzeige gegen Unbekannt erstatten." Ich war in diesen Dingen unerfahren und fragte mich, warum dieser Ratschlag vorhin nicht von Otto gekommen war. Georg meinte dazu, München sei eben ein Sumpf. „Neben der Polizei wären auch die Medien eine gute Adresse für dich", fügte er an.

Zu Hause nach dem Abendessen erzählte ich Rebecca von dem Flugblatt und zeigte es ihr. Sie war fassungslos. Am nächsten Tag ging ich zur Polizei. Ich saß über Stunden in der Wache. Nachdem eine junge Polizeibeamtin, spezialisiert auf politisch motivierte Anzeigen, im Zweifingersystem den Sachverhalt in eine alte, klapprige Schreibmaschine getippt und ich das Protokoll unterzeichnet hatte, meinte sie, dass es fast unmöglich wäre, den Täter ausfindig zu machen. „Es handelt sich um eine Publikation, also untersteht dieses Flugblatt den Mediengesetzen. Und das besagt, dass solche Taten schon nach sechs Monaten verjähren."

Ich nahm mir Georgs Ratschlag zu Herzen und telefonierte mit einem Reporter des Süddeutschen Kuriers, stellte mich als einziger jüdischer Stadtratskandidat vor und erzählte von dem antisemitischen Flugblatt. Er meinte trocken, dass für sein Blatt die Religion von Stadtratskandidaten nicht von Belang sei und er sich von mir nicht für Wahlkampfzwecke einspannen ließe. „Das Flugblatt liegt schon auf meinem Schreibtisch. Ich würde sagen, das könnte auch aus Ihren eigenen Reihen kommen. Wir werden darüber berichten."

Tatsächlich erschien am nächsten Tag eine kurze Randnotiz über mich und das Flugblatt ohne jegliche Wertung. In einem Kommentar am Samstag vor der Wahl titelte das Blatt im Lokalteil mit der Aufforderung, auf keinen Fall konservativ zu wählen.

An diesem Tag ging ich in die Synagoge. Ich wusste, dass meine Kandidatur aussichtslos war. Nach dem Gottesdienst sprach der Rabbiner nochmals den Segen über den Wein und es gab einen kleinen Imbiss im Vorraum. Einige Vorstandskollegen und ich standen zusammen. Lieberman kam auf uns zu und fragte nach meinem Befinden. Ohne auf meine Antwort zu warten, sprach er mich auf das Flugblatt an. Ich erzählte ihm von meiner Anzeige und der ersten Vermutung, dass hinter dieser Intrige die Kommunisten oder die Nazis stünden. Er neigte seinen Kopf mit einem Grinsen zur Seite und meinte, die Zeit sei noch nicht reif für einen Juden im Münchner Stadtrat, damit müssten wir leben. „Ich kann mir auch vorstellen, dass die Urheber nicht unbedingt in extremistischen Kreisen zu suchen sind."

Robert und Nathan, die auch neben mir standen, sprachen aus, was alle anderen dachten: „Warum musstest du auch in eine christliche Partei gehen. Nun hast du die Quittung." Ich blickte zu Lieberman, er kommentierte das nicht, verabschiedete sich und wünschte viel Erfolg. Meine Vorstandskollegen taten es ihm gleich und gemeinsam gingen wir hinaus in die Reichenbachstraße.

Am Sonntag wurde gewählt. Rebecca und ich gingen nachmittags in das Wahllokal im Bürgerheim. Ich sah viele Menschen dort, die ich nicht kannte und die mich nicht kannten, und konnte mir nicht vorstellen, dass nur einer von ihnen mir seine Stimme geben würde. Am Abend fuhr ich in das Kreisverwaltungsreferat, in dem die Wahlergebnisse für den Stadtrat nach Stimmbezirken bekanntgegeben wurden.

Am Wahlabend stand bereits fest, dass meine Partei mit 32 Sitzen die stärkste Fraktion bilden würde. Die Sozialisten hatten einen Sitz weniger. In den nächsten Tagen würden die Stimmergebnisse der einzelnen Kandidaten feststehen.

Am Mittwoch war das Endergebnis bekannt. Unsere Geschäftsführerin Anita Bauer rief mich am frühen Morgen an, um mir mitzuteilen, dass ich es leider mit Platz 39 nicht geschafft hätte. „Persönlich bedauere ich das sehr. Du hast mehr als deine Kollegen getan. Es fehlte halt die Unterstützung der Partei und vor allen Dingen die deiner Gemeinde." Auf das antisemitische Flugblatt ging sie nicht ein.

Nach dem Telefonat hatte ich genug. Ich fühlte mich ausgenutzt von Lieberman, aber auch von Zwickner. Beide hatten versucht, mich für ihr eigenen Ziele einzuspannen. Am frühen Abend fuhr ich vom Büro nach Hause und besprach mich mit Rebecca. Politik war nichts für mich, ich war den Leuten nicht gewachsen, deshalb erwog ich, die Partei zu verlassen und mein Vorstandsmandat in der Gemeinde zu beenden. David holte beim Italiener am Rotkreuzplatz große Pizzen und wir aßen gemeinsam zu Abend. Ich öffnete eine Flasche Rotwein und trank mehrere Gläser, um mich zu beruhigen.

Nach der Tagesschau klingelte mein Handy, sicherlich wieder die Meldung eines Wasserschadens, dachte ich. Eine männliche, dunkle Stimme war am Telefon. Der Mann erklärte, er sei aus meinem Ortsverband, wir würden uns aber nicht kennen und er würde anonym bleiben wollen. Er sagte: „Die Nazis haben meinen Großvater väterlicherseits in Dachau ermordet, weil er jüdische Wurzeln hatte. Das antisemitische Flugblatt war nicht das Werk von Extremisten, wie von der Parteispitze behauptet. Es wurde von Parteifreunden aus unserem Ortsverband verfasst, gedruckt und in sehr großer Zahl verteilt. Sie haben damit im Suff geprahlt. Mir wurde die Information vor einigen Stunden zugetragen. Mehr kann ich leider nicht sagen, auch keine Namen nennen. Sie sollten aber wissen, dass aus den eigenen Reihen gegen Sie intrigiert wurde. Ich wünsche Ihnen alles Gute." Er beendete das Gespräch abrupt und ließ mich sprachlos zurück.

Warum begab ich mich in diesen Sumpf? Mit meinem Ehrgeiz, in den Stadtrat zu gelangen, hatte ich mich überhoben. Sie würden niemals akzeptieren, dass ich als Jude in einer christlichen Partei ein politisches Fortkommen haben könnte. In der Gemeinde erntete ich von Anfang an Unverständnis und Ablehnung angesichts meiner politischen Ambitionen. Lieberman wollte mich nicht unbedingt im Stadtrat sehen. Meine Rolle sollte allein die eines Türöffners in die Partei sein. Unseren Besuch im Landtag hatte ich immerhin gut eingefädelt.

Meine Gedanken wurden zusehends düsterer, ich war voller Selbstzweifel. Abends im Bett wälzte ich mich über Stunden. Mir war schwindelig und ich atmete schwer. Vielleicht liegt es am

Wein, dachte ich. Als Rebecca ins Schlafzimmer kam und mich schweißgebadet im Bett fand, nach Luft ringend, erschrak sie und fragte aufgeregt, wie es mir ginge. Ich konnte nicht antworten und verlor das Bewusstsein.

Am frühen Morgen erwachte ich im Krankenhaus. In der Vene meiner rechten Hand war eine Nadel eingestochen, über die von einem Tropf Flüssigkeit in mein Blut floss. Ich war ruhig, konnte gut atmen und blickte auf ein gerahmtes Bild an der gegenüberliegenden Wand, ohne den abgebildeten Gegenstand zu erkennen. Ich wusste nicht, warum und weshalb ich in diesem fremden Bett, in diesem fremden Zimmer und nicht zu Hause lag, und drückte auf den Klingelknopf, der über mir hing. Nach wenigen Sekunden kam eine Schwester an mein Bett. „Schön, dass Sie aufgewacht sind, Herr Mandelbaum. Sie sind hier in der kardiologischen Abteilung des Rotkreuz-Krankenhauses in Neuhausen. Sie wurden mit Verdacht auf Herzinfarkt eingeliefert. Gott sei's gedankt, war nichts." Sie lächelte. „Das Weitere werden Ihnen nachher die Ärzte berichten."

Bald kam mich Rebecca besuchen. Sie brachte frische Croissants und einen Cappuccino aus dem Café gegenüber. Ich hatte Hunger, wollte die Nadel aus meiner Vene ziehen, aufstehen und ins Büro fahren. Rebecca lächelte zufrieden, als sie mich wach im Krankenhaus antraf. Ich verschlang ein Croissant und trank in großen Zügen den noch warmen Kaffee. Plötzlich wurde die Türe zu meinem Krankenzimmer energisch geöffnet, ein Arzt in weißem Kittel, die Schwester von vorhin und eine jüngere Ärztin kamen herein. „Mein Name ist Dr. Müller-Berger, ich bin Chefarzt der kardiologischen Abteilung. Da hatten Sie noch einmal Glück, Herr Mandelbaum, es war kein Herzinfarkt, sondern ein kleiner Nervenzusammenbruch. Die Ursache der schweren Atemnot konnten wir bisher nicht diagnostizieren. Passen Sie auf sich auf, treten Sie etwas kürzer. Für einige Untersuchungen behalten wir Sie für den Moment noch hier." Kurz nachdem sie gegangen waren, kam die Schwester, nahm Blut ab und zog die Infusionsnadel heraus.

Ich ging ins Badezimmer und putzte mir die Zähne. Im Spiegel betrachtete ich mein Gesicht. Ich bildete mir ein, die Wangen wären leicht eingefallen, die Augen schwarz umrandet und an den Schläfen entdeckte ich einige leicht angegraute Haare. Ich erschrak, ging zurück ins Zimmer und legte mich wieder ins Bett. Nachmittags kam die junge Ärztin, die morgens bei der Visite mit dabei gewesen war, um mir mitzuteilen, dass meine Blutwerte nicht besorgniserregend wären, mit Ausnahme eines leicht erhöhten Blutzuckerwertes und eines hohen Cholesterinspiegels. „Das sollten Sie bitte mit Ihrem Hausarzt abklären. Habe übrigens Ihren Namen auf den Wahlplakaten gelesen und Sie gewählt. Ist Ihnen der Sprung ins Rathaus gelungen?" Ich schüttelte wortlos den Kopf und hob fragend meine Schultern.

Ich wurde entlassen. Zu Hause angekommen, legte ich mich zunächst in die Badewanne, um den Geruch des Krankenhauses abzuwaschen. Dann setzte ich mich an Rebeccas Flügel und spielte mehrmals die erste Invention von Bach, mein Lieblingsstück. Nichts vermochte mich so zu beruhigen wie diese Musik auf dem schönen, leicht verstimmten, alten Instrument.

Mein Handy, das auf dem Wohnzimmertisch lag, summte und störte meinen Frieden. Ich wollte niemanden sprechen. Ein Wasserschaden, eine defekte Klospülung, ein Mieter, der zur frühen Abendstunde ein Problem hatte – wer auch immer mich unbedingt sprechen wollte, würde warten müssen.

Das Handy hörte nicht auf, sich zu melden. Ich stand resigniert auf, schloss den Deckel über der Klaviatur des Flügels, ging zum Handy und drückte auf die grüne Annahmetaste. „Servus, Felix", klang es aus dem Telefon. „Hier ist Max Zwickner. Anita Bauer und ich haben beschlossen, dich für die Kreisvorstandssitzung morgen in die Parteizentrale einzuladen. Wir planen, dich zum Vorstand zu kooptieren. Also morgen Abend in der Evastraße."

Ohne zu überlegen, sagte ich zu. Zwickner bedankte sich und verabschiedete sich bis zur Vorstandssitzung.

Warum hetzten sie gegen mich mit antisemitischen Flugblättern, während der Münchner Chef mich in seinem höchsten

Gremium sehen wollte? Insgeheim hatte ich von Zwickner einen Anruf und Tröstung erwartet, nicht aber diese Einladung. Ich zweifelte, war aufgeregt, hielt mir vor Augen, dass ich immer noch absagen konnte.

Zu Rebecca sagte ich leise, dass mich das antisemitische Flugblatt nicht abhalten und ich doch hingehen sollte. „Jetzt erst recht."

Sie schüttelte den Kopf. „War die letzte Nacht nicht Warnschuss genug für dich?"

**06:24** *Ich kann mir immer noch nicht so recht erklären, warum ich damals wegen nur eines einzigen Anrufes nicht die richtigen Lehren aus meiner bewusstlosen Nacht im Krankenhaus zog. War ich so schnell der Droge Politik erlegen?*

Der Saal in der Evastraße war bis auf den letzten Platz besetzt. An der Stirnwand des Versammlungsraumes hing ein Ölgemälde vom vormaligen Parteivorsitzenden und Ministerpräsidenten und daneben ein doppelt so großes Kruzifix. Zunächst bat Zwickner, mich als Vorstand der jüdischen Gemeinde zu kooptieren. Dann wurde das Wahlergebnis für den Münchner Stadtrat analysiert. Unsere Partei hatte bekanntermaßen 32 Plätze, einen Platz mehr als die Sozialisten, erringen können. Wir waren von den Wählern zur Regierungspartei bestimmt worden, so führte Zwickner aus, und deshalb müssten wir nun mit anderen Parteien eine mehrheitsfähige Koalition bilden. „Ich erwarte vom Vorstand den Auftrag, Koalitionsverhandlungen zu führen."

Nun folgten ewig lange Diskussionen. Zwickner ließ sich nicht beirren, bis ihm der Verhandlungsauftrag erteilt wurde.

Am nächsten Tag ging eine Pressemitteilung an die Medien, in der wir wegen unseres guten Wahlergebnisses den Anspruch auf eine Regierungsbeteiligung forderten. Das Presse-Echo war geteilt. Tenor war, dass die Rathausparteien mit der Truppe von Zwickner wegen seiner sehr rechten Gesinnung keine Regierung bilden sollten. Zwickner verhandelte, machte viel Wind, am Ende bildeten die Sozialisten und die Grünen wieder eine Koalition. Mit Ausnahme des Kreisverwaltungsreferates waren alle anderen Referenten aus deren Parteien entsandt.

Malka studierte nach wie vor in London, plante aber, sich mit David in den Sommerferien in einem Ferienlager in Israel zu treffen. Das Camp befand sich nahe am See Genezareth an der Grenze zum Libanon. Wir bedauerten, dass sie nicht zu uns nach München kommen wollte. So fuhren wir mit unserem 17-jährigen Sohn zum Terminal F des Münchner Flughafens, an dem nur Flüge nach Israel abgefertigt wurden. Vor dem Zugang zu dieser eingeschossigen Abfertigungshalle stand ein Panzer der Polizei. Daneben waren Polizisten mit Maschinengewehren im Anschlag postiert. Angesichts der vielen vorherigen Abflüge von diesem Terminal hatten wir uns an dieses Bild gewöhnt.

Am späten Nachmittag kamen Rebecca und ich nach Hause, ich telefonierte mit Vorstandskollegen wegen der neuen Pläne Liebermans für das jüdische Zentrum. Vom Landtag gab es Hinweise auf mögliche Teilfinanzierungen. Das war das Ergebnis unseres Gespräches mit Alois Kurz. Diese positive Nachricht erfuhr ich nicht von Lieberman.

## Kanonendonner im Libanon

Abends telefonierten wir mit den Kindern in Israel. Sie waren gut angekommen. Malkas Flug aus London hatte sich über eine Stunde verspätet, die Gruppe hatte auf sie warten müssen. Sie waren mit einem Bus ins Ferienlager gefahren und David berichtete begeistert, dass sie schon während der Fahrt gemeinsam israelische Lieder gesungen hatten. Das Ferienlager gehörte zu einem Kibbuz.

Während wir telefonierten, vernahm ich durch das Telefon in unregelmäßigen Abständen ein dumpfes Grollen. Ich fragte David, ob es bei ihnen donnerte. Zunächst antwortete er nicht und sagte dann leise, das Krachen käme von Granaten, die von Kanonen in Richtung Libanon abgefeuert würden. „Der Betreuer vom Kibbuz hat versichert, dass keine Gefahr besteht und wir nicht in den Bunker müssen. Vielleicht werden die Kampfhandlungen morgen schon wieder eingestellt."

Malka kam nochmals ans Telefon, dann verabschiedeten sich beide schnell von mir, weil wir ohnehin schon zu lange miteinander sprachen. Rebecca war verärgert, weil sie kein Wort mit den Kindern hatte wechseln können, und fragte nebenbei, ob es in Israel tatsächlich gewittert hätte. Ich zögerte mit meiner Antwort, hätte ihr gerne die Wahrheit verschwiegen, um sie nicht zu ängstigen. „Das war der Donner von Kanonen, die sie in den Libanon abfeuern. Wir müssen uns aber keine Sorgen machen, haben die Kinder gesagt. Morgen werden die Kriegshandlungen voraussichtlich eingestellt."

Rebecca sah mich an. Ihr Gesicht wurde kreidebleich. Wir fürchteten um das Leben unserer Kinder. Warum hatten wir sie nicht nach Rimini ans Meer oder nach Oberbayern ins Gebirge fahren lassen, wie es für andere Kinder ihres Alters, Kinder von nichtjüdischen Eltern, normal war, sondern in ein Kriegsgebiet? Während dieser Nacht war nicht an Schlaf zu denken. Am nächsten Morgen berichtete der Rundfunk, dass Israel über die Vermittlung Ägyptens mit der Hamas einen Waffenstillstand an der Nordgrenze vereinbart hätte und ab sofort die Waffen schweigen würden.

Langsam hatte ich mich mit meiner Wahlniederlage abgefunden. Im Parteivorstand beteiligte ich mich zunächst nicht an den Diskussionen. Ich fürchtete, im Kreis der routinierten und sprachgewandten Politiker Falsches zu sagen. Während der letzten Sitzung der Konservativen im alten Jahr wurde über die in der Sparkassenhalle des Rathauses geplante „Wehrmachtsausstellung" aufgeregt diskutiert. Zwickner hatte die Ausstellung im Vorfeld als „linkes Machwerk" bezeichnet, das Millionen von deutschen Soldaten pauschal verurteilte. An dieser Einschätzung hielt er fest. Damit, so beendete er die Sitzung, müssten wir uns wohl oder übel im neuen Jahr auseinandersetzen.

Ende Februar 1997 wurde die Ausstellung über die Verbrechen der Wehrmacht in der Zeit des Nationalsozialismus vom Oberbürgermeister eröffnet. Zunächst unterstrich er, dass es bei dieser Ausstellung nicht um die pauschale Verunglimpfung aller Soldaten als Verbrecher ginge. Dennoch: Am Beispiel von militärischen Lageberichten, von Tagebucheinträgen einfacher Soldaten und Hunderten von Fotos versuchte die Ausstellung, ein realistisches Bild der angeblich sauberen Wehrmacht zu zeichnen. Die Wehrmacht hatte sich im Osten an der Verfolgung der Juden und deren Ermordung beteiligt. Das wusste ich aus Gesprächen mit Überlebenden in der Gemeinde. Die ausgestellten Bilder bezeugten es.

Ich verbrachte mehrere Stunden in der Sparkassenhalle. Da gab es Bilder von Männern und Frauen, die tot an Galgen baumelten, die vor Gruben erschossen wurden – sie hätten meine Verwandten sein können. Ich war dankbar für diese Ausstellung, die ich deprimiert verließ.

Noch am selben Abend versuchte ich, Zwickner von seiner kritischen Haltung abzubringen. Er zeigte sich für meine Argumente offen. „Du sprichst von einer sehr persönlichen Warte, das respektiere ich, Felix." Dennoch könne man nicht akzeptieren, dass eine ganze Generation von tapferen Kameraden, die im Feld waren, von einem linken Pseudohistoriker verunglimpft würden. Er beendete schnell das Gespräch, ich spürte, dass er es als sehr unangenehm empfand und sich bei allem Respekt für meine persönlichen Befindlichkeiten keinesfalls danach richten wollte.

Eine große Zahl ehemaliger Wehrmachtsangehöriger demonstrierte kurz darauf auf dem Marienplatz. Auf ihren Transparenten stand „Ehre für die Wehrmacht". Mit ihnen hatten sich Mitglieder der Bundeswehr und Burschenschaftler vor dem Rathaus versammelt. Angeführt von Zwickner zogen gleichzeitig Spitzenpolitiker der Konservativen zum Grab des unbekannten Soldaten im Hofgarten und legten dort einen Kranz nieder. In ihrem Parteiblatt hieß es, die Initiatoren der Ausstellung würden einen „moralischen Feldzug gegen das deutsche Volk" führen. Die Fraktion der Konservativen im Landtag lehnte die Ausstellung geschlossen ab.

Die Neonazis organisierten in München ihre größte Demonstration seit den siebziger Jahren. Sie forderten Zwickner auf, sich ihnen anzuschließen, was natürlich nicht geschah. Er spitzte allerdings die Diskussion um die Wehrmachtsausstellung noch weiter zu. Dem Initiator der Ausstellung, Philipp Reemtsma, empfahl er, er solle sich doch besser um die Opfer des Tabakrauchs kümmern.

Auch Lieberman äußerte sich in einer ausführlichen Pressemitteilung zur Ausstellung und nannte die Ausführung des Kommissar-Befehls im Zweiten Weltkrieg ein unwidersprochenes Verbrechen auch der Wehrmacht. Dieser Befehl hatte die Anweisung enthalten, politische Kommissare der Roten Armee nicht als Kriegsgefangene zu behandeln, sondern sie ohne Verhandlung zu erschießen. In einer zweiten Pressemitteilung legte Lieberman sich mit Zwickner an. Er sei ein „geistiger Brandstifter" und würde die ohnehin explosive Situation noch weiter anheizen. In Gesprächen versuchte ich, ihn zur Mäßigung zu bewegen. Seine Geschäftsführerin Anita Bauer war wie ich besorgt über die Entwicklung und sah die Ausstellung in einem anderen Licht als ihr Chef.

An einem Montagabend nach der Eröffnung der Wehrmachtsausstellung gab es eine Vorstandssitzung der Gemeinde mit der Ausstellung als einzigem Thema. Der gesamte Vorstand empörte sich über das Verhalten meiner Partei und bestätigte den Vorwurf Liebermans an Zwickner.

Nun war ich an der Reihe. Einige fragten, mit welcher politischen Haltung ich in diese konservative Partei eingetreten sei und warum ich sie nicht angesichts der skandalösen Position zur Wehrmachtsausstellung längst verlassen hätte. Ich entgegnete, dass ich die Ausstellung gesehen hätte und den Initiatoren dankbar wäre. „Ich habe Zwickner in persönlichen Gesprächen mehrmals um Mäßigung gebeten, allerdings leider ohne Erfolg."

Meine Ausführungen führten zu allgemeinem Gelächter. Sie schienen mir nicht zu glauben und einige sahen mich wohl an der Seite ihrer Gegner. Ich war in ihren Augen ein Verräter. Daniel Lieberman beteiligte sich nicht an dieser Diskussion.

Dann erhob sich ein Vorstandskollege, ein Goldschmied und Musiker, und stellte mich vor die Alternative, entweder die Konservativen sofort zu verlassen oder aus dem Judentum auszutreten.

Zunächst herrschte Totenstille. Niemand widersprach. Ich blickte zu Lieberman, der mich mit keiner Silbe unterstützte und nach einem kurzen Zuwarten ein gänzlich anderes Thema ansprach. Ich hätte weinen können angesichts der völlig verfahrenen Situation und zog es vor, schweigend das Ende der Sitzung abzuwarten.

Wortlos und einsam verließ ich die Gemeinde. Der Geschäftsführer und meine Vorstandskollegen ließen mich stumm, wie einen ungeliebten Fremden gehen. Es war spät. Ich wollte nur nach Hause.

Rebecca und David schliefen schon. Ich ging in die Küche, schmierte mir ein Butterbrot, setzte mich vor den Fernseher und sah mir die Spätnachrichten an. Nach den ersten Sätzen des Sprechers schaltete ich wieder ab. Ich war zu erregt, um seinen Ausführungen zu folgen, und war enttäuscht von meiner eigenen Mutlosigkeit im Vorstand. Ich hätte ihnen erzählen sollen, dass Lieberman mich in diese Partei gedrängt hatte, deren Vorsitzenden er einen geistigen Brandstifter schimpfte, aber keinen Finger rührte, um mich vor Angriffen zu schützen. Unruhig lief ich vom Esszimmer zur Küche und zurück. Irgendwann holte ich mir ein Pils aus dem Kühlschrank und lehrte die kleine Flasche in zwei Zügen.

Nachdem ich mich hingelegt hatte und eingeschlafen war, erschien der Goldschmied im Traum mit einem verzerrten Gesicht. In seine bleichen Wangen waren Hakenkreuze eingeritzt. Hinter ihm stand Lieberman in Frauenkleidung, mit schwarzen Bartstoppeln im Gesicht, einen Kerzenleuchter schwenkend und ständig den Kopf schüttelnd. Daneben schlug sich der übergewichtige Geschäftsführer in Boxershorts mit seinem Schatten.

Ich erwachte schweißgebadet, schaltete die Nachttischlampe ein, öffnete meine Augen, um den Spuk schnell zu beenden. Darauf eilte ich ins Bad und spritzte kaltes Wasser in mein Gesicht, setzte mich auf den Rand der Badewanne und begann, lautlos zu weinen. Nur schwer konnte ich mich beruhigen, wischte die Tränen aus den Augen und versuchte, einen klaren Gedanken zu fassen. Durfte ich nach den letzten Tagen noch in dieser Partei bleiben? Zwickner mit seinem strammen Rechtskurs bereitete mir körperlichen Schmerz.

Anita Bauer rief mich am Morgen an und bat mich, möglichst bald zu kommen, es gäbe Neuigkeiten zum antisemitischen Flugblatt. Ich besuchte sie am Nachmittag in ihrem kleinen Büro in der Evastraße. Sie erkannte schnell meine Verzweiflung und fragte, ob alles in Ordnung sei. Ich verneinte mit einem langsamen Kopfschütteln, erzählte ihr von meinen Problemen in der Gemeinde, von dem Hass, der mit dort entgegenschlug, dass man mich ausschließen wollte und forderte, ich solle die Partei unverzüglich verlassen. Sie versuchte, mich zu beruhigen. „Für viele Parteifreunde ist die Wehrmachtsausstellung kein Thema. In wenigen Wochen wird sie in eine andere Stadt verlegt, dann ziehen sich die alten Krieger wieder in ihre Löcher zurück und eine neue Sau wird durchs Dorf gejagt. Wer weiß, wie lange Zwickner mit seinen engen Freunden noch an der Spitze unseres Verbandes steht?“

Ich zog meine Augenbrauen hoch, das hörte sich nun wirklich merkwürdig an. Anita schien keine Freundin von Zwickner zu sein. Doch wer mochte ihn überhaupt wirklich, außer einst Lieberman?

Dann sagte Anita mit gesenkter Stimme: „Ein Unglück, lieber Felix, kommt selten allein. Es gab tatsächlich vor einigen Wochen eine Selbstanzeige bezüglich Deines Flugblatts. Sie kam von Stadtrat Hermann Bertschy aus deinem Ortsverband. Er hat zugegeben, die Flugblätter produziert und verteilt zu haben. Nach seiner Selbstanzeige hat die Polizei seine Büroräume durchsucht und Beweise gefunden. Du kennst vielleicht seine Geschichte: Er war selbst Polizist, ist nun in Rente. Das Gerücht, dass der Täter aus unseren eigenen Reihen kam, ist in der Partei ja schon seit Monaten umgegangen.“

„Und das Unglück?“

„Die sechsmonatige Verjährungsfrist für das Flugblatt ist verstrichen."

Ich zuckte die Schultern und fragte Anita, was ich in dieser Partei noch alles aushalten müsse. Sie lächelte, strich sich ihre Haare etwas verlegen zurecht und überlegte lange. „Sie haben dir übel mitgespielt. Vergiss aber bitte nicht, du bist ein Seiteneinsteiger, andere sind seit ihrer Jugendzeit in der Partei und haben sich mühsam in ganz kleinen Schritten nach oben gearbeitet. Da kommt Neid auf, wenn einer nach wenigen Monaten Parteizugehörigkeit auf der Stadtratsliste steht und noch dazu jüdisch ist. Ich bin ehrlich zu dir und du hast meine Unterstützung und mein Wohlwollen. Ich bin der festen Überzeugung, dass wir dich ebenso brauchen wie deine Gemeinde uns."

Ich fragte, mit welchen Sanktionen Bertschy zu rechnen hätte. „Auch wenn die Verjährungsfrist verstrichen ist, kann man ihn doch nicht so einfach davonkommen lassen."

Sie würden wegen des Themas keine weitere schlechte Presse wollen. Das Erscheinungsbild unseres Verbandes im Zusammenhang mit der Wehrmachtsausstellung sei ohnehin schon zerrüttet und Zwickner denke noch dazu an eine Kandidatur als Oberbürgermeister.

„Bertschy verteilt ungestraft antisemitische Flugblätter gegen mich und ich soll weiter den Alibi-Juden geben."

Anita entgegnete: „Vergiss den Polizisten, er ist ein kleines Licht. Wir benötigen in der Partei einen Fürsprecher für jüdische Belange. Wir benötigen jemanden, der überzeugend christlich-jüdische Werte vertreten kann. Und wir benötigen einen Mitstreiter, der uns hilft, künftig im jüdisch-deutschen Dialog den richtigen Ton zu finden."

„Soll ich dann mit mir selbst sprechen", fragte ich sarkastisch, „schließlich bin ich gleichzeitig jüdisch und deutsch?"

Sie war schlau und erwiderte schnell, dass es genau um diese Semantik ginge. Sie sei sicher, ich könne viele Missverständnisse ausräumen und den liberalen Flügel in der Partei stärken. Anita bat mich, keine übereilte Entscheidung zu treffen, abzuwarten.

Wenn ich dabeibliebe, würde ich und nicht Bertschy in sechs Jahren dem Stadtrat angehören.

Während unseres Gesprächs war es dunkel geworden. Es klingelte an der Türe und Anitas Mann kam, um sie abzuholen. Hannes war Professor an der betriebswirtschaftlichen Fakultät der Uni München. Sein Gesicht kam mir bekannt vor. Ich erinnerte mich, dass ich in meiner Studienzeit an seinem Seminar teilgenommen hatte, das er als Assistent abhielt.

## Einen Pflock einschlagen

Ich wollte meine weiteren Schritte mit Ulli Weiss besprechen. Nach einem Anruf lud er mich zu sich in die Staatskanzlei ein. An der Pforte zeigte ich meinen Ausweis und wurde nach wenigen Minuten von einer Dame abgeholt. Wir fuhren mit dem Lift in das dritte Obergeschoss und gingen dann über einen blauen Teppich auf einem langen Gang zu seinem Büro. Er saß in einem kleinen Zimmer mit großem Fenster zum Hofgarten und Blick bis zur Residenz.

Ulli freute sich über unser Wiedersehen und wir setzen uns an einen kleinen runden Tisch aus hellem Eichenholz. Ohne Fragen und Vorreden kritisierte Ulli die Parteioberen wegen ihres Umgangs mit der Wehrmachtsausstellung aufs Schärfste. Er selbst könne als Historiker nur unterstreichen, dass die Wehrmacht an den Verbrechen der Nationalsozialisten maßgeblich beteiligt gewesen war. Ohne deutsche Wehrmacht wäre der Vernichtungsfeldzug im Osten nicht möglich gewesen. Ich pflichtete Ulli bei, betonte aber, dass wir beide mit dieser Beurteilung in der Partei mit wenigen anderen in der Minderheit wären. Lächelnd erwiderte er, dass richtungsweisende politische Entwicklungen häufig von Minderheiten ausgehen würden. Als ich ihm von dem Versuch meines Rausschmisses aus der Gemeinde erzählte, tippte er mit seinem rechten Zeigefinger an die Stirn. „Deine Vorstandskollegen sollten wissen, dass man als Jude geboren wird und kein Vorstand dieser Welt einem die jüdische Identität entziehen kann.“

Die Geschichte von Bertschy hatte ihn bereits erreicht. Ganoven gäbe es überall, aber dass es ausgerechnet ein Polizeibeamter sein müsse, der sich für einen guten Listenplatz einer Straftat schuldig gemacht hatte, sei schon bemerkenswert. „Sollte dich ein Reporter darauf ansprechen, würde ich an deiner Stelle nicht schweigen."

Dann erzählte er mir, dass unlängst der Ministerpräsident ihn wegen der Entwicklung des jüdischen Zentrums angesprochen hätte. Er sähe nach wie vor keine Finanzierungsmöglichkeiten, dennoch hätte er angemerkt, wir müssten der Welt zeigen, welche Bedeutung wir jüdischem Leben in Bayern einräumten. Das sei auch wichtig für die internationalen Geschäftsbeziehungen Bayerns, insbesondere in die USA. Ich war erstaunt, dass das jüdische Zentrum ein so präsentes Thema in der Staatskanzlei war. „Lieber Ulli, was nützt die Einsicht ohne Geld? Lieberman geht mir seit dem Eklat mit der Ausstellung aus dem Weg. Ich glaube, er zweifelt grundsätzlich am Sinn eines neuen jüdischen Zentrums in diesem Land. Sollten wir Juden nicht geschlossen Deutschland den Rücken kehren?"

Ulli schien verärgert, fuhr mehrmals durch sein Haar, während er den Kopf schüttelte und bemerkte, ich solle doch nicht übertreiben. „Wir sollten einen Pflock einschlagen."

„Was meinst du damit?"

„Dass wir nicht aufgeben, sondern zurückschlagen müssen. Ich kenne einen Journalisten vom Morgenblatt, Sebastian Roth. Habe ihn zufällig vor einigen Jahren in Israel in einem Kibbuz getroffen. Er ist empfänglich für jüdische Themen. Vielleicht solltest du mit ihm über das Zentrum sprechen. Ich würde dich bei ihm avisieren." Ulli sah mich fragend an, ich nickte, er griff nach dem Telefonhörer und wählte die Nummer des Reporters.

Er ließ es lange klingeln, bis Roth am Telefon war. Ulli wechselte mit ihm einige freundlichen Worte und kam dann schnell zum Thema des jüdischen Zentrums. Obschon man mit den Planungen noch ganz am Anfang stünde, noch kein geeignetes Grundstück gefunden habe, sollte die Öffentlichkeit rechtzeitig von dem Vorhaben erfahren. „Der Finanzchef der jüdischen Gemeinde, Felix Mandelbaum, steht just in diesem Moment neben mir und ist gerne zu einem exklusiven Gespräch bereit. Magst du gleich mit ihm sprechen, Sebastian?“ Ulli überreichte mir den Hörer.

Mir verschlug es zunächst die Stimme und ich nannte nur meinen Namen. Roth erzählte, dass er schon mehrmals bei Veranstaltungen der Konservativen mit mir am Journalistentisch gesessen hatte. Wir verabredeten uns für den nächsten Vormittag um elf Uhr bei ihm im Redaktionsgebäude an der Marsstraße.

Nachdem das Gespräch beendet war, lächelte Ulli und ich fragte ihn, ob er sich vorstellen könne, welchen Ärger ich zu dem schon bestehenden mit Lieberman bekommen würde. Nach den Statuten sei es allein ihm vorbehalten, die Gemeinde in der Öffentlichkeit zu vertreten. Ulli rieb sich die Hände und meinte, dies sei ein guter Anfang. „Mach dir keine Sorgen, sprich morgen mit Sebastian, nenn dabei keine konkreten Fakten und bleib im Ungewissen.“ Es komme nur darauf an, dass das Thema angestoßen würde. Vielleicht entwickle sich dann tatsächlich eine Eigendynamik. Gewisse Zeitgenossen müssten überrascht werden, um aus ihrem Dornröschenschlaf aufzuwachen

Als ich von der Staatskanzlei langsam durch den Hofgarten zum Marienplatz flanierte, fragte ich mich, ob Ulli vielleicht im Auftrag des Ministerpräsidenten die Initiative für das jüdische Zentrum ergriff? War es Zufall, dass sein Freund, den er in Israel kennengelernt hatte, sofort am Thema interessiert war und kurzfristig ein Gespräch mit mir suchte? Wie schon in anderen Situationen, hatte ich ohne große Überlegung spontan zugesagt und mögliche Folgen verdrängt.

Pünktlich um elf Uhr am nächsten Tag betrat ich das Verlagshaus der Zeitung. Dort saß im Erdgeschoss an einer halbrunden Theke eine Empfangsdame in einem engen dunkelblauen Kostüm. Sie war stark geschminkt, hatte kurzgeschnittenes brünettes Haar und lächelte mir fröhlich zu, als würden wir uns gut kennen. Bevor ich meinen Termin anmelden konnte, begann das Telefon, ununterbrochen zu klingeln. Sie stellte Verbindungen zu anderen

Apparaten her, wechselte freundlich einige Worte, während ich verlegen meinen Blick von ihrem tiefen Ausschnitt abzuwenden suchte. Erst nach mehreren Minuten verstummte endlich das Telefon und ich nannte den Namen Sebastian Roth. „Warum haben Sie das nicht gleich gesagt?", fragte sie und gleichzeitig wehte der Duft ihres Parfums – es war Chanel No. 5 – zu mir herüber. Sie bat mich, ihr gegenüber auf dem schwarzen Le Corbusier-Dreisitzer noch einige Minuten zu warten, bis ich abgeholt würde.

Auf dem Tisch daneben lag ein Stoß der jüngsten Ausgabe der Zeitung. Ich nahm ein Exemplar, blätterte und las einen Kommentar, in dem eine mögliche Kandidatur von Zwickner angesichts „seiner ewig gestrigen Haltung zur Wehrmachtsausstellung" gegen den amtierenden Rathauschef Toni Stiller als düstere Vision beschrieben wurde. Auf der nächsten Seite waren Fotos von schönen Münchnerinnen in Bikinis abgebildet.

Sebastian Roth kam in den Empfangsraum, er ging auf mich zu, ich stand auf und wir reichten uns die Hände. Er kam mir bekannt vor, trug eine Meckifrisur, war etwas kleiner als ich und mit Jeans und einem Hemd mit Karomustern bekleidet. Roth sprach laut und deutlich mit einem weichen rheinischen Dialekt und bat mich, ihm in den „Newsdesk" zu folgen. Wir fuhren mit dem Lift ein Stockwerk nach oben und kamen in einen großen Raum, den ein rot lackierter ovaler Tisch zu gut einem Drittel ausfüllte. Darauf lagen stapelweise unterschiedliche Zeitungen, zum Teil aufgeblättert, und Aktenordner. Mehrere Damen und Herren waren um den Tisch versammelt, einige tippten in die Tastaturen ihrer Desktops, andere telefonierten, wieder andere waren in Diskussionen und Gespräche vertieft. An den Wänden hingen unzählige Bildschirme, über die deutsche und ausländische Fernsehsender ausgestrahlt wurden. Sebastian Roth erklärte mir die Abläufe in diesem Raum, in dem alle Nachrichten zusammenliefen und ein Großteil der Zeitungstexte verfasst wurden. „Jeden Tag schreiben und gestalten wir hier unser Morgenblatt. Nur die Bildredaktion, die Grafikredaktion und natürlich die Chefs –" Er lächelte süffisant. „– sind in den oberen Stockwerken untergebracht." Ich war fasziniert von diesem Anblick. Das Morgenblatt hatten meine Eltern abonniert und ich hatte es jeden Tag gelesen, bis ich mein Elternhaus verlassen hatte. Sie war die tägliche Zeitung meiner Jugend.

Als wir so dastanden und nach einer ruhigen Ecke suchten, kam eine Dame mittleren Alters mit blonden Haaren, leicht geschminkten Lippen in einem beigefarbenen Kleid zielstrebig auf uns zu. Sie bot uns beiden gleichzeitig die Hand zum Gruß. Roth stellte sie mir vor. „Das ist Dorothee Seewald-Reck, unsere Spezialistin für Skandale in Ihrer Partei. Doro hat sicherlich einige Fragen an Sie?"

Die Journalistin warf Roth einen hämischen Blick zu und wandte sich an mich. „Glauben Sie wirklich, dass Ihre Partei Zwickner gegen Toni Stiller kandidieren lässt? Bei dem, was er sich Unsägliches rund um die Wehrmachtsausstellung geleistet hat? Dazu kommt sein offensichtlicher Streit mit dem Ministerpräsidenten."

Ich sah sie freundlich an und sagte: „Ich bin ein kleines Licht in der Partei. Über Personalfragen sprechen Sie am besten nicht mit mir. Im Kreisvorstand wurde seine Kandidatur bisher mit keinem Wort erwähnt."

Dann fragte sie mich, ob ich schon erfahren hätte, wer das antisemitische Flugblatt gegen mich geschrieben und verteilt hatte. Ich nannte ihr Namen und Funktion des „Parteifreundes" und sie versprach, diese Information an den Gerichtsreporter des Morgenblattes weiterzuleiten.

„Prima. Das müssten doch genug Infos für dich sein, Doro", meinte Roth und führte mich in ein kleines Zimmer, das über eine Glastür mit dem Nachrichtenraum verbunden war. Um einen runden Tisch waren einige Stühle gruppiert. Er rückte mir meinen Stuhl zurecht, wir nahmen beide gleichzeitig gegenüber Platz. „Erzählen Sie bitte von Ihrem Gemeindezentrum, Herr Mandelbaum. Ich habe gestern im Gespräch mit Ulli davon zum ersten Mal erfahren, bin also zu diesem Thema recht blank, aber es könnte für uns eine wirklich interessante Geschichte sein. Sie wissen vielleicht, dass der Gründer unserer Zeitung jüdische Wurzeln hat."

Da wir in der Gemeinde zum neuen Zentrum noch nicht einmal Eckpunkte festgelegt hatten, war es für mich schwierig, mitunter verwegen, mit ihm darüber zu sprechen. So erläuterte ich zunächst, dass dank der Zuwanderung von Juden aus den ehemaligen Sowjetrepubliken das bisherige Gemeindehaus viel zu klein geworden sei. Selbst die Synagoge wäre an den hohen Feiertagen so überfüllt, dass Gläubige keinen Platz mehr fänden. Außerdem seien die weiteren Einrichtungen wie Schule und Kindergarten über die ganze Stadt verteilt, die Wege dazwischen teils enorm. „Wir stellen uns ein Zentrum vor, in dem alles untergebracht werden kann."

Roth hörte aufmerksam zu und fragte nach den Kosten, der Finanzierung und dem Grundstück. Ich hatte nicht einmal im Ansatz die Antworten dazu. Wollte ich das Gespräch weiterführen, so musste ich kreativ werden. „Herr Roth, es ist schwer, eine exakte Zahl für die Kosten zu benennen. Grobe Schätzungen liegen allerdings weit unter dem Vermögen, welches die Nazis der Gemeinde einst geraubt haben. Es waren Immobilien und Kunstgegenstände von unschätzbarem Wert. Die Entschädigung für die abgerissene Synagoge und das Gemeindehaus neben dem Oberpollinger, die direkt nach dem Krieg 1945 an uns gezahlt wurde, war nur ein Almosen. Die Kosten des neuen Zentrums werden stets nur einen kleinen Bruchteil dessen ausmachen, was uns genommen wurde."

Nach diesen Worten entstand eine kurze Pause, Sebastian Roth sagte nichts und wartete. Ich schwieg. Aufmunternd und gleichzeitig fragend sah er zu mir und meinte, vielleicht könne ich ihm doch eine Zahl verraten. Die Leser des Morgenblattes erwarteten nicht, wie bei anderen großen Blättern, eine Vielfalt von Detailinformationen, aber stimmig sollten sie doch sein.

Ich merkte, er würde nicht locker lassen. „Lieber Herr Roth, wir sind noch lange nicht so weit, um konkrete Zahlen zu nennen. Wir haben nur eine ungefähre Vorstellung von der erforderlichen

Nutzfläche entwickelt. Bei den derzeitigen Baukosten würde ich persönlich auf eine Zahl von ungefähr 30 Millionen DM kommen. Wie gesagt, das ist nur eine grobe Schätzung, die mit der Gemeinde nicht abgestimmt wurde. Es ist, wenn Sie so wollen, eine Hausnummer als Diskussionsgrundlage." Wenn die Zahl morgen in der Zeitung stünde, würden sie mich in der Gemeinde steinigen, dachte ich.

Roth schien zufrieden, er nickte, notierte alles auf seinem kleinen Notizblock und meinte, das wäre doch schon ein erster Schritt. Nach der Zahl lenkte er das Gespräch auf das Grundstück und fragte, warum nicht das Gelände der Synagoge in der Herzog-Max-Straße erwogen würde. Leise fügte ich an: „Diese schöne Synagoge haben die Nazis schon im Sommer 1938, noch vor der Reichspogromnacht, samt Nebengebäuden abgerissen. Darunter befindet sich heute eine Tiefgarage, was aus Sicherheitsgründen an dieser Stelle den Bau ausschließt. Sie verstehen?"

Roth runzelte die Stirn und fragte nach anderen möglichen Orten. Ich führte aus, es gäbe noch städtische Grundstücke an der Luisenstraße oder in Neuperlach. Der Stadtbaurat hätte vor einigen Monaten den Sankt-Jakobs-Platz ins Gespräch gebracht, eine städtische Brache, auf der einmal jährlich der Hamburger Fischmarkt stattfände und sonst nichts. Roth schien wieder zufrieden mit den Informationen, blickte auf seine Uhr, steckte seinen Notizblock in die rechte Jackentasche, wir standen auf und gingen gemeinsam durch den Nachrichtenraum zum Ausgang.

Dort fragte ich ihn, ob er nun über das Gemeindezentrum schreiben wolle. „Ich muss mich zunächst mit der Chefredaktion besprechen, vielleicht interviewe ich auch noch den Oberbürgermeister zum Thema." Er versprach einen Anruf vor Erscheinen des Artikels. Wir verabschieden uns mit einem festen Händedruck und ich ging über die Treppen hinab zum Foyer. Die Dame am Empfang winkte mir nach, als ich durch die Drehtür zum Vorplatz des Redaktionsgebäudes lief.

Es war kühler geworden, ein leichter Wind wehte; ich hatte Kopfschmerzen.

**06:27** *Wie viele Stunden wache ich in dieser Zelle? Ich staune über meine Unbefangenheit damals in den Räumen des Morgenblattes. Ich habe Hunger und mir knurrt der Magen. Vielleicht ein gutes Zeichen. Werden morgen die Zeitungen über meine Gefangennahme schreiben, mir sogar einen Mord anhängen?*

Nachmittags traf ich im Büro Verwaltungsbeiräte, um mit ihnen über die Dacherneuerung eines Jugendstilhauses in der Blutenburgstraße zu beraten. Auf die Eigentümer würden beträchtliche Kosten zukommen. Sie nahmen es gelassen hin. Meine Befürchtungen, sie würden es uns als Firma anlasten, waren unbegründet.

Später ging ich zu einer Sitzung der Finanzkommission in die Gemeinde – mit schlechtem Gewissen wegen meines Gesprächs mit dem Morgenblatt. Sollte ich Lieberman über meinen heutigen Journalistenkontakt informieren? Offenbar war er nicht im Haus, denn er kam nicht zu unserer Besprechung.

Einige Tage später klingelte am frühen Morgen das Telefon noch vor dem Frühstück, David nahm schlaftrunken den Hörer und sagte, kaum vernehmbar, Herr Lieberman sei am Telefon und wolle mich dringend sprechen. Ich war noch im Schlafanzug, ging ans Telefon, düster ahnend, was nun kommen würde. „Mandelbaum, sind Sie völlig meschugge geworden? Wie können Sie mit der Morgenzeitung über ein Gemeindezentrum reden, das noch in weiter Ferne steht, ohne dies vorher mit mir nur mit einer einzigen Silbe abzustimmen? Wie kommen Sie auf die 30 Millionen Baukosten?"

„Herr Lieberman, ich dachte, es wäre ein Hintergrundgespräch und Sebastian Roth würde nicht darüber berichten. Hätte ich das gewusst, hätte ich sicherlich vorher mit Ihnen gesprochen. Das tut mir leid, dass es nun offensichtlich in der Zeitung steht. Ich selbst habe den Artikel noch nicht gelesen."

Ich vernahm seinen schweren Atem im Telefon. Er schien sehr verärgert. „Mandelbaum, Sie wissen, dass nur ich als Präsident die Gemeinde nach außen vertrete. Merken Sie sich das für die Zukunft."

Erst das Thema mit der Wehrmachtsausstellung und nun diese Eigenmächtigkeit von mir – vielleicht würden sie mich für einige Monate vom Vorstand ausschließen.

Ich zog mich schnell an, verschlang das Frühstück und besorgte am Rotkreuzplatz das Morgenblatt. Tatsächlich war auf einer halben Seite des Lokalteils ein Bericht über ein neues jüdisches Zentrum abgedruckt. Über dem Text fand sich ein Foto vom Sankt-Jakobs-Platz. Darauf einige geparkte Autos und ein einsamer Spaziergänger mit Hund. Darunter stand, dass die Nutzung dieses Platzes als jüdisches Zentrum ein Segen für die Stadt wäre.

Nachdem ich den Text überflogen hatte, war ich beruhigt. Sebastian Roth hatte einen sehr wohlwollenden Bericht verfasst. Er schrieb, die Stadt als vormalige Hauptstadt der Bewegung habe in der Zeit des Nationalsozialismus unfraglich schwere Schuld auf sich geladen und sei nun verpflichtet, der Gemeinde ein angemessenes und zentrales Grundstück anzubieten. Was die Finanzierung anbelangte, wiederholte er meine Argumente und wies die zitierten Kosten deutlich als grobe Schätzung aus. Kein Wort des Artikels war zu beanstanden. Ich verstand die Verärgerung von Lieberman nicht. Es war der geeignete Zeitpunkt, um das Thema in die Öffentlichkeit zu tragen.

Im Büro versuchte ich vergeblich, den Präsidenten in der Gemeinde zu erreichen. Er hätte dankbar sein müssen für meine Initiative. Stattdessen war er wohl verärgert, dass nicht sein, sondern mein Name in der Zeitung stand. Gegen Mittag rief mich Anita Bauer an und gratulierte zu meiner Pressearbeit. Damit wäre eine sicherlich noch sehr lange Diskussion über ein neues jüdisches Zentrum endlich eröffnet. Wir könnten in der nächsten Vorstandssitzung in der Evastraße über das Thema sprechen. Im Gemeindevorstand wurde der Bericht in der Morgenzeitung mit keinem Wort erwähnt. Es war, als wäre der Artikel nie erschienen.

Die Wehrmachtsausstellung sollte in einer Woche abgebaut werden. Jeden Tag bildeten sich lange Schlangen von Wartenden auf dem Marienplatz, die sich die Gelegenheit für einen Besuch nicht entgehen lassen wollten. Ich mochte diesen Anblick, denn er zeigte, dass ein großer Teil der Münchner Bevölkerung die Fakten über deutsche Verbrechen in der Nazizeit erfahren wollte. Das große Interesse der Münchner stand im Widerspruch zu dem Geschrei in Teilen meiner Partei, in den Soldatenverbänden und bei den Neonazis.

**06:28** *Die Nazi-Kumpanen von damals, die zu Tausenden brüllend gegen die Wehrmachtsausstellung demonstrierten, agitieren heute im engen Schulterschluss mit Pegida mit den gleichen Parolen vor der Feldherrnhalle wie vor 20 Jahren. Ich bin verzweifelt. Mitglieder des sogenannten „nationalsozialistischen Untergrunds" haben neun Menschen getötet, nur weil sie einen Migrationshintergrund hatten. Beschämend war der Umgang von Polizei und Justiz mit den Opfern. Sie suchten die Mörder im Umfeld der Migrationsgesellschaft.*

*Warum sollten sich die gleichen Mörder nicht Zugang zu meiner Zelle verschaffen?*

*Doch nicht genug, dass sie weiter morden können und die Aufdeckung ihrer Untaten durch unseren Rechtsstaat mehr als zögerlich voranschreitet, sitzen Vertreter ihrer Ideologie in allen deutschen Parlamenten bis hin zum Deutschen Bundestag. Meine Hoffnung auf ein Ende des rechten Terrors in unserem Land schwindet zunehmend. Die Naziideologie des vergangenen Jahrhunderts scheint sich in den Genen vieler Menschen in unserem Land festgesetzt zu haben; ebenso wie mein Hass auf sie und meine Angst vor ihnen tief in mir verwurzelt sind.*

*Vielleicht wäre jetzt der Zeitpunkt, meinem Leben ein Ende zu bereiten. Ich atme tief durch. Dann hätte ich ihnen in die Hände gespielt. Ich sehe Rebecca und meine Kinder neben meinem Sarg stehen. Ich beginne, kaum hörbar zu weinen, stehe auf und benetze mein Gesicht mit kühlem Wasser aus dem Metallwaschbecken. Ich schäme mich für mein Selbstmitleid.*

Die Diskussion und die Aufregung um die Wehrmachtsausstellung legten sich. Zwickner versuchte weiter, sein rechtes Profil zu schärfen, und wollte mit einem Volksentscheid erreichen, in der Bayerischen Verfassung festzuschreiben, dass Bayern kein Einwanderungsland sei. Im Vorstand wurde seine Initiative einstimmig unterstützt. Es war ein Schaufensterantrag, der in den Medien kaum Beachtung fand.

Da ich nur kooptiert war, durfte ich zu meinem Glück nicht mitstimmen. Bedenken hatte ich allerdings nicht angemeldet.

**06:28** *Für mein opportunistisches Verhalten in diesen Tagen gibt es keine Rechtfertigung.*

Zu den Veranstaltungen meines Ortsverbandes ging ich nur gelegentlich. Zu tief saß meine Enttäuschung über das antisemitische Flugblatt aus eigenen Reihen. Höhepunkt der Veranstaltungen der Münchner Konservativen war, wie jedes Jahr, das Schwabinger Fischessen im Münchner Hofbräuhaus. Meist war dabei die gesamte Parteiprominenz versammelt, es gab schillernde, aber auch nachdenkliche Reden und stets eine große Resonanz in den Medien. Natürlich spielte auf dem Podium eine Blaskapelle und neben dem Rednerpult stand für jeden Redner ein frisch eingeschenkter Maßkrug. Zunächst wurden alle wichtigen anwesenden Persönlichkeiten freundlich begrüßt, was mindestens eine Viertelstunde einnahm. Dann kamen die Reden und nachher war es Brauch, dass dem Hauptredner im Scheinwerferlicht vor laufenden Kameras ein Geschenk mit symbolischer Bedeutung überreicht wurde. Diesmal bekam der Ministerpräsident rote Boxhandschuhe. Da die Münchner Konservativen sich nicht unbedingt als Befürworter der bevorstehenden Euro-Einführung auszeichneten, waren die Boxhandschuhe für den Kampf mit Brüssel gedacht.

Nach dem offiziellen Veranstaltungsende wurde stets ein ausgewählter Kreis von Teilnehmern, überwiegend Parteileute, in einen Nebenraum eingeladen. Ich war erstaunt, dass Anita Bauer mir einen kleinen rosa Zettel mit aufgedruckter Nummer zusteckte: Ich sollte in diesem Jahr also auch dabei ein.

Im Nebenzimmer waren die meisten Tische bereits besetzt. Die Kellner und Kellnerinnen brachten reichlich gefüllte Bierkrüge, auf den Tischen standen Holzgestelle, behangen mit frisch gebackenen Brezeln. Die wichtigen politischen Gespräche fanden sicher hier statt, alle redeten miteinander und durcheinander. Im Stimmengewirr war das eigene Wort kaum zu verstehen. So stand ich herum, wechselte das eine oder andere freundliche Wort mit Parteikollegen - wir bestätigen uns gegenseitig den Erfolg der Veranstaltung -, bis Anita kam, um mich an den Tisch des Vorsitzenden zu bitten.

Zwickner begrüßte mich, stand auf, klopfte mir jovial auf die Schulter und bat mich, neben ihm Platz zu nehmen. „Felix, wir freuen uns, dass du regelmäßig zum Vorstand kommst und auch zu unseren Veranstaltungen. Das ist für die politische Arbeit sehr wichtig. Dein Auftritt im Morgenblatt zum jüdischen Zentrum mit Nennung deiner Parteizugehörigkeit hat uns gefallen. Wir gehen davon aus, dass du dem nächsten Stadtrat angehören wirst. Aber du musst den Ortsverband wechseln. In München-Mitte bei Otto Schweigert kommst du nicht weiter. Die Mehrzahl jüdischer Familien lebt im feinen Bogenhausen. Das muss dein politischer Mittelpunkt werden." Er wies mit ausgestrecktem Arm auf mein Gegenüber. „Das ist Christian Hausmeier, er ist dort Vorsitzender."

Hausmeier stand auf und drückte sehr fest meine Hand. Er war klein, etwas korpulent, hatte schütteres dunkles Haar und einen kleinen Schnauzer, trug über seinen knielangen abgewetzten Lederhosen einen grünen Janker aus feinem Stoff. Wie in der Partei üblich, duzten wir uns sofort und Zwickner wies ihn in geschäftsmäßigem Ton an, die nötigen Schritte für meinen Übertritt in seinen Verband einzuleiten, ohne nach meiner Zustimmung zu fragen. Zwickner und Hausmeier hatten beide schon mindestens eine Maß getrunken, sprachen noch deutlich, aber etwas laut.

Ich gab Hausmeier meine Firmenkarte mit Adresse und Telefonnummer. Die Mobilnummer schrieb ich auf die Rückseite der Karte. Jemand klopfte von hinten auf meine Schulter, ich drehte mich zu ihm und erkannte Otto, der nun neben der Geschäftsführerin stand. Zwickner lud ihn ein, sich zu setzen, und zeigte auf meinen Stuhl. Sehr schnell verabschiedete ich mich und ging mit Anita zu ihrem Tisch.

Nun war ich knapp drei Jahre in der Partei und wurde bereits in den dritten Ortsverband verschoben. Eine wirkliche Integration fand nicht statt. Ich war und blieb Seiteneinsteiger, Exot und von der Mehrzahl allenfalls nur geduldet.

## Pressesprecher

Im Juni 1999 fand die Wahl des Oberbürgermeisters statt. In unserer Partei war im Vorfeld ein erbitterter Streit ausgebrochen, wer kandidieren sollte. Es gab mehrere Parteigranden, die ihre Kandidatur erklärten und wenige Tage später zurückzogen. Zwickner wusste, dass jeder von ihnen, würde er nicht untergehen, ihm den Vorsitz erfolgreich streitig machen könnte. Eine Abwahl kam nicht in Frage, deshalb erklärte er für den Beginn des Wahljahres seinen vorzeitigen Rücktritt. An seine Stelle sollte der Bundestagsabgeordnete aus dem Westen, Josef Buschmüller, treten. Er wurde auf dem Münchner Parteitag mit großer Mehrheit gewählt.

Einige Wochen später, nach der ersten Vorstandssitzung mit ihm an der Spitze, bat er mich in sein Büro im dritten Obergeschoss des einfachen Bürogebäudes in der Evastraße. Es war ein kleines Zimmer, mit einfachen Ikea-Möbeln ausgestattet. Anita kam dazu, schloss hinter sich die Türe und setzte sich zu uns. Sie bestätigte Buschmüller, dass die erste Vorstandssitzung mit ihm gut gelaufen sei und wir nun nach vorne blicken müssten. Beide sahen mit einem freundlichen Lächeln in meine Richtung. Ich war überrascht, dass sie mich zu diesem Gespräch gebeten hatten.

„Felix, wir haben nun alle Schritte eingeleitet, dass du künftig ordentliches Mitglied im Verband Bogenhausen sein wirst", verkündete Anita. „Dieser Wechsel war mit Blick auf deine Stadtratskandidatur 2002 wirklich nötig und wir hoffen, dass Christian Hausmeier dich unterstützen wird." Ich sah sie fragend und leicht irritiert an, bis Josef zu sprechen begann: „Ich bin weniger optimistisch als Anita. Wir alle wissen, dass Hausmeier nicht einfach ist, und Zwickner hat ihn vor vollendete Tatsachen gestellt. Aber es wird schon laufen." Er zog die Augenbrauen in die Höhe. „Ich habe noch ein anderes Anliegen. Wir haben gesehen, dass du mit den Presseleuten gut umgehen kannst. Bei Veranstaltungen bist du an ihrem Tisch willkommen und mit dem von dir angestoßenen Beitrag für das jüdische Gemeindezentrum im Morgenblatt hast du ein gutes mediales Gespür gezeigt. Unser aktueller Pressesprecher hat sein Amt mit dem Weggang von Zwickner niedergelegt. Was hältst du von der Idee, sein Nachfolger zu werden? Du kannst es dir gerne überlegen, aber morgen brauche ich eine Antwort."

Ich hatte alles erwartet, nur nicht ein solches Angebot. Am Tisch der Journalisten saß ich gerne, weil ich mich bei ihnen wohler fühlte als bei der Mehrzahl meiner „Parteifreunde"; außerdem fiel immer die ein oder andere Bemerkung, die mich amüsierte oder deren Kenntnis unter bestimmten Voraussetzungen von Vorteil sein konnte. Ich bedankte mich bei Josef für sein Angebot, überschlug es in Gedanken und begann sofort zu hoffen, mit diesem Amt meiner politischen Bedeutungslosigkeit entfliehen zu können. Josef war ein Routinier, von ihm konnte ich viel lernen. Ich sah das Positive, aber auch die enorme Arbeit und die sehr reale Gefahr, nach außen politische Inhalte gegen meine innere Überzeugung vertreten zu müssen. Letzteres verdrängte ich schnell wieder. Ich wollte mir die Freude des Moments nicht verderben und träumte schon, an der Spitze der Münchner Konservativen die Geschicke der Partei zu bestimmen.

Josef und Anita sahen mich an. Ich wollte diesen Job, ich war ungeduldig wie oft, dieses Amt wäre ein gewaltiger Sprung für mich. Dennoch war ich erstaunt, fast misstrauisch, dass die Partei gerade mir eine so wichtige Aufgabe anvertrauen wollte. Vielleicht war Josef überzeugt, dass ich die richtige Wahl wäre, aber es gab sicherlich den ein oder anderen „Parteifreund", der sich einen jüdischen Pressesprecher nicht vorstellen wollte. „Lieber Josef, ich fühle mich geehrt, könnte mir aber vorstellen, dass es noch ein steiniger Weg ist, bis ich vom Vorstand benannt werde."

Josef verzog keine Miene.

„Ich habe großes Interesse an der Aufgabe und sage spontan zu."

Anita und Josef lächelten, er streckte seine langen Beine weit unter den Tisch. „Das wäre ja noch schöner, wenn ich als Kreisvorsitzender nicht meinen Pressesprecher selbst auswählen könnte. Willkommen an Bord, ich bin sicher, wir werden gut zusammenarbeiten. Besprich bitte die Details mit Anita. Ich muss gleich zum Flughafen. Der Umzug des Bundestags nach Berlin beschäftigt uns."

Anita und ich standen auf, sie bat mich in ihr Büro am Ende des langen Ganges, das noch kleiner als das von Josef war. Dort angelangt begann sie mit ernster Miene zu erklären: „Deine wichtigste Aufgabe wird sein, mit den zuständigen Presseleuten zu telefonieren. Und das oft! Nach Versand einer Pressemitteilung solltest du bei den zuständigen Journalisten anrufen. Zwickner hat am Ende im Umgang mit den Presseleuten einen rüden Ton gepflegt. Lass du bitte deinen Charme spielen. Du musst unbedingt versuchen, die Journalisten wieder für uns zu gewinnen. Aber das machst du schon."

Ich war erstaunt über ihr Vertrauen in meine Fähigkeiten als Pressesprecher und fragte, worin ihre Zuversicht begründet sei. Sie lächelte und sagte dann: „Ihr Juden habt doch einen Hang zu den Medien und zum Film. Nicht umsonst sind die großen Journalisten und Verleger in Amerika jüdisch."

Als ich aufstand und gehen wollte, gab sie mir noch eine Broschüre für die Veranstaltung des wehrkundlichen Arbeitskreises nächste Woche. „Josef will, dass du in einer Pressemitteilung die Veranstaltung ankündigst. Stell das Thema auf etwa einer halben Seite dar, das reicht aus." Es ging um das militärische Gleichgewicht zwischen Ost und West angesichts des Niedergangs der ehemaligen Sowjetunion.

Nachmittags verfasste ich den Text, zitierte den von mir verehrten Henry Kissinger und tags darauf lag meine Pressemitteilung in den Redaktionsstuben. Josef hatte sie unverändert an die

Medien weitergeleitet. Die Partei hatte mir eine wichtige Aufgabe übertragen, ich war stolz und vergaß darüber meine politischen Vorbehalte und meine tiefe Abneigung manchen Parteimitgliedern gegenüber.

Jeden Samstagmittag nach der Synagoge besuchte ich meinen Vater in seinem Laden. Er saß noch im hohen Alter von knapp 80 Jahren täglich in seinem kleinen Pelzgeschäft im Durchgang von der Sonnenstraße zur Herzog-Wilhelm-Straße. Einige Meter vor seinem Geschäft öffnete sich die Passage zu einem Halbrund, über dem eine große Lichtkuppel den Raum in helles Licht tauchte. In der Mitte stand ein runder Brunnen, in dem, kaum hörbar, Wasser über bunte Mosaikfliesen floss. Ich öffnete bei meinen Besuchen die Türe vor der hellen Passage und betrat den dunklen Geschäftsraum, in dem Vater meist mit Freunden an einem kleinen, kniehohen Tisch saß. Die alten Männer hatten oft Tränen in ihren Augen, unterbrachen die Gespräche und blickten mich stumm und verlegen an. Ich war sicher, sie hatten noch vor wenigen Sekunden von der untergegangenen Welt ihrer Jugend und von ihren ermordeten Familien erzählt.

Ich berichtete ihnen von meinem Synagogenbesuch. Sie schimpften auf den Rabbiner und den Präsidenten, der sich nicht um sie kümmerte, über die ganze Gemeinde. Mein Vater prophezeite wiederholt, irgendwann würde ich Präsident, denn sie hätten sonst niemanden. Vom tränenreichen Inhalt ihrer Gespräche vor meinem Kommen verloren sie kein Wort.

**06:31** *Mein Vater wollte mir nie von seinem in der Nazizeit erlittenen Leid und den Morden an unserer Familie erzählen. Es ist Tradition im Judentum, Kinder vom Tod fernzuhalten. Kinder sollen nur von Fröhlichem, nicht von Trauer berührt werden. Deshalb dürfen Kinder niemals bei Trauerreden oder Beerdigungen auf den jüdischen Friedhöfen dabei sein.*

*Wie sehne ich mich in diesem Augenblick nach meinem Vater. Würde er noch leben, er hätte Auswege gewusst und ich wäre nicht hier im Gefängnis gelandet.*

Zum Jahresende musste Vater seinen Laden aufgeben, denn die Vermieterin, eine Bank, wollte renovieren und umbauen. Mit einem Räumungsverkauf konnte ein Großteil der Pelze verkauft werden. Nun saß er in seiner Wohnung in Neuried, verbrachte dort die Tage mit seiner jüngeren Lebensgefährtin, die sich liebevoll um ihn kümmerte, ging täglich im nahegelegenen Wald spazieren, bis seine Beine zunehmend schwerer wurden und er kaum noch gehen konnte. Ein Freund von mir, ein Neurologe, verschrieb ihm Tabletten, die ihn ermüdeten, aber seine Schmerzen linderten. Sein Leben lang war er Kürschner und Kaufmann gewesen. Er hatte keine Hobbys und nach Aufgabe des Geschäftes erschien ihm sein Leben nicht mehr lebenswert. Er wiederholte niemals die Worte von Onkel Bernstein, aber mit seinem tiefen Seufzen, seinen sich oftmals schließenden Augen, wenn ich ihm gegenübersaß, zeigte er mir, wohin die Reise ging. Mit der Aufgabe seines Geschäftes hatte er zu sterben begonnen.

An fast jedem Montagmorgen gegen acht Uhr saß ich mit Josef in der Evastraße zusammen und wir besprachen bei Butterbrezen und Kaffee unsere Presseaktivitäten für die Woche. Er hatte nur eine Stunde, bevor er zum Flughafen aufbrechen musste. Sein Arbeitsplatz als Abgeordneter war noch in Bonn, bald würden sie nach Berlin umziehen. Als praktizierender evangelischer Christ, überzeugter Abtreibungsgegner und als konservativer Politiker war er der christlichen Soziallehre tief verbunden. Josef war groß, sah gut aus, hatte einen Schnauzbart und trug stets zu kurze Hosen. Vielleicht waren seine Beine für die Konfektionsgröße seiner stets gedeckten Anzüge zu lang geraten. Ich verfasste wöchentlich mehrere Pressemitteilungen und telefonierte gerne mit den Journalisten, die sich schnell an mich gewöhnten. Sie spürten die Sympathie, die ich ihnen entgegenbrachte, und wenn sie Anfragen hatten oder Interviewwünsche, so bemühte ich mich, ihnen schnell zu helfen.

Mein neuer Job bot mir auch die Gelegenheit, selbst in die Zeitung zu kommen. Josef verstand das und ließ mich gewähren. Bei den Pressekonferenzen, die ich leitete, durfte ich am Ende ein eigenes Statement anfügen, nach dem ich den anwesenden Journalisten einen ereignisreichen Tag und gute Geschichten wünschte. Natürlich betrachteten einige Parteifreunde den Beginn meiner medialen Präsenz mit Argwohn.

Politiker benötigten Themen, um in der Öffentlichkeit Gehör zu finden. Mein Thema war in diesen Tagen die mangelnde Kinderfreundlichkeit in dieser Stadt. So durften wir meist nicht an Familien mit Kindern vermieten. Bei Besichtigungen standen junge Mütter in den Treppenhäusern an und wussten bereits vorher, dass sie wegen ihrer Jüngsten keine Chancen hatten. Für mich standen Kinder im Mittelpunkt, sie waren die Zukunft, sie durften nicht verletzt werden und sollten glücklich aufwachsen. Ihre Ausbildung in Schule und Universität konnte nicht gut genug sein. Sie durften nicht gedemütigt und herabgesetzt werden, sondern es galt, ihr Selbstbewusstsein uneingeschränkt zu stärken. Den in jenen Tagen üblichen Umgang mit Kindern in Teilen der Gesellschaft fand ich erschreckend. Warum sollte man Familien keine Wohnungen vermieten, nur weil Kinder gelegentlich laut waren und sich austobten? Ein weiterer Mangel in München waren die fehlenden Kita-Plätze. Dies und die Wohnsituation führten dazu, dass immer mehr Familien die Stadt verließen und ins Umland zogen. Ein Problem, das der rot-grünen Stadtregierung angelastet werden konnte und ein gutes Thema für die kommenden Wahlen und insbesondere für mich sein sollte.

## Ein Kinderlächeln, selten wie ein Junikäfer im Winter

Josef hatte ich schnell überzeugt und so schrieb ich eine Pressemitteilung mit der Überschrift „Ein Kinderlächeln in München ist so selten wie ein Junikäfer im Winter“. Dann beschrieb ich die miserable Kindergarten- und Krippensituation und machte Vorschläge, wie die Stadt die Vermietung von Wohnungen an Familien mit Kindern fördern könnte. Als Verfasser der Pressemitteilung durfte ich gemeinsam mit Josef unterzeichnen. Wir erwarteten nur wenig Resonanz, denn Kinder waren bis zu diesem Zeitpunkt kein Thema von medialem Interesse.

Am nächsten Morgen um sieben Uhr klingelte zu Hause das Telefon. Ich war noch im Bad und eilte zum Apparat im Esszimmer. Anita Bauer war am Hörer. „Felix, hol dir die Zeitungen, das ist eine Sensation, in allen Blättern ist dein Spruch abgedruckt! Unsere Forderungen an Rot-Grün finden große Zustimmung. Sogar das linke Morgenblatt hat sich unserer Kinderoffensive gegen die Stadtregierung angeschlossen."

Auf dem Weg ins Büro besorgte ich die Zeitungen und breitete sie auf dem Besprechungstisch aus. Sie nannten meinen Namen, meine Forderung nach mehr Kinderbetreuung und nach familiengerechtem Wohnraum. Am Abend rief mich Josef an, er war in seinem neuen Büro im Reichstag und gratulierte zur gelungenen Initiative. Er meinte, wir müssten die Geschichte weiterdrehen, das Thema könnte eine Pressekonferenz tragen. Ich versprach ihm, im Laufe der nächsten Tage Ideen für die Fortsetzung zu sammeln.

Junge Mütter meldeten sich bei den Zeitungen und fragten, ob ich ihnen Kindergartenplätze oder Wohnungen vermitteln könnte. Sie hatten über die Zeitungsredaktionen meine Telefonnummer erhalten und riefen mich an. Ich konnte weder das eine noch das andere vermitteln, aber ich versprach, mit ihren Problemen weiter an die Öffentlichkeit zu gehen, um die Stadt in ihrem Sinne wachzurütteln. Nach wenigen Tagen waren mehrere junge Mütter aus ihrer Not heraus bereit, in einer Pressekonferenz von ihren Schwierigkeiten zu berichten. Sie waren auch bereit, sich mit den Kindern den Fotografen zu stellen. Wir mieteten einen größeren Raum im Franziskaner. Die Kinder saßen mit ihren Müttern an einem langen Tisch, wir verteilten Luftballons an die Kleinen. Für die Erwachsenen standen Butterbrezen mit Softdrinks und für die Kinder Schalen mit Gummibärchen bereit. Von der Partei saßen Josef, Anita und ich mit am Tisch.

Eine Pressekonferenz mit Kindern und Eltern hatte es noch nie in München gegeben. Die rot-grüne Rathauskoalition versuchte erfolglos, das Thema mit eigenen Pressemitteilungen im Vorfeld herunterzuspielen.

Um elf Uhr eröffnete ich die Pressekonferenz mit dem Hinweis, wir freuten uns über das Kinderlächeln in diesem Raum, wären aber traurig über die Benachteiligung junger Familien durch die rot-grüne Stadtregierung. Josef fügte an, dass Bund und Land der Stadt Gelder für junge Familien zur Verfügung gestellt hätten, die offensichtlich nur für grüne Projekte verwendet würden. Dann gab ich das Wort an die Mütter weiter. Sie schilderten eindringlich ihre Nöte, zum Teil mit Tränen in den Augen. Sie hatten sich abgestimmt. Eine alleinerziehende Mutter sprach davon, dass sie von Sozialhilfe leben müsse, weil sie mangels Kinderbetreuung ihren Beruf als Arzthelferin nicht ausüben könne. Eine andere erzählte von den unzähligen ermüdenden und erfolglosen Versuchen, eine Wohnung zu finden. Sie müsse nun mit ihren Kindern ins Umland ziehen und könne deshalb ihre kranke Mutter in München nicht mehr länger betreuen.

Die Journalisten richteten nur an die Familien Fragen. Nach Beendigung der Pressekonferenz gingen wir auf den Marienplatz. Die Fotografen machten Bilder von Müttern, die ihre Kinder durch die Luft wirbelten, sich mit ihnen drehten, und auch die Kameraleute hielten drauf. Ein lokaler Fernsehsender interviewte mich zusammen mit einer Mutter, die während des Gesprächs ihr kleines Kind auf dem Arm hielt. Tatsächlich beschrieben Journalisten in ihren Berichten ausgiebig das Leid von Familien in der Stadt. Sie waren oft selbst Eltern und kannten die Münchner Situation. Endlich gab es eine Partei, die sich darum kümmerte.

Im Juni fand die außerplanmäßige Wahl des Münchner Oberbürgermeisters statt. Im Vorfeld hatte es eine zermürbend-chaotische Kandidatensuche gegeben. Unter anderem hatte mein Ortsvorsitzender Hausmeier kandidiert, gab allerdings nach Streitereien im Kreisvorstand entnervt auf. Über Nacht wurde ein Mann namens Heribert Bär zum Hoffnungsträger. Vergessen waren seine Jugendsünden, als er sich als Chef der jungen Konservativen von der Mutterpartei hatte ablösen wollen und eine eigene Jugendliste aufgestellt hatte. In einer kurzfristig anberaumten Delegiertenversammlung wurde er mit Mehrheit zum

OB-Kandidat gewählt. Schnell verstand es Bär, mich in seinen Wahlkampf einzubinden. Er wusste von meinen guten Kontakten zur Presse, die er zu nutzen suchte. Je näher der Wahltag im Juni rückte, desto häufiger sollte ich für ihn Pressetexte schreiben. Im Umgang war er sehr bestimmend, bei weitem nicht so jovial und freundlich, wie ich es von Josef gewohnt war. Für Heribert war es selbstverständlich, dass mein Name in den von mir formulierten Texten nicht aufschien. Wenn er feststellte, dass ich seine Positionen bei gewissen Themen nicht mittrug, formulierte er selbst oder gab anderen die Bearbeitung.

In der Partei war bekannt, dass ich bei Fragen zur Asylpolitik und Integration von Ausländern überwiegend die Position der Sozialisten vertrat. Ich machte daraus keinen Hehl und erwiderte bei Diskussionen, dass meine Familie und ich selbst Flüchtlinge gewesen seien, ich deshalb persönlich meine Augen vor dem Leid geflüchteter Menschen nicht verschließen könnte. Ein Spitzenpolitiker der Partei und bayerischer Minister nannte mich deshalb in der Öffentlichkeit einen „Linksradikalen". Das ärgerte mich besonders, denn die linksradikalen Terroristen waren es, die bei ihren Terrorakten, wie etwa bei der Entführung einer Passagiermaschine, die auf dem Flughafen des ugandischen Entebbe endete, gedroht hatten, jüdische Menschen als erste zu töten. Ansonsten hatten meine Äußerungen zur Ausländerpolitik, die oftmals weit neben der Parteilinie lagen, für mich persönlich keine Konsequenzen.

Heribert Bär konnte bei den Wahlen - es war für ihn ohnehin ein aussichtsloses Rennen - einen Achtungserfolg erringen. Der amtierende rote Oberbürgermeisterkandidat Toni Stiller erreichte im ersten Wahlgang souverän die absolute Mehrheit. Zumindest war unser Ergebnis nicht desaströs und ich ließ alle wissen, ob sie es hören wollten oder nicht, dass der Erfolg auch ein klein wenig mit meiner Arbeit zu tun hatte.

**06:32** *Ich warte auf den Anbruch des Morgens und stelle mir gleichzeitig vor, dass der Tag nie kommen wird. Woher nehmen wir die Gewissheit,* *dass stets dem Tag die Nacht folgt und der Nacht der Tag? Ist Hintermoser schon gestorben oder sitzt er vergnüglich mit seinen Kumpanen auf seinem Krankenbett und freut sich über meine Gefangennahme? Ich habe bisher noch nie den Tod eines Menschen herbeigesehnt. Dem Hintermoser würde ich, sollte er sterben, keine Träne nachweinen. Ich stelle mir Hintermoser in der Nazizeit als KZ-Wächter vor, wie er Juden auf der Rampe in Auschwitz mit Kopfschuss reihenweise niederstreckt. Er wollte uns bei der Grundsteinlegung am Sankt-Jakobs-Platz in die Luft jagen, ähnlich wie der Nazimörder beim Oktoberfestattentat ohne Grund Menschen getötet hatte.*

Während des Wahlkampfs hatte ich meine Firma vernachlässigt. So lag seit Wochen ein Vermietungsauftrag von einem Freund auf meinem Schreibtisch. Es ging um zwei Maisonettewohnungen mit je drei Zimmern. Sie hatten große Terrassen, waren nach Süden ausgerichtet, hell und gut geschnitten – und teuer. Die Mietinteressenten waren begeistert, doch meist überstieg die Miete die Hälfte ihres Nettoeinkommens und es kam zu keinem Abschluss.

Kurz vor Ende einer Wohnungsbesichtigung klingelte mein Handy. Es war Aaron Bronski, der Geschäftsführer der Gemeinde. „Felix, ich muss dir eine sehr traurige Mitteilung machen. Heute Vormittag ist Ignatz Bubis überraschend in einer Frankfurter Klinik verstorben. Lieberman ist seit Stunden nicht mehr ansprechbar. Ich verstehe das, sie waren gute Freunde – offensichtlich zusammen in einem Nazilager. Wir werden trotzdem öffentlich reagieren müssen. Wir treffen uns heute Abend in der Gemeinde, um unser weiteres Vorgehen zu erörtern. Hast du Zeit?"

Ich konnte nicht mehr stehen, setzte mich auf den neuen beigen Teppichboden und fand zunächst keine Worte. Aaron rief laut meinen Namen, er glaubte, das Gespräch sei abgebrochen. Ich meldete mich wieder, meinte, das sei furchtbar, ich würde natürlich kommen.

**06:33** *Ich sehe mich in dieser unmöblierten, nach frischer Farbe riechenden Wohnung am Boden in einer Ecke sitzen, verzweifelt und mit*

*Tränen kämpfend. Ich erinnere mich an die Todesanzeige des Bundespräsidenten, in der er Bubis den Rang einer moralischen Instanz für Deutschland zuwies. Er war älter als ich und eine der wenigen jüdischen Nachkriegspersönlichkeiten, die ich bewunderte. Ich erinnere mich an ihn, wie er in Auschwitz in einer ehemaligen Gefangenenbaracke stand. Der Raum war mit einem im Luftzug flackernden Kerzenlicht nur schwach erhellt. Er stand in der Mitte, umringt von uns Gemeindevertretern, und wir erwarteten von ihm einige Worte zum unsäglichen Verhalten der polnischen Offiziellen. Er hielt keine Rede. Für ihn war dies ein Ort der Trauer, vielleicht sogar der Trauer um seine Familie. Neben ihm stand der deutsche Bundespräsident. Bubis setzte die Kippa auf und sprach dann in lautem Singsang das Kaddisch, das jüdische Totengebet. „Jiskadal jiskadasch schme raba bealma ..."*

Am Abend waren wir traurig gestimmt in der Gemeinde versammelt und überlegten die weiteren Schritte. Die Beerdigung sollte in Israel, in Jerusalem stattfinden. Bubis wollte nicht in deutscher Erde bestattet werden. Lieberman und ein weiteres Vorstandsmitglied reisten als unsere offiziellen Vertreter nach Jerusalem. In München wurde nach der Beerdigung im Vorraum zur Synagoge ein Kondolenzbuch ausgelegt. Prominente Besucher sollten im Haus zu einem Gespräch empfangen werden. Die Resonanz auf den Tod von Bubis war in der deutschen Öffentlichkeit überraschend groß. Viele Menschen standen in einer langen Schlange auf der Reichenbachstraße, um sich in das Kondolenzbuch einzutragen.

## Tacheles

Natürlich kam auch OB Toni Stiller, um Ignatz Bubis zu gedenken. Nachdem er eine Widmung in das Buch geschrieben und unterzeichnet hatte, geleitete ihn Lieberman ins Vorstandszimmer in der fünften Etage. Stiller war in Begleitung seines Büroleiters gekommen. So saßen wir nun gemeinsam am Tisch und unterhielten uns über den Verstorbenen. Lieberman betonte mit leiser Stimme, dass er einen guten Freund und Weggefährten verloren hatte.

Fast jeder hatte eine Geschichte mit Bubis zu erzählen. Für mich war das Gespräch etwas schwierig, weil ich wusste, dass Stiller wegen der ein oder anderen Pressemitteilung auf mich nicht gut zu sprechen war. Es war absurd. Ich mochte ihn und meine politische Haltung stimmte eher mit seiner als meiner Partei überein.

Nachdem wir eine halbe Stunde über Nebensächliches geplaudert hatten, schien Stiller ungeduldig und fragte, warum wir mit ihm nicht über das Gemeindezentrum sprechen wollten. Das Thema hätte doch in den Medien schon Resonanz gefunden. „Ich glaube, dass die Münchner Stadtbevölkerung ein jüdisches Zentrum begrüßen würde."

Lieberman war überrascht, verwies auf das fehlende Grundstück und auf gänzlich fehlende Finanzmittel. Während wir noch recht unbeholfen mit dem Thema umgingen, wollte Stiller dieses Gespräch offensichtlich mit konkreten Ergebnissen beenden. Er hätte mit den beiden anderen großen Fraktionen im Rathaus einvernehmlich gesprochen und vielleicht würde sich das städtische Grundstück am Sankt-Jakobs-Platz für das Zentrum eignen. Seine Frage an die Gemeinde wäre nun, ob wir überhaupt an diesen Ort wollten. „Können Sie dort ausreichend Räumlichkeiten unterbringen? Ich stelle mir zudem ein jüdisches Museum als Teil des Ensembles vor – errichtet und bespielt von der Stadt. Im Stadtrat habe ich das bisher noch nicht thematisiert." Allerdings hätte er sich mit seinem Kulturreferenten abgestimmt. Dann kam Stiller auf das Grundstück hinter dem Kaufhaus Karstadt zu sprechen. „Wir alle wissen um die vertragliche Vereinbarung. Dieses Grundstück darf ohne Zustimmung der Gemeinde nicht bebaut werden. Wenn ich es recht verstanden habe, kommt es für Sie aus Sicherheitsgründen nicht infrage, wegen der darunterliegenden Tiefgarage, könnte also an einen anderen Interessenten abgegeben werden. Es ist üblich, dass bei solchen Grundstücksfreigaben nicht wenig Geld fließt. Die Finanzierung Ihres Zentrums könnte durchaus gelingen."

Stiller warf einen Blick auf seine Uhr, Lieberman bedankte sich und verwies auf den Vorstand, mit dem er alles Weitere besprechen müsse. „Ja, selbstverständlich", stimmte Stiller zu. „Ich danke Ihnen für dieses Gespräch und kondoliere nochmals zum Tod von Ignatz Bubis. So traurig der Anlass heute war, bei einem wichtigen Thema für unsere Stadt sind wir ein Stück vorangekommen." Darauf erhoben sich Stiller und sein Büroleiter, der das Gespräch protokolliert hatte. Lieberman stand schnell auf und eilte zu den Gästen, um sie nach unten zu geleiten.

Wir waren über den Verlauf des Gespräches sehr erstaunt. Stiller wusste offensichtlich von den Überlegungen zum neuen Zentrum mehr als wir. So blieben wir noch sitzen, in der Hoffnung, dass Lieberman zurückkehren würde. Tatsächlich erschien er nach einer guten Viertelstunde, um sich mit uns zu besprechen. Nachdem er unsere betretenen Mienen sah, erzählte er von einem vertraulichen Gespräch mit dem OB am Rande einer Sitzung im Rundfunkrat. Über den Inhalt sagte er nichts. Stattdessen: „Wir sollten jetzt eine endgültige Entscheidung zum Standort treffen."

Da fast alle Mitglieder des Vorstandes anwesend waren, fragte er nach unserer Meinung zum Sankt-Jakobs-Platz. Die Mehrzahl votierte für diesen Standort, einige meinten, trotz der Sicherheitsproblematik wäre das Grundstück hinter dem Karstadt aufgrund der geschichtlichen Bedeutung besser.

„Toni Stiller hat mir, bevor er in seinen Dienstwagen gestiegen ist, noch vorgeschlagen, für den Platz eine Machbarkeitsstudie zu beauftragen. Sie soll aufzeigen, ob wir dort unser Raumprogramm verwirklichen können."

Wir bewegten uns in einem engen Zeitfenster, in dem wir entscheiden und handeln mussten. Ich schlug deshalb vor, wir sollten uns, auch im Gedenken an Ignatz Bubis, der das Zentrum gewollt hatte, schnell für den Sankt-Jakobs-Platz entscheiden und den Rat der Machbarkeitsstudie beherzigen, die am Ende zeigen würde, ob es der richtige Ort wäre. Mit großer Mehrheit wurde der Beschluss gefasst und Lieberman beauftragt, diese Entscheidung an Stiller weiterzuleiten.

Nach der Sitzung gingen wir ins Restaurant zu einem gemeinsamen Abendessen. Einige Tage später fand sich im Süddeutschen Kurier ein kurzer Einspalter mit Hinweis auf den Sankt-Jakobs-Platz als Standort für ein jüdisches Zentrum. Inzwischen erfahren im Umgang mit den Medien wusste ich, dass dies kein Zufall war. Am Abend des gleichen Tages unserer Besprechung war der Oberbürgermeister zu einer Diskussion bei einer jüdischen Organisation eingeladen gewesen. Am Ende seiner Vorrede hatte er beiläufig erwähnt, das neue jüdische Zentrum werde vielleicht am Sankt-Jakobs-Platz errichtet. Bald folgten ausführliche Pressemitteilungen von beiden Seiten. Sie bekannten sich zum Standort und kündigten die Beauftragung einer Machbarkeitsstudie an.

Ich traf Ulli Weiss, der erstaunt über den Gang der Dinge war. Ich versuchte ihm zu verdeutlichen, dass Stiller sich und seine Partei als die alleinigen Initiatoren des jüdischen Zentrums feiern würde, wenn nicht wir Konservativen unser Zaudern bei dem Projekt endlich aufgäben. Ulli wollte, wie ich, das neue Zentrum und ich hoffte, er würde nach weiteren Argumenten suchen, um den Ministerpräsidenten zu überzeugen. Wir telefonierten in den nächsten Tagen noch mehrmals und amüsiert deutete Ulli an, dass die Beamten im Finanzministerium etwas widerwillig nach Finanzierungswegen suchten.

Einen dieser Beamten traf ich anlässlich einer Gedenkveranstaltung in der Staatskanzlei und wir unterhielten uns über jüdisches Leben in München. Er sagte offen, dass er sich freute, mit mir sprechen zu dürfen, dies sei für ihn das erste Mal, dass er einem jüdischen Menschen begegnete. Er räumte ebenso offen ein, dass er Berührungsängste verspürte. Wir sprachen länger miteinander, tranken gemeinsam mehrere Gläser säuerlichen Weins, verabschiedeten uns freundlich und doch blieb eine Distanz.

Die Zeitungen berichteten weiter über das neue Zentrum, befragten natürlich Stiller und Lieberman, die sich zuversichtlich über den Sankt-Jakobs-Platz äußerten, aber die Finanzierungsfragen noch völlig offen ließen. Auch die Staatskanzlei kommentierte nun den Vorgang wohlwollend, allerdings ohne finanzielle Zusagen.

Lieberman wollte den Architekten Mosche Herrschel mit der Studie beauftragen. Er hatte vor Jahren das Gemeindezentrum in Frankfurt geplant und errichtet. Ich kannte ihn von kurzweiligen Urlaubsgesprächen am Strand in Tel Aviv. Er hatte sich stets über meine Parteizugehörigkeit lustig gemacht. Für die Fertigstellung der Studie hatte er nur sechs Wochen Zeit. Tatsächlich kam er mit Plänen und einem Modell innerhalb der Frist nach München. Seine Studie zeigte, dass Gemeindezentrum, Synagoge und Museum am Sankt-Jakobs-Platz gut untergebracht werden konnten. Die Synagoge unmittelbar neben dem Gemeindezentrum stach durch eine hohe weiße Kuppel hervor. Die Pläne waren sehr detailliert und wir waren erstaunt über die Präzision, mit der Mosche die Studie angefertigt hatte. Als wir miteinander sprachen, amüsierte mich der Klang unseres Dialogs - er sprach mit hessischem Akzent, ich mit bayerischer Färbung und wir beide ließen, wie um unser gemeinsames Erbe zu unterstreichen, die gleichen jiddischen Worte einfließen.

Am Tag nach Mosches Ankunft besuchte unser gesamter Vorstand den Stadtbaurat Lerchenfels in der Blumenstraße. Sein Büro befand sich in einem der oberen Geschosse eines vor dem Krieg errichteten Hochhauses. Einige fuhren mit dem Paternoster, andere stiegen die vielen Treppen in dem hellen Treppenrund nach oben. Der Stadtbaurat begrüßte uns an der Spitze seiner Mitarbeiter. Er war schlank, mittelgroß und hatte längeres graues Haar, zu einem Zopf gebunden. Er sprach mit leicht badischem Akzent und erinnerte mich in seinem Aussehen an Friedrich Schiller. In seinem Arbeitsraum stand ein langer Tisch mit etwa 20 Stühlen. Man hatte rundum einen herrlichen Ausblick über die Dächer Münchens bis hin zu den Isarauen. Am Tisch setzten sich Lerchenfels und Lieberman gegenüber, am Kopfende hatte unser Architekt sein Modell aufgestellt, daneben lagen die Planskizzen. Langsam ließen wir uns um den Tisch nieder. Es war zunächst sehr still, es schien fast, als träfen zwei verfeindete Welten aufeinander.

Lerchenfels stand auf, begrüßte uns, blickte zu Lieberman und bat um sein Wort. Dieser bedankte sich höflich für die Einladung, stellte seinen Vorstand namentlich vor und leitete sofort zu unserem Architekten über. Mosche skizzierte zunächst anhand des Modells seine Vorstellungen, sprach laut und deutlich, ließ das von ihm geplante und gebaute jüdische Zentrum in Frankfurt als Erfolg einfließen und verdeutlichte durchweg, dass das Raumprogramm der Gemeinde nach seinen Recherchen auf dem Platz verwirklicht werden konnte. Dann ließ er die Pläne verteilen, die Lerchenfels und seine Mitarbeiter entfalteten, flüchtig betrachteten und weiterreichten. Nur das Papierrascheln unterbrach die Stille im Raum.

Mosche Herrschel blickte fragend in die Runde. Das Schweigen des Stadtbaurats und seiner Leute schien er als Ablehnung seiner Arbeit zu interpretieren. Endlich richtete eine junge Mitarbeiterin von Lerchenfels eine Frage an Mosche. Sie hatte langes blondes Haar, dunkle Augen, war vielleicht eine Praktikantin, trug einen weiten schwarzen Rollkragenpullover und fragte, welche architektonische Bedeutung sich aus der Kuppel über der Synagoge ableiten ließe und ob orientalisierende Kuppeln typisch für den Synagogenbau wären. Herschel fand die Frage überflüssig und erwiderte, auch den Petersdom würde eine Kuppel überspannen. „Meiner Kenntnis nach sogar die weltgrößte Kuppel."

Seine Antwort war richtig, denn einen typischen Synagogenbau hatte es nie gegeben. Geregelt war nur: Bis zu Beginn des 20. Jahrhunderts durfte eine Synagoge niemals höher als die Kirche am Ort sein. Gemeinsames Merkmal jüdischer Gotteshäuser war ihre Unauffälligkeit und dass sie nicht an zentralen Plätzen einer Stadt errichtet wurden, sondern meist verborgen und abseits standen.

Alle Blicke richteten sich auf den Stadtbaurat, als er sich langsam und bedächtig erhob, den Plan, welchen er vorher aufmerksam betrachtet hatte, zur Seite legte und mit wenigen Worten die Diskussion unterband: „So geht es nicht! Wir wollen an einem zentralen Ort unserer Stadt ein Bauensemble von epochaler Bedeutung errichten und ein einziger Entwurf, wenn er auch noch so gut sein möge, Herr Architekt, reicht nicht aus. Wir werden, wie bei allen bedeutenden Bauvorhaben in der Stadt, Architekturwettbewerbe abhalten müssen. Sie können versichert sein, Sie finden unsere volle Unterstützung für einen ersten Spatenstich in nur wenigen Jahren. Einen konkreten Zeithorizont wird es aber nicht geben. Erste Schritte werden der Stadtratsbeschluss und der Kauf des Grundstücks sein."

Ich sah die enttäuschten Gesichter meiner Kollegen, Lieberman blickte mit ernster Miene zu Lerchenfels und seinen Mitarbeitern, bis dieser um den Tisch herumging und Lieberman am Arm zur Seite zog. Sie sprachen ungestört noch einige Minuten.

Auf dem Weg zu diesem Hochhaus mit seiner schönen roten Klinkerfassade waren wir davon ausgegangen, dass Mosches Planung, vielleicht mit einigen kleineren Änderungen, akzeptiert werden würde und spätestens in einem Jahr die ersten Bagger auf dem Sankt Jakobsplatz anrollen konnten. Gemeinsam liefen wir zurück in die Gemeinde, um den weiteren Gang der Dinge zu diskutieren. Unsere Vermutung war angesichts der distanzierten Haltung des Stadtbaurates eine Ablehnung unseres Vorhabens. Einige meinten, vielleicht wäre Lerchenfels Antisemit oder ein strikter Religionsgegner und wolle kein neues Gotteshaus in der Stadtmitte. Lieberman dankte Mosche Herrschel für seine kompetenten fachlichen Ausführungen und sicherte ihm zu, dass die Gemeinde selbstverständlich für seine bisher erbrachten Leistungen aufkommen würde.

Ich war besonders verärgert über diese negative Entwicklung. Ich hatte persönlich enorm viel Zeit für das jüdische Zentrum verwandt und erlaubte mir deshalb die Frage an Lieberman, ob wir von seinem Gespräch mit Lerchenfels in privatissime erfahren dürften. Er schien erstaunt über diese in seinen Augen ungebührliche Frage, zog seine Augenbrauen hoch und wollte wohl schon zu einer ablehnenden Antwort ansetzen, als er die Augen aller Vorstandskollegen mit ernster Miene auf ihn gerichtet sah. So lächelte er unversehens versöhnlich und sagte: „Herr Mandelbaum, obwohl es ein wirklich privates Gespräch war, nenne ich Ihnen gerne einige Details. Der Stadtbaurat teilte mir mit, dass er seinen Vorschlag zu den Wettbewerben mit dem Oberbürgermeister abgesprochen hat. Vereinbart ist auch, dass die Stadt die Kosten für den städtebaulichen Wettbewerb übernimmt. Den Gestaltungswettbewerb müssen wir selbst austragen. Um das Projekt zu beschleunigen, werden sie Bebauungsplan und Baugenehmigung parallel fertigstellen."

Ich stockte kurz beim Gedanken an den Unterschied dieser beiden Genehmigungsverfahren, bedankte mich für die ausführliche Beantwortung meiner Frage und gab zu bedenken, dass die Finanzierung unseres Vorhabens überwiegend Kommune und Freistaat zu tragen hätten. Da wäre es nur verständlich, dass sie bei der Gestaltung mitsprechen wollten. Ein Teil meiner Kollegen folgte meiner Argumentation, die anderen meinten, in der zögerlichen Haltung der Stadt wären antisemitische Tendenzen zu erkennen. Nach langen, quälenden Diskussionen waren wir uns zumindest einig, dass kein Weg an der vom Stadtbaurat skizzierten Vorgehensweise vorbeiführte.

Nach dieser Entscheidung kam von Lieberman noch eine neue Information, die er uns bis dahin vorenthalten hatte: Voraussetzung für die Baugenehmigung und für den Grundstückskauf sei der Nachweis der Finanzierung der Baumaßnahme. Er unterstrich, dass unser eigener Handlungsspielraum eingeschränkt sei. Damit müssten wir leben, wenn wir unser Ziel erreichen wollten.

Wir beschlossen, beide Wettbewerbe zu akzeptieren, und trennten uns sehr nachdenklich.

Am nächsten Morgen telefonierte ich mit Ulli Weiss, erzählte von unserem Besuch in der Planungsbehörde und von der massiven Verzögerung des Baubeginns. Ulli bat mich zu sich in die Staatskanzlei zu einem gemeinsamen Mittagessen. Es war Freitag und es gab Forelle blau. Wir saßen an einem Tisch gegenüber der Fensterfassade zum Hofgarten. Mit einem warmen Lächeln berührte Ulli meine Schulter und sagte: „Wir wussten, dass sie euch die Wettbewerbe aufzwingen würden. Das ist am Ende richtig, denn nur so habt ihr die Chance auf den bestmöglichen Architekturentwurf. Ich verstehe, dass du wegen der Verzögerungen unglücklich bist. Aber bitte, bitte unterstelle nicht, dass das alles etwas mit Antisemitismus zu tun hat. Das sind für öffentliche Bauwerke normale Zeitabläufe. Wenn das Gemeindezentrum in weniger als zehn Jahren steht, dann wäre das fast schon ein Wunder." Er hob fast entschuldigend die Schultern. „Es gibt aber auch gute Aussichten. Wie ich gehört habe, hat der Ministerpräsident den Finanzminister auf unsere Linie gebracht. Wäre vielleicht sinnvoll, wenn Lieberman schnell auf ihn zugeht. Das nur als kleiner Hinweis."

Dann unterhielten wir uns über die bevorstehende Reise von Ulli nach Israel. Er wollte die Stiftung unserer Partei besuchen und sich deren Projekte im besetzten Westjordanland anschauen. Sie versuchten dort, für junge Palästinenser berufsbildende Maßnahmen nach dem deutschen dualen System aufzubauen. Sein Angebot, ihn zu begleiten, musste ich ablehnen. Meinem Vater ging es sehr schlecht, ich konnte ihn nicht allein lassen. Zudem wurden die ersten Vorbereitungen für die bevorstehende Stadtratswahl, die auch meine Wahl war, getroffen.

Nach dem Gespräch mit Ulli bat ich um einen Termin bei Lieberman. Er hatte kurzfristig Zeit. In seinem Büro zeigte er mir eine Kopie seines Briefes an den Oberbürgermeister, in dem wir unsere Bereitschaft zu den Wettbewerben bestätigten. Seine Sekretärin hatte das Schreiben schon am Vortag ins Rathaus gebracht. Er fragte mich, wie es mir ginge, fragte nach meinem Vater, von dessen Erkrankung er wusste, und was er für mich tun könne. Ich berichtete ihm, dass ich aus Parteikreisen gehört hatte, dass der Finanzminister entgegen seiner bisherigen Ablehnung nun doch eine Mitfinanzierung unseres Zentrums erwägen würde. „Angeblich erwartet der Minister – wir kennen seine Eitelkeit –, dass Sie auf ihn zukämen. Er wäre zu einem Gespräch bereit." Lieberman sah mich nachdenklich an und meinte, einen Versuch sei es allemal wert. Dann wünschte er gute Besserung für meinen Vater und verabschiedete mich.

Einige Wochen später war in der Zeitung in einer kurzen Notiz von einem Treffen von Lieberman und dem Finanzminister sowie Fortschritten bei der Finanzierung des Zentrums zu lesen.

Vermutlich hatte Lieberman seinen Geschäftsführer bei der Unterredung dabei; mich hatte er zu dem von mir eingefädelten Gespräch nicht mitgenommen. Für meine Parteikarriere wäre es gut gewesen, auch mit Blick auf die bevorstehenden Wahlen.

**06:36** *Ich höre Schritte am Gang und das Schleifen von Schuhsohlen auf dem Boden. „Ja, kumm scho", sagt ein Beamter mit tiefer Stimme zu einem Gefangenen, der sich wohl unwillig zu seiner Zelle schleppen lässt. Bald ertönen ein Quietschen und das Krachen einer Metalltüre. Dann wieder die tiefe Stimme: „So, jetz schlafst dein Rausch aus, Maxl. Bis zum nächsten Mal."*

*Morgen werden sie mich dem Haftrichter vorführen. Seit ich gegen die Nazis auf den Straßen unserer Stadt aufbegehre, gerate ich immer wieder mit der Polizei aneinander. Vor Wochen stand ich am Stachus vor der Absperrung, hinter der Pegida-Aktivisten über einen Lautsprecher ihre üble Propaganda verbreiteten. Einer von ihnen, ein jüngerer Mann, kam auf mich zu. Er hielt ein antisemitisches Flugblatt knapp vor meine Augen, ich schob das Papier, seinen Arm berührend, zur Seite und warnte ihn wütend vor Konsequenzen, wenn er nicht sofort verschwinden würde. Einige Minuten später war ich von Polizeibeamten in Zivil und in Uniform umringt. Eine uniformierte Dame mit schulterlangen brünetten Haaren teilte mir mit ernster Miene mit, gegen mich sei soeben Anzeige wegen schwerer Körperverletzung erstattet worden. Gefasst und mit einem Lächeln sagte ich: „Sie standen doch neben mir, ich habe den Mann nicht grob berührt und nur sein antisemitisches Flugblatt zur Seite geschoben. Sie kennen mich und wissen, dass ich Münchner Stadtrat bin. Ich möchte jetzt gehen." Sie sah mich weiter ernst an und antwortete sehr deutlich, dass ich nicht gehen könne, sondern sie zum nächsten Polizeibus zu begleiten hätte. Ich wurde wütend. „Ihr solltet euch schämen, mich wegen so einer fadenscheinigen Anzeige festzuhalten. Und das von einem offensichtlichen Nazi." Trotzig erwiderte die Beamtin, sie müsse sich überhaupt nicht schämen und ich solle sie endlich zum Polizeibus begleiten.*

*Was für ein Triumpf für die Rechten.*

Nach dem Gespräch des Finanzministers mit Lieberman nahm das Projekt deutlich an Fahrt auf. Das Planungsreferat fertigte eine Vorlage für den Stadtrat.

Kurz vor dem Jahreswechsel fand an einem Mittwochvormittag die entscheidende Abstimmung statt. Oberbürgermeister Stiller unterstrich die epochale Bedeutung dieses Bauwerks im Zentrum Münchens. „Es wird verdeutlichen, dass Jüdinnen und Juden nach Vertreibung und Ermordung bereit sind, in die Stadt zurückzukehren. Dafür gebührt ihnen unendlicher Dank." Ich saß neben Lieberman und einigen Vorstandskollegen auf der Empore, wir blickten hinab in den großen Sitzungssaal. Mit Ausnahme des einzigen Republikaners stimmte der gesamte Stadtrat für die Planung.

Ich fühlte mich wohl in Münchens Rathaus im neugotischen Stil. Hätte ein gewisser „Parteifreund", den ich unten im Saal sitzen sah, nicht vor der letzten Wahl antisemitische Flugblätter gegen mich verteilt, vielleicht wäre ich ebenfalls unten im Saal statt hier oben auf der Empore gesessen.

Nach der Abstimmung verließen wir die Galerie und gingen ein Stockwerk tiefer in den Vorraum zum Sitzungssaal und ins Weißwurstzimmer. Der Oberbürgermeister und der Stadtbaurat kamen und wünschten Lieberman viel Erfolg und Glück bei der Umsetzung unserer Pläne. Nun gäbe es kein Zurück mehr und in fünf bis zehn Jahren würde am Sankt-Jakobs-Platz eine neue Synagoge stehen. Traudl Wagner, die Planungssprecherin der Konservativen, kam hinzu. Ich kannte sie von Parteiveranstaltungen, sie war eine herausragende Persönlichkeit in der konservativen Fraktion. Doch die Chemie zwischen Lieberman und ihr stimmte nicht. Ich wusste nicht, was vorgefallen war.

Wagner galt im Rathaus als anerkannte Planungsfachfrau. Mit einem verhaltenen Lächeln auf den Lippen ermunterte sie unseren Präsidenten, mit dem neuen sakralen Bauwerk innovative und moderne Architektur zu wagen.

Beim Verlassen des Rathauses über die breiten Steintreppen meinte Lieberman spöttisch, er könne sich beim besten Willen nicht vorstellen, was sich diese Frau Wagner unter einer innovativen Architektur für eine Synagoge vorstellte.

Die Vorbereitungen für den Architekturwettbewerb liefen ungewohnt schnell. Bereits im Frühjahr wurden die ersten Sitzungen anberaumt. Von der Gemeinde war Lieberman als Preisrichter bestellt worden, zudem konnten zwei Mitglieder als Berater ohne Stimmrecht teilnehmen. Geschäftsführer Aaron Bronski und ich wurden vom Vorstand dem Preisgericht vorgeschlagen. Die erste Sitzung fand im Saal der Alten Kongresshalle am Bavariaring statt. Vorsitzender des Preisgerichtes war ein renommierter, schon betagter Architekturprofessor aus Stuttgart. In seiner Vorrede betonte er mit feuchten Augen die Besonderheit dieser Aufgabe für die Architekten: „Wir wollen nicht nur ein großartiges Bauwerk planen, sondern für Menschen bauen, die einstmals vertrieben wurden und dennoch bleiben wollen."

Es bedurfte einiger langer Sitzungen zur Festlegung der Vorgaben für die Ausschreibung, bevor Architekten aus aller Welt aufgerufen wurden, sich am Wettbewerb zu beteiligen. Wir erhielten über hundert Einsendungen, die an mehreren Tagen vom Preisgericht begutachtet und bewertet wurden. Ich durfte in eine für mich bislang unbekannte Welt eintauchen, fand schnell Gefallen an dieser Arbeit und beteiligte mich an den Diskussionen. Wenn wegen des langen Stehens an den Modelltischen meine lädierte Bandscheibe schmerzte, lehnte ich mich gegen eine nahe Wand, was Linderung verschaffte. Ich wollte nicht abseits sitzen.

Nach den Sitzungen fuhr ich abends meist zu meinem Vater. Er lag im Krankenhaus, sah elend aus, reichte mir seine warme Hand, wenn ich kam, flüsterte einige Silben Jiddisch und schluchzte leise. Pfleger und Schwestern waren sehr nett zu ihm, lasen ihm seine Wünsche von den Augen ab. Seine Lebensgefährtin verbrachte fast den gesamten Tag an seinem Bett. Auch Rebecca besuchte ihn, meist in Begleitung von David.

**06:37** *Ich erinnere mich, dass ich als Berater während des Wettbewerbs oft ratlos war, weil ich die Sprache der Architekten und Planer nur in*

*Teilen verstand. Ärgerlich war, dass die Mehrzahl der Entwürfe die Synagoge nicht als Solitär planten, sondern nur als Teil des Gemeindezentrums, als eingegliederten Raum, vorsahen. Für mich sollte sie im Mittelpunkt des Zentrums stehen. Diese Forderung wiederholte ich ständig bei jeder passenden und nicht passenden Gelegenheit. Zu meiner Überraschung unterstützte mich Lieberman dabei nicht.*

Am Vorabend der endgültigen Entscheidung standen sechs Arbeiten zur Wahl. Bei vier der Entwürfe war die Synagoge in einem großen Gemeindehaus integriert, zwei zeigten einen mit dem Gemeindehaus verbundenen, aber optisch abgesetzten Bauteil. Entgegen meinem leidenschaftlichen Plädoyer für die letzten beiden Varianten wurden alle sechs mit gleichen Preisen prämiert, auch mit Liebermans Stimme. Im folgenden Jahr, ein Jahr vor den Stadtratswahlen, sollte der Gestaltungswettbewerb stattfinden. Bis dahin würde, angelehnt an das Wettbewerbsergebnis, die Planungsbehörde einen Bebauungsplan erstellen.

Der Gesundheitszustand meines Vaters verschlechterte sich weiter. Gelegentlich wurde ich vom Krankenhauspersonal mitten in der Nacht gebeten, in die Klinik zu kommen, weil er nach mir fragte. Ich fuhr dann zu ihm, nahm seine Hand, strich über seine Stirn und versuchte ihn zu beruhigen. An einem Freitagnachmittag, nach meinem Besuch, bei dem er nicht mehr ansprechbar gewesen war, bat mich der Stationsarzt um ein Gespräch. Er bedeutete mir, dass die Nieren und die Leber meines Vaters nur noch sehr eingeschränkt arbeiteten und er deshalb immer wieder über Stunden sein Bewusstsein verlöre. Außerdem hätte er schwere Herzrhythmusstörungen und es gelange Wasser in seine Lungen, das sie abpumpen müssten. Angesichts dieses multiplen Organversagens sei es ein Wunder, dass er überhaupt noch lebte. „Ihr Vater verfügt über eine starke Konstitution. Ich weiß von seinem Lebensweg – sein Körper ist stark und bäumt sich ein letztes Mal auf. Herr Mandelbaum, wir stehen dennoch vor der Entscheidung, Ihren Vater entweder für kurze Zeit mit Apparaten am Leben zu halten oder ihn still gehen zu lassen."

## Mein Vater stirbt

Natürlich konnte und wollte ich in diesem Augenblick nichts entscheiden. Ich ging nach dem Gespräch mit dem Stationsarzt nochmals zu meinem Vater. Er flüsterte leise, unverständlich vor sich hin, reagierte nicht auf Fragen und war kurzatmig. Ich nahm wieder seine Hand, küsste ihn auf seine Stirn und verließ zögerlich sein Zimmer. Am folgenden Morgen standen Rebecca, meine Schwester, seine Lebensgefährtin und ich gemeinsam an seinem Krankenbett. Er blickte mit weit geöffneten Pupillen ins Leere. Uns schien er nicht an seiner Seite wahrzunehmen. Er atmete schwer.

Der Arzt bestätige uns eine weitere Verschlechterung seines Gesundheitszustandes. Seine Nieren hätten ihren Dienst weitgehend versagt wie auch die Mehrzahl der anderen Organe. Selbst wenn er künstlich beatmet und an ein Dialysegerät angeschlossen würde, könne er sein Bewusstsein mit aller Wahrscheinlichkeit nicht mehr erlangen. „Herr Mandelbaum, wenn es mein Vater wäre, ich würde ihn nun gehen lassen. Wir versprechen Ihnen, seinen letzten Weg mit schmerzlindernden, beruhigenden Medikamenten, mit Morphium, zu erleichtern."

Die Frage, wie viel Zeit er noch hätte, vermochte der Arzt nicht exakt zu beantworten. Es könne noch Tage dauern.

Wir akzeptierten. Vater hatte in seinem Leben genug Leid erfahren. Er sollte keinen schmerzhaften Tod erleiden.

Am frühen Nachmittag verließ ich das Krankenhaus. Die Frauen blieben an Vaters Seite und gingen einige Stunden später. Ich fuhr nach Hause und wartete auf Rebecca. Hatten wir das Recht, über Leben oder Tod zu entscheiden? Ich wusste, dies war eine törichte Frage, dennoch ging sie mir nicht aus dem Kopf. Er lag bereits im Sterben, wir könnten mit den Apparaten seinen Tod nur verzögern, ihm dabei womöglich Schmerzen bereiten.

Später kam Rebecca mit geröteten Augen. Sie hatte sich mit meinem Vater meist besser verstanden als ich. Als der Abend anbrach, wurde ich zunehmend unruhig, es zog mich zu meinem Vater ins Krankenhaus. Er lag mit bleichem Gesicht und auf dem

Rücken in seinem Bett, atmete schnell und flach, hob unvermittelt seufzend für wenige Sekunden einen Arm, um ihn schnell wieder auf die Bettdecke fallen zu lassen. Seine Augen waren geschlossen und er reagierte weder auf meine Worte noch schien er zu bemerken, wie Rebecca zärtlich über sein Haar strich. Plötzlich begann er, am ganzen Körper zu zucken, und versuchte, sich einmal nach links und nach rechts zu drehen, dabei rang er nach Luft. Wir alarmierten den Pfleger, der schnell ins Zimmer kam, Vater mit einem Stethoskop abhörte und meinte, er hätte sehr viel Wasser in seiner Lunge und könne kaum mehr atmen, durch das Morphium würde er aber keine Schmerzen erleiden. Er saugte mit einem Schlauch das Wasser ab, verließ schnell das Krankenzimmer und eilte zu anderen Patienten. Mein Vater atmete wieder gleichmäßiger, wir hofften, dass es ihm nun besser ging.

Ich stand neben seinem Kopf, als er eine Hand auf meinen Arm legte, sich auf mich stützte und seinen Oberkörper mit letzten Kräften aufrichtete, um dann abrupt mit einem tiefen, lauten Seufzer zurückzufallen. Es war ein letztes Aufbäumen vor seinem Tod.

Nun lag er mit geschlossenen Augen und angespanntem Gesichtsausdruck bewegungslos auf seinem Rücken. Er atmete nicht mehr. Er war von uns gegangen. Es dauerte mehrere Minuten, bis ich verstand, was geschehen war. Rebecca setzte sich und weinte leise. Sie zitterte am ganzen Körper. Ich ging zum Schwesternzimmer und bat einen Arzt oder eine Schwester ans Krankenbett. Wenige Minuten später erschien der Pfleger von vorhin, er berührte für wenige Sekunden mit Zeige- und Ringfinger meines Vaters Hals und schüttelte langsam seinen Kopf. „Das Herz hat aufgehört zu schlagen. Ich möchte Ihnen mein Beileid aussprechen. Ich hole den Arzt. Kann ich noch etwas für Sie tun?“

Bevor er ging, wand er eine weiße Binde vom Kinn meines verstorbenen Vaters einige Male um seinen Kopf. Ich sah ihn fragend an. „Wir wollen mit dieser Bandage verhindern, dass sein Kinn nach unten fällt. Das wäre kein schöner Anblick.“ Eine Schwester brachte eine Kerze, die sie auf den Tisch stellte und entzündete. Dann kam der Arzt, stellte offiziell den Tod meines

Vaters fest und füllte den Totenschein aus. Rebecca telefonierte mit meiner Schwester und der Lebensgefährtin meines Vaters. Ich sprach mit dem Gemeinderabbiner, um mit ihm die weiteren Schritte bis zur Beerdigung abzustimmen. Er fragte nach dem Krankenhaus und klopfte eine halbe Stunde später an die Türe des Zimmers. Er kondolierte und ging dann zu meinem Vater, um einen Segenspruch zu sagen: „Gelobt sei der wahrhafte Richter."

Er wünschte uns viel Kraft für die nächsten Tage. Wir mussten meinen Vater, dem Ritus gemäß, in spätestens zwei Tagen bestatten. Gemeinsam verließen wir nach einigen Stunden das Krankenhaus. Am Morgen teilte ich der Krankenhausverwaltung mit, dass der Leichnam meines Vaters unmittelbar auf den jüdischen Friedhof in der Garchinger Straße zu verbringen sei.

## Grab mit schlechter Aussicht

Wie benommen fuhr ich zum jüdischen Friedhof, um mich mit dem Vorstandskollegen zu treffen, der für den Verkauf der Gräber zuständig war.

**06:39** *Ein jüdisches Grab wird niemals aufgelassen, es währt ewig.*

Er zeigte mir eine Grabstelle im hinteren Bereich des Friedhofes, nannte mir einen Preis, über den ich nicht diskutieren wollte und in meinem Zustand auch nicht konnte. Das Grab war bereits zum Teil ausgehoben, allein der Verkehrslärm vom Mittleren Ring neben der nahen Friedhofsmauer fiel mir auf. Ich blickte durch einen ständigen Schleier vor meinen Augen. Meine Bewegungen nahm ich wie in Zeitlupe wahr.

Für den nächsten Tag war die Beerdigung um die Mittagszeit angesetzt. Malka kam am Abend mit dem Flieger aus London, unsere Tochter hatten wir mindestens ein halbes Jahr nicht mehr gesehen. Ich holte sie vom Flughafen ab und als wir uns nach ihrer Ankunft umarmten, weinten wir beide bitterlich.

Zum ersten Mal nach meines Vaters Tod flossen bei mir die Tränen.

Zur Trauerfeier kamen meine Mutter und Nicky, die Lebensgefährtin meines Vaters, seine geschiedenen Frauen und viele seiner Bekanntschaften. Es kamen unsere Freunde und die Freunde unserer Kinder. In der großen Aussegnungshalle mit Jugendstilornamenten war vor dem marmornen Rednerpult der Sarg mit dem Leichnam meines Vaters aufgebahrt. Der Rabbiner sprach über seinen Lebensweg, der wie bei allen hier zu Grabe Getragenen vom Leid der Schoa gezeichnet war. Während er sprach, weinten Malka und David laut und bitterlich. Nach seiner Rede sang der Rabbiner das „El Mole Rachamim" – Gott voller Erbarmen –, ein Gebet, das bei jeder Bestattung intoniert wurde. Dann wurde der Sarg auf einem Wagen zum Grab geschoben. Als erstes folgte ich, eingehakt bei meiner Frau und meinen Kindern. Uns folgte in einer langen Reihe die Trauergesellschaft.

Am Grab wurde der Sarg langsam mithilfe von Bändern abgesenkt. Neben dem Grab lag der Aushub. Es war die vertraute Erde der Münchner Schotterebene mit viel Kies und Steinen. Darauf lagen mehrere Schaufeln.

**06:39** *Es ist Brauch, dass die Männer am Grab, zunächst die nahen Verwandten des Verstorbenen, die Erde in die Gruft schaufeln. Das Geräusch des Polterns der Steine und der Erde auf dem einfachen Fichtensarg war kaum zu ertragen.*

Nach etwa zehn Minuten war die Arbeit getan. Der Rabbiner schob den Stil eines kleinen rohen Holzschildes mit dem Namen des Vaters und seinem Sterbedatum in die lockere Erde am Kopf des Grabes. Nachdem ich das Kaddisch, das Totengebet, gesagt hatte, war die Trauerzeremonie beendet.

Bevor uns die Trauergäste verließen, legten sie Steine auf die Grabstätte. Anschließend besuchten sie die Ruhestätten ihrer Familien oder gingen vom „Guten Ort" hinaus auf die Garchinger Straße. Der Rabbiner verabschiedete sich, ich dankte ihm, dass er so schnell ins Krankenhaus gekommen war. Am Ende war nur noch der engste Familienkreis um das Grab versammelt.

Erst nach der Bestattung erkannte ich, dass der Blick über den künftigen Grabstein einen unansehnlichen Arbeitsschuppen streifte. Der Vorstandskollege hatte mir ein Grab mit schlechter Aussicht verkauft. Zumindest den Lärmpegel vom Mittleren Ring nahm ich jetzt leiser wahr als gestern. Mein Vater würde mir meine Unachtsamkeit verzeihen. Ich hoffte, in den kommenden Jahrzehnten würden Sträucher und Bäume den Blick zum Betriebshof versperren.

Die erste Woche nach der Bestattung mussten wir Schiwa sitzen. Wir durften das Haus nicht verlassen, wurden von Freunden und Bekannten besucht, die uns mit Essen verwöhnten, das sie mitbrachten. Auch Lieberman kam. Wir sprachen über meinen Vater und seinen Begegnungen mit ihm. Zweimal täglich sagte ich das Kaddisch. Dazu kamen Freunde zum Abend- oder Morgengebet einige Male zu uns nach Hause, ansonsten ging ich in die Synagoge.

**06:39** *Das Kaddisch kann nur im Kreise von zehn Männern gesprochen werden.*

Nach der Schiwa ging ich morgens und abends in die Synagoge in der Reichenbachstraße. Es war für mich eine sehr beschwerliche Zeit, der Tod des Vaters bestimmte die Gedanken, zwang mich täglich zu einem frühen Aufstehen. Die Synagoge erlebte ich zunehmend als einen eng mit dem Tod verknüpften Ort.

Nach einem Jahr war die Trauerzeit beendet und der Grabstein konnte aufgestellt werden: Wir wählten einen Größeren aus schwarz glänzendem Naturstein, der nach Osten in Richtung Jerusalem ausgerichtet wurde. Er sollte die mächtige Statur meines Vaters versinnbildlichen.

**06:39** *Auf dem Stein sind seine Daten eingraviert. Darunter steht in hebräischer Schrift, wie auf jedem Stein, dass seine Seele im Bündel des ewigen Lebens eingebettet sein soll. Unter diesem Segensspruch ließ ich „Im Gedenken an die in der Schoa ermordeten Familienangehörigen" eingravieren.*

Nach dem ersten Jahr des neuen Jahrhunderts startete im Frühjahr der Gestaltungswettbewerb für das neue Gemeindezentrum. Nun ging es konkret um die Ausgestaltung des Bauensembles am Sankt-Jakobs-Platz. Im Stadtratsbeschluss war ein geladener Wettbewerb festgelegt worden und etwa 25 Architekturbüros sollten die Möglichkeit zur Teilnahme an dem Verfahren erhalten. In den ersten beiden Sitzungen, die oft bis in die späte Nacht dauerten, diskutierten wir über die Inhalte der Ausschreibung. Für einen Nichtarchitekten wie mich konnte das sehr ermüdend werden, denn die Fachleute unterhielten sich über Garagenzugänge und Ausformung von Treppenhäusern mit Blick auf Brandschutzauflagen, über Sichtachsen, über geforderte Materialien, über die Stellplatz-Problematik und dergleichen. Ästhetische Gestaltungsmerkmale kamen kaum zur Sprache. Für die Synagoge wurde bestimmt, dass eine Wand nach Osten auszurichten und dass eine Mikwe, das rituelle Tauchbad für Männer und Frauen, einzuplanen sei. Mein Vorschlag, die Synagoge als Solitär vorauszusetzen, wurde mit großer Mehrheit abgelehnt. Wie beim ersten Wettbewerb unterstützte mich Lieberman nicht.

Die finalisierte Ausschreibung umfasste mehr als hundert Seiten und wurde noch im Frühjahr 17 ausgewählten Architekturbüros zugestellt. Die Bearbeitungsfrist war mit zwei Monaten sehr kurz angesetzt, was unter der Architektenschaft in der Jury zu Protesten führte.

Gegen Ende Mai traf sich die Jury in einem weitläufigen Saal im Alten Kongresszentrum, in dem an großen Stellwänden die einzelnen Pläne angeheftet waren und auf einem je vorgelagerten Tischchen das dazugehörige Modell stand. Das mit der Durchführung des Wettbewerbs beauftragte Planungsbüro hatte die Arbeiten ausführlich bewertet und anhand verschiedener Kriterien in einer Broschüre verglichen. Die knapp 25 Juroren saßen verteilt an Tischen, die in Hufeisenform aufgestellt waren. Oberbürgermeister Stiller saß neben dem Vorsitzenden der Jury, der bereits den ersten Wettbewerb geleitet hatte, neben ihm hatte Lieberman als Präsident der Gemeinde und Bauherr Platz genommen. Ich war mit Aaron Brodsky am Tisch gegenüber dem von Stadtbaurat Lerchenfels platziert. Mit feierlichen Worten und in seinem singenden schwäbischen Dialekt eröffnete der Juryvorsitzende die Sitzung. Er verwies auf die Vertraulichkeit all dessen, was wir in den nächsten Tagen besprechen und worüber wir uns streiten würden.

Zuerst referierte das Planungsbüro seine Bewertung der einzelnen Arbeiten, deren Schwächen und Stärken, rügte bei einigen die Nichteinhaltung der Ausschreibungskriterien und wies auf Planentwürfe hin, welche unter technischen Gesichtspunkten nicht realisiert werden könnten. Erst am späten Nachmittag begann der erste Durchgang. Jeder der Fachjuroren bewertete eine einzelne Arbeit.

Im ersten Durchgang wurde noch keine Arbeit ausgeschlossen. Meine anhaltende Enttäuschung, dass nur wenige der Entwürfe die Synagoge als alleinstehendes Bauwerk planten, verbunden mit langen Perioden des Stehens, die meine Rückenschmerzen wieder aufflammen ließen, sorgten dafür, dass ich diesen Tag alles andere als zuversichtlich beendete.

Am nächsten Morgen um neun Uhr trafen wir uns in der Halle wieder, zunächst zu einem kurzen gemeinsamen Frühstück. Anschließend war noch Zeit für einen individuellen Rundgang. Ein Juror aus Frankfurt, Mitglied der dortigen jüdischen Gemeinde und selbst Architekt, den ich flüchtig kannte, sprach mich an, um mir die Arbeit seiner Wahl zu präsentieren. Das Modell zeigte ein Ensemble von drei Baukörpern – Synagoge, jüdisches Museum und Gemeindezentrum. Es war in weißer Farbe gestrichen, die drei Gebäude nur schemenhaft dargestellt. Beim ersten Durchgang gestern hatte ich die Synagoge zwar als gewünschten Solitär erkannt, hatte mich aber, vielleicht auch wegen der fortgeschrittenen Stunde, für den Entwurf nicht begeistern können. Der Frankfurter Juror erklärte mir die Arbeit, lobte die Aufteilung in drei eigenständige Baukörper, die eine Öffnung des Ensembles hin zum Sankt-Jakobs-Platz nach allen Seiten gestatteten. Er war der festen Überzeugung, dass dies der beste aller Entwürfe sei, und er glaubte, die Urheber sogar zu kennen. Ich studierte das Modell noch einmal stumm und eindringlich. In dieser Konstellation stünde die Synagoge im Zentrum des Platzes. Das war in meinem Sinne. Sicherheitstechnisch wäre diese offene Planung unproblematisch. In den nächsten Tagen würden wir noch viel Überzeugungsarbeit leisten müssen.

**06:41** *In meiner Zelle sehe ich das Modell in weiß lackiertem Sperrholz. Es leuchtet jetzt vor meinen Augen. Ich erkenne mich stolz neben dem Frankfurter Architekten stehen, der mich auswählte, um ihn bei der Durchsetzung seines favorisierten Entwurfes zu unterstützen.*

Wir vereinbarten, für den nächsten Durchgang alles daran zu setzen, unseren Entwurf vor dem Ausscheiden zu bewahren. Vor der versammelten Jury plädierte der Kollege aus Frankfurt taktisch verhalten für die Arbeit. Ich unterstrich, dass die Positionierung des Ensembles für die Offenheit der jüdischen Gemeinde stünde. Niemand fand überzeugende Argumente, den Entwurf für die nächste Runde auszuschließen.

In der Kaffeepause beglückwünschten wir uns zu unserem ersten kleinen Erfolg und nahmen uns vor, nun offensiv bei den Kollegen für den Entwurf zu werben. Ich kümmerte mich um die Stadträte und der Frankfurter versuchte, den ein oder anderen Architekten zu überzeugen. In einem längeren Gespräch wirkte ich zunächst auf meine Parteifreundin Traudl Wagner ein. Sie war stimmberechtigtes Mitglied der Jury und vernahm vor dem Modell schweigend meine Argumente. Ihre eigenen Überlegungen wollte sie nicht preisgeben und meinte nur mit einem ironischen Grinsen: „Felix, du und deine Synagoge!"

Nach dem dritten Durchgang befanden sich von den Arbeiten nur noch fünf Entwürfe im Wettbewerb. Darunter war auch unser Favorit. Unser unablässiges Werben hatte Früchte getragen.

In der Mitte des großen Tisch-Hufeisens wurden nun weitere Tische aufgestellt, auf denen die verbliebenen Modelle wahllos angeordnet wurden. Über die nächsten Stunden sollten wir in einer Diskussion eine wertende Reihung festlegen. Jeder konnte sich melden und seine Vorstellungen dazu erläutern.

Wichtig waren die Urteile von Lieberman und Stiller. Im Gegensatz zu mir und meinem Frankfurter Kollegen hatten sie keinen Favoriten für den ersten Platz. Für mich, der ich kein Fachmann für Städteplanung war, konnte nach wie vor nur „unser Entwurf" mit seiner Offenheit und der mittigen Synagoge an erster Stelle stehen. Da geschah etwas völlig Unerwartetes, beinahe wie in einem Traum. Der Vorsitzende der Jury nahm „unser Modell", stellte es wortlos an die Spitze und blickte fragend in die Runde. Er zog seine dicken Augenbrauen hoch, lächelte, verharrte für mehrere Sekunden in seinem Schweigen und fragte erst dann in breitem Schwäbisch nach Widerspruch.

Lieberman und Stiller äußerten sich nicht. Der Vorsitzende schien ratlos. Da wir ohnehin kurz vor der Mittagspause standen, vertagte er die Entscheidung und ließ sich gemeinsam mit Lieberman, Stiller und dem Stadtbaurat an einem Tisch zum Essen nieder. Wir anderen konnten die Mimik ihrer Gesichter und ihre Gesten in einem sehr lebhaften Gespräch von unseren Plätzen aus gut beobachten. Als die Nachspeise serviert wurde, schienen sie müde und wurden schweigsam. Vielleicht hatten sie sich geeinigt.

## Im Mittelpunkt

Verspätet wurde die Sitzung fortgesetzt. Der Juryvorsitzende unterbreitete einen Kompromiss. Sein Vorschlag war, nach der von ihm, dem Frankfurter Kollegen und mir favorisierten Arbeit zwei Entwürfe gleichrangig an zweiter Stelle zu prämieren. Über die Reihenfolge der übrigen zwei aus den insgesamt noch fünf Modellen könnten wir dann sicherlich schnell entscheiden. Seine anschließende Frage nach Diskussionsbeiträgen blieb ohne Resonanz. So ließ er den Favoriten unangetastet auf dem ersten Platz, schob die Zweitplatzierten zurecht, reihte die beiden letzten Arbeiten und stellte das Ergebnis von drei langen Wettbewerbstagen zur Abstimmung. Ich fragte mich, wer ihn am Ende beeinflusst hatte, oder ob er vielleicht schon von Beginn der Sitzung an seine Wahl getroffen und aus taktischen Gründen zunächst geschwiegen hatte.

Sein Vorschlag wurde einstimmig angenommen. Wir applaudierten über lange Zeit. Stadtbaurat Lerchenfels äußerte sich auf der Pressekonferenz begeistert über den erstplatzierten Entwurf. Er verkündete, dass die Stadt rechtzeitig Baurecht auf dem Sankt-Jakobs-Platz schaffen würde, um die Fertigstellung des jüdischen Zentrums bis 2005 zu ermöglichen. Dann ging er auf die Konzeption des Bauensembles ein. Der Entwurf bringe in drei getrennten Baukörpern die von der Gemeinde geforderten Funktionen unter. Den kubischen Synagogenbau erklärte er durch seine freigestellte exponierte Lage zum zentralen Baukörper und neuen Mittelpunkt des Platzes. Das zwischen Corneliusstraße und Jakobskirche eingeschobene jüdische Museum würde einen Bezug zum nahen Stadtmuseum schaffen.

Innerhalb der Gemeinde wurde eine Projektgruppe mit Lieberman an der Spitze, Vorstandskollegen und Gemeindemitgliedern mit Expertise eingerichtet. Diese Gruppe sollte insbesondere über die Vielzahl der kleinteiligen Fragestellungen befinden und tagte wöchentlich. Die Grundsteinlegung am 9. November 2003 konnte geplant werden. In mehreren Gesprächen deutete Lieberman seine Skepsis hinsichtlich des Entwurfes an. Ich war erstaunt über seine Haltung, die mir angesichts des Fortgangs der Planung absurd erschien. Zwischen den Zeilen war seinen Formulierungen zu entnehmen, dass er unter anderem auch mir die Schuld für die möglicherweise falsche Entscheidung zuwies. Unser Verhältnis wurde zunehmend distanzierter.

Bei großen Bauvorhaben mit prominent besetzten Wettbewerben achtete die Stadtspitze darauf, dass die Planentwürfe möglichst in ihrer reinsten Form umgesetzt wurden. Ich wollte die Realisierung des Planentwurfes eben in dieser reinen Form, während Lieberman, der bei allem Einfluss der Stadt als Bauherr das letzte Wort hatte, beständig versuchte, den von ihm ungeliebten Entwurf an der ein oder anderen Stelle nach seinen Vorstellungen zu ändern. Sein Geschäftsführer unterstützte ihn dabei.

Der Stadtbaurat dagegen lobte meine Position, was Lieberman noch mehr in Rage brachte.

Als es in einer Projektsitzung um die Farblinien für die Innenausstattung ging, eskalierte der Streit. Ich votierte für den Vorschlag der im Wettbewerbstext bestimmten Farbkonzeption, während Lieberman und einige Vorstandskollegen plötzlich gänzlich andere Farben ins Spiel brachten. Es gab eine sehr lebhafte Diskussion von mindestens einer Stunde, ohne dass sich klare Mehrheiten herausgebildet hätten. Dann kam verspätet ein Vorstandskollege dazu, blickte in die Runde und näherte sich dem freien Stuhl an meiner Seite. Lieberman bemerkte es und sagte ihm unmissverständlich, er solle sich nicht neben „den Mandelbaum" setzen. „Er wird Sie falsch beeinflussen." Tatsächlich zögerte der Kollege und fand einen Platz am anderen Ende des Tisches.

Das war in meinen Augen der frostige Tiefpunkt meiner Zusammenarbeit mit dem Präsidenten der Gemeinde. Ich war verletzt und wütend und wusste zunächst nicht, wie ich reagieren sollte. Ohne weiter nachzudenken, stand ich auf und sagte zu Lieberman, er solle doch ohne mich weitermachen. „Ich wünsche viel Erfolg beim weiteren Verlauf der Sitzung." Dann verließ ich den Raum und knallte die Türe von außen zu. Das Gefühl, gedemütigt worden zu sein, hatte meinen Verstand vernebelt.

Mein Abgang führte jedoch trotz aller überkochender Emotionen für mich zum gewünschten Ergebnis. Die Entscheidung wurde vertagt, weil sie ohne mich pari ausgegangen wäre. Am Ende gab es eine Mehrheit für die im Preisgericht beschlossene Farblinie.

**06:42** *Ich erinnere mich an meine Emotionen, die mich damals regelrecht lähmten, als es nur um die Farbgestaltung ging. Wie emotional werde ich morgen reagieren, wenn sie mich zum Haftrichter führen? Ich friere.*

*Vor einem Jahr hatten die Nazis am Marienplatz einen Infostand aufgebaut. Sie versammelten sich hinter einer von der Polizei errichteten Absperrung, darunter Hintermoser und ein Nazi-Stadtrat. An die Ab-*

*sperrung hatten sie Stangen angelehnt, an deren Ende Themenplakate hingen. Ich sehe dieses Plakat vor mir, das später als Flugblatt tausendfach in München verteilt wurde: ein böse blickendes Münchner Kindl mit einem Besen in der Hand fegt mehrere Köpfe wie Schmutz und Staub weg. Eine gut gezeichnete Karikatur. Der Kopf, der gerade mit dem Besen weggeschoben wird, ähnelt meiner Person unverkennbar. Das Plakat zitierte eine Nazikarikatur von 1938 aus Wien, auf der als Juden gekennzeichnete Köpfe mit einem groben Besen ausgekehrt werden.*

*Ich rüttelte an der Absperrung – in der Hoffnung, dass die Stange mit dem Plakat umfallen würde. Sofort wurde ich von Polizeibeamten weggezogen und ermahnt, mit meiner Aktion würde ich mich der Sachbeschädigung schuldig machen. Ich erwiderte sehr laut und auf das Plakat zeigend, dass dies mein Kopf sei, ob ich die Verunglimpfung meiner Person etwa mundtot akzeptieren müsse und dass ich doch bitten würde, das Plakat sofort zu entfernen. Wieder war ich wütend, wieder agierte ich nicht souverän.*

*Meine Anzeige gegen dieses Plakat wegen Volksverhetzung wurde von der Staatsanwaltschaft nach wenigen Wochen niedergeschlagen.*

*Was habe ich in diesem Land zu erwarten? Was habe ich in der Gemeinde von Lieberman zu erwarten? Ich weiß, dass mit Ausnahme meiner Familie in meiner aktuellen Situation nur wenige an meiner Seite stehen. Wäre es anders, hätte es nicht so weit kommen können, dass sie mich wie einen kleinen Dieb in einer stinkenden Zelle festhalten.*

Im Herbst nach dem Wettbewerb begann die heiße Phase für die anstehende Wahl des Oberbürgermeisters und des Stadtrats. In meinem Ortsverband wurde ich gegen den Widerstand des Vorsitzenden auf den zweiten Platz der Liste gesetzt, auf der gesamten Stadtratsliste von München landete ich auf einem guten Platz 13. Der Vorsitzende meines Ortsverbandes sprach, wenn es um jüdische Menschen in München ging, despektierlich von den „Mitgliedern des Skiverbandes Tel Aviv“. Ich wusste, dass ich auf seine Unterstützung niemals hoffen konnte. Bei einem gemeinsamen Essen im Käferzelt auf dem Oktoberfest versicherte er mir auf gut Bairisch, dass mein Platz auf der Stadtratsliste keine „gmahde

Wiesn" sei. Vermutlich hatte sich im Hintergrund Josef Buschmüller, mit dem ich als Pressesprecher ungebrochen freundschaftlich zusammenarbeitete, um meine gute Platzierung bemüht.

Als unser Kandidat für den Oberbürgermeister sollte wieder Heribert Bär antreten. Er war in der konservativen Fraktion jedoch umstritten. Die Stadträte beklagten, wie die Medien, seine mangelnde Kompetenz für kommunale Themen. Schließlich war er über Jahre Bundestagsabgeordneter gewesen. Im Oktober ließ er ein umstrittenes Plakat in den Straßen Münchens anbringen. Der Inhalt sorgte vier Monate vor der Wahl für einen bundesweiten Wirbel: Mit dem Slogan „Terrorzellen in München – die Stadt zahlt die Miete" warf er der Stadtregierung vor, Terroristen zu unterstützen. Die Regierungsparteien im Münchner Rathaus reagierten empört, sogar die Staatskanzlei distanzierte sich von dem Plakat. Bär stand plötzlich allein in seinem Wahlkampf, es wurde einsam um ihn. Das Plakat hätte nicht geklebt werden können, wenn die Konservativen in ihren Gremien nicht einstimmig dafür gestimmt hätten. Nun ließen sie ihn fallen.

Am letzten Samstag im Oktober saß ich am frühen Abend zu Hause an meinem Schreibtisch, als mich Josef Buschmüller anrief. „Heribert Bär hat seine Kandidatur niedergelegt." Den Zeitungen könnten wir zunächst nichts vermelden, da unser Kandidat erst am Montag seinen Rücktritt offiziell verkünden würde. „Die Gerüchteküche brodelt allerdings schon. Sollten Journalisten bei dir anrufen, müssen wir unsere weitere Vorgehensweise abstimmen."

Ich war es gewohnt, am Wochenende Pressemitteilungen an die Medien abzusetzen. Die Journalisten waren stets dankbar, weil die Themenlage zum Wochenbeginn oftmals sehr dünn war. Ich sagte Josef, dass ich unmittelbar am Samstag keine Anrufe der Presse erwartete, weil an diesem Tag Journalisten in der Regel nicht arbeiteten. Wenige Minuten, nachdem wir uns verabschiedet hatten, klingelte jedoch mein Mobiltelefon. Am Apparat war der mir gut bekannte Sebastian Roth vom Morgenblatt. „Stimmt es, dass Bär das Handtuch geworfen hat? Herr Mandelbaum, ich erwarte von Ihnen eine klare Antwort!"

Ich erwiderte, dass ich von dem Gerücht gehört hätte, aber noch keine Bestätigung seitens der Parteileitung vorläge. Roth beschwerte sich bitterlich über diese mangelhafte Informationspolitik. Ich versprach zurückzurufen, sobald ich gesichert mehr wüsste. Nachdem ich das Gespräch beendet hatte, klingelte es abermals. Diesmal war es ein Reporter vom Süddeutschen Kurier. Er erzählte ebenso von dem Gerücht und davon, dass er weder Heribert Bär noch Josef Buschmüller erreichen könne. Wieder versprach ich einen Rückruf.

Dann meldete ich mich sofort wieder bei Josef. Es war klar, dass die Partei sich unter diesen Umständen vor Montag erklären musste - aber nur mit Zustimmung von Heribert Bär. Josef bat mich, diese einzuholen und noch heute eine kurze Pressemitteilung zu versenden. Also rief ich bei Heribert an und ließ es lange klingeln. Ich hoffte, er würde meine Nummer erkennen und das Gespräch annehmen. Nach vielfachem Klingeln war er wirklich am Telefon. „Hallo, Felix, was gibt's?"

Ich berichtete ihm von den Anrufen der Journalisten. Mehrere Sekunden verstrichen ohne eine Antwort. Dann, empört: „Wer hat da wieder nicht dichtgehalten? Typisch für unsere Partei! Es stimmt, ich werde am Montag meinen Rücktritt erklären. Ich bin maßlos enttäuscht über die mangelnde Solidarität. Das Plakat haben alle mitgetragen und auf einmal soll nur ich schuld sein. Nicht mit mir! Ich werde mich bis Montag mit keinem Wort dazu äußern. Dann aber umso deutlicher."

Ich erklärte ihm, dass Josef und ich von einer schnellen, noch heute abgegebenen Erklärung überzeugt waren, allein schon, um weitere Gerüchte zu verhindern. „Heribert, das Thema steht im Raum und ist für die Medien natürlich ein Knaller. Sie werden in jedem Fall darüber berichten und je weniger Informationen sie als Fakt aus erster Quelle haben, desto abenteuerlicher werden die Texte."

Nach längerer Diskussion akzeptierte Heribert eine kurze Pressemitteilung. Sie durfte nur die Bestätigung seines Rückzugs und die Ankündigung einer Erklärung am Montag enthalten.

Seine Stimme war brüchig, er klang sehr enttäuscht. Er verabschiedete sich mit einem mürrischen „Bis Montag“ und legte schnell auf.

Ich formulierte die Pressemitteilung, stimmte den Text mit Josef ab und verschickte ihn über meinen Presseverteiler. Zehn Minuten später war wieder Sebastian Roth am Telefon. Zunächst bedankte er sich für meine schnelle Reaktion. Endlich habe meine Partei Verständnis für die Belange der Presse. Nach dem Lob bedrängte er mich, mutmaßte über eine Vielzahl von Gründen, um durch meine Reaktion an weitere Informationen zu gelangen. Ich deutete vorsichtig Heriberts Enttäuschung über die mangelnde Solidarität der Partei an, ohne mich jedoch auf diesen einen Punkt als Rückzugsgrund festzulegen. Ein Thema, das sich zwangsläufig aufdrängte, war die Nachfolge. Ich war überzeugt, dass die Parteioberen bereits darüber diskutierten. Die Vermutung von Roth, dass nun unser Fraktionsvorsitzender im Rathaus antreten müsse, war naheliegend, ich konnte und wollte sie aber mangels eigener Informationen weder bestätigen noch ausschließen. Sebastian Roth war zufrieden, beendete schnell das Gespräch, weil er noch schreiben wollte. Anschließend riefen die Kollegen der anderen Tageszeitungen an.

Der bevorstehende Rücktritt von Heribert Bär, den ich persönlich mochte, dessen politisch rechte Haltung ich aber nicht teilte, betrübte mich nicht. Meine Rolle in dieser dramatischen Entwicklung behagte mir sogar. Nun war ich endlich Akteur im politischen Geschäft. Ich fühlte mich als Teil des politischen Räderwerkes in München.

Am Montag berichteten die Zeitungen im Lokalteil, zum Teil als Aufmacher, über den sensationellen Rücktritt. In allen Berichten wurde ich als Pressesprecher namentlich zitiert. Mit Blick auf die bevorstehenden Wahlen konnte das nicht schaden.

Das Trauerjahr für meinen Vater war vorüber. Ich musste nicht mehr täglich in die Synagoge. Nur an den Samstagen besuchte ich noch den Gottesdienst. Das Gotteshaus selbst war für mich nach wie vor ein Ort des Trauerns.

Die Planungen für das Zentrum am Sankt-Jakobs-Platz gingen schnell voran. Bisher war es gelungen, die Entwurfsplanung der Architekten fast unverändert umzusetzen. Ein sehr umstrittener Aspekt war die Gestaltung der über drei Meter hohen Eingangstüren der Synagoge.

**06:43** *Vielleicht wollte ich den Tod von Hintermoser? Ich bin überzeugt, dass ihn meine schwere Kamera unbeabsichtigt am Kopf getroffen hat. Der Mord der Nazis an sechs Millionen Juden blieb fast ungesühnt. Das Land der Täter ist aus den Ruinen auferstanden und weltweit zu einem der reichsten Staaten geworden. Durch die Unterstützung anderer Länder, aber auch durch Fleiß und Beharrlichkeit der Menschen.*

*Würde der Tod des Antisemiten Hintermoser Rache an den Nazis bedeuten?*

*Mehrere Militärjets mit einem Davidstern auf dem Heck starteten in Israel, drehten ab nach Westen und überquerten nach mehrstündigem Flug in Schleifen die Todeslager von Auschwitz und Birkenau. Einmal im Tiefflug, donnerten sie über die Baracken, dass die Erde dort bebte. Dieser israelische Fernsehbericht wird mein Leben lang in mein Gedächtnis eingeschrieben sein. Ich war vor Jahren in Auschwitz, kenne diesen Ort des Grauens.*

*Im fahlen Licht der Zelle kommen mir bei diesen Gedanken die Tränen. Das ist unsere Rache. Niemand weiß, welch fürchterliche Last diese Jets tragen könnten.*

*Ich wische mir die Tränen aus dem Gesicht und sehe etwas verschwommen das Eingangsportal zur Synagoge. Wann werde ich wieder hindurch gehen können? War es Fügung, dass ihn die Kamera traf?*

Ursprünglich planten die Architekten, dass an den hohen Türen aus Messing zwei große, weithin sichtbare Davidsterne dem Bauwerk das Antlitz einer Synagoge verleihen sollten. Albert Schmidt, ein nichtjüdischer Architekt, hatte im 19. Jahrhundert die Hauptsynagoge Münchens nahe am Künstlerhaus entworfen. Er wollte über dem Eingangsportal einen großen Davidstern in den Stein einschlagen lassen. Der Vorstand in jenen Tagen stellte sich dagegen. Man fürchtete Anfeindungen und Kontroversen, wenn der Bau leicht erkennbar wie eine Synagoge aussähe. Schließlich stand das Gotteshaus in direkter Umgebung der Frauenkirche mit ihren markanten Türmen, Synagoge und Dom bestimmten die Silhouette der Stadt. Es gab keinen Davidstern, an dessen Stelle meißelten die Bildhauer eine nichtssagende Rosette in die Fassade über dem Eingangsportals.

Diese Zurückhaltung blieb ohne Wirkung. Bereits im Sommer 1938 wurde das Gotteshaus auf Geheiß des Anstreichers abgerissen. Gerade deshalb wollte ich die Davidsterne an der Außenseite der Eingangstüren. Lieberman und mehrere Vorstandskollegen vertraten eine gänzlich andere Meinung. Sie sprachen sich, wie der Vorstand vor etwa 125 Jahren, gegen die Davidsterne an der Außenfassade aus. Ich verstand die Welt nicht mehr und bat Lieberman sichtlich verärgert um die Begründung für seine Haltung. Er blickte ernst und nachdenklich in meine Richtung. Dann holte er aus. „Ich musste im Gegensatz zu anderen in diesem Raum den gelben Stern tragen." Er wolle deshalb diesen Stern, in böser Erinnerung an furchtbare Zeiten, nicht an der Außenseite der neuen Synagoge sehen. Im Übrigen sei das wichtigste jüdische Symbol nicht der Davidstern, sondern die Menora.

Diesem Argument konnte ich nichts entgegensetzen. Ich bedauerte meinen wütenden Auftritt und bedeutete Lieberman, dass ich ihn verstünde und wir nun nach Alternativen suchen könnten. Nach längerer Diskussion folgen wir der Idee eines Kollegen. Sein Vorschlag war, die ersten zehn Buchstaben des Aleph-Beth in großen Messinglettern an den beiden hohen Türen anzubringen. Diese sollten die zehn Gebote symbolisieren. Das war auch ein gewichtiges Zeichen. Nichts hatte die christlich-jüdische Kultur in Europa so geprägt wie die zehn Gebote. Es gab kaum ein Gesetz in dieser Welt, in dem sich in der ein oder anderen Form die zehn Gebote nicht widerspiegelten. Langsam gewöhnte ich mich an diesen Vorschlag. Zudem standen die zehn Gebote nicht nur in der Thora und in der Bibel der Christen, sondern auch im Koran der Muslime.

**06:44** *Sie sind ein deutliches Symbol für die Gemeinsamkeiten von Judentum, Christentum und Islam. Das war doch etwas Besonderes.*

Die Stadt errichtete in ihrer Mitte ein neues Gotteshaus mit dieser Symbolik der zehn Gebote als versöhnliches Zeichen dreier Weltreligionen.

Nach den Winterferien begann die heiße Phase des Wahlkampfes. Anstelle von Heribert Bär musste nun der Fraktionsvorsitzende Hans Meininger als OB-Kandidat antreten. Josef Buschmüller wies ihn aus als erfahrenen Kommunalpolitiker mit großem Integrationsvermögen – das stand in der Pressemitteilung, die ich verfasste. Wir wussten, dass er gegen Stiller keine Chance hatte. Hans selbst kommentierte seine OB- Kandidatur damit, dass sie nicht sein Lebensziel sei. Er habe sich aber in schwieriger Lage in die Pflicht nehmen lassen. Josef bat mich, unseren Kandidaten bei der Pressearbeit zu unterstützen. Ich tat das gerne, bot es mir doch die Möglichkeit, an Sitzungen teilzunehmen, die mir bis dahin verschlossen gewesen waren. Wöchentlich am Freitagvormittag gab es ein Treffen mit der Werbeagentur unserer Partei, die ihre Büros „Am Lilienberg“ in einem schönen Altbau nahe am Gasteig hatte.

Es war der erste Freitag im Dezember und wir trugen Ideen zu einer neuen Plakatstrategie für die Zeit nach den Winterferien zusammen. Alles war erlaubt, nur kein Terrorplakat. Nach mehreren Stunden Diskussion akzeptierten wir die Entwürfe der Agentur mit kleinen Änderungen. Wir stiegen die knarzende Holztreppe hinab und als ich die schwere Haustüre öffnete, wehte mir der Wind große, dicke Schneeflocken ins Gesicht.

## Es schneit und Rot-Grün schaut zu

Wir traten hinaus auf die Straße, der Schnee wirbelte im Wind, die Straßen waren weiß und ich eilte zu meinem Auto, dass ich vor Abfahrt von Schnee und Eis befreien musste. Dann fuhr ich langsam die Rosenheimer Straße hinunter zur Stadtmitte. Nach wenigen Metern stand ich im Stau. Die Straßen waren nicht geräumt, es war kein Salz gestreut worden. So dauerte es im Schritttempo über eine Stunde bis zu meinem Büro. Kein städtischer Schneepflug war derweil zu sehen.

Unterwegs telefonierte ich mit Josef, er stand wie ich im Stau. Wir waren beide wütend über diesen miserablen Winterdienst der Stadt. Das wäre doch ein gutes Thema für die Zeitungen morgen, überlegten wir. Im Büro angekommen, setzte ich mich an meinen Rechner und verfasste einen Pressetext mit der Überschrift: „Es schneit und Rot-Grün schaut zu". Dann beschrieb ich aus eigener Erfahrung die desolate Situation auf Münchens Straßen, die auch Leben gefährden konnte – mit dem deutlichen Hinweis, dass der Wetterbericht starke Schneefälle vorausgesagt hatte. Am nächsten Tag titelten die Münchner Zeitungen im Lokalteil mit meinem Spruch.

Obwohl ich gut auf der Liste platziert war, forderten die Kollegen meines Verbandes von mir vollen Einsatz im harten Winterwahlkampf. So war ich bei Frosttemperaturen unterwegs, klebte Plakate bei eisigem Wind, stand an den Donnerstagen am Infostand am Markt am Rosenkavalierplatz und verbrachte Samstagvormittage, anstatt in der Synagoge, an den Infoständen in Bogenhausen. Wieder musste ich rechte Sprüche von Passanten ertragen, die bei mir als Konservativem davon ausgingen, dass ich ihnen beipflichten würde. Im Fokus waren die Boote, die Geflüchtete über das Mittelmeer nach Italien brachten. Meine Gesprächspartner wollten die Zusicherung, dass wir den Zustrom der „Asylanten" nach Bayern verhindern würden. Ich konnte und wollte das nicht versprechen und erntete von ihnen meist böse Blicke.

Je näher der Wahltag kam, desto mehr fürchtete ich eine erneute Schmutzkampagne gegen mich. Diesmal blieb ich verschont. Doch Kollegen neideten mir meine Position als Pressesprecher. Ich war Seiteneinsteiger, ein Exot und in keinem Ortsverband wirklich verankert und beliebt. Vor Intrigen schreckten sie diesmal zurück.

Das alles spiegelte sich im Wahlergebnis. Wir bekamen zunächst 29 Sitze. Ich war auf Platz 30, also ohne Stadtratsmandat.

Erst als eine kleine Partei in der weiteren Auszählung das scheinbar gewonnene Mandat wieder verlor, erhielten wir in der Folge 30 Plätze. Das war kein gutes Ergebnis, aber ich war mit etwas Glück im Stadtrat. Das zählte und später würde niemand fragen, welchen Rang ich erreicht hatte. Hans Meininger unterlag, schaffte es nicht einmal in die Stichwahl um den Posten des Münchner OBs. Toni Stiller wurde mit über 60 Prozent der Stimmen zum Oberbürgermeister wiedergewählt.

In der konstituierenden Fraktionssitzung wurde die Zugehörigkeit zu den Ausschüssen und Aufsichtsräten in einer Vielzahl von Wahlgängen festgelegt. Ich war zufrieden mit meinen Ämtern. Im Sitzungssaal meiner Fraktion hing mir gegenüber ein großes Kruzifix. Es zeigte Jesus Christus als an das Kreuz genagelte Figur. Ich hatte damit keine Probleme, war er doch der erste Jude in diesem Fraktionszimmer im schönen neugotischen Münchner Rathaus. Im Stillen nannte ich ihn Joschke. Das war der jiddische Name für Joshua.

Einige Tage nach der Wahl fand auch ich mich zur feierlichen Vereidigung der neugewählten Stadträte im Alten Münchner Rathaussaal ein. Erstmals nach dem Krieg sollte in diesem Saal ein jüdischer Stadtrat vereidigt werden. Wir standen mit angelegten Stadtratsketten in einem Halbkreis, hoben gemeinsam die Hand zum Schwur und sprachen die vom Oberbürgermeister vorgelesene Eidesformel nach.

An unserem linken Rand stand Siegfried Neuer, der für eine Tarnliste der Völkischen Partei Bayerns in den Stadtrat einzog. Zufällig hatte ich in unserer Reihe einen Platz ihm gegenüber eingenommen und konnte deutlich sehen, wie er seinen rechten Arm während der gesamten Zeremonie nicht zum Schwur, sondern zum Hitlergruß hob. Er zeigte den Hitlergruß bewusst in diesem Saal, in dem der Verbrecher Goebbels am 9. November 1938 die sogenannte Reichspogromnacht ausgerufen hatte.

Ich sah neben mir eine Kollegin von den Grünen, die ebenso entsetzt wie ich war.

**06:45** *Ich wurde als Jude vereidigt im Beisein eines Rechtsradikalen, der während meiner Vereidigung den Hitlergruß zeigte. Warum lief ich nicht hin und stellte ihn auf der Stelle zur Rede? Ich wollte es tun. Was hielt mich damals zurück?*

## Volksverhetzung

Nach der Vereidigung stießen die Kollegen mit gefüllten Sektkelchen an, freuten sich über diesen Tag und ihren Einzug ins Münchner Rathaus. Ich hatte wenig Grund zur Freude, hatte ich doch vor wenigen Minuten erkennen müssen, dass die Nazis mich nicht in Ruhe lassen würden.

Auf meine und auch die Anregung anderer hin erstattete meine Fraktion Anzeige wegen des Straftatbestandes der Volksverhetzung. Es kam zur Gerichtsverhandlung in der Strafjustiz in der Nymphenburger Straße. Mehrere Stadträte waren als Zeugen geladen. Vertreter der Medien mischten sich vor Beginn der Verhandlung unter die Zeugen, die vor dem Verhandlungssaal warteten. Ein Reporter eines regionalen Fernsehsenders wollte uns interviewen. Natürlich war ich zu einem Gespräch bereit, musste aber feststellen, dass sämtliche anderen Stadtratskollegen dies ablehnten. Ich war fassungslos und verstand diese Reaktion nicht. Dennoch war ich kollegial, stellte mich erst nach der Verhandlung vor die Kamera – immer noch als einziger Stadtrat – und fragte den Reporter, wie er das Verhalten meiner Kollegen bewerten würde. Mit einem sarkastischen Lächeln sagte er, er kenne das, das sei die pure Angst.

Im Sitzungssaal hatte ich zuvor, auf Siegfried Neuer deutend, bezeugt, dass er während der Vereidigung unmissverständlich den Hitlergruß gezeigt hatte. Als ich die Straftat kommentieren wollte, schnitt mir der Richter jedoch das Wort ab und entließ mich schnell als Zeuge. Den Strafverteidiger des Nazis kannte ich, er war Eigentümer in einem von mir verwalteten Haus.

**06:45** *Ich habe seitdem nie mehr ein Wort mit ihm gewechselt.*

Bei der zweiten Verhandlung gegen Neuer war ich als Zuschauer zugegen. Der Richter bewertete die Geste des Angeklagten als eine bewusste, unerhörte Provokation an einem Ort, von dem aus die sogenannte Reichskristallnacht ausgerufen worden war. Bei der Urteilsverkündung führte er aus, dass er sich eine schwerwiegendere Volksverhetzung kaum vorstellen könne. Dennoch konnte der Verteidiger einen Vergleich durchsetzen, Neuer kam mit einer simplen Geldstrafe davon. In Würdigung der schwierigen finanziellen Verhältnisse des Nazis wurden die Tagessätze halbiert.

**06:46** *Derselbe Herr Neuer ließ während einer Nazi-Demo am Münchner Hauptbahnhof gegen Geflüchtete über die Lautsprecher eines Propagandawagens die Pink-Panther-Melodie laut und in Dauerschleife spielen. Das war wenige Tage nachdem das Bekennervideo der NSU-Mörder mit der gleichen Melodie bekannt geworden war.*

*Ich sitze hier, weil ich einen Nazi absichtlich verletzt haben soll, Neuer zeigte den Hitlergruß an historischem Ort und kam mit einer lächerlichen Geldstrafe davon. Gefängnis wurde für ihn nie erwogen.*

Während einer langweiligen Sitzung im Fraktionszimmer der Konservativen ließ ich meinen Geist schweifen. In meiner Fantasie sah ich auf die Fassade des Rathauses, an der große rote Hakenkreuzfahnen im Wind wehen. Im Plenum sitzen SA-Leute in braunen Uniformen mit Schmissen in den roten, aufgedunsenen Gesichtern. Andere tragen dunkle Nadelstreifen - Anzüge mit NS-Parteiabzeichen. Oberbürgermeister Karl Fiehler leitet die Sitzung. Er hält seine Hand nach vorne, sodass sein SS-Ehrenring gut sichtbar ist. Dann eröffnet er die Sitzung und stellt den Antrag, dass die Wanderausstellung „Der ewige Jude“ im Bibliotheksbau des Deutschen Museums bald für Besucher zugänglich sein soll. In dieser Ausstellung befinden sich Fotos, die Juden in diffamierenden Bildern darstellen. An den Wänden hängen die Texte der „Rassegesetze zum Schutz des deutschen Blutes und der deutschen Ehre“. Für die Schulklassen soll der Ausstellungsbesuch zum Pflichtprogramm gehören, unterstreicht Fiehler.

Unter dem Gelächter und dem Gejohle der Räte wird der Antrag einstimmig angenommen.

Konnte ich mit meinem Gewissen vereinbaren, viele Stunden in genau jenem Plenarsaal zu verbringen, in dem Hitlers Schergen saßen und völlig unbehelligt ihre antisemitische Politik betrieben? Die Waffen-SS, der Oberbürgermeister Karl Fiehler angehörte, war die Stütze der todbringenden Vernichtungslager. Ich saß mit diesen Bildern im Kopf in der Fraktion, blickte auf den mir gegenüber am Kreuz hängenden Joschke und überlegte, wie ich das Plenum für mein Empfinden von der braunen Ideologie befreien könnte. Am Rande der Fraktionssitzung unterbreitete ich unserem Vorsitzenden Hans Meininger einen Vorschlag: „Ich möchte als Jude, ohne dies zu verschweigen, über jüdisches Leben in dieser Stadt sprechen. Dann verliest eine Kollegin stellvertretend die Namen von hundert ermordeten Münchner Juden. Im Anschluss erheben wir uns in deren Angedenken."

Meininger berichtete mir nach einigen Wochen, er hätte meinen Vorschlag mit der Stadtspitze besprochen. Er war abgelehnt worden, weil auch andere Stadträte Leid und Verfolgung in ihrer Familiengeschichte erfahren hätten, dies aber bisher im Plenum nicht hatten thematisieren wollen. Ich war über diese relativierende und aufrechnende Reaktion entsetzt. Zudem erfuhr ich, dass seit dem Krieg der Münchner Stadtrat in keiner einzigen Sitzung öffentlich der ermordeten Münchner Juden gedacht hatte. Meininger quittierte meine Bestürzung nur mit einem kurzen Achselzucken. Für ein halbes Jahr trat ich im Plenum nicht mehr ans Mikrofon.

**06:47** *Hätte ich aus Protest mein Amt niederlegen sollen, allein um meiner Selbstachtung willen? Ich tat es nicht, verdrängte den Affront. Ich wollte trotz Zauderns Stadtrat bleiben. Wäre ich gegangen, säße ich nicht in dieser schmutzigen Zelle.*

*Ich stehe auf, und lege mein Ohr an das Türblatt. Die Kühle des Metalls durchzieht meinen fröstelnden Körper.*

Nach dem letzten Aufreger in der konservativen Partei, dem Rücktritt unseres OB-Kandidaten, riss der Ärger nicht ab. Ein Jahr später gab es gefälschte Mitgliedsanträge, dubiose Geldzuwendungen und das Einschleusen von Doppelgängern, um für junge Parteikollegen Mehrheiten in den Ortsverbänden zu schaffen. Es war ihnen gelungen, mithilfe dieser üblen Machenschaften Hans Meininger den Vorsitz in seinem Ortsverband streitig zu machen. Die innerparteilichen Querelen waren geeignet, die Münchner Konservativen an den Rand des Ruins zu treiben.

Josef Buschmüller, mein Freund und Vorgesetzter, musste den Vorsitz im Kreisverband räumen. Damit waren auch die Positionen von Anita Bauer und mir gefährdet. Sie war nach einem Jahr in den Stadtrat nachgerückt und saß nun in der Fraktion neben mir. Josef ging und Luise Schwermüller kam. Sie war bayerische Umweltministerin. Vorsorglich drohte sie, dass, wer auch immer sich unsolidarisch oder verletzend verhalte, mit Konsequenzen rechnen müsse. Hinter vorgehaltener Hand wurde berichtet, dass sie in einer grünen Mappe Dossiers über Parteifreunde angelegt hatte. Als erstes wurde ich als Pressesprecher gefeuert mit der Begründung, dieses Amt sei nicht vereinbar mit dem Mandat eines Stadtrates. Anita Bauer als Geschäftsführerin durfte bleiben, die Spannungen mit ihrer neuen Chefin waren jedoch unübersehbar.

Mein Nachfolger hatte als Sportjournalist eines regionalen Fernsehsenders angefangen und übte die Funktion des Pressesprechers nun nebenberuflich aus. Nach einigen Monaten fiel er durch krude islamfeindliche E-Mails auf, die ich ihm gegenüber in einem persönlichen Gespräch sehr kritisch kommentierte. Er hörte nicht auf mir zu erklären, dass ich als Jude von den Muslimen bedroht wäre. Deshalb müsse ich ihn in seiner Haltung unterstützen. Obwohl ich wusste, dass diese Vorstellung auch in der jüdischen Gemeinde geteilt wurde, distanzierte ich mich von ihm. Ich suchte ein gutes Einvernehmen mit den Muslimen in München. Mein Vater hatte viele islamische Freunde gehabt, sie waren meist Teppichhändler. Er hatte ihnen Pelzmäntel verkauft und sie uns wertvolle Perserteppiche.

Luise Schwermüller hatte sicherlich auch über mich ein Dossier angelegt. Sie sah mich in der Gruppe ihrer Gegner, zusammen mit Anita Bauer, Josef, Hans Meininger und anderen.

## Ein umgeworfener Tisch

Stadtrat und Landtag hatten um die Jahrhundertwende beschlossen, in München ein NS-Dokumentationszentrum zu errichten. Einigkeit bestand darin, dass die Stadt das Zentrum bespielen und die laufenden Kosten übernehmen würde. Staat und Bund sollten sich anteilig an den Baukosten beteiligen.

Daneben tauchte von staatlicher Seite ein neues Konzept auf, das die bauliche Errichtung eines Zentrums erübrigen würde. Die Zeit des Nationalsozialismus sollte in kleinen Teilausstellungen an betroffenen Orten, wie dem Haus der Kunst oder im „Parteiviertel", dokumentiert werden. Für mich war diese Alternative ein Versuch, das Projekt zu unterwandern. Im Auftrag der bayerischen Staatsregierung, die mindestens ein Drittel der Baukosten zu tragen hätte, verhandelte Luise Schwermüller.

Wir hatten vereinbart, uns am Rande einer Parteiveranstaltung darüber auszutauschen. Ich lehnte an einem der Tische im leeren Foyer vor einem Versammlungsraum. Sie waren mit weißen Decken geschmückt, darauf standen benutzte Gläser und volle Aschenbecher. Erst nach etwa zehn Minuten kam Luise. Sie war schlank und etwas größer als ich, trug eine Brille, hatte helles Haar und glatte Haut. Um ihren Hals baumelte eine Goldkette mit einem Medaillon. Ihre Lippen waren leicht geschminkt und ihre Taille umfasste ein breiter, glänzender Ledergürtel. In ihrer Erscheinung wirkte sie dominant. Sie trug eine Mappe unter ihrem Arm, öffnete diese, nachdem wir uns begrüßt hatten, und legte die beiden Broschüren mit den unterschiedlichen Vorschlägen für das Zentrum auf den Stehtisch. Die Ausführungen zu den Teilausstellungen lagen obenauf.

Sie blickte auf die beiden Papiere und sah mich an. Die Strenge in ihrem Gesichtsausdruck irritierte mich. Ich wartete nicht ab und erläuterte ihr sofort meine persönliche Position: „Wenn wir es ernst meinen mit dem NS-Dokumentationszentrum, dann gibt es nur eine Möglichkeit. Ein Gebäude, eine Art Museum an einem geeigneten Ort in diesem unsäglichen Parteiviertel. Am besten wäre das Grundstück, auf dem das sogenannte Braune Haus stand. Kein Ort dieser Welt ist so mit brauner Ideologie kontaminiert wie dieser. Das Zentrum würde diesen braunen Sumpf gleichsam neutralisieren."

Ich hatte ungefragt, deutlich, laut und undiplomatisch meine Meinung geäußert. Sie sah mich an, ihre Augen verengten sich und dann brach es aus ihr heraus: „Das kommt überhaupt nicht infrage! Der Freistaat muss mindestens ein Drittel der Baukosten tragen und natürlich sind die Kosten für deine Version viel höher. Wir haben in Bayern eine Vielzahl von Erinnerungsorten - in Dachau, in Nürnberg am Reichsparteitagsgelände oder die Dokumentation am Obersalzberg."

Ich konnte die unversöhnlich ablehnende Haltung von Luise Schwermüller auch unter dem Aspekt der Kosten nicht verstehen und erwiderte, dass sie sich gegen die Mehrheit in der Fraktion stellte. Mit vielen Argumenten versuchte ich, sie zu überzeugen. Je länger sich der Streit hinzog, desto heftiger wurde er. Am Ende schrien wir uns gegenseitig an.

„Felix, auch du musst dich an die Kleiderordnung halten! Als Vorsitzende unseres Kreisverbands habe ich ein gehöriges Wort mitzureden und die Mehrheit des Vorstands steht hinter mir. Wir müssen nicht immer und überall mit einem besonders großen Zeigefinger an dieses dunkle Kapitel unserer Geschichte erinnern!"

„Was verstehst du unter Kleiderordnung? Muss ich deine Haltung befürworten, nur weil du Vorsitzende bist? Vielleicht habt ihr mit dem braunen Grundstück noch andere Pläne? Du gefährdest das ganze Projekt!"

Sie beschwerte sich laut über meine „perfiden Unterstellungen" und stieß wütend den Stehtisch zur Seite, der für wenige Sekunden schräg auf einem Bein stand und dann langsam umkippte. Ein voller Aschenbecher, Luises Aktenmappe und zwei leere Gläser stürzten zu Boden.

Ich bückte mich, stellte den Tisch wieder auf und legte Aschenbecher, Gläser und ihre Papiere, alles unversehrt, zurück. Asche und Zigarettenkippen blieben verstreut auf dem dunkelroten Teppichboden. Sie stand fassungslos daneben, hatte glasige Augen, schüttelte den Kopf, nahm ihre Mappe, drehte sich von mir weg und verließ grußlos das Foyer. Ich war sicher, dass sie das Projekt verhindern wollte, und ich fürchtete, dass dieser Streit meiner Parteikarriere ein Ende setzen würde.

In den folgenden Tagen erhielt ich mehrere Anrufe von Journalisten, die meine Meinung zu den beiden alternativen Konzepten erfahren wollten. Ich votierte klar und deutlich für ein festes Doku-Zentrum neben der Musikhochschule. Über mehrere Tage beherrschte diese kontroverse Diskussion den Lokalteil der Münchner Zeitungen. In dem Zusammenhang fand sich auch mein Name in den Artikeln. Die Meinungsbildung schien sich in die von mir und vielen Freunden gewünschte Richtung zu bewegen. Nachdem ich mit Ulli Weiss gesprochen hatte, bekannte sich auch die Staatskanzlei zum Standort des sogenannten ehemaligen Braunen Hauses. Ulli fand die Reaktion von Luise und ihre Ablehnung belustigend.

Nachdem sich der Sturm gelegt hatte, erhielt ich einen Anruf von Lieberman mit der Bitte, ihn im Büro zu besuchen. Als ich hinkam, saß er mit Aaron Bronski am Besprechungstisch. Fast wortlos begrüßten sie mich und ich setzte mich zu ihnen. Wir sprachen zunächst über die anstehenden Vorbereitungen für die Grundsteinlegung am Sankt-Jakobs-Platz und über die Aufstellung des Haushaltes. Dann sagte Lieberman einen Satz, der mir eiskalt in die Knochen fuhr: „Sie sollten Ihr Engagement für das Doku-Zentrum, das auch in der Öffentlichkeit mit Ihrem Namen verbunden ist, unverzüglich einstellen."

Ich sah ihn verständnislos an. „Das kann doch nur ein Scherz sein. Gerade wir sollten an einer umfassenden Dokumentation der Verbrechen der Nazis interessiert sein."

Er schüttelte den Kopf und unterstrich, ich würde ein Projekt unterstützen, das viel Geld verschlänge, welches am Ende unserer

Gemeinde fehlte. Ich fragte noch einmal laut und wütend, ob das sein Ernst sei.

Aaron unterstützte die absurde Argumentation. Meine Wut und Verzweiflung steigerten sich beinahe ins Unermessliche. Ich erhob mich blitzartig, nannte sie laut meschugge und unverschämt, verließ schnell und wortlos das Büro und knallte die Türe zu.

Auf dem Weg zurück ins Büro hatte ich Tränen in den Augen. Wegen eines Projektes über die Verbrechen der Nazizeit lag ich nun nicht nur im Streit mit der Vorsitzenden der Münchner Konservativen, sondern auch mit dem Präsidenten der jüdischen Gemeinde. Ich spielte gedanklich mit meinem Rücktritt vom Gemeindevorstand. Zu meiner Überraschung äußerte sich Lieberman in den kommenden Tagen medial nur positiv zum Projekt.

**06:49** *Ich habe mich wieder hingelegt. Ein leichter Luftzug, der an mir vorüberstreicht, erschreckt mich. Ich ziehe meine Beine nahe an meinen Körper, hülle mich in die Decke, blicke zum Fenster und sehe am äußersten Rand meines linken Auges einen Schatten an mir vorüberziehen. Mein Herz klopft laut. Ich ziehe die Decke über den Kopf, atme leise.*

*Habe ich halluziniert? Wessen Schatten war das? Ich setze mich langsam auf und sehe, dass sich nichts in der Zelle verändert hat. Am Gang herrscht Totenstille. Es ist, als wäre die Zeit vollends stehengeblieben. Vielleicht werde ich verrückt in diesem Gefängnis.*

Im Mai gab es einen Wettbewerb zur Gestaltung der Freiflächen auf dem Sankt-Jakobs-Platz rund um das jüdische Zentrum. In der zweiten Sitzung im Juli wurde die Arbeit einer Berliner Gartenbauarchitektin mit dem ersten Preis ausgezeichnet. Glanzlicht des Entwurfes war ein begehbarer Brunnen vor dem Gemeindezentrum. Zwischen zwei mit schwarzem Granit verkleideten langen Mauern sollte in Sitzhöhe klares Wasser aus dem Boden und in Fontänen ein bis zwei Meter hochspritzen. Die neue Gestaltung erinnerte an die Renaissanceplätze italienischer Städte, war urban, bestand aus drei Piazze, dem Brunnenplatz, dem Kinderspielplatz hinter dem Café des jüdischen Museums und dem

Platz vor der Synagoge, auf dem sich die Gläubigen vor dem Gebet treffen konnten.

Kurze Zeit nach dem Wettbewerb war die Finanzierung des Zentrums gesichert, Bebauungsplan und Baugenehmigung wurden persönlich vom Stadtbaurat an Daniel Lieberman überreicht. Der Präsident und ich sprachen wieder miteinander, unser Verhältnis war dennoch weiter abgekühlt.

## Attentat

Die Grundsteinlegung für das neue Zentrum war für den 9. November geplant. Einige Tage vorher war ich an einem späten Mittwochnachmittag in der Gemeinde, um den Jahresabschluss vorzubereiten. Die Sekretärin des Präsidenten, sie schien aufgeregt, kam in den beengten Besprechungsraum und legte ein Papier auf den Tisch, eine Pressemitteilung der Münchner Polizei mit dem Hinweis, dass vom bayerischen Verfassungsschutz der Versuch eines Sprengstoffanschlags auf die Grundsteinlegung aufgedeckt worden war. Die mutmaßlichen Täter waren bereits verhaftet. Sollte der Grundstein noch gelegt werden, so müssten wir mit massiven Sicherheitsauflagen rechnen.

Ich nahm mit zitternden Händen das Papier und eilte in Liebermans Büro. Er saß mit bleichem Gesicht vor seinem Schreibtisch und starrte auf die gegenüberliegende Wand. Der Streit der letzten Tage war vergessen.

Wir waren Ziel eines tödlichen, niederträchtigen Anschlags geworden. Die Polizei hatte bei den Rechtsextremisten über ein Kilogramm TNT-Sprengstoff sichergestellt. Darüber verzweifelte Lieberman und wollte unser Projekt zu Fall bringen. Gerne hätte ich ihn aus Mitleid umarmt. Ich war überzeugt, dass wir jetzt erst recht bauen sollten und die Grundsteinlegung feiern. Würden wir absagen, hätten die Nazis ihr Ziel erreicht. Mit diesen Gedanken versuchte ich, Lieberman von einem Rückzug abzubringen.

Er verstand schnell, stimmte mir mit Kopfnicken zu und reichte mir die Hand. Da alle seine Mitarbeiter bereits nach Hause gegangen waren und die Zeitungen morgen gewiss über den geplanten Mordanschlag der Nazis berichten würden, verfassten wir gemeinsam eine Pressemitteilung. Darin verurteilten wir den feigen Anschlag, der neben jüdischen Menschen auch viele nichtjüdische Gäste hätte töten können. Lieberman führte sehr persönlich aus, welch unglaublicher Schock der Attentatsversuch für ihn gewesen sei. Der Neubau des Zentrums am Sankt-Jakobs-Platz wäre bislang ein Lichtblick in für uns oft dunklen Zeiten gewesen. Wir baten um die Unterstützung der Münchner in dieser schwierigen Situation und darum, die Grundsteinlegung mit uns zu feiern.

Ich versandte die Pressemitteilung über meinen Verteiler. Lieberman war dankbar, dass ich ihm zur Seite stand. Die Grundsteinlegung fand am 9. November 2003 im Beisein von Politprominenz bis hin zum Bundespräsidenten statt. Der Platz war weiträumig abgesperrt und auf den Dächern waren Scharfschützen postiert. Ich stand am Rande der Feierlichkeiten und fand die Situation angesichts des großen Polizeiaufgebotes gespenstisch. Viele der Beamten waren mit Maschinengewehren bewaffnet. Nicht auszudenken, was geschehen wäre, hätte die Polizei die Attentatspläne nicht rechtzeitig aufgedeckt.

Die Baustelleneinrichtung und Aushebung der Baugrube war für das Frühjahr geplant. Gleichzeitig fanden Gemeindewahlen statt. Anlässlich einer Versammlung stellten sich die Kandidaten vor. Fast der gesamte alte Vorstand, inklusive mir, kandidierte. Neu waren russischsprachige Bewerber, die aus den ehemaligen GUS-Staaten kamen. An die Gemeinde wurde ein Wahlbrief versandt mit den Profilen der Kandidaten. Als gesetzter Präsident galt unangefochten Daniel Lieberman. Durch Stadtratswahlen und durch meine mediale Präsenz war mein Name in Gemeindekreisen bekannt geworden. Die Wahl fand wie immer an einem Sonntag statt. Wir saßen im Gemeinderestaurant und warteten auf das Ergebnis der Auszählung, das von der Wahlleiterin kurz vor Mitternacht verlesen wurde. Lieberman hatte die Mehrzahl der Stimmen erhalten. Ich folgte mit dem zweitbesten Ergebnis und war nahe an seine Stimmenzahl herangekommen. Am Montag eine Woche nach der Wahl fand die konstituierende Sitzung statt. Vorher hatte es eine Vielzahl von Gesprächen unter den gewählten Kollegen gegeben. Einige hatten, wie ich, mit Lieberman noch Rechnungen offen. Sie legten mir nahe, angesichts meines guten Abschneidens gegen ihn für das Präsidentenamt zu kandidieren. Ich dachte an seine stets distanzierte Haltung mir gegenüber und seine absurden Bemerkungen zum geplanten Dokumentationszentrum. Ich verstand, dass die Vorschläge meiner Kollegen eher auf eine skandalöse Sitzung als auf meine Wahl zum Präsidenten zielten.

In der konservativen Fraktion besprach ich mich mit Anita Bauer. Sie war skeptisch und empfahl angesichts geringer Erfolgsaussichten und mit Blick auf den Fortgang des Baus des jüdischen Zentrums, nicht zu kandidieren. Insgeheim unterstellte ich ihr, dass sie bereits mit Lieberman gesprochen hätte. Ich träumte davon, Präsident der Gemeinde zu werden. Meine guten Kontakte in den Stadtrat und in die Stadtverwaltung, meine Präsenz in der Öffentlichkeit und meine regelrechte Jugendlichkeit im Vergleich zu Lieberman schienen gute Voraussetzungen, die Wahl zu gewinnen.

Als die neu gewählten Kollegen am langen Tisch im Tagungsraum an der Reichenbachstraße versammelt waren, verkündete der Leiter der Wahlkommission zunächst das offizielle Wahlergebnis und rief dann den ersten Tagesordnungspunkt, die Wahl des Präsidenten oder der Präsidentin auf. Er war Jurist und zitierte noch einige Paragrafen aus der Satzung, welche die Durchführung der Wahlen bestimmten. Die Wahl der Bürgermeister im Rat der gesamten Stadt München erschien mir lockerer und weniger amtlich als dieser Wahlgang in einer jüdischen Gemeinde mit wenigen Mitgliedern. Ich dachte an den Spruch, den ich unlängst im Streiflicht einer Tageszeitung gelesen hatte: „Die Juden sind wie alle anderen, nur ein bisschen mehr."

Mit solchen nebensächlichen Überlegungen versuchte ich, mich zu beruhigen. Sollte ich das Wagnis eingehen, zu kandidieren? Gegen Lieberman? Ich wollte es dem Zufall überlassen.

Der Wahlleiter fragte nach Vorschlägen für das Amt des Präsidenten. Sofort schnellte die Hand einer Kollegin hoch, sie nannte Lieberman und fügte unvermittelt an, wir könnten ihn doch gleich per Akklamation wählen. Der Vorsitzende fragte nach weiteren Vorschlägen. Dann hob ein Kollege langsam seine Hand. Es war einer von jenen, die im Vorfeld nicht müde geworden waren, mir eine Gegenkandidatur einzureden. Von ihm war bekannt, dass er mit Lieberman eine bittere Privatfehde ausfocht. Er schlug mich für das Amt vor. Entsetzte Blicke von Kollegen und vom langjährigen Präsidenten richteten sich auf mich.

**06:50** *Ich sehe den langen Vorstandstisch und die um ihn Versammelten vor mir. Unvermittelt stehen sie alle auf, mit unnatürlich langgezogenen Körpern, und kehren mir ihre Rücken zu, während sie monoton im Chor das Totengebet sprechen. Ich schüttele den Kopf und versuche, dieses lächerliche Bild aus meinen Gedanken zu verbannen.*

Nun musste ich mich entscheiden. Reichte der Wahlvorschlag meines Kollegen als Denkzettel für Lieberman aus? Hätte ich Chancen und sollte wirklich kandidieren? Ich war mehrere Sekunden wie gelähmt, bis der Wahlleiter mich ungeduldig fragte, ob ich mich nun zur Wahl stellen wollte. Ich dachte an meinen Vater, wie er mir an den Samstagen nach der Synagoge in seinem kleinen Geschäft meine Präsidentschaft vorhergesagt hatte. Ich sah ihn vor mir und beantwortete die Frage des Wahlleiters mit: „Ja."

Ein Raunen ging durch die Reihen. Lieberman schüttelte seinen Kopf und blickte wütend in die Runde. Wieder zitierte der Wahlleiter irgendwelche Paragrafen und resümierte, dass gemäß der Satzung nun eine schriftliche Wahl zu erfolgen hätte. „Für die Erlangung des Amtes ist die einfache Mehrheit ausreichend. Auf dem Wahlzettel muss der Name des gewünschten Kandidaten aufgeschrieben werden."

Der Wahlleiter umrundete den Tisch und sammelte die Zettel ein. „Abgegeben wurden 15 Stimmen, davon waren zwei ungültig. Von den 13 gültigen Stimmen entfallen acht auf Daniel Lieberman und fünf auf Felix Mandelbaum." Wieder ging ein Raunen durch die Reihen. Ich stand demonstrativ auf, ging zu Lieberman und gratulierte ihm. Er reichte mir die Hand nur sehr zögerlich. Anschließend wurde ich mit knapper Mehrheit zum Vizepräsidenten gewählt.

## Die unscheinbare Lydia Miller

Lydia Miller traf ich in der Dienstvilla des amerikanischen Generalkonsuls in Bogenhausen an der Pienzenauerstraße. Sie trug ein graues Trägerkleid mit blauer hochgeschlossener Bluse, hatte glattes, schulterlanges Haar und nur leicht geschminkte Augen. Sie bewegte sich leise in flachen Schuhen. Nachdem die Frau des Konsuls sie mir als Mitarbeiterin ihres Mannes vorgestellt und uns zwei gefüllte Sektkelche gereicht hatte, lächelte Frau Miller kurz und wir kamen schnell ins Gespräch. Sie sprach sehr gut Deutsch und unterstrich, dass eine ihrer wichtigen Aufgaben der Kontakt zu den Parteien in München sei. Zunächst unterhielten wir uns über die Grundsteinlegung für das jüdische Zentrum vor einem Jahr, zu der auch sie geladen gewesen war. Mit Interesse wollte sie wissen, wie die Konservativen den Anschlagsversuch bewerteten. „Natürlich mit dem gleichen Entsetzen wie die anderen Parteien", antwortete ich und zog fragend die Augenbrauen hoch.

In den USA gäbe es viele Stimmen, die unterstellten, die deutschen Parteien seien auf dem rechten Auge blind, ergänzte sie. Wir tranken vom Sekt und sie führte mich in einen Nebenraum, in dem wir ungestört weitersprechen konnten. Ich hatte ihrer letzten Aussage noch etwas anzufügen: „Immerhin hat der bayerische Verfassungsschutz die Tat im Vorfeld aufgedeckt. Wäre das nicht gelungen, hätten wir beide vor einem Jahr Opfer der Nazis werden können." Sie blickte sehr nachdenklich und verstand, dass ich ihren Einwand gut nachvollziehen konnte, mich aber nicht auf eine Vertiefung des Gedankens einlassen wollte. Also wechselte sie unvermittelt das Thema und erzählte von einem Treffen mit Ulli Weiss in der Bayerischen Staatskanzlei. Ich war erstaunt, als sie von der neuen Aufgabe meines Freundes in Israel berichten konnte. „Er wird das Büro der konservativen Stiftung in Jerusalem leiten." Das sei doch ein erfreulicher Karrieresprung für meinen Freund Ulli, fügte ich an.

„Wir wissen, lieber Herr Mandelbaum, dass Sie mit ihm gut befreundet sind, er wohl jüdische Vorfahren hat und ein großer Freund Israels ist."

Ich zuckte fragend mit den Achseln, sah zu Lydia Miller und unterstrich die positive Bedeutung dieser neuen Aufgabe, dass ich meinen Freund Ulli um sie beneidete. Sie schwieg für einige Sekunden und meinte dann leise: „Unsere Dienste sehen Ihren Freund als Mitarbeiter oder zumindest als Informant des Mossad."

Ich war zunächst sprachlos, aber der Vorstellung, dass ein Agent des Mossad an der Seite des bayerischen Ministerpräsidenten spionierte, konnte ich auch Positives abgewinnen.

Nach meinem Hinweis, dass der Tipp auf den Anschlag am Tag der Grundsteinlegung auch vom Mossad hätte kommen können, lächelten wir verschwörerisch, sie nahm mich an der Hand und die unscheinbare Lydia Miller geleitete mich zurück zum Empfang an die Seite des Generalkonsuls.

Es war oftmals nicht leicht, meinen Beruf als Hausverwalter und meine politische Arbeit in Einklang zu bringen. In den ersten Monaten des neuen Jahres trafen wir Vorbereitungen für die Jahresabrechnungen. Im Vorfeld prüften die Verwaltungsbeiräte die Buchhaltung und die Belege.

**06:51** *Ich sehe Herrn Meier vor mir und erinnere mich, wie wir ihn zu Grabe trugen. Er war Beirat einer großen Wohnanlage in Schwabing, von Beruf Physiker, sein ergrautes Haar war zu einem kurzen Zopf geflochten und er sprach mit hessischem Akzent.*

Gemeinsam mit Herrn Meier stellte ich fest, dass die Stromkosten sich glatt verdoppelt hatten. Wir sahen uns mit erhobenen Augenbrauen an, dann senkte er seinen Kopf nahe an das Papier. Er war kurzsichtig, trug aber keine Brille. Mit zusammengekniffenen

Augen addierte er die langen Zahlenreihen auf. Ich fragte ihn, ob er nun ernsthaft die vom Computer der Stadtwerke ermittelten Summen anzweifeln wollte. Er sah mich mit seinem verschmitzten Lächeln an und rechnete weiter. Als Physiker wisse er, dass keine Maschine unfehlbar sei.

Tatsächlich wich die zweimal nachgerechnete Summe von dem Ergebnis auf der Rechnung der Stadtwerke erheblich ab. Anstatt auf 30.000 Euro wie unser Energielieferant, kamen wir auf eine Forderung von weniger als der Hälfte. Ich traute meinen Augen nicht. Wir suchten nach der Ursache dieser großen Abweichung. Meier hatte eine Idee, auf die ich nie gekommen wäre. Er addierte die rechts von den Zahlenkolonnen ausgewiesenen Zwischensummen und subtrahierte diese von der überhohen Gesamtsumme der Stadtwerke. Das Ergebnis stimmte bis auf die letzte Ziffer hinter dem Komma mit unserem selbst errechneten Betrag überein. Der Rechner der Stadtwerke hatte die neben den Zahlenkolonnen ausgewiesenen Zwischensummen zu den tatsächlichen Stromkosten addiert.

In der Fraktion erzählte ich wenig später am Rande einer Sitzung etwas spöttisch von den Rechenkünsten der Stadtwerke. Der Fraktionsvorsitzende schlug ernsthaft vor – nicht ohne darauf hinzuweisen, dass die Sozialisten noch nie rechnen konnten –, diese Geschichte in die Zeitungen zu bringen. Ich verfasste die entsprechende Pressemitteilung, legte eine Kopie der fehlerhaften Stromrechnung bei und war erfreut, dass die Zeitungen ausführlich berichteten. Noch am selben Tag erhielt ich eine E-Mail eines Stadtwerkekunden. Der Mann weilte im Urlaub auf einer fernen Karibikinsel und schrieb, dass der städtische Energielieferant ihm eine Gasrechnung für das Appartement in Höhe von 18.000 Euro zugesandt und den Betrag auch sofort abgebucht hätte. Sein Urlaub entwickelte sich zum Alptraum, er saß nach dem Verlust dieses großen Betrags ohne Geld auf der Insel fest. Dringende Anfragen an die Stadtwerke seien bislang unbeantwortet geblieben. Er hatte von meinen Aktivitäten im Internet gelesen. Ich solle ihm doch helfen.

Ich leitete diese E-Mail mit Kommentar an die mir bekannten Zeitungen weiter. Ein Karikaturist einer Boulevardzeitung zeichnete darauf einen Mann mit leeren nach außen gestülpten Taschen und weinerlichem Gesichtsausdruck, unter einer Palme stehend, hinter ihm mahnte mit erhobenem Zeigefinger ein Stadtwerker mit einer Gasrechnung in der Hand, auf der gut lesbar der Betrag von 15.000 Euro stand.

Es dauerte, bis der Bittsteller sein Geld zurückbekam. Dieses war nicht die einzige absurde Gasrechnung der Stadtwerke. Ich war zufrieden mit diesem Thema. Es war fern den Querelen in der Gemeinde und fern meiner politischen Vorbehalten der Partei gegenüber. Die Demonstrationen, an denen ich mich beteiligte, waren längst nicht mehr den Kruzifixen gewidmet. Vielmehr waren es Gegendemonstrationen, auf denen ich als Stadtrat Gesicht gegen die Rechten zeigte. Manchmal sogar unbeabsichtigt. Ich stand in der Neuhauser Straße. Es war laut. Vor einer Absperrung protestierten überwiegend junge Leute mit Trillerpfeifen und Plakaten. Hinter der Absperrung sprach Michael Bergmann laut in ein Mikrofon. Er war mein Nachfolger als Pressesprecher der Münchner Konservativen. Seine Islamophobie war sein vordringliches politisches Thema. So zitierte er aus dem Koran eine Stelle, die er als Mordaufruf deutete; Muslime hätten angeblich die ungläubigen Juden und Christen zu töten. Die Lautsprecher verbreiteten dröhnend seine menschenverachtenden Thesen. Er verkündet, dass die Islamisierung unseres Landes kurz bevorstünde.

Ich stand in der zweiten Reihe vor der Absperrung und vermied jeglichen Blickkontakt mit ihm. Als er mich doch entdeckte, rief er laut ins Mikrofon: „Da sehe ich den Stadtrat Felix Mandelbaum. Er ist Jude und sollte auf meiner Seite stehen, denn seine größten Feinde sind die Muslime."

Ich wurde von den Gegendemonstranten nach vorne gedrängt und plötzlich stand ich ihm gegenüber. Er drückte mir gegen meinen Willen das Mikrofon in die Hand und forderte mein Statement zu seinen kruden Thesen. Ich erklärte, dass die über hunderttausend in München friedlich lebenden Muslime nichts mit den mordenden Islamisten zu tun hätten. Bergmann nahm darauf sein Mikrofon wieder an sich und setzte unbeirrt seine üble Hetze fort. Meine Worte hatten ihn nicht im Geringsten beeindruckt, aber auch nicht verärgert. Er hatte mich als Jude in der Öffentlichkeit brandmarken wollen und das war ihm gelungen. Warum hatte er die Religion seiner anderen Gegner nicht angesprochen?

## Da wird dem Mandelbaum noch das Lachen vergehen

Diese üble Methode, meine Herkunft ins Spiel zu bringen, versuchte auch der Nazi-Stadtrat, der trotz seiner Verurteilung seinen Posten nicht hatte räumen müssen. Im Umfeld einer von ihm ausgerichteten Veranstaltung fotografierten mich seine Helfer. Ich stand als Gegendemonstrant vor der Absperrung und lachte über seine unsäglichen Reden. Genau dieses Foto fand sich vor den nächsten Wahlen auf seiner Website. Darunter stand: „Da wird dem Mandelbaum noch das Lachen vergehen, wenn er von meinem guten Wahlergebnis erfahren wird." Der Nazi-Stadtrat zitierte den Verbrecher Hitler – aus seiner Rede von 1939, in der er von der Ausrottung des Judentums sprach und hinzufügte, dass die Juden über seine Prophezeiungen gelacht hätten und ihnen nun das Lachen überall vergehen würde.

**06:54** *Ein Münchner Stadtrat zitierte ungestraft im Netz den Dämon mit einer ungeheuerlichen Drohung. Tatsächlich vergeht mir das Lachen, wenn ich an ihn denke. Er zeigte unverhohlen seine Nähe zum Anstreicher, der die Ermordung von sechs Millionen Juden verantwortet hatte. Aggressive Gedanken erfüllen mich, ich möchte losschlagen, während ich hier auf den Tag warte. Doch keine Schläge können das Leid aufwiegen, das seine Kumpanen meiner Familie in Polen bis in ihren gewaltsamen Tod zufügten. Um ein Haar wären sie ihrer Ermordung entkommen.*

Ein Jahr nach der Geburt von David hatten wir unsere Verwandten in Kanada besucht. Eine bedeutsame Reise, die in der Erzählung einer Geschichte gipfelte: Mein Großvater Meir und sein Bruder Eli lebten in dem kleinen Städtchen Sandomierz südlich von Warschau. Sie betrieben dort eine Pferdezucht für die polnische Armee. Beide wollten mehrere Monate vor dem Überfall der Wehrmacht auf Polen nach Kanada auswandern. Sie hatten bereits die erforderlichen Visa, Ausreisepapiere und Schiffspassagen besorgt. Meinem Großvater fehlten allein noch Papiere für seine jüngste Tochter. Er fuhr nach Warschau in die kanadische Botschaft und sprach dort vor. Einer der Beamten sah zwei einbandagierte Finger seiner rechten Hand und fragte, ob er sich verletzt hätte. Großvater muss dies wohl bejaht haben, denn daraufhin wurden der gesamten Familie die Visa entzogen. Nur völlig gesunde Menschen durften nach Kanada einreisen. Der Familienrat beschloss, dass Eli zusammen mit seiner Familie sofort ausreisen und die Familie meines Großvaters nach Genesung seiner Hand nachkommen sollte.

Der Entzug der Visa war das Todesurteil für Großvater Meir und seine Familie. Nur sein Sohn Avram, mein Vater, konnte überleben. Nach dem Überfall der Deutschen auf Polen waren die Grenzen geschlossen, das grausame Morden nahm seinen fürchterlichen Lauf.

**06:55** *Ich sehe meinen Großvater vor mir mit seiner eingebundenen rechten Hand. Vielleicht drangen Blut und Eiter durch den Verband und irritierten den kanadischen Botschaftssekretär? Ich könnte Meir nicht erkennen, habe ihn nie gesehen, es gibt keine Fotos. Ich wünschte, er schliche durch die dicken Mauern dieses Gefängnisses, um mir beizustehen.*

*Vor vielen Jahren erhielt ich aus Kanada die Fotokopie einer Aufnahme von Eli. Vielleicht 20 Jahre alt, sitzt er in einer Holzhütte, mit Lederhosen und Sepplhut. Sein Gesicht ähnelt dem der Kinder auf den Bildern der Talmudschule in Sandomierz. Er lächelt in die Kamera. War das eine inszenierte Aufnahme mit Kostümierung im Atelier eines polnischen Fotografen oder hatte er tatsächlich Ferien in Bayern oder Tirol verbracht? Deutschland war für sie damals, wie heute für die Flüchtlinge aus Afrika, das Land ihrer Träume.*

*Ich höre Schritte bis vor meine Zellentüre, das Drehen eines Schlüssels im Schloss. Die Türe öffnet sich, ein Beamter in Uniform bewegt sich mit einem halben Schritt in den Raum, rümpft seine Nase, blickt kurz umher. Bevor ich mit ihm sprechen kann, geht er schnell zurück in den Gang und versperrt von außen die Zelle.*

*Es dämmert, die ersten schwachen Lichtstrahlen fallen in den Raum und die Gedanken an meinen Großvater werden von einer diffusen Angst vor einem neuen Tag vertrieben.*

Die Synagoge auf dem Sankt-Jakobs-Platz sollte für den Alltagsbetrieb über einen unterirdischen Verbindungsgang vom Gemeindezentrum erschlossen werden. Es gab Vorschläge für die architektonische Gestaltung dieses Verbindungsweges. Ein befreundeter Anwalt und Kunstmäzen stellte uns einen Künstler vor, der die Ölfarbe für seine großen Gemälde mit Erdresten aus dem ehemaligen Konzentrationslager Auschwitz mischte. Er erklärte, dass sich in dieser Erde kaum sichtbare Rußteilchen befänden. Dies erschien uns eine sehr provokative und vielleicht pietätlose Annäherung an die Schoa. Der Vorschlag fand in den Gremien keine Mehrheit.

Ein anderer Künstler hatte die Idee, über die gesamte Länge des Ganges die Namen der 4.300 ermordeten Münchner Jüdinnen und Juden auf drei Ebenen in Glastafeln einzugravieren. Die Namen hatte bereits das Archiv der Stadt in einem Memorbuch mit Fotos und Biografien zusammengetragen.

**06:58** *Ich blicke durch diesen langen Gang der Erinnerung, den ich schon hundertfach auf dem Weg in die Synagoge und mit Gästen durchschritten habe. Stets wanderte mein Blick entlang der vielen Namen und jedes Mal fiel mir ein anderer von ihnen besonders ins Auge. Jeder dieser Namen steht für ein Leben mit Hoffnungen und Träumen und einem fürchterlichen Ende.*

*In diesem Gang gab es viele Begegnungen von Freunden und Bekannten der Ermordeten nach der Schoa. Eine ältere Dame stand vor einem Namen. „Das war Hanna Zweigfeld. Sie war Kinderärztin und behandelte unsere Jüngsten. Sie war eine sehr liebenswürdige und einfühlsame Frau. Plötzlich war sie verschwunden." Dann ging die Dame kopfschüttelnd weiter. Ein bekannter Münchner Wiesnwirt blickte mit mir auf die Tafeln und nannte den Namen eines kleinen Mädchens, mit dem er als kleiner Junge gespielt und das in Schwabing in der benachbarten Wohnung gelebt hatte. Wir suchten nach dem Namen und fanden ihn sehr schnell, auch die der Eltern und Großeltern. Er berührte die Buchstaben und seine Augen füllten sich mit Tränen. Wir standen und trauerten gemeinsam um dieses Kind, das nur wenige Jahre leben durfte, weil es jüdisch war.*

*Auf der gegenüberliegenden Seite zu den Glastafeln ist in der Mitte der Wand ein großer Davidstern eingezeichnet und darüber steht die Zahl 6.000.000, daneben die Namen der Todeslager. Über die gesamte Länge der Wand sind Worte eingraviert wie: Gedenken, Erinnern, Trauern, Reden, Verzeihen. Am Ende des Ganges, nahe an der Synagoge, ist der Grundriss des neuen jüdischen Zentrums zu sehen und daneben das Wort „Leben". Jüdisches Leben auf diesem Platz als Antwort auf den Holocaust.*

Als die Synagoge im Rohbau stand, wurden innen bis an die Decke Baugerüste aufgestellt, um die Holzverkleidung an den Wänden anzubringen und die Deckengestaltung fertigzustellen. Es waren noch einige Fragen vor Ort zu klären, wie die Ausgestaltung des Thoraschreins. Ich schritt durch den Gang der Erinnerung, ging die Treppen hinauf durch den Vorraum in die Synagoge. Der Boden war mit Regenwasser bedeckt, auf dem Gerüst saßen Tauben, die mit hörbarem Flügelschlag aufgeregt umherflatterten. Ich stand allein in diesem großen Raum. Die weit nach oben reichenden Gerüststangen und das helle Licht von außen verliehen dem Rohbau die Anmutung einer hohen Kathedrale.

**06:59** *Ich betrat an diesem Tag erstmalig den Rohbau. Was für ein Glück, miterleben zu dürfen, wie daraus ein Gotteshaus wurde. Und wie unglücklich fühle ich mich eingesperrt in dieser Zelle.*

Einige Monate vor der feierlichen Einweihung des jüdischen Zentrums entbrannte wieder die Diskussion um das NS-Doku-Zentrum. Längst war als Ort das Grundstück festgelegt, auf dem das sogenannte ehemalige Braune Haus stand. Dennoch war mittlerweile ein Stillstand von fast sechs Jahren zu verzeichnen – eine Folge des Streits um die Finanzierung zwischen dem Freistaat und der Landeshauptstadt. Selbst der Anteil des Bundes an den Baukosten war strittig. Für das Morgenblatt schrieb ich einen Kommentar. Tenor war, dass hinter dem Unwillen von Bund und Land zu zahlen die Absicht stand, ein NS-Dokumentationszentrum in München zu verhindern, aus welchen Gründen auch immer. Toni Stiller bedankte sich bei mir in aller Öffentlichkeit für diese klaren Worte. Offen waren noch immer die Finanzierung eines Drittels der Baukosten durch den Bund und die Finanzierung des Grundstücks, das im Besitz des Freistaats war.

Im Münchner Hofbräuhaus sprach der Ministerpräsident über die Begrenzung der Zuwanderung, über die Finanzen des Freistaats, über das Ziel eines ausgeglichenen Haushalts. Als er das letzte Thema abschloss, fügte er, unerwartet und unvermittelt, einen Satz zum NS-Doku-Zentrum an. Der Ministerrat hätte am Vortag beschlossen, das Grundstück neben der Musikhochschule der Kommune kostenfrei zu übertragen und ein Drittel der Baukosten zu übernehmen. Er sagte dies in einem Ton, als wäre die Entscheidung selbstverständlich gewesen und beinahe nicht der Erwähnung wert. Ich wagte kaum zu glauben, was ich hörte, und suchte Anita Bauer. Sie hatte den Redner wie ich verstanden und ging zum Finanzminister Stefan Rabensel weiter, der nahe am Rednerpult saß, klopfte ihm von hinten auf die Schulter. Sie flüsterten miteinander. Dann erhoben sich beide und kamen zu mir.

Rabensel bestätigte ausdrücklich den Beschluss des Ministerrates. Sie hätten nun ihre Hausaufgaben gemacht und erwarteten, dass auch Stiller endlich in die Gänge käme. Ich dankte ihm überschwänglich und fragte nach der Entwicklung im Bund. Er verwies auf die Bundeskanzlerin. „Unser ehemaliger Parteivorsitzender hat in Berlin erfolgsversprechende Gespräche geführt."

## Im Reinen

In diesem Augenblick war ich mit meiner Partei im Reinen. Ich hatte dieses Engagement ihrer Spitze nicht erwartet. Ich wusste, bei politischen Veranstaltungen wurde viel versprochen und viel in Aussicht gestellt und am Ende des Tages nicht immer alles realisiert. Die Öffentlichkeit sollte deshalb über dieses Zugeständnis des Ministerrates schnell informiert werden. „Lieber Stefan, wir müssen spätestens morgen Mittag eine Pressekonferenz anberaumen und gemeinsam diesen Beschluss verkünden und erläutern. Sonst ernten andere die Lorbeeren. Bitte besprich das mit dem Ministerpräsidenten."

Stefan Rabensel verstand schnell und besprach sich nach der Rede mit seinem Chef, der mit einem Winken beider Hände Anita und mich zu sich bat. Wir bedankten uns. Er unterstrich die Bedeutung der Aufarbeitung des dunkelsten Kapitels unserer Geschichte und trug dem Finanzminister und mir auf, am nächsten Tag eine Pressekonferenz abzuhalten. Unsere Botschaft war einfach. Dem Ministerpräsidenten und den Konservativen sei der Durchbruch für die Errichtung des NS-Dokumentationszentrums zu verdanken.

**07:00** *Ich bin wohl kurz eingeschlafen und erwache erschrocken, weil vom Gang her lautes Türenschlagen zu hören ist. Ich fühle meinen schnellen Herzschlag und versuche aufzustehen. Am Bettrand sitzend wird mir schwindelig. Nach einigen Sekunden ist es besser, ich stehe auf und gehe langsam zum Fenster. In der Ferne sehe ich undeutlich rötliche Streifen am Himmel. Eine fast krankhafte Angst schnürt mir Kehle und Brust zu.*

*Am Gang ist es nun ruhig. Es werden noch einige Stunden bis zum Gerichtstermin vergehen. Ich lege mich wieder hin und versuche, wach zu bleiben. Es hilft nichts. Ich halte es nicht aus, still auf dem Rücken zu liegen, habe Schmerzen. Ich gehe wieder zum vergitterten Fenster und sehe größer werdende Lichtstreifen am bewölkten Himmel. Meine Knie zittern leicht. Mich befällt ein Gefühl von tiefer Hilflosigkeit.*

Am 9. November 2006, einem Donnerstag, fand die feierliche Einweihung des neuen Gemeindezentrums statt. Es war der Tag, an dem 1938 die Nazis im alten Münchner Rathaus die „Reichskristallnacht" ausgerufen hatten. Am frühen Vormittag trugen wir unter Baldachinen die Thorarollen von der Synagoge in der Reichenbachstraße zum Sankt-Jakobs-Platz. Es war ein kalter, regnerischer Tag. Die Luft roch bereits nach dem ersten Schnee. In der Reichenbachstraße stand vor dem Gemeindehaus die Polizei mit Blaulicht.

An der Spitze unserer Prozession ging Daniel Lieberman und neben ihm der Gemeinderabbiner mit Kollegen. Dann kamen die Honoratioren der Gemeinde, oftmals Holocaust-Überlebende, und der Vorstand. Sie schritten mit ihren Thorarollen in den Armen unter den Baldachinen. Der Zug bewegte sich in Richtung Stadtmitte. Erstes Ziel war der Gärtnerplatz, an dem wir eine kurze Pause einlegten. Die Prozession reichte nun weit in die südliche Reichenbachstraße. Wir gingen sehr langsam, mit gemessenen Schritten. Als ich zur Seite blickte, sah ich viele Menschen auf den Gehsteigen, neugierig und aufmerksam. Sie bewegten sich mit uns, sie begleiteten diese Prozession bis zum Sankt-Jakobs-Platz. Passanten kamen zu uns unter die Baldachine, übernahmen Thorarollen und hielten sie vorsichtig, als trügen sie ein Kind.

So gelangten wir Schritt für Schritt zum Platz. Es waren sehr viele Menschen dort und das Bild von Lieberman und den Rabbinern mit den Thorarollen in ihren Armen ging um die ganze Welt. Das Fernsehen übertrug das Ereignis live in einer mehrstündigen Sendung mit höchsten Einschaltquoten.

Die feierliche Einweihung begann mit der Schlüsselübergabe. Dann wurden die beiden hohen Türen weit geöffnet und die Rabbiner trugen die Thorarollen in das neue Gotteshaus, stellten sie behutsam, fast zärtlich in den Thoraschrein und entzündeten die siebenarmigen Leuchter. Erst nach dieser Zeremonie konnten die Gäste ihre Plätze einnehmen. In den vorderen Reihen saß der Bundespräsident, neben ihm der bayerische Ministerpräsident, der Münchner Oberbürgermeister und Daniel Lieberman.

Als erster sprach Lieberman von einem neuen Kapitel im Zusammenleben der Bürger: „Das ist die Botschaft des 9. November 2006: Wir Juden sind wieder Teil dieses Landes."

Es gab viele Reden. Die des israelischen Oberrabbiners werde ich nie vergessen. Er war Holocaust-Überlebender und war aus einem Konzentrationslager befreit worden. Er hielt vor dem Mikrofon für mehrere Sekunden inne, bis völlige Stille im Raum eintrat. Dann sagte er mit einem Lächeln auf seinen Lippen: „Wenn ich hier so stehe, dann gibt es zwei Seelen in meiner Brust. Einmal fühle ich die Spiritualität in diesem lichtdurchfluteten, hohen Raum, an dessen Wänden die Schatten der Struktur der Glaskuppel mit der Sonne wandern. Ich bin angetan, dass gerade im Zentrum der vormaligen Hauptstadt der Bewegung, von der ein Weltbrand mit am Ende über 50 Millionen Menschenopfern ausging, ein neues jüdisches Gotteshaus errichtet wurde. Zudem bewundere ich diese hervorragende zeitgenössische Architektur eines sakralen Bauwerks, die Vorbild sein könnte für die Planung von religiösen Zentren weltweit."

Das war die eine Seite seiner Seele. Und die andere?

Er formulierte einen Satz, der, von einem israelischen Oberrabbiner ausgesprochen, bis dahin undenkbar gewesen war: „Ich wünschte, dass diese schöne Synagoge in meiner Heimatstadt, in Jerusalem, stünde." Mehr Anerkennung für das Miteinander jüdischen und nichtjüdischen Lebens in München hätte er nicht aussprechen können. Persönlich hatte ich bis dahin im Ausland von jüdischen Menschen nur Kritik über mein Leben im Land der Täter erfahren. Deutschland sei ein Ort der verbrannten Erde, an dem Juden nichts zu suchen hätten. Der Oberrabbiner vermochte mit seinen einfühlsamen Worten, den Zwiespalt über meine Existenz in diesem Land ein klein wenig zu mildern.

**07:01** *Auch jetzt tröstet mich diese Erinnerung mit dem Stolz über das, was wir nur wenige hundert Meter entfernt von hier geschaffen haben. Die Nazis könnten mich töten, aber dennoch wird das Zentrum am Sankt-Jakobs-Platz bestehen bleiben.*

Nach der feierlichen Einweihung am Donnerstag folgte am Sonntag in der Synagoge und im Gemeindezentrum der Tag der Begegnung. Interessierte Bürger waren eingeladen. Wir rechneten mit knapp 5.000 Gästen. Tatsächlich waren es annähernd 20.000 Menschen, die in langen Schlangen in der feuchten Novemberkälte warteten. Und das, obwohl das jüdische Museum, ein Drittel des gesamten Zentrums, noch nicht fertiggestellt war; es sollte in einem Jahr eröffnet werden. Im Gemeindezentrum, im Gemeindesaal war Volksfeststimmung. Die Berührungsängste der letzten fünfzig Jahre waren verflogen. Natürlich gab es die ein oder andere Kritik an der Architektur. Die einen meinten, der Anschluss des Ignatz-Günther-Hauses aus dem 18. Jahrhundert an das Gemeindezentrum sei nicht fragil genug ausgebildet worden, andere kritisierten die angeblich zu dichte Bebauung am Platz.

Einige Gäste kamen auf mich zu und bedankten sich bei mir und Lieberman, dass sie hier sein konnten. Ich antwortete spontan, der Dank gebühre nicht uns allein, sondern der gesamten Münchner Stadtgesellschaft. „Ohne diese große Unterstützung wäre das Projekt nie zustande gekommen."

**07:02** *Die wenige anfängliche Kritik ist längst verstummt. Den Architekten wurden für ihr Bauensemble mitten in München bedeutende deutsche und europäische Architekturpreise verliehen.*

*Ich denke daran, dass die Errichtung des Zentrums auch von der Politik dieses Landes so gewollt war. Sie war für mich die Erfüllung eines Traumes. Wie passen der Antisemitismus in weiten Kreisen, die Mordtaten der Nazis und das Wohlwollen vieler Menschen beim Bau des jüdischen Zentrums zusammen?*

Stunden über Stunden verbrachte ich im großen Sitzungssaal im Rathaus. Im Plenum saß ich neben der Planungssprecherin Traudl Wagner. Sie war Architektin, klein und schlank, hatte rötlich gefärbtes Haar und trug stets Hosenanzüge. Wir teilten unsere Liebe zu Musik und Literatur. Ich sah bei einer Gelegenheit, wie sie in der Philharmonie eine Beethoven-Symphonie hörte und ihre Arme bewegte, als dirigiere sie selbst. In der Fraktion zitierte sie während politischer Gespräche unverhofft Zeilen von Goethe, meist aus dem „Faust“. Sie wusste, dass ich darauf als Replik mit Vorliebe Rilke vortragen würde. Zufällig danebenstehende Kollegen sahen und hörten uns verwundert zu. Traudl liebte es, mich mit subtilen Andeutungen zu meinem Jüdischsein herauszufordern. Ich würde in der Fraktion besonders geschont, weil ich jüdisch sei, ich könne mir mehr erlauben als andere. Mit Lieberman lag sie im Streit, weil sie vor Jahren eine finanzielle Forderung der Gemeinde an die Stadt mit rüden Worten abgelehnt hatte. Hinter vorgehaltener Hand wurden ihr antisemitische Tendenzen angedichtet, worauf sie betonte, sie hätte gerade in der Kulturszene gute jüdische Freunde, die Unterstellungen seien absurd.

Als wir kurz während einer Ausschusssitzung nebeneinandersaßen, sprach sie, wie schon mehrmals, an, dass ich mit meinen politischen Einstellungen nur bedingt in die Partei passen würde. Ich fragte, wie sie nur so etwas sagen könne. Traudl schaute ernst. „Felix, dich haben sie von der Gemeinde zu uns entsandt. Du spielst deine Rolle gut und ich schätze dich trotz dieses Schauspiels. Aus freien Stücken bist du aber nicht gekommen.“

Ich schüttelte, wie immer, den Kopf und tat ihre Beobachtungen als Unsinn ab. Tatsächlich war ich nun seit fast zwei Jahrzehnten zunehmend tiefer mit meiner Rolle verschmolzen, ich nahm sie nicht mehr als Spiel wahr, hatte mir erfolgreich Nischen für meine Überzeugungen gesucht, die nicht mit der Parteilinie vereinbar waren. Die Droge Politik färbte meine Wahrnehmung in vielfältiger Hinsicht. Ich hatte kein böses Gewissen, weil ich überzeugt war, dass die Partei von meiner politischen Arbeit ebenso profitierte wie ich aus der Mitgliedschaft Vorteile zog. Allein durch meine Anwesenheit war es schwer, der Fraktion rechtsradikale Tendenzen anzuhängen.

Am 30. April 2015 fand nach unsäglichen Querelen mit der Gründungsdirektorin die Eröffnung des NS- Dokumentationszentrums statt. Siebzig Jahre zuvor hatte die 7. US-Armee München erreicht, die Rainbow-Division befreite das Konzentrationslager Dachau. Nun besuchten die Veteranen München und waren zur feierlichen Eröffnung des Zentrums eingeladen.

Wegen der Vielzahl der Gäste fanden die Feierlichkeiten im Amerikahaus statt. Ich durfte die betagten Herren, die aus vielen Teilen der Vereinigten Staaten angereist waren, vor der Veranstaltung in der Residenz des amerikanischen Generalkonsuls in Bogenhausen kennenlernen und fühlte mich wie bei einem Familientreffen. Es wurde nur Englisch gesprochen und als sie von meiner Kindheit in Kanada erfuhren, nahmen sie mich freundlich in ihrer Mitte auf. Sie erzählten von ihrem Dienst in München, von den Fräuleins, und hatten die Stadt in guter Erinnerung behalten. Vielleicht war es die Milde ihres Alters, sie verloren kein böses Wort über eine Zeit, in welcher der Leichengeruch über der Landeshauptstadt wehte.

Im Amerikahaus gab es feierliche Reden und Verpflegung, bevor das NS-Dokumentationszentrum offiziell eröffnet wurde. Unweit des Eingangs hatten die Rechtsradikalen in der Barer Straße eine Demonstration angemeldet. Unter ihnen erkannte ich den Nazistadtrat und Hintermoser. Ich gönnte ihnen das kühle und regnerische Wetter dieses Tages von Herzen. Sie hatten eine große Lautsprecheranlage aufgestellt und hielten bereits eine halbe Stunde vor Beginn der Einweihung Reden, spielten Musik. Ich war entsetzt, dass die Behörden diese Nazi-Propaganda unweit der Festlichkeiten genehmigt hatten. Exakt zu dem Zeitpunkt, als die Mehrzahl der Gäste vor dem Amerikahaus in einer langen Schlange auf Einlass wartete - es gab strenge Sicherheitskontrollen -, erklang die erste Strophe des Deutschlandliedes. Die Nazis sangen. Zwischendurch hielten sie weiter ihre unsäglichen Reden. Die Gäste teilten mein Entsetzen. Unter ihnen waren Holocaust-Überlebende, die kaum ertragen konnten, dass an diesem Ort, zu dieser Zeit die verbotene nationalsozialistische erste Strophe erklang. Den Rechtsradikalen war es gelungen, der Veranstaltung ihren widerlichen Stempel aufzudrücken. Wie konnten die Behörden diese zu erwartende Provokation nur genehmigen?

Als ich die Musik hörte, eilte ich zur Absperrung. Dahinter standen die Neonazis. Der rechtsradikale Stadtrat sah mich, er und Hintermoser winkten mit sarkastischem Lächeln. Ich ging zu den umstehenden Polizeibeamten, zeigte meinen Stadtratsausweis und bat sie, dafür zu sorgen, dass zumindest die Lautstärke reduziert würde. Die Polizei verbat sich jegliche Einmischung und ließ mich wortlos stehen. Vielleicht fanden sie selbst Gefallen an der Musikeinlage.

Nach den Festlichkeiten im Amerikahaus gingen wir über die Brienner Straße in das Doku-Zentrum. Der neu benannte Gründungsdirektor führte die Gäste durch das Haus.

**07:07** *Die Ausstellung geht über vier Stockwerke. Im fünften sind die Büros und Seminarräume untergebracht. Von den oberen Räumen bietet sich ein weiter Blick über den Königsplatz und über das sogenannte Parteiviertel. Die Ausstellungskonzeption und die Wahl der Themen wurden damals sofort positiv aufgenommen. Natürlich gab es auch Kritikpunkte, was angesichts der Thematik nicht verwunderlich schien. Ich war und bin nach wie vor überzeugt von der Gestaltung der Berliner Architekten, die bewusst einen Kontrapunkt zu den von Troost entworfenen NS-Bauten gesetzt haben.*

Gelungen waren die Sichtbeziehungen von den Fenstern des neuen Baus zu den Orten nationalsozialistischer Unrechtspolitik: auf den Königsplatz mit der Bücherverbrennung und den NS-Aufmärschen, auf das Fenster eines Zimmers der heutigen Musikhochschule, in dem das Münchner Abkommen unterzeichnet worden war.

## Münchens neues Antlitz

Am Abend war ich müde und glücklich. Jeder Besucher, der heute über alle vier Stockwerke, mit eiligen oder bedächtigen Schritten durch diese Ausstellung gegangen war oder dies in der Zukunft tun würde, erfuhr so vieles über diese unsägliche Zeit des Nationalsozialismus. Jeder würde Empathie mit den Opfern erlangen.

Im Vordergrund stand das Nie-Wieder. München hatte mit dem jüdischen Zentrum und Museum und der NS-Dokumentation ein neues Antlitz erhalten.

**07:12** *Ich werde immer unruhiger, stehe ein weiteres Mal auf und gehe zum Fenster. Die roten Streifen am Firmament sind hinter harmlosen Wolken verschwunden. Langsam wird es heller. Am Gang nähert sich eine Person mit leisen Schritten, öffnet die schwere Metalltüre und kommt herein. Es ist eine junge, schlanke Polizistin mit Bubikopf. Sie rümpft die Nase, geht zum Fenster und kippt es nach innen. Kühle, frische Luft weht herein. Sie blickt mich an, teilt mir mit, dass ich vermutlich später nach Stadelheim verbracht würde. Ich erhasche einen Blick auf ihre Uhr. Der Stundenzeiger steht ungefähr auf Sieben. Ich frage sie nach dem gesundheitlichen Zustand von Herrn Hintermoser. „Dieser Mann ist mir namentlich nicht bekannt." Zum Sachverhalt dürfe sie ohnehin nichts sagen. Darauf verlässt sie schnell die Zelle.*

*Zumindest kenne ich die Uhrzeit und habe die Gewissheit, dass noch einige Stunden bleiben, bis sie mich abholen. Oder freilassen.*

*Ich habe die Hoffnung wiedergefunden und werde zu meinem eigenen Erstaunen etwas zuversichtlicher. Wenn die Rechten mich bisher nicht erreicht haben, dann kann ich für die nächsten Stunden berechtigt hoffen. Die frische Luft im Raum erleichtert das Atmen und vertreibt den Gestank. Meine Gedanken schweifen ab – zu den vielen Geflüchteten, denen ich in den letzten Jahren begegnete und deren Schicksal wohl mindestens ebenso schwer wiegt wie meines.*

*Ich blicke auf Waggons der Reichsbahn und sehe, wie Kinder jüdischer Eltern auf diesem Bahnsteig, von Helferinnen begleitet, langsam in die grün gestrichenen Wagen einsteigen und ihren zurückbleibenden Vätern und Müttern zuwinken, als der Zug langsam hinausrollt. Die Eltern stehen dort lächelnd, eingehüllt in den weißen Rauch der Lokomotive. Sie heben die Hände, schwenken Taschentücher, als wären ihre Kinder auf dem Weg in die Berge in die Sommerferien.*

*Sie fahren nach England und werden Vater und Mutter nie mehr sehen. Sie werden nicht erfahren, in welchen Konzentrationslagern ihre Eltern den Tod fanden.*

Anfang September kamen die Geflüchteten mit Zügen aus Budapest. Deutschland öffnete seine Grenzen nach dem mutigen Bekenntnis der Kanzlerin, dass wir es schaffen würden. Europa hatte die Bilder der im Bahnhof von Budapest gestrandeten Menschen, die, verloren im Elend, auf ihre Weiterfahrt hofften, nicht mehr ertragen können. Nach einer Odyssee wurden sie mit Zügen nach Deutschland gefahren. Ich stand täglich am Münchner Hauptbahnhof und wartete auf sie. Die Sommerferien waren noch nicht vorüber und die Sonne schien unerbittlich. Das ganze Gebiet um den Hauptbahnhof war abgesperrt und in langen Reihen standen auf der Bayerstraße hintereinander Polizeifahrzeuge, als warteten sie auf eine Invasion.

Die Züge aus Ungarn fuhren im Stundentakt auf Gleis 26 neben dem Starnberger Flügelbahnhof ein. Langsam rollten die Lokomotiven bis nahe an den Prellbock. Es dauerte meist mehrere Minuten, bis sich die Türen der Waggons langsam öffneten. Vorsichtig stiegen erst junge Männer mit Gepäck in den Armen die wenigen Stufen hinab, während sie in alle Richtungen blickten, als würden sie erwarten, von der am Bahnsteig postierten Polizei verhaftet zu werden. Nichts dergleichen geschah. So zaghaft die ersten Geflüchteten die Waggons verlassen hatten, so schnell leerten sich die Züge und in langen Reihen wurden die Menschen auf dem Bahnsteig von der Bundespolizei zum Starnberger Flügelbahnhof geleitet.

Ich stand mitten unter ihnen und hoffte, dass in der angespannten Situation keine Gewalt ausbrechen würde. Mit meiner Leica fotografierte ich zögerlich, mit schlechtem Gewissen, die erschöpften, aber glücklich scheinenden, überwiegend jungen Menschen, die mit ihren wenigen Habseligkeiten zur Meldestelle gingen. Es gab junge Familienväter, die ältere Männer im Rollstuhl vor sich herschoben, andere schleppten Kinder auf ihren Rücken. Einige der Frauen trugen Kopftücher, die Mehrzahl nicht. Ich bewunderte ihre schönen, meist orientalisch anmutenden Gesichtszüge mit großen Mandelaugen, die trotz aller Mühsal und unendlicher Müdigkeit Hoffnung und Zuversicht ausstrahlten. Einige der Geflüchteten weinten vor Freude. Es schien, als wagten sie selbst nicht zu glauben, dass sie nach einer abenteuerlichen und oft lebensgefährlichen Reise gesund in Freiheit angelangt waren.

Zunächst durchliefen sie eine Absperrung vor dem Starnberger Bahnhof, die sie ungehindert passieren durften. Davor standen ehrenamtliche Helfer und verteilten Getränke, Babynahrung und Spielzeug. Es standen auch Zuschauer dort, die Schilder mit der Aufschrift „You are welcome" hochhielten, andere applaudierten, wenn ein neuer Zug aus Budapest einfuhr und die Erschöpften ihren ersten Schritt auf Münchner Boden setzten. Fast jeden Tag besuchte uns ein griechisch-orthodoxer Priester, der die Flüchtlinge mit Tränen in den Augen und großer Freude willkommen hieß. Wenn wir uns dort trafen, küsste er mich auf beide Wangen und ich spürte seinen drahtigen, grauen Bart. In der Bahnhofshalle wurden an den Schaltern provisorische Aufnahmestellen eingerichtet. Dort standen die Geflüchteten und warteten auf ihre Registrierung und auf die Gespräche mit der Grenzpolizei. Diese entschieden, in welche Erstaufnahmeeinrichtungen sie gebracht wurden.

Der Leiter des Jugendamtes, Benjamin Scholz, und ich versuchten herauszufinden, welche Jugendlichen ohne Begleitung unterwegs waren. Einige kamen zu uns, baten um Hilfe, viele weinten. Andere, die allein umherliefen, schämten sich ihrer Situation und mieden uns. Was war das für eine Welt, die unschuldige Kinder in ein solches Elend stürzte? Wir lebten in einem reichen Land und erlebten, wie vereinsamte, bettelarme Minderjährige mit einem Zug aus Budapest mitten in unsere Stadt kamen.

Am späten Nachmittag gingen Benjamin und ich nochmals zu den Bahnsteigen und suchten nach Kindern und Jugendlichen, die dort ohne Begleitung herumstanden. Wir sahen einen vielleicht sieben Jahre alten Jungen, der ein Stück Papier in der Hand hielt und sich verzweifelt umsah. Er war völlig abgemagert und seine runden Augen traten aus seinem Gesicht hervor. Wir gingen zu ihm, er wich zunächst ängstlich zurück, bis er uns vorsichtig das Papier gab. Es war eine Fahrkarte der Deutschen Bundesbahn zweiter Klasse nach Düsseldorf, ausgestellt im Bahnhof Rosenheim. Wir baten eine Übersetzerin, ihn in den Zug in Richtung der Stadt am Rhein zu setzen. Nachdem sie zurückgekehrt war, erzählte sie, der Junge wäre Analphabet - wie viele Jesiden, denen von den Islamisten der Zugang zu Schulen verwehrt worden war. Seine Familie war vom IS ermordet worden, ein Onkel hatte ihn mit auf die Flucht genommen, doch der Junge hatte ihn in Ungarn verloren. Die Übersetzerin hoffte, er würde seine Verwandten in Düsseldorf finden. Für alle Fälle hatte sie ihm ihre Mobilnummer gegeben. Die Frau arbeitete Tag und Nacht rund um den Hauptbahnhof.

Die Kinder, die hier auf sich gestellt anlangten, waren von ihren Eltern in die Fremde gesandt worden, um sie vor dem Tod durch die Soldaten des Schlächters von Bagdad oder des IS zu bewahren, so wie jüdische Kinder einst nach England verschickt worden waren, damit sie den Todesfängen des Anstreichers entgingen. Ich musste zu ihnen und allen anderen Geflüchteten am Bahnhof gehen, ich musste ihnen zur Seite stehen, ich durfte nicht über das in der Schoa erlittene Leid klagen, ohne zu versuchen, neues Leid zu mildern.

Ein Bekannter, der in jenen Tagen mit der Orienthilfe e.V. in Aleppo war, erzählte von der militärisch erzwungenen großen Hungersnot in der Stadt. Eine Mutter mit drei Kindern, deren Mann im Krieg gefallen war, hatte nichts mehr zu essen. Die Kinder schrien fortwährend vor Hunger. Um sie zu beruhigen, rührte sie, so als würde sie Essen zubereiten, mit einem Kochlöffel in einem leeren Topf. Sie rührte bis in die tiefe Nacht, bis die Kinder eingeschlafen waren. Am Morgen wollte sie ihre Kleinen wecken. Zwei von ihnen hatten während der Nacht den Hungertod erlitten.

Wir konnten viele geflüchtete Kinder in Obhut nehmen, sie auf die Münchner Waisenhäuser verteilen. Die Mehrzahl von ihnen war schwer traumatisiert, es würde Jahre dauern, bis sie ein glückliches Leben führen könnten, soweit das ohne Eltern überhaupt möglich war.

Zufällig traf ich an einem Spätnachmittag vor einem ankommenden Zug die Abgeordnete Monika Waldmüller aus dem Kreis Starnberg. Ich kannte sie von Parteitagen und war erstaunt, sie hier anzutreffen. Ich ging auf sie zu und fragte, ob ich ihr die Einrichtung des Jugendamtes zeigen dürfte. Wir gingen vorbei an den Bahnsteigen, vorbei an vielen geflüchteten Menschen, die zur Registrierung unterwegs waren, ich stellte ihr einige ehrenamtliche Helfer vor und sie sprach mit Bundespolizisten, welche die Registrierungen durchführten. Monika Waldmüller blickte fast die gesamte Zeit verängstigt auf die Szenen und als ich sie zum Bahnhofsausgang geleitete, meinte sie entsetzt, was wir denn mit diesen vielen Menschen machen sollten. „Passen die zu uns? So kann das nicht weitergehen."

Ich stimmte ihr nicht zu, sondern zitierte unsere Bundeskanzlerin. Als sie das hörte, konnte es ihr mit dem Abschied nicht schnell genug gehen. Ich spürte förmlich ihre Angst. Wie konnte sich die Landtagsabgeordnete einer christlichen Partei so von Angst leiten lassen?

In meiner Partei wurde meine Präsenz am Bahnhof mit Argusaugen beobachtet. Einige Parteifreunde verorteten mich wegen meiner Nähe zu den Geflüchteten in einer linksradikalen Ecke. Die Rhetorik des Parteivorsitzenden und der Konservativen in Berlin und München widerte mich an. Da war wegen der Grenzöffnung die Rede von der „Herrschaft des Unrechts" in Assoziation zum NS-Unrechtsstaat, es wurden absurde Begriffe wie „Anti-Abschiebe-Industrie" erfunden, die Geflüchteten waren „Sozialschmarotzer".

Es gab auch wenige Lichtblicke. Anita Bauer und ihr Ehemann kümmerten sich rührend um die Kinder der Geflüchteten in der Bayernkaserne. Dennoch, wie lange konnte ich noch in dieser Partei bleiben?

Oft traf ich Mitarbeiter der Stadtverwaltung, die ehrenamtlich halfen. Eine Dame, die Leiterin der Abteilung für berufliche Bildung, bestätigte, dass sie mich schon häufig vor Ort gesehen hätte und erstaunte mich während der Verabschiedung mit einem

Satz: „Herr Mandelbaum, kommen Sie täglich hierher, Sie können dafür sorgen, dass die Geflüchteten unbehelligt bleiben." Ich verstand sie nicht und wollte wissen, wie ich das in ihren Augen anstellen könnte. Sie winkte lächelnd und ging zur S-Bahn.

Tatsächlich hatte ich in den letzten 14 Tagen keinen einzigen gewalttätigen Übergriff gesehen. Langsam waren wir routiniert. Ich ging nun direkt auf Geflüchtete zu. Oftmals waren es junge Leute, die Englisch sprachen, und ich sagte ihnen: „Welcome to Munich, you are safe here." Sie sahen mich dann meist verwundert an und bedankten sich. Ich stellte mich als Stadtrat vor und überreichte ihnen meine Visitenkarte.

In der Tagespresse fanden sich Aufnahmen von mir im Gespräch mit den Geflüchteten, untertitelt: „Das Gesicht der Münchner Konservativen am Hauptbahnhof". Aus der Partei gab es dazu keine Reaktionen.

**07:21** *Ich denke an diese Frau, die ehrenamtliche Helferin. Sie war in ihren besten Jahren mit kurzem, blond gefärbtem Haar und einem Pony. Was war das für ein Kompliment, das sie mir damals gemacht hatte? Ich wünsche mir die Wärme dieser Tage in meiner Zelle.*

Benjamin Scholz und ich durchstreiften wieder den Hauptbahnhof. An einem Bahnsteig, an dem die Züge nach Berlin abfuhren, sahen wir einen Jungen im Alter von vielleicht zwölf Jahren mit einem kleinen Mädchen an der Hand. Wir sprachen den Jungen an, der einige Worte Englisch beherrschte, und fragten, ob das kleine Mädchen seine Schwester sei. Er hielt sie fest an der Hand, weil sie ihn fortziehen wollte; sie fürchtete sich vor uns, hatte schwarzes Haar und dunkle Haut, über die sich getrocknete Tränen in dünnen Bahnen zogen. Nein, antwortete der Junge, das sei nicht seine Schwester. Sie saßen im gleichen Schlauchboot. Bei hohem Wellengang wäre ihr Vater ertrunken und seitdem ginge sie nur an seiner Seite und würde seine Hand nicht mehr loslassen. Er sah uns hilflos an und ich hatte wie Benjamin große Mühe, meine Emotionen zu kontrollieren, professionell zu bleiben.

**07:39** *Es ist sehr kalt in meiner Zelle. Ich friere, stehe auf und gehe zum Fenster, um es zu schließen. Es ist stetig heller geworden, langsam bricht der Tag an. In den nächsten Stunden wird sich mein Schicksal entscheiden. Sollte der Nazi sterben – würde es dann in München gewalttätige Demonstrationen von Rechtsradikalen geben?*

*Ich habe seit gestern meine Kleidung nicht gewechselt. Sie riecht unangenehm nach diesem Ort. Vom Gang her höre ich Schritte, Stimmengewirr und ein mehrfaches Zuschlagen von schweren Metalltüren. Ich reinige mein Gesicht notdürftig mit dem kalten Wasser direkt aus dem Hahn, benutze die Zahnbürste – das Minimum an Hygiene, das man mir hier zugesteht.*

*Ein Schlüssel dreht sich im Schloss, die Türe öffnet sich und die Polizeibeamtin mit dem Bubikopf kommt wieder herein. Sie legt eine volle Plastiktüte auf die Liege und stellt ein Tablett mit einem Becher Kaffee und einem Hörnchen daneben. „Herr Mandelbaum, Ihre Frau hat Kleidung und Waschzeug gebracht. Ich soll Sie schön grüßen. Die Vorschriften erlauben es nicht, dass Sie vor dem Gerichtstermin privaten Besuch empfangen. Das Gericht hat uns angewiesen, Sie um 9:30 Uhr zum Haftprüfungstermin in die Nymphenburger Straße zu verbringen."*

*Ich schaue sie entsetzt an. Ich bin diesem Apparat hilflos ausgeliefert. Sie spricht weiter, meint, dass mein Fall Gesprächsthema im Präsidium sei. Die Pressestelle frage ständig nach dem Fortgang des Verfahrens, Medienvertreter mit Fotografen würden das Haus belagern. „Sie sind ein prominenter Häftling, Herr Mandelbaum. Gut – bereiten Sie sich vor, wir holen Sie in zwei Stunden ab."*

*Ich will wissen, wann ich Gelegenheit habe, mit meinem Anwalt zu sprechen. Sie versichert, dass ich ihn noch vor der Verhandlung am Gerichtssaal treffen könne.*

*Gestern um die gleiche Zeit führte ich das Leben eines unbescholtenen Bürgers und heute, nach einer durchwachten, angstvollen Nacht, stehe ich vielleicht vor dem Abgrund. Das Bild des kahl geschorenen blutenden Schädels von Hintermoser geht mir nicht aus dem Sinn.*

*Die Polizeibeamtin nähert sich der Zellentüre. Ich habe bis jetzt nicht gewagt, die entscheidende Frage zu stellen: „Wissen Sie, ob der Hintermoser noch lebt?"*

*Sie hält schon die Schlüssel bereit, wendet sich mir zu, steht aufrecht und scheint einer Fortsetzung des Gespräches auch zwischen Tür und Angel nicht abgeneigt. Ihre Antwort kommt bedächtig und langsam: „Diese Frage haben wir uns auf der Wache auch schon gestellt. Unsere Kollegen, die gestern vor Ort waren, konnten sich nicht vorstellen, wie eine derart schwere, vielleicht tödliche Verletzung durch eine Kamera zustande gekommen sein sollte. Ich habe mit einer Kollegin von der Nymphenburger Straße gesprochen und nach dem Hintermoser gefragt. Ich darf es Ihnen nicht sagen." Sie zögert, legt den Kopf ein wenig zur Seite. „Aber die Hälfte ist Ihnen wahrscheinlich eh schon bekannt – und Sie sollten es auch wissen. Man hat ihn in ein künstliches Koma versetzt. Ob er durchkommen wird, ist offenbar ungewiss." Sie hebt ihre Augenbrauen, sieht mich fragend an, ich schweige. Sie verabschiedet sich, geht hinaus und verschließt die Türe von außen.*

*Unter diesen Umständen werden sie mich nicht freilassen. Ich habe nur noch wenige Stunden, bis dahin muss ich mich fassen. Ich greife nach der Plastiktüte. Rebecca hat ein Duschgel mitgegeben, so als wäre ich in einer Hotelsuite abgestiegen. Sogar mein Silvestre-Rasierwasser findet sich im Kulturbeutel. Ich lege mich auf das Bett und versuche, in Erinnerung an meine Rede zu den Stolpersteinen Ruhe und Haltung zu finden.*

## Stolpersteine

Es ging um den Beschluss des Stadtrats zu den Stolpersteinen. Der Streit hatte schon vor Jahren begonnen. Nach einem Planungsausschuss verließen wir um die Mittagszeit das Plenum. Im Vorraum war Gedränge, ich mit unserem Pressesprecher mitten darin, um eine Pressemitteilung zu den Stadtwerken zu besprechen. Der Oberbürgermeister kam auf mich zu und bat mich in das Weißwurstzimmer, wir setzten uns in eine Ecke. Er fragte, ob ich das Stolperstein-Projekt des Kölner Künstlers Gunter Demnig kennen würde. Ich wusste, die Stolpersteine waren kleine Gedenktafeln in der Größe eines Pflastersteines, eingelassen in die Gehwege vor Wohnhäusern, in denen NS-Opfer gelebt hatten. Sie waren goldfarben und in ihre polierte Oberseite waren die Namen der Opfer mit Todesdatum eingraviert. Eine Vielzahl dieser

Gedenk-Steine waren bereits in Städten ganz Deutschlands verlegt worden. In der Münchner Gemeinde waren wir dagegen. Es durfte nicht sein, dass diese von Leid, Verfolgung und Ermordung kündenden Tafeln auf den Gehwegen beschmutzt und mit Füßen getreten werden konnten, unbeabsichtigt oder nicht. Das ließ sich aber auf keinen Fall ausschließen; das Projekt der Stolpersteine lebte von der Integration in das Stadtbild.

Ich informierte Stiller: „Herr Oberbürgermeister, wir kennen das Projekt und Präsident Lieberman und der gesamte Vorstand lehnen es ab."

„Gut", meinte er und dass er uns nur beipflichten könne. Dieses Projekt würde die Neonazis noch mehr als bisher auf dem Plan rufen. Weil die Stolpersteine stets auf öffentlichem Grund verlegt wurden, wäre eine städtische Genehmigung erforderlich.

Der Ältestenrat der Landeshauptstadt beschloss mehrheitlich, die Verlegung von Stolpersteinen im öffentlichen Raum zu untersagen. München war nicht nur in Deutschland, sondern mittlerweile in ganz Europa die einzige Stadt, die sich der Verlegung der Stolpersteine widersetzte. Selbst der Vorsitzende des Zentralrats der Juden sprach sich für diese Form des Gedenkens aus, ebenso wie die Direktoren der Gedenkstätte Yad Vashem in Israel.

Tatsächlich wurden Steine geschändet. In Leipzig beschmierten Jugendliche sie mit Farbe und im Internet verhöhnten Rechtsradikale die Opfer: „Es muss doch für jeden, der kein ausgemachter Freund der Juden ist, ein göttliches Geschenk sein, ungestraft mit Schuhen auf dem Steinchen stehen zu können."

Nach dem Beschluss des Ältestenrates etablierten sich in München zwei Vereine, einer für und einer gegen die Stolpersteine. Es gab eine stete öffentliche Diskussion, wobei die Grünen und Liberalen auf der Seite der Befürworter, die Sozialisten und Konservativen auf der Seite der Gegner standen. Einige Tage nach unserem Gespräch im Weißwurstzimmer bat mich Stiller, ihn bei einer Podiumsdiskussion seines Ortsvereins zu den Stolpersteinen zu vertreten. Er deutete an, dass nicht alle Genossen dort die Linie der Ratsmehrheit vertreten würden.

Als politischen Gegner seiner Partei entsandte er mich mit dieser Bitte auf eine sehr heikle Mission, die ich zunächst nicht einschätzen konnte. Die Veranstaltung wurde in einem großen Pfarrsaal mitten in Schwabing abgehalten. Der Raum war bis auf den letzten Platz besetzt. An der Stirnseite befand sich eine Bühne, worauf ein Tisch mit vier Stühlen stand. Auf diesem Podium saß bereits der Vorsitzende des Ortsvereins mit seinen beiden Vertretern. Als ich den Raum betrat, sah ich Gäste mit runden Aufklebern auf ihren Pullovern: „Ja zu Stolpersteinen“. Ich ging auf das Podium, nun saßen wir zu viert, füllten unsere Gläser mit Soda und blickten in das Auditorium. Ich erkannte, dass ich als Konservativer, als Stolpersteingegner, als Jude in dieser Runde eine besondere Rolle spielen sollte.

Zunächst begrüßte der Vorsitzende die Gäste, überwiegend Mitglieder seines Ortsvereines, und stellte mich als vom Oberbürgermeister entsandten Vertreter des Münchner Stadtrates vor. Dann begründete er in einer längeren Rede seine Befürwortung des Projekts, immer wieder unterbrochen von enthusiastischem Zwischenapplaus. Er wiederholte genüsslich und breit sämtliche Argumente der Befürworter, bezeichnete die Gegner als „Gedenkverweigerer“ und betonte, dass in ganz Europa Stolpersteine verlegt würden. Wollte München isoliert dastehen? Zweifelten die hiesigen Gegner an der Kompetenz Europas, die Wirkung der Stolpersteine einzuschätzen? Während er sprach, trafen mich böse Blicke aus dem Saal. Am Ende seiner Rede applaudierte das Publikum lange.

Dann wandte er sich zu mir, begrüße mich offiziell im Namen seines Ortsvereines, reichte mir das Mikrofon und gab mir das Wort. Ich bedankte mich für die Einladung und begann schnell, beinahe atemlos, zu reden: „Ich kann Ihnen nicht sagen, wo meine Verwandten in Polen ermordet wurden, ich kenne ihre Wohnhäuser nicht, denn sie wurden von den Nazis zerstört oder nach dem Krieg von den Polen okkupiert. Auf dem Grabstein meines gottseligen Vaters ist die Erinnerung an die in der Schoa ermordeten Familienangehörigen in Stein gemeißelt. Wenn ich vor diesem

Grabstein stehe, gedenke ich ihrer." Ich erklärte, dass der Friedhof im jüdischen Glauben ebenso wie im christlichen der Ort des Erinnerns an die Verstorbenen sei. „Wir haben angeboten, die Stolpersteine auf dem jüdischen Friedhof zu verlegen." Ich sprach von Leipzig und dem unsäglichen Interneteintrag der Nazis. Die Verschmutzung der Steine, gar ihre Schändung war bislang nicht zu verhindern gewesen und würde es auch zukünftig nicht sein. Ich schloss mit einem Aspekt, der für mich maßgeblich war: der Frage, ob wir im öffentlichen Raum sichtbar die Ermordung von Menschen dokumentieren dürften, ohne dass sie vorher zugestimmt hätten. „Mit meiner Haltung stehe ich nicht allein. Es ist auch die Position des Oberbürgermeisters, des Gemeindepräsidenten, der Mehrheit des Stadtrates und der sozialistischen Fraktion." Dann war Totenstille im Raum. Das Publikum blickte ernst, niemand applaudierte.

Der Vorsitzende gestattete Fragen. Eine ältere Dame erhob sich und bedankte sich bei mir, dass ich so mutig in die Höhle des Löwen gekommen wäre, meine Argumente, gerade als Jude, konnte sie aber überhaupt nicht verstehen. Wäre es nicht ausdrücklich in meinem Interesse, dass vor allen Häusern in dieser Stadt, aus denen Juden verschleppt und ermordet worden waren, Stolpersteine auf dieses große Unrecht zeigten? Nur so könne die Dimension der Judenverfolgung in München sichtbar gemacht werden, schloss sie.

Ich hatte Schwierigkeiten, diesem Argument etwas entgegenzusetzen. Deshalb appellierte ich an sie, dass wir doch im Grunde das Gleiche wollten, Gedenken an die Ermordeten und eine feste Haltung des Nie-Wieder gegenüber dem Geschehenen. Einige spendeten Beifall. Der Vorsitzende beendete die Diskussion zusammen mit der Veranstaltung und ich verließ nach einigen wenig ergiebigen Einzelgesprächen den Pfarrsaal. Jahre vergingen, doch das Thema hatte Bestand.

Immer häufiger versuchte Anita Bauer, mich auf Fraktionslinie zu bringen. Zuletzt hatte sie davon gehört, wie ich meine Haltung zu den Stolpersteinen geändert hätte, und nutze die erste Gelegenheit für eine Unterredung. Hintergrund meiner zwar nicht geänderten, aber doch erweiterten Position zu den Gedenk-Steinen waren lange Gespräche mit dem betagten Herrn Dordan, dessen Eltern von den Nazis in Kaunas ermordet worden waren. Er selbst hatte dank des Kindertransports nach England gerettet werden können. Nun wollte er vor seinem einstigen Elternhaus auf dem Gehsteig Stolpersteine für Vater und Mutter verlegen lassen. Er erzählte, dass er an diesem Ort die glücklichsten Tage seines Lebens verbracht hätte. Er verstand die brüske Ablehnung seines Anliegens durch die Stadt nicht. Ich mochte ihn und er hatte wie ich Familienangehörige in der Schoa verloren. Warum sollten wir seinen Wunsch als Hinterbliebener nicht respektieren? Würden die Steine verschmutzt oder geschändet werden, so hätte er dies seiner ermordeten Familie gegenüber zu verantworten. Ich erläuterte Anita, dass ich grundsätzlich weiterhin gegen die Stolpersteine votieren würde, mit einer Ausnahme: Wenn Hinterbliebene bewusst und reflektiert Stolpersteine setzen wollten, so wäre dies zu tolerieren. Mit dieser Position war ich bereits in der Morgenzeitung zitiert worden. Anita erwiderte: „Bei allem Verständnis – unser Fraktionsvorsitzender ist ziemlich verärgert über dein Abweichen von unserer Linie.“ Sie senkte die Stimme. „Unter der Hand, Felix, der Bürgermeister hat mit Daniel Lieberman gesprochen. Offenbar hat euer Präsident dabei angedeutet, dass deine Familie von der Schoa unbehelligt geblieben sein soll.“

Ich erwiderte leise: „Sollte das so ausgesprochen worden sein, wäre es eine ungeheuerliche Unterstellung und vielleicht seine Retourkutsche auf meine Kandidatur gegen ihn vor einiger Zeit.“

Zum Jahresende gab es ein Hearing im Alten Rathaussaal zu den Stolpersteinen. Die bekannten Positionen wurden ausgetauscht. Lieberman nahm an der Veranstaltung nicht teil und entsandte eine mir völlig unbekannte jüngere Dame, die ihre negative Haltung zum Projekt vertrat und anschließend die Befürworter beschimpfte. Betroffenen wie Herrn Dordan wurde kein Rederecht eingeräumt. Alle Teilnehmer des Hearings suchten eine angemessene Form des Gedenkens an die Opfer der Schoa in München. Der Stadtratsbeschluss sollte Mitte des folgenden Jahres gefasst werden.

Eine Woche vor der entscheidenden Stadtratssitzung rief eine Kollegin an, ich solle doch gleich zum mittäglichen Koalitionsgespräch kommen. Worum es ging, wollte sie mir am Telefon nicht sagen. Mit der U-Bahn war ich in wenigen Minuten im Rathaus, eilte über die breite Steintreppe, vorbei an den schönen Glasmalereien der Fenster und hinauf in das Zimmer des Oberbürgermeisters. Die Koalitionäre saßen mit ihren Fraktionsspitzen an einem langen Tisch und blickten mich erwartungsvoll an, nachdem mich die Sekretärin in den Raum geführt hatte. Gab es einen Skandal, in den ich ohne mein Wissen verwickelt war? Der Oberbürgermeister bot mir einen Stuhl an und sagte: „Felix, wir respektieren, dass du im Zusammenhang mit der Stolpersteindiskussion auch Betroffener bist. Gerade deshalb wäre es aber sehr schwierig, wenn du vom Abstimmungsverhalten der Koalition abweichen würdest. Wie ist deine aktuelle Haltung?"

Ich wiederholte meine angepasste Position, wie ich sie zuletzt Anita erläutert hatte. Sie saß mit am Tisch und hatte sicher vorab darüber gesprochen, sonst hätten sie mich nicht in diese Runde zitiert. Alle um den Tisch Versammelten schwiegen. Ich wiederholte nochmals flapsig: „Hinterbliebene, deren Eltern ermordet wurden, bekommen die Steine, wenn sie das wollen. Andere nicht." Ich wünschte nicht mehr und nicht weniger als einen kleinen Kompromiss, weil ich Empathie für Menschen wie Herrn Dordan empfand.

Der Vorsitzende meiner Fraktion ergriff als erster das Wort und erklärte mir unmissverständlich, dass gerade mein Ausscheren bei dieser Entscheidung nicht tolerierbar wäre. „Wir müssen gemeinsam eine Lösung finden. Felix, lenk endlich ein."

Ich dachte an Herrn Dordan und daran, dass ich für die Aufgabe meines Wunsches nach einem Kompromiss eine Gegenleistung fordern könnte. Nach einer Kunstpause erläuterte ich meine Bedingungen: „Ich befürworte euren Antrag – wenn sich zu Beginn der Sitzung, auf Vorschlag des Oberbürgermeisters, dieser

Stadtrat erstmalig zu einer Gedenkminute für die ermordeten Münchner Juden erhebt. Wenn der Oberbürgermeister anbietet, mit Hinterbliebenen wie Herrn Dordan ein versöhnliches Gespräch zu führen, vielleicht auch auf der Suche nach einer anderen Form des Erinnerns im öffentlichen Raum. Wenn mir gestattet wird, die Namen meiner in der Schoa ermordeten Verwandten zu verlesen. Es werden etwa 20 Namen sein."

Stiller nickte zustimmend, ihm folgten die Kollegen am Tisch und ich konnte gehen. „Felix", rief der Oberbürgermeister mir nach. „Niemand wird dir den Inhalt deiner Rede zu den Stolpersteinen vorschreiben, das wollten wir ohnehin zu keinem Zeitpunkt. Und du hast natürlich das Recht, die Namen zu verlesen." Er bedankte sich für meine Kooperation.

**08:00** *Ich blicke zum vergitterten Fenster. Es ist hell geworden. In der Ferne sehe ich in großer Höhe einen Schwarm Vögel vorüberziehen.*

*Wieder hatte ich nachgegeben, gegen meine Überzeugung.*

*Draußen vom Flur höre ich die Geräusche eines steten Kommens und Gehens, das Schlagen von Türen und Gesprächsfetzen von Vorübereilenden. Sie werden mich abholen, vielleicht schon in einer, vielleicht in zwei Stunden. Ich verstaue die abgelegte Kleidung der letzten Nacht in der Plastiktüte, gehe zum Waschbecken und trinke etwas Wasser aus meiner hohlen Hand. Den Kaffee und das Hörnchen habe ich nicht angerührt. Ich setze mich auf meine Liege, aufrecht und mit durchgedrücktem Rücken, um für den Gang zum Gericht bereit zu sein.*

*Es gab in meinem Leben, in meiner deutsch-jüdischen Existenz, Begegnungen, die beglückend waren, mich selbst in meiner Zelle zuversichtlich stimmen. Den frommen Israeli Mosche Herschkopf lernte ich bei einem Mittagessen im Gemeinderestaurant kennen. Er war als Kind mit seinen Eltern nach Israel ausgewandert. Geschäftsführer Bronski hatte das Treffen organisiert. Herschkopf forschte über die Schriften der Kabbala und war nach München gekommen, weil in der Staatsbibliothek viele dieser jiddischen Texte aus dem Mittelalter archiviert waren. Ich kannte den Leiter der Bibliotheksabteilung und sollte für Herschkopf einen Termin vereinbaren. Als Bronski uns einander vorstellte, lächelte* *unser Gast und meinte in gebrochenem Deutsch, er könne zu meinem Namen später noch eine schöne Geschichte erzählen. Herschkopf hatte ein schmales Gesicht, trug einen dunklen Vollbart und kurze Schläfenlocken. Nach der Suppe berührte er kurz meine rechte Schulter, duzte mich, wie das in Israel üblich ist, und sagte: „Felix, dein Familienname hat in der heiligen Stadt eine besondere Bedeutung. Vielleicht hast du schon vom Mandelbaumtor in Jerusalem gehört. Es war vor 1963 der Übergang vom jordanischen zum israelischen Teil der Stadt und wurde nicht nach dem Baum benannt, sondern nach einem Haus neben der bewachten Schranke. Es gehörte Simcha Mandelbaum. Er führte dort sein Schmattengeschäft, einen Laden für billige und gebrauchte Kleidungsstücke, und in den oberen Stockwerken wohnte er mit seiner Frau und seinen zehn Kindern. Vielleicht war er ein entfernter Verwandter von dir, Felix. Er überlebte die Schoa, weil er in Palästina war." Ich dachte an das Schicksal meiner Familie. Zum Abschied sagte Herschkopf fragend und beinahe vorwurfsvoll: „L`Shana Habaàh B`Yerushalayim – nächstes Jahr in Jerusalem." Das sind die letzten Worte des abendlichen Neila-Gebetes an Yom Kippur nach 24 Stunden des Fastens.*

*Ich bin nun ruhig. Nur mein Herz schlägt etwas schneller als sonst. Von Sankt Peter höre ich das 8-Uhr-Läuten.*

Es war ein warmer Tag im frühen Herbst, dieser Mittwoch im Münchner Rathaus. Die Tribüne über dem Plenum war bis auf den letzten Platz besetzt. Aus der vordersten Reihe winkte mir Herr Dordan zu. Es war laut im Raum. Der Oberbürgermeister mahnte, wie immer zu Beginn, zur Ruhe und läutete die vor ihm stehende Glocke. Bevor er den ersten Tagesordnungspunkt aufrief, bat er die Stadträte, sich im Gedenken an die ermordeten Münchner Juden zu erheben.

Der gesamte Stadtrat stand lange schweigend in diesem Plenum, in dem die Nazis vor 75 Jahren regiert hatten.

Als erstes kamen die Stolpersteine zum Aufruf. Nachdem sich zunächst niemand meldete, hob ich meine Hand. Der Oberbürgermeister bat mich zum Rednerpult. Nun stand ich vor dem Münchner Stadtrat, blickte in ernste, erwartungsvolle Gesichter.

„Es ist keine Selbstverständlichkeit, dass sich eine Stadt so intensiv mit dem dunkelsten Kapitel ihrer Geschichte auseinandersetzt. Dabei stellt sich die Frage nach der richtigen Form des Gedenkens an die Opfer der Nationalsozialisten in München. Die jüdische Gemeinde hat mit dem Gang der Erinnerung und den 4.300 eingravierten Namen der Ermordeten auf Glastafeln eine Form gefunden. Diese Tafeln befinden sich nicht im öffentlichen Raum, der Gang wurde jedoch schon von Tausenden von Menschen durchschritten." Ich machte eine kurze Pause. „Eine andere Form des Gedenkens sind die von dem Künstler Gunter Demnig entworfenen Stolpersteine, schon tausendfach in ganz Europa verlegt. Die Diskussion um den richtigen Weg wurde und wird zum Teil sehr hitzig geführt. Ich kann beide Seiten hier nur dringend um rhetorische Abrüstung bitten. Persönlich lehne ich die Stolpersteine ab, weil sie – ihrem Wesen gemäß – im Boden verankert werden und so leicht geschändet und beschmutzt werden können. Wenn ich an meine eigene Familie denke, so kann ich mir nicht vorstellen, dass sie den Hinweis auf ihre Ermordung im Belag eines Gehwegs eingemeißelt sehen wollten." Wieder hielt ich einige Sekunden inne und sah zu Herrn Dordan. „Ich durfte jedoch Verwandte ermordeter Münchner Juden kennenlernen, die sich aus tiefem Herzen Stolpersteine für ihre Familie wünschen. Wir dürfen sie nicht allein lassen. Die Stadtspitze sollte mit ihnen persönliche Gespräche führen, um ihrem Wunsch nach einem würdigen Angedenken zu entsprechen." Herr Dordan hörte mit ernstem Blick zu. „Anstatt der Stolpersteine planen wir Stelen und Wandtafeln mit den Namen der Ermordeten vor den Häusern, vielleicht auch mit deren Fotografien. Wir wollen damit den Opfern der Schoa in den Straßen Münchens ein Gesicht geben."

Ich blickte zu meiner Fraktion und zur Fraktion der Sozialisten. Sie nickten sich zu und hatten wohl Schlimmeres von mir erwartet. Herr Dordan war mit meinen Ausführungen offensichtlich nicht zufrieden. Er wich meinen Blicken zu ihm aus. Ich wollte, aber konnte ihm nicht helfen. Im Saal war es sehr still. Ich bat mit leiser Stimme, mir noch einige persönliche Worte zu gestatten: „Von meiner in Polen umgekommenen Familie kenne ich nicht die Häuser, in denen sie lebten, nicht die Orte, an denen sie ermordet wurden. Das geht den Hinterbliebenen von Millionen anderer Naziopfer ebenso. Nach dem Krieg wurde ein Stammbaum von meinen Verwandten in Kanada zusammengestellt. Aus diesem Dokument habe ich von den Namen meiner umgekommenen Großeltern, Onkel und Tanten erfahren. Es gibt von ihnen noch wenige verblichene Fotos. Wir konnten sie nie treffen, wir konnten sie nie sprechen. Die einzige Verbindung zu ihnen ist mein jüdischer Vorname. Ich bin nach meinem Großvater Meir benannt." Ich nahm einen tiefen Atemzug. „Einige hundert Meter entfernt von diesem Rednerpult befindet sich der Saal des Alten Münchner Rathauses. Dort wurde von den Naziverbrechern die ‚Reichskristallnacht' ausgerufen. Mit ihr begann der Weg von sechs Millionen Juden in den gewaltsamen, grausamen Tod, darunter war auch meine Familie. Ich kann für sie weder Stolperstein noch Stele setzen. Was bleibt, ist, ihre Namen vor dem Münchner Stadtrat, vor der Münchner Bevölkerung zu verlesen und mit Ihnen allen in diesem Saal ihrer zu gedenken – unweit des Ortes, von dem aus das fürchterliche Verbrechen seinen Lauf nahm."

Ich nahm die säuberlich gefaltete Liste der Namen, öffnete sie langsam auf dem Rednerpult und verlas einen Teil der Vornamen meiner umgekommenen Großeltern, Onkel, Tanten.

Meir und Malka
Yossl, Saul, Mindel, Lifka, Rose, Leib, Nachum, Tzudnik, Ruchcia, Sala, Saul

Während ich ihre Namen aussprach, bedächtig, mit erstickter Stimme, erhoben sich einige der Stadträte. Andere hatten Tränen in den Augen. Ich musste mich sehr bemühen, Fassung zu bewahren.

Nach mir kam der Vertreter der Grünen, die gegen das Verbot der Stolpersteine stimmten. Die Befürworter des Verbots beriefen sich auf die Position der jüdischen Gemeinde und von deren Präsidenten, Daniel Lieberman.

Nach der Sitzung verließ ich schnell das Rathaus und ging auf den Marienplatz. Es war Mittagszeit und es war warm unter einem wolkenlosen blauen Herbsthimmel. Ich lehnte mich an den Fischbrunnen, betrachtete das Wasser, wie es an den Figuren entlang in das türkisfarbene Brunnenbecken plätscherte. Dann blickte ich über den Platz und sah an einem der Tische vor dem Café Rischard einen älteren, schwarz gekleideten Herrn mit grauem Bart, Hut und Mantel sitzen. Er sah merkwürdig aus mit seiner Winterkleidung in der Mittagssonne neben Touristen in Shorts und kurzärmeligen Blusen. Während mein Blick auf ihm ruhte, erhob er sich, neigte sich in meine Richtung und winkte unaufhörlich mit einem Arm, dessen Hand verbunden war. Die um ihn stehenden Personen reagierten nicht, schienen ihn nicht zu bemerken. Ich konnte meinen Blick nicht von ihm abwenden, mir tränten die Augen und ich ging langsam in seine Richtung. Je näher ich kam, desto undeutlicher wurde sein Bild. Nach einigen Sekunden verschwand es gänzlich, zuletzt sah ich die zwei bandagierten Finger seiner rechten Hand.

Mein Großvater Meir und ich hatten uns ein erstes und letztes Mal getroffen.

**Irgendwann nach 09:00 Uhr** *Die Polizeibeamtin mit dem Bubikopf kommt mich abholen. Hinter ihr steht ein Kollege im Türrahmen meiner Zelle. Ich bin gefasst und sehe sie fragend an. Sie bemerkt ernst, Hintermoser läge weiter im künstlichen Koma. Niemand wisse, ob er den Anschlag überleben würde.*

*Ich nehme meine Plastiktüte mit schmutziger Wäsche. Die beiden Polizisten begleiten mich auf dem Weg zum Haftrichter.*

## Magische Fügung - ein Nachwort

Fantasie und Wirklichkeit liegen oft nahe beieinander. Im Roman trifft Felix Mandelbaum seinen Großvater Meir am Münchner Marienplatz. Das geschieht vielleicht 80 Jahre nach dessen gewaltsamem Tod. Der Romanheld ist sehr dankbar. Er hat die Vision seines Großvaters, begegnet ihm im Traum ein erstes und letztes Mal.

Einige Monate, nachdem ich die letzten Zeilen des Romans niederschrieb, erreichten mich über Messenger-Kanäle die Nachrichten einer Frau aus Toronto, die ich nicht kannte. Überrascht und berührt las ich ihre langen Texte. Die Verfasserin, Mutter einer bereits verheirateten Tochter, hatte über einen DNA-Test erfahren, dass ihr Vater, der sie aufgezogen hatte, nicht ihr leiblicher Vater war. Eine Recherche in Datenbanken ergab, dass sie von väterlicher Seite Gene meiner Familie in sich trägt, und bald konnte sie ihren biologischen Vater ermitteln.

Auf der Website von Yad Vashem enddeckte sie den Stammbaum meiner Familie und die Namen meines Großvaters Meir und seines Bruders Eli. Weitere Analysen ergaben, dass sich in deren DNA die sehr seltene Haplogruppe Q-YP3924 findet. Diese Gensequenz vererbte sich von meinem Großvater bis zu meinen Enkelsöhnen.

Das klingt nun sehr wissenschaftlich und ich selbst verstehe die Zusammenhänge kaum. Dennoch: Ich durfte Großvater Meir nie treffen, nie mit ihm sprechen, er konnte mich nie umarmen. Ich tröstete mich am Ende mit der Szene auf dem Marienplatz. Nun gibt es einen Hinweis auf eine unwiderlegbare Verbindung zu Großvater. Ich kann sie dank moderner Wissenschaft mit Buchstaben benennen.

Mandelbaums Vision wurde auf Umwegen wahr.

*Marian Offman, im März 2022*

## Danksagung

Meiner Frau Sophie danke ich, dass sie zunächst meine vielen geheimnisvollen Stunden vor dem Laptop über mehrere Monate nicht hinterfragte, später als erste die Texte las, leise kleine Korrekturen vorschlug und mich immer wieder ermunterte, weiterzuschreiben.

Ich erinnere mich an einen Spaziergang mit Thomas Montasser entlang der Südlichen Auffahrtsallee. Wir sprachen über mein Romanprojekt, ich war etwa in der Mitte angelangt, er spornte mich an, unbedingt weiterzuschreiben, versprach Unterstützung und die Suche nach einen Verlag. Er war erfolgreich und dafür möchte ich mich ganz herzlich bedanken. Ich freue mich auf unsere weitere Zusammenarbeit, auf seine Beharrlichkeit und Zuversicht.

Ich danke Michael Volk für seinen Mut, das Buch eines grauhaarigen Debütanten zu verlegen, einen Roman zu publizieren über die kontroverse Thematik einer deutsch-jüdischen Existenz nach der Schoa. Ich fühle mich geehrt, dass sich mein Name im Verlagsprogramm neben dem Ehepaar Rosenfeld und Max Mannheimer finden wird. Herzlichst gedankt sei dem Verleger für seine Zuwendung zu jüdischen Themen. Das ist in heutigen Zeiten keine Selbstverständlichkeit.

Martina Dolhaniuk hat über Monate meinen Text mit viel Umsicht, großem Einfühlungsvermögen und Professionalität lektoriert. Es war nicht leicht, Fiktion und Biografie im Roman natürlich zu verbinden. Gemeinsam ist es vielleicht gelungen. Am Ende wird die Leserschaft darüber befinden. Herzlichsten Dank für die gute und verständnisvolle Zusammenarbeit. Und: Es lebe die Poesie in unserer Sprache.